Belle de Glace

Belle de Glace

Anna SHEEHAN

Traduit de l'anglais (États-Unis)
par Mathilde Bouhon

hachette

L'édition originale de cet ouvrage a paru en langue anglaise
chez Candlewick Press, USA, sous le titre :

A LONG, LONG SLEEP

Traduit de l'anglais (États-Unis)
par Mathilde Bouhon.

Illustration de couverture : © Gettyimages/Vetta.

Traduction du poème en page 9 par Pierre Messiaen,
in *Poèmes choisis*, d'Emily Dickinson, © Éditions Montaigne, 1956.

Hachette Livre, 43, quai de Grenelle, 75 015 Paris.

À Drew,
parce qu'il était mon seul,
et que c'était mon premier.

Un long, long sommeil, un fameux sommeil
Qui ne donne aucun signe d'aurore
En étendant les membres ou en remuant les paupières,
Un sommeil sans souci.

Y eut-il jamais paresse comme celle-ci ?
Dans une hutte de pierre
Rester oisif pendant des siècles
Et pas une fois ne lever les yeux vers l'heure de midi ?

EMILY DICKINSON

Chapitre 1

M'accrocher à mes rêves : un jeu dans lequel je luttais pour suivre à la trace ces images si aisément perdues. J'essayais de me maintenir en sommeil, d'obliger mon cœur à battre trop lentement pour sentir quoi que ce soit, de refuser que mes poumons s'éveillent. À une ou deux occasions, j'ai tenu si longtemps que maman, prise de panique, a enclenché le ressusciteur.

Cette fois, c'était un paysage marin d'un bleu électrique que je tentais de capturer. Et ce ne fut pas une main qui m'en a tirée, mais la sensation d'une bouche plaquée contre la mienne. Je me suis redressée d'un coup, cognant ma tête contre celle qui m'avait sauvée. Je ne voyais rien. Tout était sombre et douloureux, comme si je venais tout juste d'ouvrir les yeux en pleine lumière après des jours passés dans le noir. Une voix inconnue a crié des mots tout aussi inconnus :

— Merde, tu es bien en vie !

Je me sentais complètement perdue. Je me raccrochais comme une enfant à ce que je connaissais.

— Où est maman ?

Cette voix n'était pas la mienne ; on aurait dit un croassement. Je me suis efforcée d'évaluer ma condition. Mes muscles semblaient soumis à mille tortures, mes poumons emplis de liquide.

J'ai toussé pour faire entrer l'air de force dans mes bronches engourdies. J'ai essayé de me mettre debout. Une douleur aussi tranchante que des lames de rasoir m'a traversé les bras et les jambes là où j'avais tenté de me soulever, pénétrant jusqu'à la moelle de mes os. J'ai glissé de nouveau sur mon coussin.

— Ouh là !

Des mains tièdes m'ont saisie, et mes muscles ont hurlé, crispés.

— Ne me touchez pas ! ai-je haleté.

Une telle souffrance dépassait mon entendement.

Les mains m'ont lâchée, mais la douleur n'a pas diminué pour autant.

— Tu m'as fait peur.

La voix paraissait surexcitée.

— Tu ne respirais plus… j'ai cru que le système avait planté et que tu étais finie.

Je ne comprenais pas la moitié de ce qu'on me racontait.

— Combien de temps ? ai-je murmuré.

— Tu n'as semblé morte qu'une minute, a répondu la voix comme pour me rassurer.

Je tenais vraiment à savoir combien de temps j'étais restée en stase, mais j'ai abandonné l'idée. Cela n'avait aucune importance. C'est ce que je me disais à chaque réveil. « Aucune importance. » À la place, j'ai demandé :

— Qui êtes-vous ?

— Je m'appelle Brendan. J'habite la suite cinq. Est-ce que tu sais où on est ?

J'ai froncé les sourcils. La suite cinq abritait un couple âgé, avec sa collection de poissons tropicaux. Du moins étaient-ce ses occupants lors de ma dernière séance… Mais quand avait-elle commencé, et combien de temps avait-elle duré ?

— Dans la Résidence Unicorn, bien sûr. Que faites-vous là ? Vous venez d'emménager ?

Long silence.

— Non, j'ai toujours vécu ici.

Il avait l'air franchement perplexe.

J'ai cligné des paupières et dirigé mes yeux bouffis vers l'endroit où je pensais le trouver. Brendan n'était qu'une ombre, la silhouette floue d'un homme. Un homme jeune, à en juger par sa voix. J'étais vraiment perdue.

— Pourquoi m'avez-vous réveillée ?

Il a sursauté, comme surpris par la question.

— Tu voulais rester en stase ?

— Non, je veux dire, pourquoi est-ce vous qui m'avez réveillée ? Où est maman ?

Autre long silence.

— Euh…

Il a pris une profonde inspiration.

— Je ne sais pas où est ta mère. Est-ce que… est-ce que tu sais qui tu es ?

— Évidemment ! ai-je rétorqué d'une voix pourtant rauque et tremblante.

J'ai toussé de plus belle, luttant contre la fatigue typique après une période de ce sommeil artificiel que l'on nomme la stase.

— Eh bien, pas moi. Moi c'est Brendan, et toi ?

— Rosalinda Samantha Fitzroy, ai-je énoncé avec précision.

J'étais agacée. Pour qui se prenait ce garçon ? Jamais auparavant je n'avais eu à décliner mon identité.

Il a fait un pas en arrière avant de disparaître. Alarmée, j'ai essayé de m'asseoir de nouveau. Mes bras souffraient le martyre, et mon dos semblait trop faible pour me porter. Toute l'énergie qui s'était emparée de moi sous le coup de la surprise avait à présent disparu. Je me suis appuyée contre les bords de mon tube de stase, à la recherche de mon homme mystère.

Il était par terre, moins mystérieux maintenant que je me tenais droite. Il avait trébuché. Deux taches blanches se dessinaient dans le cercle noir de sa tête – ses yeux, qui me dévisageaient, grand ouverts.

— Quoi ? ai-je croassé.

Il a reculé à grand-peine, comme un crabe, jusqu'à trouver appui sur une caisse pour se remettre d'aplomb. Une caisse ? Où diable étais-je donc ? À l'évidence pas dans mon confortable dressing, tapissé de rose, toutes les dernières tenues à la mode soigneusement accrochées sur leurs cintres. Nous étions dans un lieu vaste, plein d'écho bien qu'encombré... comme un entrepôt. De hautes étagères remplies de formes sombres surplombaient nos têtes.

— Vous avez bien dit Fitzroy ? a demandé Brendan. Rosalinda Fitzroy ?

— Oui. Pourquoi ?

— Je vais chercher de l'aide.

Il s'est retourné pour partir.

— Non ! me suis-je écriée, les poumons inertes et la gorge desséchée.

Je ne savais même pas pourquoi j'avais crié. Les drogues engendrent une instabilité émotionnelle, aussi est-il parfois difficile de mettre le doigt sur ses propres sentiments. Peu à peu, je me suis sentie envahie par la terreur. Tout partait de travers, rien n'allait comme prévu, et j'avais la sensation qu'il s'était produit quelque chose de terrible.

Il m'a fait face.

— Je reviens tout de suite.

— Non ! ai-je soufflé. Ne me laissez pas seule ici ! Je veux voir ma mère ! Que se passe-t-il ? Où est Xavier ?

Il y a eu un moment d'hésitation, puis j'ai senti sa main sur mon épaule. Cette fois, le geste était doux, et mes muscles n'ont pas protesté aussi fort.

— Ce n'est rien. Je vous assure. C'est juste que… Je ne peux pas faire ça tout seul.

— Faire quoi tout seul ? Dites-moi ce qui se passe ! Où est maman ?

— Mademoiselle… ah… Fitzroy…

— Rose, ai-je corrigé par automatisme.

— Rose, a-t-il repris. Je suis simplement descendu ici en… exploration. Je ne savais pas que ce lieu existait. Je suis tombé sur votre tube de stase et j'ai lancé la séquence de réanimation par accident. Personne n'était revenu dans ce coin du sous-sol depuis les Années sombres.

— Les années quoi ? ai-je demandé.

— Les Années sombres, a-t-il répété comme s'il s'agissait d'une évidence. Lorsque les… Oh, mon Dieu.

Sa voix se réduisait à un murmure horrifié.

— C'était il y a plus de soixante ans.

— Je suis désolée… ai-je chuchoté, incapable de saisir ce qu'il était en train de me dire. Soixante… ans ?

— Oui, a dit doucement Brendan. Et… si vous êtes vraiment Rosalinda Fitzroy…

Je n'ai pas saisi la suite. Quoi qu'il ait dit, ça devrait attendre. L'océan de mon rêve est revenu sous la forme d'une vague rugissante, étouffant tout son et bloquant ma respiration.

Soixante ans. Maman et papa, morts. Åsa, morte. Et Xavier… mon Xavier…

Je crois que j'ai hurlé pour de bon. La dernière chose que j'ai sentie, alors que les ténèbres m'engloutissaient, ce sont les bras puissants de Brendan qui me rattrapaient dans ma chute.

Chapitre 2

Je me suis réveillée dans un environnement inconnu, des voix inconnues à mon chevet. J'étais étendue, adossée plutôt qu'allongée. Du tissu froid sous mes doigts. Une odeur familière - d'antiseptique, de maladie. Les hôpitaux ont tous le même parfum. Je maintenais ma respiration régulière, les yeux clos.

— Qu'en dit le docteur ?

C'était une voix d'homme, dont le tremblement trahissait l'âge. Il semblait soucieux.

— Ils vont avoir du mal à trouver qui prévenir.

Une femme à présent, qui paraissait directe et gentille, et dont le timbre m'a tout de suite plu.

Une troisième voix est venue l'interrompre.

— Moi, bien sûr.

Celle-là était forte et impérieuse, habituée à se faire obéir.

— Qui d'autre ?

— Elle n'a pas de famille.

C'était l'homme plus âgé.

— Elle a UniCorp, autrement dit moi, a rétorqué le plus jeune. Imaginez ce que cela doit être de se réveiller pour découvrir qu'on est le seul héritier en vie d'un empire interplanétaire !

— Nous ne sommes pas un empire, a riposté son aîné sur un ton bourru. Franchement, Reggie, je pense que tu te berces d'illusions.

— Très bien, à qui doit-on la confier, alors ? À vous, peut-être ?

En l'absence de réponse, le jeune a poursuivi :

— C'est principalement de votre faute, de toute façon. Tout serait beaucoup moins compliqué si vous n'aviez pas remué la poussière. On ne se poserait même pas la question si vous m'aviez laissé la confier aux services sociaux de manière anonyme ! Après tout, rien ne nous dit que le monde va croire son histoire.

Il a soupiré.

— Je ne comprends toujours pas pourquoi il a fallu avertir le comité, ou même l'État. On aurait pu lui donner une nouvelle identité. Je doute que sa mémoire soit très stable.

— Parce que ce ne serait pas correct, a répondu l'homme plus âgé d'un ton mordant qui ne souffrait nulle réplique.

— Peu importe, a tranché la femme. Papa, Reggie, calmez-vous, tous les deux. Le juge sera là d'un moment à l'autre. Je pense qu'il va accepter ta proposition, Reggie. Personne ne conteste que tu es le président d'UniCorp.

À ces mots, j'ai ouvert les yeux.

— C'est papa, le président d'UniCorp ! ai-je croassé.

Les trois personnes qui se tenaient au pied de mon lit ont sursauté. La femme s'est approchée de moi. Elle était eurasienne, élancée, d'allure soignée quoique vêtue de façon décontractée. Les deux hommes portaient des complets, mais d'une coupe qui me parut bizarre. Je n'arrivais pas vraiment à distinguer leurs traits, car ma vision, à cette distance, était encore brouillée. L'homme plus jeune apparaissait comme une tache dorée, tandis que son aîné n'était guère plus qu'une ombre blanche au-dessus d'un costume noir.

Un doigt est venu tapoter la cloison vitrée de ma chambre d'hôpital. Une silhouette floue se tortillait dans le couloir.

— Le juge est là, a annoncé le plus jeune des deux hommes. Je m'en charge. Ronny, Annie, je vous laisse vous occuper de ça.

Il m'a désignée en partant. Apparemment, le juge était plus important, et je ne valais pas mieux que « ça ».

— Qui êtes-vous ? ai-je demandé aux deux qui étaient restés.

— Nous travaillons pour UniCorp, ma chérie, a dit la dame, tandis que l'homme se détournait de moi. Mon nom est Roseanna Sabah, mais tout le monde m'appelle Annie. Et voici mon père, Ron. Je suis la mère de Brendan. Tu te souviens de Brendan ?

Brendan. Mon homme mystère.

— Celui qui m'a réveillée ?

— Oui, a souri Mme Sabah. Il t'a trouvée hier. Tu étais restée si longtemps en stase qu'il a fallu t'amener à l'hôpital.

Quelque chose s'est bloqué au fond de ma gorge, quelque chose d'obscur et de terrifié.

— Alors, c'est vrai, tout ce qu'il m'a raconté ? ai-je croassé. Cela fait soixante ans ?

— Soixante-deux, a précisé le vieillard du fond de la pièce.

Ses paroles tombaient comme autant de billes de plomb.

— Et ma mère et mon père... et tous ceux que je connaissais...

Ma vue s'est complètement brouillée tandis que je me mettais à pleurer. J'avais beau essayer de ravaler mes sanglots, comme maman me l'avait appris, j'en étais incapable. Les larmes dévalaient mes joues jusqu'à ma bouche. Elles avaient un drôle de goût, épais et salé.

— Je le crains, ma chérie, a dit la dame. Mark et Jacqueline Fitzroy sont morts dans un accident d'hélicoptère pendant que tu étais en stase. Mais tu es en vie, et nous allons tous veiller à ce que tu sois bien prise en charge.

— Comment ? ai-je réussi à murmurer.

— Tes parents sont morts sans laisser de testament, j'en ai bien peur, a dit la femme. Par défaut, leur société est revenue à ses actionnaires et au comité de direction. Cependant, maintenant que tu es de retour parmi nous, toutes leurs parts te reviennent.

— Êtes-vous en train de me dire… que je possède UniCorp ?

— Non, a brusquement rétorqué le vieil homme.

Pour une raison qui m'échappait encore, sa voix m'effrayait.

— Malheureusement, c'est vous qui appartenez à UniCorp. Du moins jusqu'à votre majorité.

— Papa, arrête de terroriser cette jeune fille.

— Elle doit connaître sa situation !

Il hurlait presque à présent.

La femme s'est écartée de mon chevet.

— Si tu n'es pas capable de te contrôler, papa, tu vas rester dehors ! a-t-elle sifflé. Ta société est en lambeaux, et j'en suis navrée, mais ce n'est pas une raison…

— Ça n'a jamais été ma société, a marmonné le vieillard. Elle appartenait à Fitzroy. Et maintenant à Guillory. C'est à lui qu'il faut servir ton couplet !

Il a pris une profonde inspiration et s'est détourné.

— Mais tu as raison. C'est à toi de lui parler. J'ai d'autres affaires à traiter.

Il est sorti à grandes enjambées. Mme Sabah est revenue près de moi.

— Je suis désolée, a-t-elle dit.

— Ce n'est rien, ai-je menti, mais la peur frémissait sous ma voix.

— Je ferais mieux de te laisser dormir, a dit Mme Sabah en touchant doucement ma main. Ne t'inquiète pas. Pour l'instant, tout ce qui compte, c'est ton rétablissement. Le reste peut attendre. Je reviendrai demain matin. Bren voudra sans doute te voir aussi, si ça ne te dérange pas.

J'ai acquiescé, malgré la douleur qui tiraillait mon cou.

— Repose-toi, ma chérie. Ne t'en fais pas. On va tout arranger.

Six jours plus tard, j'étais postée devant l'étendard de la Résidence Unicorn pour permettre à une centaine de reporters au bas mot de prendre des clichés de la Belle au bois dormant miraculée. Enfin, c'est ainsi qu'ils m'avaient surnommée. Pour ma part, je ne me sentais pas très belle.

En dépit de mon séjour à l'hôpital, auquel venaient s'ajouter vingt-quatre heures de pomponnage, de contrôles de santé, d'injections revitalisantes, et d'un millier d'autres procédures auxquelles on m'avait soumise, mes cheveux étaient toujours plats et cassants, ma peau cireuse et irritée, et mes os saillaient au point qu'on aurait dit un squelette recouvert d'un sac. J'avais la vue faible, la respiration courte, et manger me donnait la nausée. Je me faisais l'effet d'une vieillarde. Ce que j'étais, à proprement parler.

À seize ans, j'en avais vécu en réalité plus de quatre-vingts. Jamais je n'étais restée si longtemps en stase. Ni moi ni personne, d'ailleurs. Même les astronautes et les colons en route pour les planètes externes étaient examinés chaque mois, pour éviter l'épuisement statique.

M. Guillory parlait à présent sur le podium, le dos droit, sa crinière d'or immaculée. M. Guillory – « Appelle-moi Reggie ! » – était apparemment mon responsable désigné. Comme je n'avais plus de parents en vie, il lui incombait de me trouver un tuteur et un foyer. Il avait la cinquantaine bien tassée, et même si je savais que je lui devais le respect, j'avais du mal à l'apprécier. Ses yeux marron clair ne me regardaient toujours pas directement lorsqu'il s'adressait à moi, et je lui trouvais des allures de statue dorée. Quelque chose chez lui m'effrayait, mais il me rappelait également papa, aussi me montrais-je très polie avec lui.

— UniCorp est fière d'avoir découvert la jeune Rosalinda, disait Guillory. La mort, sans héritier, de Mark et Jacqueline Fitzroy a représenté une véritable tragédie pour notre société. Le retour parmi nous de leur progéniture nous comble au-delà de nos espérances.

Une des journalistes l'a interpellé :

— Est-il vrai que vous avez tenté d'étouffer l'information de sa découverte ?

Guillory n'a même pas tiqué.

— Il y a six jours, Rosalinda était en proie à un terrible épuisement statique et dans un état de choc sévère. Nous pensions qu'il était dans son intérêt de prendre quelques jours afin de lui laisser le temps de s'acclimater à sa nouvelle situation avant que la presse ne fonde sur elle pour scruter ses moindres faits et gestes. Jamais nous n'avons eu l'intention de dissimuler la vérité. Notre priorité était d'agir au mieux pour la santé physique et mentale de Rosalinda.

— Quel est le bilan d'UniCorp, et que pouvez-vous nous dire concernant le futur des actifs de l'entreprise ?

Nouvelle tentative de noyer le poisson :

— Rosalinda est, bien entendu, l'unique héritière des avoirs immédiats de ses parents. Cependant, jusqu'à sa majorité, ses finances seront gérées par notre société. Un avocat a été engagé à son service par le biais d'UniCorp, et elle sera prise en charge par tous avec le plus grand soin.

La journaliste semblait profondément sceptique. Elle tentait de maintenir le cap.

— Mais qu'en est-il de la propriété de la compagnie ?

La réponse à cette question me concernait, aussi ai-je scruté la nuque de Guillory avec intérêt. Mais la journaliste est restée sur sa faim tandis qu'il faisait signe à quelqu'un d'autre.

— Comment expliquez-vous que Rosalinda ait été maintenue en stase ?

Là encore, Guillory a esquivé.

— Comme vous le savez, les Fitzroy étaient des géants financiers en leur temps. Avec leur fortune considérable, ils avaient acheté ce tube pour les besoins de leur famille, bien avant les Années sombres. Nous supposons qu'il a dû être perdu dans la révolte qui en a découlé. Suivant ?

— Rosalinda est mineure, a clamé une voix. Qui va s'occuper d'elle ?

— Ses avocats lui ont déjà trouvé une famille d'accueil adéquate. Les habitants de son ancien appartement ont généreusement accepté de déménager dans un logement identique, si bien que Rosalinda va pouvoir retrouver le foyer qu'elle a toujours connu. Une enquête approfondie a été menée sur ses nouveaux parents, qui se sont montrés irréprochables. Suivant ?

— Comment a-t-elle été découverte ? Les sources varient.

Sourire de Guillory.

— Je vais laisser mon jeune ami Brendan Sabah répondre à cette question. C'est lui qui a fait cette incroyable découverte. C'est le fils de l'un de nos plus illustres collaborateurs, et un jeune homme remarquable. Bren, tu veux bien prendre le micro ?

J'ai étudié Bren tandis qu'il s'approchait de l'estrade. Il respirait la confiance, sans une once de trac. Rien ne semblait pouvoir le perturber. J'en avais appris un peu plus sur lui pendant ma semaine d'hospitalisation. Il avait mon âge. Athlétique, il se mouvait comme une panthère. Mme Sabah m'avait dit qu'il pratiquait le tennis à un niveau de compétition. Sa peau mate lui venait de son père, originaire de Côte d'Ivoire et qui avait émigré à ComUnity. On aurait dit une star de cinéma, ou un prince de conte de fées, plutôt qu'un lycéen.

— Mes parents ont acheté la Résidence Unicorn il y a six mois, lorsqu'elle a été mise en vente, et j'ai exploré un peu les lieux, a expliqué Bren. Il y a plein de pièces et de réserves dont personne n'avait connaissance. Une liasse de cartes biométriques accompagnait l'acte de propriété. Certaines d'entre elles indiquaient la présence d'entrepôts au dernier sous-sol, et c'est dans une de ces pièces que j'ai trouvé le tube de Rose.

— Quelle a été votre réaction lorsque vous vous êtes rendu compte qu'il abritait une jeune fille ?

— Je n'ai pas su tout de suite qu'il s'agissait d'un tube de stase, a dit Bren.

Ses yeux luisaient dans le crépitement des flashes. Il avait hérité les extraordinaires iris de sa mère, qui miroitaient de teintes vert et noisette au milieu de son visage sombre.

— Il était couvert de poussière, mais un des voyants clignotait toujours. J'ai essayé d'essuyer l'interface pour voir ce que c'était. L'interrupteur que j'ai actionné a, en fait, lancé la séquence de réanimation.

— Donc le tube s'est ouvert, et vous avez trouvé Rosalinda ?

Bren a haussé les épaules. Il semblait un peu mal à l'aise.

— Oui.

Je savais ce qui le mettait dans cet état. Voyant que je ne me réveillais pas, il avait craint d'avoir saboté la séquence de réanimation, raison pour laquelle qu'il s'était mis à me faire du bouche-à-bouche ; je pense qu'il avait dû être gêné de découvrir que ce n'était pas nécessaire.

— Quand avez-vous pris conscience de l'identité de Rosalinda ?

— C'est elle qui me l'a dit, a répondu Bren. Mon grand-père l'a ensuite fait confirmer par l'hôpital.

Guillory a choisi ce moment pour reprendre le micro et évincer Bren.

— Bren a contacté son grand-père, l'un de nos principaux directeurs, et celui-ci m'a mis au fait. Y a-t-il d'autres questions ?

Une main a jailli dans l'assistance.

— J'ai une question pour Rosalinda !

Guillory s'est tourné vers moi et m'a fait signe de me lever. J'ai jeté un regard paniqué à Bren. Il m'a souri avec bienveillance.

— Vas-y, a-t-il murmuré.

J'ai pris une profonde inspiration. Je n'aimais pas être sous le feu des projecteurs. La simple idée que j'avais pu être filmée alors que j'étais assise derrière Guillory m'épouvantait. Je n'avais pas envie d'y aller, mais c'était ce que tout le monde attendait de moi… La voix de ma mère résonnait dans mon souvenir. *Peu importent tes désirs, ma chérie. Ce qui compte, c'est l'image que tu renvoies aux autres.* Je n'étais pas obligée d'aimer ça. Il fallait juste que je le fasse. Les flashes redoublaient. J'ai avalé ma salive. Un pas. Deux. Trois. Une fois sur le podium, la main ferme de Guillory m'a empêchée de me défiler.

— Mademoiselle Fitzroy, quel effet cela fait-il de se réveiller dans un nouveau siècle ?

J'ai dégluti de nouveau. Je souffrais continuellement, je me sentais aussi vulnérable qu'un chaton et épuisée en permanence, mais sa question n'appelait pas cette réponse, je le savais. À vrai dire, je n'avais aucune idée de ce que cela me faisait de changer de siècle. Et je ne tenais pas à le savoir. Entre le choc, la douleur et les traitements, mes émotions me semblaient lointaines. Elles ne m'appartenaient plus.

— C'est bon d'être de retour, ai-je lancé, comme je leur aurais jeté un os.

Crépitements de flashes. Il s'agissait d'un mensonge, certes. Aucune importance. C'est tout ce qu'ils avaient envie d'entendre.

* * *

Il était couvert de poussière, mais cela n'avait aucun effet sur lui. Il ne se souciait plus de ce genre de détails. C'est alors que le nom échoua sur le Net, alertant son programme. « Rosalinda Fitzroy. »

Des électrodes endormies depuis longtemps s'allumèrent. Des systèmes repassèrent en mode actif. Il ouvrit le fichier qui avait lancé le programme de réaction.

Le monde est encore sous le choc de la découverte, la semaine dernière, de la fille de Mark et Jacqueline Fitzroy, fondateurs de la multiplanétaire UniCorp. Apparemment maintenue en stase durant plus de soixante ans, Rosalinda Fitzroy a été retrouvée dans les sous-sols de la Résidence Unicorn. Nous voyons ici les premières images de Rosalinda alors qu'UniCorp...

Son programme analysa le fichier. S'il n'y avait eu que le nom, il se serait remis en veille. Mais l'empreinte vocale confirma l'identification.

« *C'est bon d'être de retour.* »

CIBLE IDENTIFIÉE : ROSALINDA SAMANTHA FITZROY.

Autrefois, sa réaction aurait été immédiate. Désormais ses processeurs étaient moins vifs. Lentement, après une infinie succession de secondes, sa directive première lui revint en mémoire.

INSTRUCTIONS : RAMENER CIBLE À CLIENT.

Ses instructions activées, il lança une recherche Internet pour localiser le client.

RECHERCHE EN COURS... RECHERCHE EN COURS...

RECHERCHE EN COURS... RECHERCHE EN COURS...

Il fallut vingt-quatre heures, pas moins, pour que son programme parvienne à un résultat.

CLIENT INTROUVABLE.

Son programme erra pendant une nouvelle éternité, avant de trouver finalement une seconde directive.

INSTRUCTIONS SECONDAIRES : ÉLIMINER CIBLE.

Voilà qui était compliqué. Des circuits jamais sollicités auparavant se mettaient soudain en activité. Les circuits de recouvrement de sa directive principale restaient en alerte, mais le recours à cette directive secondaire n'avait jamais été nécessaire. Il mit cette dernière en stand-by, attendant une seconde analyse. Le client s'avérerait peut-être disponible une fois la cible sécurisée.

Ce n'est qu'à ce moment-là que son système lança la vérification de statut requise.

RAPPORT STATUT : EFFICACITÉ 0,03 %, BATTERIE FAIBLE, MODE VEILLE.

Le rapport conseillait une remise à niveau et, après quelques douloureux instants d'errance, son processeur central abonda dans le même sens. Le câble d'alimentation était déjà connecté à son cœur, mais il lui fallut plus de cinq heures pour le mettre en marche.

CHARGEMENT EN COURS. TEMPS ESTIMÉ AVANT EFFICACITÉ OPTIMALE : 687,4 HEURES.

L'idée qu'il lui faudrait près d'un mois pour atteindre un niveau d'efficacité suffisant ne le dérangeait nullement. Le temps n'avait aucune signification pour lui.

Ses systèmes ronronnaient. Les nanorobots se rechargeaient un à un et parcouraient ses systèmes, purgeant ses veines de leurs détritus, lubrifiant ses articulations. Sa vision s'éclaircissait tandis que les nanos s'attroupaient sur ses globes oculaires, retirant une épaisse couche de poussière.

Il lança une nouvelle recherche pour localiser son client en attendant d'être rechargé à bloc – une recherche qu'il répéterait inlassablement tant que sa mission ne serait pas accomplie. La directive secondaire n'était pas sa priorité. S'il avait eu des sentiments, il aurait dit qu'éliminer la cible le mettait mal à l'aise.

Mais il n'avait pas de sentiments. Il n'avait que des mises à jour.

VEILLE RECHARGE.

VEILLE...

VEILLE...

VEILLE...

Chapitre 3

Le mois suivant demeure un peu flou. Trop agité, trop sombre, trop effrayant. On m'avait arrachée à mon époque ; mon univers tout entier était mort autour de moi. Je n'avais plus prise sur rien. Ni sur le monde, ni sur ma vie, ni même sur mes propres sentiments.

Mes nouveaux parents n'étaient pas vraiment mes parents. Guillory avait engagé un couple de comptables d'Uni Florida, Barry et Patty Pipher. On les avait mutés à ComUnity, et je prenais la place de leurs deux enfants partis à l'université, apparemment. Enfin, pour ce que j'en savais. Il n'y avait même pas de photo d'eux dans l'appartement. Tout le temps où les Pipher se sont occupés de moi, ils ne paraissaient guère portés sur les enfants. Barry était aimable mais distrait ; incapable, je crois, de penser à autre chose qu'à son travail. Il avait le sourire facile, déclenché plus par l'habitude que par un réel plaisir. Patty, quant à elle, était épouvantablement propre sur elle, plus collet monté encore que ma mère, avec sa peau lisse comme le marbre et une chevelure qui semblait moulée dans du plastique. À côté d'elle, j'avais l'impression d'avoir douze ans.

Ma maison n'était pas ma maison. La Résidence Unicorn n'avait pas beaucoup changé, bien sûr. Certaines choses poursuivent leur routine à travers les âges, et Unicorn en faisait partie. Mais je n'avais jamais eu l'impression qu'elle m'appartenait, de toute façon. Personne ne pouvait prétendre posséder ce genre d'endroit.

Par définition, la Résidence Unicorn était une copropriété, mais d'une ampleur à faire pâlir les immeubles de cette catégorie. Mes parents l'avaient fait construire quand j'avais sept ans, juste après l'établissement de la tour UniCorp, point de départ de l'expansion de la ville de ComUnity. À vrai dire, il s'agissait moins d'une résidence à proprement parler que d'un vaste manoir abritant de spacieux appartements.

Dans mon enfance, l'explosion de la population avait fait grimper les tarifs immobiliers. Les gouvernements gardaient jalousement les terrains. Ce qui n'empêchait guère les riches de vouloir leurs propres résidences. Unicorn proposait donc tous les services imaginables – chefs étoilés, piscines couvertes ou de plein air, jacuzzi, sauna, billards, salles de bal, étables et courts de tennis, gymnase, théâtre privé, tout et n'importe quoi – sans qu'on ait à s'en préoccuper. La résidence était désormais gérée par les parents de Bren. Avant ma stase, c'était la tâche de ma mère, tandis que papa passait son temps à UniCorp. J'étais donc ici chez moi.

Pourtant, j'avais beau occuper mon ancien appartement, ce n'était pas la même chose. Barry et Patty n'avaient pas ressenti le besoin de revoir la déco, mais l'appartement avait souvent changé de propriétaires au fil du temps. Maman avait un goût pour les pastels et le blanc cassé, faisant de notre maison une toile vierge sur laquelle je pouvais peindre tout ce que j'avais envie de voir. À présent, la plupart des murs étaient badigeonnés de couleurs automnales, ce qui arrondissait les angles pour en faire un foyer plus douillet. J'aimais bien les tableaux choisis par les anciens occupants. De grands paysages surréalistes à la Dalí et de saisissants petits portraits de personnalités historiques, comme Nehru et Van Gogh. Cela me rappelait certains de mes tableaux. Cela me plaisait bien, mais ce n'était plus l'endroit où j'avais habité avec mes parents.

Cependant, la première fois que je suis entrée dans ma chambre, j'ai failli éclater en sanglots. Si ma vie devait être différente, si le monde que je connaissais était mort, alors j'aurais voulu que tout, absolument tout, ait changé. Peut-être aurais-je pu me débarrasser ainsi de mes oripeaux afin de renaître à neuf. Du moins était-ce ce que je me disais.

Mais lorsque Barry et Patty ont ouvert la porte de ce qui avait été ma chambre autrefois, je me suis retrouvée précipitée dans une existence que j'avais soigneusement mise de côté. J'étais soudain obligée de me rappeler qui j'étais. Et c'était douloureux.

Ma chambre n'avait pas changé, ou presque. Je me suis demandé s'ils s'étaient procuré une photo dans quelque archive informatique, car elle était presque identique à celle que j'avais occupée soixante ans auparavant. Les modifications étaient à peine perceptibles – le tapis présentait un nouveau dessin, les meubles une forme légèrement autre –, et le lit était recouvert d'une courtepointe à motif de roses semblable à la mienne. Il y avait même une reproduction des *Nymphéas* de Monet, quoique sensiblement différente.

Cela me peinait de la retrouver, de me dresser sur mon tapis rose pour regarder les *Nymphéas* en sachant que lorsque je me retournerais, ce ne serait ni maman, ni papa, ni même Xavier que je verrais derrière moi, mais Patty, Barry et Guillory, les yeux rivés sur moi comme sur une bête sauvage. C'est alors que le soleil s'est glissé entre les nuages et que mon regard s'est arrêté sur un élément de ma chambre que je ne connaissais pas. Un prisme en forme de poire était suspendu près de la fenêtre, emprisonnant la lumière vespérale avant de la diffracter à travers la pièce en un millier de minuscules arcs-en-ciel. Mes larmes sont mortes avant même d'être nées. J'ai effleuré le prisme, laissant les rayons danser autour de moi.

Ma douleur s'est estompée. Quelqu'un l'avait suspendu ici pour moi, rien que pour moi. Je soupçonnais Mme Sabah. Un geste aussi palpable qu'un baiser. Cette pièce était plus que la dépouille exhumée de mon ancienne vie. C'était un don. De Guillory, de Mme Sabah, ou même des décorateurs, peu m'importait. C'était une attention délicate. Ce qui voulait dire… quoi ? Que je n'étais pas seule ?

Un autre cadeau m'attendait de l'autre côté du couloir, un cadeau auquel je ne me serais jamais attendue. Un rêve fait dans une autre vie, qui se réalisait dans celle-ci.

Un atelier.

Pas n'importe quel atelier. Un atelier complet de peintre, avec bac de rinçage et pots remplis de pinceaux. Une étagère au garde-à-vous, chargée de livres d'art du sol au plafond : technique, style, histoire, de la sculpture égyptienne au néo-dadaïsme. Un séchoir pour les tableaux, suivi des lignes géométriques strictes d'une table à découper pour le matage et le collage, ainsi que des outils pour tendre mes toiles. Dans les tiroirs, sous les fenêtres, des craies multicolores, des fusains et des estompes, une large sélection de crayons de couleur flambant neufs, et des dizaines de rames de papier, du noir pour les craies aux blocs à aquarelle. Un spectre entier de tubes d'aquarelle. Un assemblage de petits pots d'acrylique. Et surtout, un énorme tiroir plein de peintures à l'huile, brillantes, fraîches, intactes, qui n'attendaient que ma main.

Enfin, un autre tiroir avec brosses, couteaux, palettes, et tout ce que j'aurais encore pu désirer.

J'avais de quoi créer des chefs-d'œuvre dans cette pièce où se trouvaient deux chevalets et une table à dessin, agrémentée d'une lampe pour travailler la nuit. Derrière, contre le mur, un grand aquarium de poissons tropicaux donnait vie aux couleurs des peintures. C'était un rêve. Un mirage. Le cœur de mon souhait le plus secret, la seule chose que je savais ne jamais pouvoir obtenir. Un simple regard dans cet atelier suffisait à illuminer mon futur sombre et sans espoir.

Le plus dur était de penser à mon ancienne vie. Maman qui me préparait à manger, papa qui passait la main dans mes cheveux en rejoignant son bureau – la pièce même qui me servirait à présent d'atelier. Åsa me manquait, avec son thé Earl Grey et ses compliments sibyllins qu'elle laissait échapper dans son doux accent suédois en voyant mes derniers tableaux ou mes bons résultats scolaires.

Xavier aussi me manquait, dans un bourdonnement de douleur, pareil au son de l'océan, qui me submergeait par moments et dans lequel je me noyais. Je ne savais pas comment j'étais censée m'en sortir sans lui. En mon for intérieur, je savais que j'aurais pu supporter de perdre père et mère, et même le monde dans lequel j'étais née, si seulement j'avais pu retrouver mon Xavier tel qu'en lui-même.

J'avais essayé de chercher son nom sur Internet pendant mon séjour à l'hôpital, rien que pour voir si, par miracle, il était toujours en vie. Même si je n'aurais su que faire si ç'avait été le cas. Je ne fus guère surprise de constater que son nom ne figurait pas dans les registres de population actuels. Après tout, s'il avait survécu, il serait venu me tirer de ma torpeur des décennies auparavant. Je n'avais pas poussé les recherches plus loin ; je ne tenais pas à apprendre comment il était mort. Je ne tenais pas à en apprendre davantage sur le décès de mes parents, non plus. Sans doute avaient-ils tous trouvé la mort pendant ces fameuses Années sombres sur lesquelles je ne m'étais toujours pas renseignée. Si je ne connaissais pas les circonstances de leur mort, je pouvais me leurrer et les croire toujours en vie, même si ce n'était que dans ma tête.

J'avais de la peine pour chacun d'entre eux, mais mon amour pour Xavier demeurait aussi vif et tranchant qu'une lame de rasoir sur laquelle je me coupais. Bien sûr, notre amitié avait toujours été un problème suffisamment aigu pour me blesser. Même petit, il savait faire saigner mon cœur.

Comme cette fois, quand il avait cinq ans, et que je sortais tout juste d'une séance de quelques mois. Je ne devais pas avoir plus de dix ans. J'étais allée dans le jardin. Xavier et sa mère prenaient l'air - elle travaillait à quelque projet tandis qu'il jouait avec une pile de bouts de bois. Il faisait terriblement clair dehors, et l'on venait de me tirer de mon tube de stase. Mes yeux n'étaient pas encore remis. Je songeais à retourner à l'intérieur quand une masse d'énergie irrésistible, haute comme trois pommes, était venue me renverser.

— Rose !

Je regardais en clignant la tornade de cheveux blonds et de taches de rousseur, typiques du bout de chou avec lequel j'avais joué avant d'entrer en stase.

— Xavy ?

— Rose, Rose, Rose, Rose, Rose !

Xavier s'était mis à danser autour de moi, chantonnant mon nom sans relâche.

— Rose, Rose, Rose !

Mme Zellwegger avait levé les yeux de la table du jardin, où elle travaillait sur un écran portable.

— On dirait que tu t'es fait un admirateur, avait-elle dit d'un air absent avant de retourner à son projet.

Xavier était si grand que j'étais même étonnée qu'il se souvienne de moi.

— Regarde-toi, avais-je dit au petit garçon. Comme tu as grandi !

— J'ai cinq ans maintenant, avait-il annoncé fièrement.

— Vraiment ?

Je n'avais aucune idée de la durée de ma séance, mais je savais que Xavier n'avait que quatre ans la dernière fois que nous avions joué ensemble. Il articulait à peine alors, ses monologues difficilement compréhensibles partant dans des délires que je ne pouvais suivre. Je jouais avec lui comme avec un chien, à cache-cache derrière les arbres et à se rouler par terre dans l'herbe.

— J'ai eu mon anniversaire en juin et maintenant j'ai cinq ans et je vais à l'école en septembre !

— Ah bon ?

— Regarde ce que j'ai eu, regarde ce que j'ai eu ! avait-il ordonné en tirant sur mon bras.

Je l'avais suivi, amusée, tandis qu'il me faisait traverser la pelouse jusqu'à une petite pile de jouets au pied d'un arbre.

— Je l'ai eu pour mon anniversaire. C'est une boîte au trésor.

Logé dans l'herbe se trouvait un coffre de pirate en bois injecté de plastine et orné d'un crâne en guise de serrure. Xavier l'avait ouvert et s'était mis à me couvrir de ses trésors.

Il avait rangé dans cette boîte ses objets les plus précieux, qu'il empilait à présent sur mes genoux, exhibant son jeu d'alphabet informatique et ses figurines de monstres avec leurs « cinq dents pointues ! Cinq, comme moi ». Il y avait une boîte de pastels, une baguette un peu tordue, une plume, le vieux portable de sa mère, cassé, mais avec lequel il pouvait faire comme si, et un poisson en plastique, et…

— Rose ? Pourquoi tu pleures ?

Battement de paupières.

— Je ne pleure pas pour de vrai, lui avais-je dit en essuyant mes yeux baignés de larmes. Le soleil est trop fort pour moi, c'est tout. J'ai un peu mal aux yeux ; ça pique, ça me fait pleurer.

Xavier m'avait fixée un long moment, son visage surexcité prenant un air sérieux, les sourcils froncés.

— Tiens.

Il avait plongé une main au fond de son coffre pour en tirer une paire de fausses lunettes de soleil.

— C'est pour toi.

Elles étaient en plastique, au moins deux tailles trop petites, mais il me les avait tendues avec une telle intensité que je n'avais pu refuser. Je les avais chaussées à grand-peine. Les branches n'atteignaient pas mes oreilles et reposaient sur mes tempes, serrant ma tête comme un étau, mais le geste était si gentil.

— Merci, Xav.

— Rose ? avait-il demandé, tout sérieux. T'étais où ?

Hochement de tête.

— C'est compliqué. J'ai dormi pendant un long moment, mais maintenant je suis réveillée.

— Tu veux pas venir chez moi ? Tu peux dormir dans ma chambre.

Sourire.

— J'ai ma chambre, moi aussi.

— Mais moi je pourrais te réveiller et tu dormirais pas aussi longtemps et comme ça tu manquerais pas mon anniversaire.

— Je suis désolée d'avoir manqué ton anniversaire. Je ne dormirai plus comme ça pendant un bon moment.

— Promis ?

— Promis.

Xavier m'avait débarrassée de ses jouets pour les ranger. Enroulant son bras minuscule autour de ma taille, il avait enfoui sa figure contre mon épaule.

— Ne retourne plus jamais dormir, Rose. Reste avec moi pour toujours et toujours et toujours.

— Absolument, l'avais-je assuré en embrassant son doux visage d'enfant. Pour toujours et toujours.

Alors moi-même qu'une enfant, je n'avais pas compris à quel point je lui mentais. Et voilà que j'avais dormi soixante-deux ans, manquant chacun de ses anniversaires.

Barry et Patty m'ont à peine vue les premières semaines. Je n'étais pas vraiment là. Mon monde se réduisait à mon lit et à mon atelier. Je dessinais des visages familiers – celui de Xavier, notamment – et peignais des paysages complexes. L'épuisement dû à la stase ralentissait mes mouvements et je fatiguais vite, mais je me suis rapidement aperçue que j'avais en fait progressé pendant mon sommeil. La peinture était la seule chose qui m'intéressait. Je me présentais aux repas comme ils le souhaitaient, m'exécutais lorsque Patty m'ordonnait d'aller acheter des sous-vêtements, débarrassais mon linge parce que c'est la moindre des corrections. Et lorsque Barry m'a annoncé que j'avais rendez-vous chez un psychologue, j'ai grimpé avec obéissance dans l'aqualimo et l'ai laissé me conduire à son cabinet en ville.

— Ce n'est qu'une rencontre informelle, m'a dit la psychologue une fois que je me suis assise sur le sofa confortable. Histoire de faire un peu connaissance. Tes parents d'accueil t'ont un peu parlé de moi ?

J'ai secoué la tête.

— Non. On m'a juste dit que nous avions rendez-vous.

— Ah.

Le docteur Bija s'est tournée vers son écran-calepin qu'elle a tapoté à plusieurs reprises. J'avais, pour ma part, toujours du mal à maîtriser l'objet. Je connaissais bien les ordinateurs à écran tactile, mais ces appareils portables flexibles qui se faisaient passer pour des carnets de notes étaient une nouveauté pour moi. C'était pratique de pouvoir les jeter à travers la pièce, de s'asseoir accidentellement dessus, de les coincer sous une pile de vrais livres, tout en ayant toujours accès à Internet et la possibilité d'y copier les cours, mais ça ne remplaçait pas les cahiers. En tout cas, pas pour moi.

Ma psychologue, la quarantaine bien tassée, les tempes grisonnantes et la peau d'un brun chaleureux, portait un élégant tailleur-pantalon en lin et s'appelait Mina Bija. « Mii-na Biija », comme me l'avait indiqué Barry en me déposant devant l'un des innombrables immeubles qui avaient jailli dans ComUnity durant mes soixante-deux années de sommeil. Je n'avais aucune envie de voir un psychologue, mais Barry m'avait assuré que c'était pour m'aider à m'intégrer. À mon avis, il s'agissait plutôt pour Guillory de m'espionner, mais je n'avais pas voix au chapitre.

— Tu es donc Rosalinda. Veux-tu que je t'appelle Rose, ou préfères-tu un autre surnom ?

— Rose, ça me va.

J'étais surprise qu'elle pose la question. Guillory persistait à m'appeler Rosalinda, comme pour me gronder.

— Tu peux m'appeler Mina, ajouta le docteur Bija. C'est M. Guillory qui t'a recommandée à moi, c'est bien ça ?

— Je crois, oui.

— Oh, bien sûr, je t'ai vue aux informations le mois dernier. As-tu déjà consulté un psychologue par le passé ?

J'ai répondu par la négative.

— Je voyais un physiothérapeute, mais jamais de psychologue.

— Alors comme ça, je suis ta première ? a-t-elle demandé avec un sourire modeste, ce qui m'a aidée à baisser un peu la garde. Eh bien, pour être tout à fait claire, il faut que tu saches que je travaille pour UniCorp, ici, à Uni Prep.

J'ai parcouru son bureau des yeux. Je ne m'étais pas rendu compte que nous étions dans mon nouveau lycée.

— Si j'ai bien compris, tu vas être scolarisée ici ?

— À partir de lundi.

— Si vite ? Ça doit être effrayant.

J'ai haussé les épaules.

— Pas plus que tout le reste.

Elle a pris un air soucieux.

— Oui, ça a dû te faire un sacré choc.

Je me suis tortillée avec gêne.

— Je n'ai pas vraiment envie d'en parler.

— Bien entendu. Parlons école. Qu'est-ce que cela te fait, de t'inscrire à Uni Prep ? Tu te sens prête à reprendre les cours ?

J'ai secoué la tête.

— Je ne sais pas. Je suppose que oui.

— Tu n'es pas inquiète ? a insisté Mina. Tu as plus de soixante ans de technologie et d'histoire à rattraper.

— Je doute que cela fasse une grosse différence, ai-je répondu d'un air penaud.

— Vraiment ? J'espère que tu n'auras pas trop de mal à t'y retrouver. Cela te rendrait la vie tellement plus agréable !

— Ce n'est pas ce que je voulais dire, ai-je précisé. C'est juste que… je n'ai jamais été très bonne élève. J'imagine que cela ne pourra pas être pire, même avec tous ces nouveaux gadgets.

J'ai baissé le regard sur mes genoux recouverts de l'uniforme en lin gris d'Uni Prep. Pour la jupe, j'avais le choix entre des carreaux aux couleurs de l'école - vert, bleu, or - et du lin assorti aux vestes grises ou vert foncé. Guillory m'avait fait livrer plusieurs ensembles couvrant l'intégralité du spectre d'Uni Prep. J'en étais soulagée, à vrai dire, car je n'aurais pas, ainsi, à renouveler ma garde-robe. Patty m'avait emmenée acheter des pyjamas et des sous-vêtements - un cauchemar. J'étais habituée aux changements de mode, mais pas à devoir choisir ce que j'allais porter. Dommage qu'Uni Prep ne délivre pas de pyjama réglementaire.

— Tu n'es pas bonne en classe ? m'a demandé Mina.

J'ai remué la tête.

— Depuis toujours.

Elle a froncé les sourcils.

— Tu sais pourtant qu'Uni Prep vise l'excellence dans tous les domaines.

— Croyez-vous que je devrais demander à être envoyée ailleurs ? ai-je questionné, craignant qu'elle réponde par l'affirmative.

Après tout, sa loyauté allait d'abord à l'école. Or, je ne tenais pas à changer d'établissement. D'une part, cela m'obligerait à dire adieu à cet uniforme si réconfortant. Et de l'autre, Uni Prep m'apparaissait comme le prolongement de la protection de mes parents, comme ce qui se rapprocherait le plus de la vie que j'aurais eue s'ils avaient toujours été en vie. Je ne voulais pas abandonner tout cela.

— Non, a-t-elle répliqué, mais je pense que nous devrions en discuter avec ton conseiller d'orientation, et peut-être t'assigner un tuteur.

À mon tour de froncer les sourcils.

— Ce n'est pas vous, le conseiller d'orientation ?

— Non, a dit Mina. Je ne suis que psychologue. Les dossiers du conseiller d'orientation sont ceux de l'école. Les miens sont privés. Je travaille avec l'école pour faciliter l'intégration des pensionnaires. La plupart d'entre eux quittent le domicile familial pour la première fois et ont besoin d'aide. Mais j'ai également des patients hors de l'établissement et de ComUnity.

Voilà qui me rassurait.

— OK pour le tutorat. Non que ça serve à grand-chose - je ne suis pas très douée, ai-je avoué. J'ai essayé de faire des efforts, mais cela n'a jamais rien donné, alors j'ai un peu baissé les bras.

— C'était avant ton hospitalisation ?

— Avant ma dernière stase, ai-je précisé, en me demandant pourquoi elle évitait de prononcer ce mot. Il m'arrivait de prendre tellement de retard que tout le monde finissait par laisser tomber. Je repartais de zéro dans une nouvelle école.

Mina, le visage indéchiffrable, a hésité un instant avant de m'interroger :

— Et ça marchait ?

On ne m'avait encore jamais posé la question.

— Pas vraiment, ai-je concédé.

Je n'avais rien contre Mina, mais lui parler de tout cela ne me paraissait pas approprié. J'ai contourné le reste de ses questions. Elle faisait partie de ce monde, dans lequel je n'avais pas vraiment ma place. J'étais une enfant hors du temps. Rien ne semblait avoir de sens. Je ne savais pas comment programmer l'holographe, j'étais même incapable de comprendre comment allumer la cuisinière. Triste ironie, quand cuisinière et réfrigérateur constituaient des produits phare d'UniCorp, avec leurs minuscules étiquettes NéoFusion™ dessus.

La source d'énergie NéoFusion, un carburant pour ainsi dire inépuisable, avait fait l'objet du plus important brevet d'UniCorp, marquant le premier pas vers l'expansion interplanétaire de la compagnie. Avant ma stase, on ne s'en servait que pour alimenter des équipements importants et coûteux, tels des centrales électriques, des navettes spatiales, et quelques rares appareils indépendants comme mon tube de stase. Aujourd'hui, apparemment, ces mêmes batteries NéoFusion étaient utilisées un peu partout. Tout comme les commandes thermiques SubTouch™, si sensibles, qui à mon grand désespoir réagissaient avant même que je les aie effleurées. En théorie, cela évitait les infections, un fléau dont les gens se souciaient beaucoup plus depuis ces fameuses Années sombres. Dans la réalité, cela voulait surtout dire que j'avais failli mettre le feu à l'appartement.

Tout ce que je voulais, c'était me perdre dans mes dessins. Je n'avais absolument aucune envie d'aller en classe.

Mais avais-je seulement le choix, prisonnière d'un monde qui n'était pas le mien, et où ma vie appartenait à tous sauf à moi ? Manger, parler avec un psychologue, me préparer pour l'école. Je faisais tout ce qu'on exigeait de moi. Que pouvais-je faire d'autre ?

Chapitre 4

Un grand bâtiment, aux lignes prétentieuses et au style vieillot, avec son architecture en pierre irrégulière, ses fenêtres voûtées et ses hauts pignons, digne d'une nouvelle d'Edgar Poe. On aurait dit la maison Usher, la maison des morts-vivants, un terrible et noir donjon. C'était ça, mon école.

Uni Prep était considérée comme le meilleur établissement de tout le système solaire. La plupart des personnes des échelons supérieurs dans les colonies y envoyaient leurs enfants en pension. Quant aux externes, comme Bren et moi, ils comptaient parmi la fine fleur de ComUnity.

J'avais déjà repéré les lieux, bien sûr – le cabinet du Dr Bija se trouvait dans l'aile ouest –, mais je n'étais encore jamais passée par l'imposant portique d'entrée. Le campus tout entier avait été construit dans ce qu'on appelait le style néogothique, durant le temps qui avait suivi ces fameuses Années sombres dont m'avait parlé Bren. Uni Prep avait des allures d'immense mausolée, constellé d'œuvres contemporaines mal dégrossies et parfaitement incongrues, accrochées aux moulures comme des champignons. Je m'attendais à voir Nosferatu surgir à tout instant de la porte la plus proche pour me sauter à la gorge. Les gens avaient dû être bien déprimés pendant ces Années sombres.

J'ai gravi à contrecœur les marches du donjon et traversé le hall d'entrée en direction de la cour centrale, où Bren avait plus ou moins promis de me retrouver. L'intérieur de l'école devait être plutôt agréable, je suppose, avec ses fenêtres voûtées qui laissaient pénétrer la lumière du soleil. Des dizaines d'élèves qui s'affairaient çà et là, leurs écrans sous le bras, souriant et s'esclaffant comme s'ils étaient n'importe où, sauf dans cette crypte. Mais le rythme et l'intonation de leurs discours sonnaient un peu différemment à mes oreilles, et je ne comprenais pas la moitié de ce qu'ils disaient. « Vas-y, c'est trop frais ! » « Arrête de faire ton boulet ! » « C'est bon, je calcule ! »

Un frisson m'a parcourue.

— Bienvenue à Uni Prep, s'est exclamé Bren derrière moi.

Je me suis retournée d'un bond. J'aurais pu fondre en larmes, tellement j'étais soulagée de le voir.

— Voilà, désolé, a-t-il ajouté en désignant la cour d'un air penaud.

C'était une sorte de fosse en ciment creusée au centre de l'école, qui tentait de se faire passer pour un jardin, avec une poignée d'arbres desséchés qui ondulaient tristement dans leurs pots. Bren s'est mis à me nommer les choses si rapidement que j'avais du mal à suivre.

— Par là, ce sont les terrains de gravité pour les jeux interplanétaires. Ils prennent en compte les poids de Mars, la Lune, Titan, Callisto et Europe. Tu vois ces filles là-bas ?

Il m'a montré un groupe de filles, aussi carrées et baraquées que des tortues, et qui pourtant se mouvaient avec l'agilité de danseuses.

— C'est l'équipe de volley de l'école. Elles se croient trop fraîches. La plupart sont internes, et très soudées. Si tu t'avises d'en fâcher une, elles viendront te démonter en EPS, et elles pourraient bien te pirater tes devoirs, aussi.

Il m'a indiqué une direction opposée.

— Là, ce sont les boursiers.

Un petit groupe uni d'élèves discutaient sous un arbre misérable. Je trouvais qu'ils avaient l'air de jeunes parfaitement ordinaires.

— En général, ils restent entre eux, pour leur sécurité. Ils sont plutôt inoffensifs et, individuellement, ils sont tous sympa, mais ne va pas te montrer avec eux quand ils sont en groupe, sinon tu seras étiquetée pour le restant de tes jours. On te fichera jamais la paix. Je sais, c'est la lose, mais c'est comme ça.

Par l'entrée étroite de la cour, il m'a montré deux bâtiments qui flanquaient l'arrière de l'école, tel un couple de gardes du corps. Ils en avaient aussi l'allure trapue et massive, tranchant avec la majesté néogothique de l'école, même si j'y reconnaissais la main du même architecte à la manque.

— Ça, ce sont les dortoirs pour les internes. Une sécurité de malade. Scan immédiat à l'entrée, et ça rigole pas côté mixité. Fais attention de toujours avoir un interne avec toi, sinon tu risques un avertissement. C'est un peu la bagarre entre les internes et les externes. Rien de sérieux, mais il y a eu des actes de vandalisme. Faudrait pas que les gens aillent croire que tu es de la même eau.

Il a balayé la cour du regard.

— Je vois rien d'autre à ajouter. Tu calcules tout ?

Je supposais qu'il voulait dire « Tu as tout compris ? », mais je n'étais pas encore au fait de l'argot en vogue. J'ai esquissé un signe de tête, qui a semblé avoir l'effet escompté.

— Faut que j'aille en cours. Tu as ton emploi du temps ?

— Pas encore, ai-je répondu.

Il avait tout détaillé à une vitesse si étourdissante que je commençais à le soupçonner de vouloir se débarrasser de moi. Cette pensée m'attristait. Bren était mon seul semblant d'ami dans ce nouveau monde complètement fou.

— Est-ce que tu peux m'indiquer le secrétariat ? lui ai-je demandé.

Il a désigné une porte imposante derrière moi.

— Passe ces portes, et sur la droite. Tu veux que je t'accompagne ?

J'ai souri. Même sous la contrainte, il prenait bien soin de moi.

— Non, je pense que ça devrait aller. File.

— OK. On se voit au déjeuner.

J'ai laissé échapper un soupir de soulagement.

— Merci.

Dès que j'arrivais dans une nouvelle école, c'était toujours l'enfer pour savoir où m'asseoir à la cantine. Mais Bren veillait sur moi. Je savais que tout irait bien.

À ma grande surprise, M. Guillory m'attendait dans le bureau.

— Ah ! Rosalinda, je parlais justement avec ta conseillère que voici, pour m'assurer que tu étais bien inscrite aux cours qu'il fallait. On t'a mise en deuxième année pour l'histoire parce qu'ils vont justement aborder le changement de siècle, ce qui correspond au moment où tu… euh… en es restée. Je me suis dit que cela ne pourrait pas te faire de mal de rattraper ce que tu as manqué.

J'ai dégluti. Je n'étais pas certaine de vouloir savoir ce que j'avais manqué.

— Merci, monsieur Guillory.

— Je t'en prie, appelle-moi Reggie ! Bon. Je te fais confiance pour reprendre ton niveau en maths, en anglais et en chinois, c'est bien ça ? J'ai retrouvé ton… euh… ton dernier dossier scolaire dans les archives de la ville. Tu faisais bien du chinois ?

Mes parents pensaient qu'apprendre le chinois constituerait un atout pour moi, puisque c'était la deuxième langue la plus employée dans les affaires, après l'anglais. Ils m'avaient inscrite en mandarin dans chacune des écoles que j'avais fréquentées. Je n'étais pas très douée.

— Oui, je vous remercie.

— Nous étions en train de discuter des sciences. Que dis-tu d'un peu de sociopsychologie, associée à de l'astrophysique élémentaire ?

Parce qu'il existait un niveau « non » élémentaire d'astrophysique ?

— Parfait, ai-je répondu en ramassant une copie papier de mon emploi du temps, même si je savais qu'il se trouverait également chargé sur mon écran.

— J'ai pensé que cela te serait utile, vu l'empire interplanétaire dont tu vas hériter, pas vrai ?

Hilarité générale. Je me suis efforcée de rire, pour leur faire plaisir.

— Je t'accompagne à ton premier cours, a décrété Guillory en saisissant mon épaule de sa main dorée avant de m'arracher l'emploi du temps. Sociopsycho. Je crois que c'est juste là.

La plupart des élèves se pressaient le long des couloirs, craignant d'être en retard, mais tous se figeaient lorsqu'ils m'apercevaient avec M. Guillory, dont la présence dissipait leurs derniers doutes quant à mon identité. Je provoquais un océan de silence partout où j'allais, tous les yeux rivés sur moi.

J'entendais murmurer dans mon dos : « C'est ça, la Belle au bois dormant ? » « Sérieux, elle est pas si belle ! » « Paraît qu'elle s'est mise en stase pour préserver sa longévité. » « Tout ça, c'est des bobards. C'est juste la mascotte d'UniCorp. » « Elle cire les pompes de Guillory. » « Une vraie marionnette. » Je gardais la tête baissée, refusant de croiser les regards qui me dévisageaient. Tout espoir d'intégration venait d'être détruit par l'attitude arrogante de Guillory. Lequel continuait, bien sûr, d'avancer à grandes enjambées, sans prêter attention à quoi que ce soit.

— Nous y voilà, a-t-il dit. Veux-tu que j'aille parler à ton professeur pour te trouver une place ?

— Non, ce n'est pas la pei… ai-je tenté de répondre, mais M. Guillory fondait déjà sur l'enseignant, sa peau dorée exsudant l'efficacité.

— Voici Rosalinda Fitzroy. Je suppose que l'on vous a briefé sur le traitement à lui réserver ? a-t-il proclamé, pas assez discrètement à mon goût.

J'ai essayé de dissimuler mon rougissement derrière ma chevelure. Si seulement je n'avais pas été si blonde, si pâle, et si prompte à virer pivoine, avec ma peau si translucide. Papa m'appelait toujours sa « petite rose ». Les élèves déjà assis me dévoraient des yeux, certains avec une curiosité non feinte, les autres avec une aversion palpable. J'aurais voulu disparaître sous terre.

M. Guillory est finalement parti (emportant avec lui mon emploi du temps), et je me suis efforcée de suivre le cours. Si cela n'avait tenu qu'à moi, j'aurais pris tous les cours de rattrapage de première année, assortis d'une douzaine de tuteurs. Mais cela aurait été trop demander. Si le Dr Bija avait parlé à la conseillère d'orientation, comme elle l'avait laissé entendre, on avait allègrement ignoré ses recommandations. Au bout de quelque temps, j'ai laissé tomber, esquissant un paysage sur mon écran. C'était un de mes rêves de stase, tout en arbres biscornus et en horizons liquides. Mais l'écran ne remplaçait pas un bon carnet de croquis. Même si je pouvais faire surgir des palettes aux milliers de couleurs, cela n'avait rien d'une œuvre d'art à mes yeux.

Lorsque la sonnerie a retenti, j'ai docilement recopié les consignes pour les devoirs, tout en sachant que je n'en ferais pas grand-chose.

En littérature, nous étions censés étudier les auteurs du tournant du siècle ; Guillory pensait que ce serait trop passéiste pour moi. Je n'avais pas le courage d'avouer au professeur que je n'avais jamais entendu parler de la moitié de ces écrivains, ni que je n'avais pas lu un seul des livres au programme. Les auteurs qu'ils tenaient pour classiques étaient d'obscurs anonymes lors de leur première publication.

Quant au chinois, pour moi, cela restait… du chinois.

J'avais sport juste avant le déjeuner, et quelle ne fut pas mon horreur de découvrir que nous avions endurance. J'ai parcouru une vingtaine de mètres avant que l'entraîneur m'envoie sur le banc de touche. Je tremblais et je suffoquais, et j'aurais même pu vomir, mais j'avais si peu mangé que je n'avais que des haut-le-cœur. L'épuisement dû à la stase continuait d'interférer avec la plupart de mes fonctions motrices. L'entraîneur a dit qu'il essaierait de s'arranger pour me faire valider quand même mes crédits d'éducation physique pour le semestre.

— Ça… n'est pas… nécessaire… ai-je protesté en haletant.

— Oh que si. Ordre de M. Guillory. Je dois m'assurer que tu es bien traitée.

J'étais contrariée d'apprendre qu'après m'avoir abandonnée à mon cours de sociopsycho, M. Guillory avait fait le tour de mes enseignants, interrompant leurs cours pour les informer du traitement de faveur dont je devais bénéficier. Si la plupart des élèves n'éprouvaient encore aucun ressentiment envers moi, c'était forcément le cas à présent. J'allais demander au Dr Bija si elle pouvait faire en sorte que mes sessions de physiothérapie soient décomptées en remplacement de la gym. Je pourrais m'acquitter des exercices que m'avaient prescrits les médecins pendant que les autres effectuaient leurs tours de piste ou tiraient au but.

Une fois relâchée, j'ai volé en direction de la cafétéria avec l'espoir d'y voir Bren. Mais la masse des corps attroupés a eu raison de moi. Retrouver un beau gosse parmi deux mille membres de l'élite argentée tenait de la gageure. J'ai donc fait la queue pour recevoir le menu standard.

Toute la matinée, la foule s'était fendue à mon approche telle la mer Rouge devant Moïse, avec des expressions allant de la curiosité malsaine à la haine pure et simple. Je m'étais habituée à être considérée comme l'éléphant dans le magasin de porcelaine que tout le monde observe sans lui adresser la parole. Mais lorsque j'ai quitté la file, j'ai été immédiatement accostée par un garçon tiré à quatre épingles. On aurait dit une variante asiatique de Guillory.

— Alors comme ça, c'est toi, la Belle au bois dormant, a-t-il ronronné. Soun Ling. Enchanté.

Son ton suggérait le contraire. Il m'a quand même tendu une main molle, que j'ai laissée suspendue dans les airs, incapable de me figurer comment la serrer sans faire tomber mon plateau ou mon écran de notes. Il n'a pas relevé mon impolitesse.

— Veux-tu t'asseoir avec nous ?

Un groupe de garçons et de filles a ricané derrière lui. Même sans savoir ce qui les faisait rire, ils me mettaient mal à l'aise. J'avais suffisamment d'expérience en tant que nouvelle transfuge pour pressentir que la situation pouvait très vite virer au cauchemar si on traînait avec les mauvaises personnes. Soit on en froissait d'autres, soit, le plus souvent, on finissait en dindon d'une horrible farce. Voilà pourquoi je chérissais tant mon amitié avec Xavier. Je ne savais pas trop pourquoi, mais mon instinct me soufflait que Soun Ling n'était pas la bonne personne à laquelle associer mon nom. Je me tenais là, impuissante, occupée à me demander comment j'allais me sortir de ce mauvais pas sans m'attirer les foudres de Soun ou de quelqu'un d'autre, quand mon surnom a fendu le brouhaha de la cafétéria.

— Rose !

Mon visage s'est tourné en direction de cette bouée de sauvetage. Voyant la main de Bren fuser au-dessus des têtes, j'ai poussé un soupir.

— Mon ami m'attend, ai-je expliqué.

Je n'étais pas sûre que Bren compte vraiment comme un ami. Aucune importance.

Soun Ling a fusillé Bren du regard.

— On cire déjà les pompes de la direction, hein ? J'aurais dû m'en douter, a-t-il éructé avant de faire volte-face.

J'ai dégluti, soulagée, mais toujours tendue. Que voulait-il dire par là ?

Bren m'avait gardé une place en face de lui. Lorsque je me suis approchée de la table, il a ramassé son écran posé sur la chaise en me faisant signe de m'y installer.

— Merci, ai-je dit en me glissant sur le siège.

— De rien.

Il m'a désigné quelques-unes des personnes assises autour de la table.

— Molly, Anastasia, Jamal, Wilhelm, Nabiki, et Otto. Je vous présente Rose.

Les autres m'ont dévisagée avec indifférence, comme s'ils se demandaient pourquoi Bren m'avait traînée jusque-là, sans pour autant vouloir contester sa décision.

— Salut, ont-ils tous lancé presque à l'unisson.

Puis chacun a repris sa conversation, comme s'ils avaient déjà oublié ma présence. J'espérais ne pas avoir à me rappeler tous leurs noms. Ils étaient aussi variés que les couleurs de l'arc-en-ciel, mais leurs coiffures paraissaient uniformément coûteuses, leurs téléphones portables à la pointe également. Leurs écrans étaient tous de premier choix – je reconnaissais le logo qui ornait mon propre modèle, d'un prix exorbitant.

Je tripotais ma nourriture en silence. Je ne pouvais toujours pas manger sans avoir la nausée. Le médecin m'avait prévenue qu'il me faudrait peut-être des années avant de pouvoir m'alimenter normalement. Les autres discutaient, plaisantant et se taquinant mutuellement. D'ordinaire, lorsque j'arrivais dans une nouvelle école, on me posait des questions, auxquelles je répondais. Mais cette fois, toutes les questions avaient déjà été posées par les journalistes, et les réponses diffusées aux informations. Ils ne semblaient rien avoir à me dire, et je ne savais pas quoi leur raconter.

Après m'avoir laissée picorer en paix quelques instants, Bren s'est éclairci la voix.

— Alors, comment se déroule ta journée ?

J'ai haussé les épaules.

— Ça peut aller.

— Je t'ai vue tomber dans l'embuscade des chacals.

— Les chacals ?

— Ouais, Soun et ses potes. Quelle bande de rapaces. Des enfants de nouveaux riches. Leur truc, c'est de se mêler aux vrais gosses de riches pour leur presser le citron. Désolé, j'aurais dû te prévenir ce matin.

— Ça ne fait rien, ai-je murmuré.

— Si, je pensais que tu serais à l'abri. Comme on n'est pas dans leur classe. C'était sous-estimer ta célébrité.

— Je ne suis pas une célébrité, ai-je protesté.

— Je n'ai pas dit que tu étais une idole ou un truc dans ce genre, mais tout le monde, sans exception, sait qui tu es.

J'ai soupiré, incapable de garder plus longtemps les yeux sur mon plateau presque intact. Nausée.

— Bren ? Soun a dit… que je cirais déjà les pompes de la direction. Qu'est-ce qu'il entendait par là ?

Bren a esquissé un sourire amer.

— C'est comme ça qu'ils nous surnomment. À cause de nos familles. Mon grand-père est juste un cran en dessous de Guillory. Directeur exécutif – pas exactement président, mais très puissant quand même. Mon père fait partie du conseil d'administration, quatre échelons plus bas environ, et maman est directrice de recherche du Département graphique central.

Il a hoché la tête en direction des autres jeunes autour de la table. La plupart avaient cessé de parler dès le moment où Bren avait ouvert la bouche. Cela me rappelait un peu la déférence montrée à papa pendant les pique-niques de l'entreprise. Je me suis demandé si Bren avait conscience de son pouvoir.

— Le père de Nabiki est le chef et créateur du Département de recherche neurolinguistique.

— Ma mère est vice-présidente de Recherche, Développement et Facteurs humains, a dit un des garçons, un grand blond de type nordique au fort accent allemand - Wilhelm, sans doute. Mon père conduit la branche allemande d'UniCorp.

— Mes parents dirigent l'équipe qui contrôle la qualité de l'agriculture biochimique, a déclaré la dénommée Anastasia, dont l'accent russe était si marqué que je peinais à la comprendre.

— Et ceux de Jamal possèdent la moitié d'Europa, a annoncé une rousse flamboyante au visage constellé de taches de rousseur.

Jamal a rejeté la tête en arrière avec un éclat de rire.

— Le tiers, plutôt.

— Et toi ? ai-je demandé à la rousse.

— Molly, a-t-elle précisé avec un sourire. Moi ? je ne suis qu'une boursière. Mes parents faisaient partie des premiers colons sur Callisto, ce qui me confère un statut quasi royal là-bas, mais ne m'ouvre aucune porte sur Terre.

— Elle te raconte des craques, a rétorqué Bren. Ça lui a valu cette bourse. Et puis, elle est terriblement douée pour l'économie fondamentale. Elle va révolutionner la structure économique de la planète dès qu'elle aura fini la fac, c'est moi qui te le dis. Mon grand-père songe déjà à l'inviter aux conseils d'administration.

J'étais dans mes petits souliers.

— Je suis loin d'être aussi intéressante, ai-je murmuré.

Jamal et Wilhelm se sont esclaffés à l'unisson. Avec sa carrure de géant, Wilhelm était obligé de se pencher pour me regarder dans les yeux.

— On t'appartient, tous autant que nous sommes, *Liebchen*, a-t-il glissé avec tendresse.

Je rougissais de nouveau, je le savais, mais j'ai répondu dans un souffle :

— Non, ce n'est pas vrai.

— Presque, a dit Jamal. En particulier…

Mais Nabiki l'a interrompu d'un coup de coude dans les côtes. Jamal a lancé un regard furtif au seul membre du groupe qui ne s'était pas encore exprimé, avant de fermer la bouche. J'ai énuméré dans ma tête les noms qu'avait égrenés Bren. Il devait s'agir d'Otto.

Je ne distinguais pas son visage. Il n'avait pas attaché sa longue et épaisse tignasse noire, contrairement aux autres garçons. Il n'avait pas levé le nez de son assiette non plus.

— Et la famille d'Otto ? ai-je demandé.

Silence gêné. Ce n'est que lorsqu'il m'a regardée que j'ai enfin compris. Je me suis figée. Je l'avais imaginé asiatique ou caucasien, mais il n'était ni l'un ni l'autre. Il avait les yeux jaunes et, maintenant que je le regardais de plus près, la peau bleue. Il était plutôt beau garçon, avec un nez volontaire et des traits fins. Mais son teint n'avait rien d'humain.

— Otto ne parle pas, a expliqué Nabiki en lui adressant un sourire.

Otto restait impassible. Elle lui a effleuré l'épaule dans un geste qui m'a fait comprendre que leur relation n'était pas purement platonique.

— Il n'en a pas besoin, si tu veux, a-t-elle ajouté.

— Qu… qu'est-ce qu'il est ?

J'ai pris conscience de la grossièreté de ma question au moment même où je la posais, mais je ne pouvais m'en empêcher. Il me mettait mal à l'aise.

— Modifié génétiquement à partir d'ADN extraterrestre trouvé sur Europa, a précisé Anastasia. Techniquement, il t'appartient. Ainsi que la technologie qui l'a créé.

Il m'a fallu un temps avant que ses paroles ne parviennent à mon cerveau. Son accent était à couper au couteau, ses propos délirants.

— Moi ?

Bren semblait agacé.

— C'est un des projets phare de Guillory. La plupart des modifications génétiques ont été interdites après les Années sombres, mais Guillory a passé sa vie à faire pression pour qu'on assouplisse les restrictions. Otto, ici présent, n'est qu'un embryon humain parmi une centaine d'autres dans lesquels on a implanté de l'ADN microbe d'Europa. Trente-quatre d'entre eux ont survécu à la gestation. Une douzaine seulement a atteint la puberté, et, parmi eux, ils ne sont que quatre à présenter un cerveau adulte pleinement fonctionnel. Un vrai massacre. Otto reste leur plus belle réussite, mais il ne parle pas.

— Pourquoi ?

Otto a ouvert la bouche, un semblant de sourire rehaussant les commissures de ses lèvres. Un son étrange est sorti de sa gorge, comme s'il essayait de crier par aspiration de l'air plutôt que par expiration. Un son très faible, qui évoquait plus le dauphin que l'humain.

J'ai bondi sur ma chaise, provoquant l'hilarité générale.

— Il adore taquiner les gens, a dit Nabiki en lui donnant un petit coup de coude. Voyons, Otto… sois gentil ! Elle est presque aussi étrange que toi.

Otto a eu l'air de réfléchir un long moment, puis il m'a tendu une main bleutée aux doigts élancés. Je l'ai regardée en clignant des yeux, sous le regard impatient de Nabiki.

— Ben alors, qu'est-ce que t'attends ! a-t-elle sifflé.

Maladroitement, j'ai mis la main dans sa paume, et, avec une grande douceur, Otto a enroulé ses doigts autour des miens.

— *Bonjour, princesse,* ai-je pensé d'une voix qui n'était pas la mienne. *Je me présente : Otto Sextus.*

Une pensée m'est venue, moins claire. Presque inaudible. *Traitez-nous bien, traitez-nous bien, traitez-nous bien.* Une imploration passagère, un bourdonnement de fond. L'espace d'un court instant, j'ai vu Otto ainsi que trois autres adolescents à la peau bleue, derrière lesquels se projetait l'ombre d'une demi-douzaine de silhouettes informes.

J'étais ébahie. C'étaient mes pensées que je voyais et entendais, mais elles ne venaient pas de moi.

Shh, ai-je songé, mais le sentiment auquel se rapportait le mot était de l'ordre du *Ne t'inquiète pas, tu n'as rien à craindre de moi.*

Mes réflexions ont semblé dériver un moment, jusqu'à ce que je ne sache plus avec certitude ce que j'avais en tête. *Ton cœur est troublé. Ton expérience… interrompue…*

Pour la première fois, j'ai entr'aperçu une expression véritable sur le visage si particulier d'Otto. J'en ai conçu une peur irraisonnée. *Pardonne-moi, chère princesse,* a-t-il pensé à mon adresse. *Tes problèmes sont plus lourds encore que les miens.*

Il a retiré sa main plutôt rapidement et m'a dévisagée longuement avant de retourner à son plateau.

Tout le monde me scrutait comme si c'était moi, l'extraterrestre. Ce qui était assez comique, étant donné les circonstances. Les yeux de Nabiki lançaient des éclairs.

— Qu'est-ce que tu lui as raconté ? a-t-elle demandé.

Je tremblais encore sous le coup de l'incident. Je ne comprenais rien à ce qui venait de se passer.

— Je n'ai rien dit.

Nabiki a froncé les sourcils avant de poser tendrement la main sur la nuque d'Otto. Il a laissé échapper un soupir, et l'expression troublée de son regard s'est estompée quelque peu. Nabiki avait l'air contrariée.

— Je suis désolée, m'a-t-elle dit. Je pensais que tu avais été grossière.

— Jamais de la vie, ai-je protesté le plus sérieusement du monde.

C'était son histoire qui m'horrifiait, pas lui. J'ai essayé de trouver les mots justes.

— Si ce que tu dis est vrai, et que j'aie, d'une façon ou d'une autre, hérité de toi et de ta famille…

Hésitant un moment, j'ai repris mon souffle. C'était un concept tellement horrible, proche de l'esclavage.

— Je te jure que dès l'instant où je touche mon héritage, je… je ne sais pas, je te rendrai ta liberté si c'est comme cela qu'on dit. Je renoncerai à ces droits. Je ne sais pas comment cela marche. Mais je suis profondément désolée.

Nabiki a fait la moue.

— Il te remercie. Et il dit que ce n'est pas ta faute.

Elle a hésité, le front plissé.

— Il est désolé pour tout ça. Mais… il va éviter tout contact physique avec toi à partir de maintenant, si tu n'y vois aucun inconvénient.

— Vraiment ? lui a-t-elle demandé en se tournant vers lui, perplexe.

Otto a levé une main en guise d'assentiment – à moins que ce ne soit pour lui indiquer de poursuivre.

— D'accord, a-t-elle acquiescé avant de me faire face de nouveau. Il dit qu'il y a trop… de « trous » dans ton esprit. Trop d'espace. Il a failli s'y perdre.

Elle a haussé les épaules.

— Désolée, ses pensées ne sont pas toujours évidentes à traduire à l'oral. Qu'est-ce qu'il entend par trous ?

C'était mon tour d'exprimer ma perplexité.

— Je ne sais pas, ai-je répondu, même si ce n'était pas tout à fait vrai.

La stase avait marqué une série de ruptures dans ma vie. J'ai dévisagé Nabiki. Elle avait tout de la jeune fille parfaitement ordinaire, avec ses origines japonaises, ses boucles d'oreilles luxueuses et sa coupe branchée, mais la relation mystérieuse qu'elle entretenait avec cette étrange créature mi-extraterrestre, mi-humaine laissait entrevoir en elle une profondeur insoupçonnée.

— Est-ce que, vous deux… ?

— Est-ce qu'on est ensemble ? a complété Nabiki, en me faisant le plaisir de se montrer embarrassée. On peut dire ça, oui.

Otto a ostensiblement tourné la tête dans sa direction pour lui adresser un semblant de sourire.

— Qu'est-ce que tu… ? ai-je commencé avant de me rendre compte qu'il ne répondrait pas. Qu'est-ce qu'il fait quand il… « communique » ?

Nabiki a fait la moue.

— Personne ne sait exactement. Il est, semble-t-il, capable de manipuler les impulsions électriques de ton cerveau afin de te faire penser ce qu'il veut. Mais il ne peut pas contrôler tes actes ni tes émotions. Seules les pensées superficielles sont concernées. Apparemment, ces petits microbes venus d'Europa se connectent de façon rudimentaire par le biais d'impulsions électriques, sans doute pour se reproduire. Chez Otto, cette forme de microcommunication s'est développée en don pour la télépathie.

— Est-ce que vous pouvez tous faire ça dans ta famille ? ai-je demandé.

Otto a remué légèrement la tête avant de jeter un regard à Nabiki, qui a pris sa main dans la sienne.

— Un seul parmi les...

Elle semblait trouver le sujet douloureux, elle aussi.

— ... parmi les quatre, a-t-elle repris. Et trois parmi les moins évolués, mais ils n'ont pas de pensée cohérente, alors ça ne les mène nulle part.

Elle a jeté un œil au masque impassible d'Otto.

— Ça lui brise le cœur.

— OK, suffit les violons, a interrompu Bren. Tiens, à ce propos, Anastasia, tu continues le crin-crin cette année ?

J'étais trop remuée par ma rencontre avec Otto pour me concentrer. J'ai essayé de prendre encore quelques bouchées de mon repas avant que la cloche n'annonce le moment de regagner la classe. J'ai surpris Otto en train de me dévisager pendant que tout le monde se levait de table. J'avais la désagréable sensation qu'il voyait à travers moi, comme si je n'étais qu'une créature magique taillée dans le verre. Il a cligné des yeux lorsque nos regards se sont croisés, puis s'est empressé de rattraper Nabiki.

Qu'avait-il bien pu voir de si effrayant dans mon esprit ?

Chapitre 5

Ma première journée de cours ne s'est pas mieux terminée qu'elle n'avait commencé. L'astrophysique élémentaire aurait tout aussi bien pu être de la théorie avancée de niveau universitaire, pour le peu que je saisissais. Je me suis ensuite traînée jusqu'à mon cours de maths, dont je suis ressortie en courant une heure plus tard, incapable d'y comprendre miette.

Puis est venue l'histoire. Mon professeur a commencé par un rapide aperçu des vingt premières années que j'avais manquées, et soudain j'ai moins regretté de les avoir passées dans mon tube.

Les Années sombres sont arrivées moins de deux ans après mon entrée en stase. Je les avais imaginées comme une sorte de dépression économique, ce qui n'était pas faux. Mais les problèmes les plus graves n'avaient rien à voir avec la finance.

J'ai employé l'heure à relier les faits énumérés par Mme Holland – statistiques démographiques, schémas météorologiques, fluctuations économiques – aux événements de mon enfance à rallonge. C'était assez perturbant, et je ne pouvais m'empêcher de penser que j'en étais (ou tout du moins la structure de la société de mes parents), pour la plus grande part, responsable. Cette classe était de toute évidence conçue comme un avertissement à l'attention des enfants de personnes haut placées pour les dissuader de répéter les erreurs du passé, ce passé qui m'apparaissait toujours, pour ma part, comme le présent – mon époque, les erreurs de ma génération. Je me sentais tiraillée entre dégoût et culpabilité.

Premier facteur de l'entrée dans les Années sombres : l'augmentation constante de la population qui couvait depuis deux siècles. J'en avais été le témoin. Il n'y avait plus de place pour personne quand j'étais petite. Même les plus riches avaient dû renoncer à leurs rêves de vastes propriétés pour emménager dans des communautés fermées et sécurisées, telles ComUnity et Unicorn.

Second facteur : un boom économique qui avait creusé le fossé entre riches et pauvres. De cela aussi, j'avais été le témoin. Les pauvres mouraient de faim, tandis que mes parents m'offraient des manteaux de créateurs en vison dès l'âge de trois ans et me faisaient construire un tube de stase dernier cri d'une valeur égale à l'ensemble de la Résidence Unicorn.

Quelques années avant mon entrée en stase, la planète avait connu des saisons difficiles, en raison d'un changement de climat dû à quelques volcans. Pour être exact, ce n'était la faute de personne. Il y avait eu une pénurie alimentaire, causant, je m'en souvenais, de nombreux décès, mais principalement dans les pays défavorisés. Notre famille n'était pas concernée.

Les choses avaient mal tourné. Premier signe : la réapparition de la tuberculose. Dans les prisons d'abord, où l'on n'avait guère prêté attention à la santé des détenus. Une souche résistante s'était développée dans un pénitencier du Sud ; les habitudes de transfert et le taux de récidive des prisonniers étaient tels que, très vite, la moitié des établissements de la planète se retrouvèrent colonisés par la maladie. Les pays au fort taux d'incarcération se montraient particulièrement vulnérables. Le fléau n'avait pas encore été éradiqué que, déjà, de nombreux prisonniers avaient été relâchés, sans les soins adéquats, au sein de la population.

La maladie s'était propagée. Les nourrissons, les pauvres souffrant de malnutrition, tous ceux dont l'immunité était réduite se trouvaient touchés. Ce qui incluait tout malade du sida n'ayant pas été vacciné à temps, soit la moitié de l'Afrique. Cela comprenait également des millions de nantis, à qui on avait promis une longévité accrue par la régénération et la transplantation d'organes à partir de cellules souches. Il avait fallu quelques années avant que l'on remarque ce qui était en train de se passer. La plupart des gens ne se rendaient pas compte, lorsqu'ils toussaient, de la gravité de leur état, et certains porteurs de la maladie ne présentaient aucun symptôme.

On avait commencé à mettre en place un réseau de cliniques spécialisées à travers la planète au moment où j'étais entrée en stase. La situation semblait contenue lorsqu'un nouveau fléau avait frappé.

Il s'agissait vraiment, littéralement, d'un fléau : la peste bubonique avait refait surface, à New York, deux ans après ma mise en stase. Je grimaçais déjà d'horreur après avoir entendu les effets de la tuberculose en Afrique, quand Mme Holland s'est mise à évoquer leur combinaison avec ceux de cette nouvelle peste. J'aurais juré que mon cœur avait cessé de battre. Lorsque la sonnerie a retenti, Mme Holland nous a annoncé que nous reprendrions notre aperçu des Années sombres à la prochaine séance.

Je n'avais pas hâte d'y être.

Je redoutais d'apprendre ce qui était arrivé à tous mes proches. À mon père et à ma mère, à mon cher Xavier. C'était une chose de les savoir morts. Entendre dans quelles circonstances s'avérait autrement plus douloureux.

Heureusement, ma journée de cours touchait à sa fin. Je suis montée dans l'aqualimo programmée par M. Guillory. J'aurais préféré prendre l'aéroglisseur public avec Bren et les autres, mais je ne voulais pas cracher sur les attentions de M. Guillory. C'était mon tuteur, après tout. Il savait ce qui était le mieux pour moi.

Il m'a fallu plusieurs minutes avant de me rendre compte que mon aqualimo était stationnée devant la résidence. Grâce à sa navigation si fluide, je n'avais pas remarqué qu'elle s'était arrêtée.

J'aimais beaucoup ces nouveaux engins. On m'avait expliqué que cette technologie avait trente ans à peine, mais qu'elle avait déjà remplacé presque tous les véhicules terrestres. Les glisseurs étaient conçus pour la navigation sur l'eau et dans les zones marécageuses comme les Everglades, mais leurs utilisateurs en étaient tellement satisfaits qu'ils continuaient de les employer sur sol dur. Cela réduisait l'usure de la chaussée, et sans effet de friction ni de traction sur le moteur, leur alimentation en énergie solaire se montrait simple et peu coûteuse.

Bizarrement, la production de glisseurs faisait partie des domaines dont UniCorp n'avait pas le monopole. La compagnie avait tenté de racheter chaque fabricant l'un après l'autre, mais la batterie solaire qui équipait les bateaux relevait du domaine public. Le brevet avait été annulé durant les Années sombres, afin que les zones isolées puissent produire leur propre énergie renouvelable. Selon Guillory, il était dangereux d'utiliser la NéoFusion pour alimenter les véhicules.

Les réacteurs NéoFusion™ devenaient extrêmement volatils lorsque la gangue de protection était endommagée. Même si la NéoFusion, qui représentait « l'alternative propre et sûre » à la quasi-totalité des besoins énergétiques, n'était ni radioactive ni intrinsèquement mortelle, en cas d'accident, on ne pouvait éviter l'incendie en raison de la très forte déperdition de chaleur. Aussi, l'usage de l'énergie solaire sur les glisseurs les rendait-il infiniment plus sûrs, et ceux-ci se révélaient si pratiques et si élégants qu'UniCorp n'avait pu leur apporter de concurrence sérieuse. Voilà pourquoi ils échappaient à ses manigances.

Les embarcations avaient un défaut – qui constituait aussi un atout : leur capacité de s'adapter à n'importe quelle surface. La commission des transports avait dû créer des barrières magnétiques empêchant les bateaux de quitter la chaussée pour rejoindre les zones piétonnes. Toutes les routes arboraient à présent des trottoirs magnétiques rouge et jaune, dont UniCorp possédait, cette fois, le monopole. Comme me l'avait expliqué Guillory en plaisantant : « À défaut de les mettre à terre, on peut toujours leur mettre le grappin dessus. » UniCorp paralysait la concurrence, d'une manière ou d'une autre.

Je me suis hissée hors de l'embarcation pour rejoindre le trottoir rouge et jaune. Mon aqualimo a fait demi-tour sur son coussin d'air, en direction du garage. Je me suis traînée jusqu'à l'entrée de l'appartement, où une pression de mon doigt sur le capteur préhistorique m'a ouvert la porte. Je me suis demandé si ce vieux capteur gardait enregistrée l'empreinte de Xavier, comme c'était le cas avant ma stase. Apparemment, la plupart des portes étaient à présent actionnées par un scan rétinien.

J'ai entendu un bruit en pénétrant dans l'appartement. Patty et Barry n'étaient pas censés rentrer avant 17 heures : tous deux travaillaient à la trésorerie d'UniCorp. J'ai retenu mon souffle.

— Bonjour ? ai-je lancé.

Pas de réponse. La vigilance excessive et la paranoïa que m'avaient inculquées mes parents bourdonnaient dans le tréfonds de mon esprit tandis que je pointais le nez dans le couloir, prête à prendre mes jambes à mon cou si la source du bruit s'avérait représenter une menace.

Ce n'était pas le cas. Une laisse était attachée à la poignée de la porte de mon studio, au bout de laquelle s'agitait un chien. Et pas n'importe quel chien : un lévrier afghan à la fourrure soyeuse aussi blonde que ma tignasse. Me voyant arriver, il s'est relevé en remuant la queue. Je suis tombée à genoux devant lui pour lui passer les bras autour du cou. Avec un gémissement plein de dignité, l'animal a avancé son museau sur ma joue pour me lécher le visage.

Mes yeux, toujours affaiblis par la stase, se sont emplis de larmes – de joie. Il n'y avait meilleure sensation au monde que celle de rentrer chez soi pour y trouver une présence chaleureuse et affectueuse, une créature prête à m'aimer de façon inconditionnelle. Et ce n'était pas qu'un chien. C'était un afghan, autrement dit le prince des canidés, l'homme à quatre pattes ! Mes doigts se sont coulés dans son doux pelage, et j'ai senti un bout de papier pendu à son collier. Je l'ai attrapé, séchant mes larmes pour le lire.

« POUR ROSE, EN SON PREMIER JOUR DE CLASSE. »

J'ai reniflé. Cela devait venir de M. Guillory. À moins que Patty et Barry ne me l'aient fait livrer… Ou Mme Sabah ? Je n'étais pas sûre. Aucune importance.

— Tu es magnifique ! Le plus beau chien du monde. Alors je vais te donner le plus beau nom qui existe : Zavier.

Zavier, haletant, s'est remis à me lécher le visage. Même l'école ne me semblait plus si terrible, tant que mon Zavier m'attendait à la maison.

J'avais toujours voulu un chien, depuis ma plus tendre enfance. Le seul que j'avais fréquenté ne m'appartenait pas. C'était celui de Xavier, et, pour être honnête, ce n'était même pas vraiment un chien.

* * *

J'avais quatorze ans alors, et Xavier pour meilleur ami. Il m'avait fait venir chez lui pour me montrer son nouveau jouet.

C'était une petite boîte noire. On aurait dit une cellule. Je ne voyais pas en quoi cet objet pouvait faire naître dans les yeux verts de Xavier une telle lueur d'enthousiasme, mais il me le présentait avec autant de fierté que si cela avait été la porte de la sagesse.

— Qu'est-ce que c'est ?

Xavier avait pressé un bouton sur le côté de la boîte, et un doberman avait fait irruption au centre de la pièce.

— Au pied ! avait ordonné Xavier avec un claquement de doigts.

Le chien, obéissant, avait avancé jusqu'à lui, langue pendante et tête penchée sur le côté.

— C'est pas génial ? C'est un chien holographique. Il y en avait à l'expo multimédia. Il répond quand tu l'appelles. Ses réactions sont programmées pour reproduire celles d'un vrai chien. Il réagit à tout ce que tu dis, et il connaît un millier de tours. Parle, mon chien !

Le chien, assis, avait aboyé à deux reprises.

— Pourquoi ils ne l'ont pas programmé pour qu'il parle notre langue ? avais-je demandé.

— Parce que alors ça ne serait plus un chien, avait répondu Xavier sur le ton de l'évidence.

— Mais même comme ça, ce n'est pas un chien. Quel intérêt, si on ne peut pas le caresser ?

Xavier avait haussé les épaules.

— Je sais pas. C'est sympa, c'est tout. Les réglages intègrent les données d'une centaine de races différentes, avec les schémas comportementaux correspondants.

Il triturait les boutons sur le boîtier. Le doberman s'était transformé en dalmatien, puis en teckel.

— Quelle race tu veux ?

— Un lévrier afghan, avais-je répliqué sans hésiter.

Il avait tapoté les commandes jusqu'à ce qu'un lévrier afghan d'allure royale et à la fourrure soyeuse se dresse au centre de la pièce. Avant d'aboyer.

— Voilà, avait dit Xavier. Je devrais pouvoir le relier au capteur tactile de notre porte. Pour qu'il aboie dès que quelqu'un essaie d'entrer.

— Un vrai chien le ferait aussi.

— Je sais, mais ma mère est allergique. Allez, quoi ! Admets que c'est cool, comme gadget.

Je m'étais hissée sur un tabouret avec un claquement de doigts. L'hologramme m'avait regardée avant de gambader vers moi, les oreilles dressées.

— J'avoue...

J'avais fait signe à Xavier à travers la tête du chien.

— Ça serait quand même mieux de pouvoir le caresser.

— Je ne comprends pas, avait répondu Xavier en remuant la tête. Je croyais que tu aimais les chiens.

— Je les adore. C'est ce qui me fait dire que celui-ci n'en est pas un.

— Si tu les aimes tellement, pourquoi est-ce que tu n'en prends pas un ?

Voilà qui avait posé problème par le passé, quand je ramassais les chiens errants de la résidence pour jouer avec eux pendant des heures, privant les maîtres de leur présence.

— Impossible.

— Pourquoi ?

J'avais laissé échapper un soupir. Mes parents avaient pour mission de superviser la coordination de la colonie lunaire, ce qui voulait dire qu'ils s'absenteraient plusieurs mois.

— Tu te rappelles la gazelle que j'ai eue quand j'avais huit ans ?

— J'avais deux ans. Comment veux-tu que je m'en souvienne ?

— Oh… Enfin, bref, j'avais une gazelle. On l'a confiée aux étables pour moi, mais elle est morte pendant les vacances de papa et maman, et je n'étais pas là. C'était horrible. Je m'en voudrais de faire pareil avec un chien.

— Je pourrais m'en occuper pendant ton sommeil, avait offert Xavier. Je suis sûr que maman serait d'accord, si c'est pour M. Fitzroy.

J'avais secoué la tête.

— Non. Je serais malheureuse si mes parents devaient me laisser pour de bon… Ce serait exactement la même chose de son point de vue. Je ne veux pas jouer les touristes comme ça dans la vie d'un chien. Il ne comprendrait pas.

Xavier avait poussé un grognement.

— Oublie le chien – et moi, alors, je suis humain ! Je comprends à peine, pourtant ça ne t'empêche pas d'être ma meilleure amie.

J'avais froncé les sourcils à ces mots.

— Tu n'as pas d'amis dans ton école ?

— Bien sûr que si, mais ce n'est pas pareil. Et puis, ils se moquent tous de mon nom, même les garçons qui se disent mes amis. Ils m'appellent X-man et me disent tout le temps des trucs du genre « eXactement, Xavier ! », ou « Quand est-ce que tu te mets au Xylophone, Xavier ? » Ils insistent tous sur le x.

— Eh bien, mon cher Zavier, lui avais-je dit en prononçant son nom comme il l'aimait. Tu n'as qu'à leur dire d'arrêter.

— Ce sont des mecs, avait-il répondu avec un haussement d'épaules. On peut pas les arrêter. Aucune importance. Toi, tu ferais jamais un truc comme ça. J'ai hâte d'être assez grand pour aller dans la même école que toi. On a toujours été les meilleurs amis du monde, tous les deux.

Je n'y avais jamais réfléchi auparavant. Je l'avais toujours vu comme un petit frère, mais à présent que la différence d'âge se réduisait entre nous à cause de mes périodes de stase, il était véritablement devenu un ami.

— C'est vrai, tu es mon meilleur ami, avais-je concédé. Non, maintenant que j'y pense, tu es mon seul ami.

— N'exagérons rien, avait-il rétorqué d'un air railleur.

— C'est pourtant vrai, tu sais.

Je ne comprenais pas pourquoi je n'éprouvais aucune tristesse à cette idée. J'étais descendue de mon tabouret pour rejoindre Xavier à la table et lui ébouriffer les cheveux. Tant que je le savais là, dans l'appartement voisin, occupé à démonter un ordinateur, peu m'importait d'être seule au monde.

— Arrête ton char, avait dit Xavier, grimaçant sous mon geste maternel. Je parie que tu as des tas d'amis.

— Pas vraiment. Tu sais que maman n'aime pas les jeunes de mon collège, et elle ne me laisse pas sortir seule. Je n'ai jamais eu d'autre ami. À part la fille de la concierge, quand j'étais petite.

— Quel âge ?

— Je devais avoir trois ou quatre ans. C'était dans notre ancienne maison, en ville.

Je n'avais pas repensé à Sarah depuis des années.

— Elle était plus grande que moi, pleine de charme et d'audace. On passait la journée entière ensemble. On portait des tenues assorties.

— À quatre ans ?

— Oui ! Sans doute une idée à elle. Mais à part ça, tu es le seul véritable ami que j'aie jamais eu.

— T'étais pas invitée à dormir chez quelqu'un la semaine dernière ?

— Ça, c'était juste parce que la maman de Polly voulait une promotion.

— Quoi ?

— Ses parents travaillent pour UniCorp.

— Oh, avait dit Xavier. Eh ben, les miens aussi.

— C'est vrai… mais toi et moi, on est amis depuis toujours. Depuis ta naissance, ou presque, lui avais-je rappelé.

Xavier était retourné à son gadget.

— Ça t'arrive de trouver ça bizarre ? m'avait-il demandé. Je veux dire, toi et moi, on a pas grandi pareil. Je me souviens de l'époque où tu faisais deux fois ma taille, et où tu me racontais des histoires parce que je ne savais pas encore lire. Et maintenant, on est presque aussi grands. Presque aussi vieux.

— J'ai quatorze ans ! avais-je rétorqué avec indignation en me redressant de toute ma taille, dépassant encore Xavier de quelques centimètres. Toi, tu n'as que onze ans.

Il m'avait lancé un regard acéré.

— J'ai douze ans. Depuis trois mois.

J'avais cligné des yeux, ahurie. Voilà plus d'un mois que j'étais sortie de stase. Je ne m'étais pas rendu compte que ma dernière séance avait duré si longtemps.

— Et j'ai manqué ça ? Sérieux ?

— Sérieux.

— Je suis désolée. Je te donnerai un cadeau pour me faire pardonner. Qu'est-ce qui te ferait plaisir ?

Xavier m'avait scrutée avec attention, hésitant longuement avant de répondre :

— Rien.

— Non, vraiment.

— Non, vraiment, je veux rien. J'aurais juste aimé que tu sois là. Ça aurait été le meilleur des cadeaux.

Je lui avais souri.

— T'es mignon.

— Ne le dis à personne, sinon tout le monde va m'embêter.

Je lui avais quand même effleuré l'épaule.

— Faut que j'y aille. Maman m'emmène au magasin de peintures et chez l'architecte d'intérieur. Je n'ai plus de terre de sienne.

— Oh.

Il avait semblé déçu.

— J'espérais que tu restes un peu m'aider à le connecter à la porte d'entrée.

Je lui avais lancé un regard faussement horrifié.

— Qu'est-ce que tu comptes faire, mettre le feu ? Je serais incapable de me dépatouiller d'un circuit électrique même si ma vie en dépendait !

— Mais le risque de faire sauter les prises murales apporte tellement de piment au projet ! avait-il répondu dans un rire.

— Je te porterais la poisse, lui avais-je assuré en hochant la tête. Et puis, je veux pas manquer cette occasion de choisir les couleurs. Maman refait l'entrée, et elle veut mon aide.

— Ouais, c'est ça, avait rétorqué Xavier en se retournant vers son nouveau circuit.

Quelque chose me taraudait. Je me demandais si Xavier savait que j'allais bientôt retourner en stase.

— Hmm… j'ai un truc à te dire. Maman et papa vont repartir sur la Lune la semaine prochaine.

Xavier avait levé le nez d'un coup, les yeux écarquillés.

— Pour combien de temps ?

— J'en sais rien.

Il m'avait regardée un moment bouche bée avant de se ressaisir.

— OK. Mais fais gaffe de pas rater mon prochain anniversaire, hein ?

J'avais tendu la main pour lui ébouriffer les cheveux de plus belle.

— Pas pour tout l'or du monde, Xavy.

Il avait rougi.

— Arrête de m'appeler comme ça. Je suis plus un gamin.

— Non, avais-je répondu, c'est vrai. Mais tu es mon meilleur ami.

Le lévrier holographique s'était mis à aboyer.

— Le meilleur ami des filles, avait dit Xavier avant d'aboyer à son tour.

* * *

J'avais à présent un nouveau meilleur ami. Loin d'égaler Xavier, mais parfait vu les circonstances.

Le vrai nom de Zavier, à en croire la fiche d'information que j'avais trouvée dans la cuisine, était Freefoot's Desert Roads ; c'était un champion à la retraite, qui avait été à un poil de remporter le premier prix de beauté trois ans auparavant. Bien entraîné à l'obéissance générale, il possédait aussi des rudiments de garde. Toutes les deux semaines, il devait passer au toilettage. On me suggérait de lui donner un léger brushing quotidien à l'aide d'une brosse fournie avec ses papiers. Je lui ai demandé s'il préférait être appelé Roads, Desert ou autrement parmi une dizaine de variations de son nom de scène, mais aucune ne lui a fait pointer les oreilles. Il devait avoir un surnom totalement différent, dont ses papiers ne portaient aucune trace. Zavier conviendrait tout aussi bien.

À l'évidence, Patty et Barry s'attendaient à trouver Zavier à leur retour, puisque Barry est rentré les bras chargés d'un sac de croquettes. Je n'ai pu me résoudre à lui demander si c'était eux ou M. Guillory qui s'étaient procuré le chien pour moi. Aucune importance. Zavier m'appartenait, à présent. Cette nuit-là, il s'est roulé en boule sur mon lit, gardant mes pieds au chaud.

Malheureusement, il n'a pu maintenir les cauchemars à distance.

Chapitre 6

Les cauchemars étaient tenaces. Ils revenaient chaque nuit ou presque depuis ma sortie de stase. J'y parcourais de longs couloirs vides – d'abord les corridors reliant les appartements d'Unicorn, puis, le soir où j'ai reçu Zavier, ceux d'Uni Prep, identiques jusqu'à leurs fenêtres et leurs arches en pierre néo-gothiques. À chaque fois, les lieux étaient emplis de miroirs qui me désorientaient autant qu'ils m'effrayaient. Apercevant un mouvement du coin de l'œil, je me retournais pour en voir l'origine, avant de me rendre compte que ce n'était que moi, les yeux plongés dans mon reflet. Je ne savais pas exactement ce que je cherchais dans ces couloirs vides, mais j'avais peur de le découvrir.

Comme toujours, je me suis réveillée trempée d'une sueur froide, en train d'appeler ma mère. Mais dès l'instant où, parfaitement consciente qu'elle était absente, je me suis sentie soulagée. Elle aurait eu honte de moi, de mes cris d'enfant indisciplinée.

— Aurait-elle vraiment eu honte ? m'a demandé le Dr Bija le lendemain matin.

Nous avions pris rendez-vous pour une consultation spéciale le lendemain de la rentrée, afin que je puisse lui raconter ma première journée. Lorsque Mina m'avait demandé comment j'avais dormi, j'avais fini par lui parler de mes rêves.

— Sans doute, ai-je répondu. Maman conservait toujours son calme. L'idéal est de se polir, afin que les autres ne puissent voir que la perfection en vous. C'est ce qu'elle disait toujours.

Mina a froncé les sourcils.

— Crois-tu vraiment qu'on puisse être parfait ?

J'ai haussé les épaules.

— C'est comme pour une statue, je suppose. Si on parvient à limer les scories, on finira bien par se retrouver avec une personnalité digne du *David* de Michel-Ange.

Elle s'est esclaffée.

— Penses-tu sincèrement pouvoir limer tes cauchemars comme tu limerais tes ongles ?

— Je n'en sais rien, ai-je soupiré.

J'aurais bien voulu.

— Alors, comment ça s'est passé, cette première journée de cours ? m'a relancée Mina.

Nouveau haussement d'épaules.

— Je ne comprends rien à rien.

— Ce n'était que le début. Mais ce ne sont pas tes résultats scolaires qui m'intéressent. Tu t'es fait des amis ?

— Pas vraiment. À part Bren, je suppose.

— Bren ?

— Brendan Sabah. Apparemment, son grand-père est le bras droit de Guillory, ou quelque chose dans ce goût-là.

— Ah, oui. Je l'ai vu à la conférence de presse. Tu l'aimes bien ?

— Il m'a laissée m'asseoir à table avec lui à la cantine.

— Voilà qui a dû te réconforter, a-t-elle déclaré. C'est bon de se faire des amis.

Je n'étais pas sûre que la relation que j'entretenais avec Bren soit exactement de l'ordre de l'amitié. Cela n'avait rien à voir avec celle que j'entretenais avec Xavier, même avant que nous sortions ensemble, et comme je n'avais jamais eu d'autre ami à part lui, je n'avais pas de point de comparaison. Tout ce que je savais, c'est que j'avais terriblement besoin de Bren, mais que je ne me sentais pas aussi à l'aise avec lui. Ce qui me laissait en proie à un sentiment de confusion, de déséquilibre qui ne me plaisait pas particulièrement. Même si Bren, lui, me plaisait. Beaucoup.

Je suis sortie de la consultation en me demandant quelle était exactement la nature de ma relation avec Bren. Je n'étais pas sûre de le savoir. Mais au moins Bren me traitait-il avec la déférence due à une amie, ce qui me faisait plaisir. J'aurais terriblement besoin de retrouver un visage familier, plus tard, après mon cours d'histoire.

Ce soir-là, Bren m'a rattrapée dans le couloir tandis que je fuyais, sans excuse valable, les horreurs que j'avais apprises durant ce deuxième cours. Le simple fait d'entendre les prémices des Années sombres avait suffi à me rendre malade la veille. Mais aujourd'hui, alors que les Années sombres même se déployaient, de plus en plus énormes sur l'écran mural, je me faisais de plus en plus minuscule, jusqu'à n'avoir d'autre choix que de quitter la classe. J'ai dépassé Bren sans le voir, sans rien voir du tout.

— Rose ! a résonné sa voix dans le couloir désert. Tout va bien ?

J'ai fait volte-face.

— Hé, qu'est-ce qui t'arrive ? On dirait que tu as vu un fantôme.

Des fantômes. C'est tout ce qu'il restait de ma famille, de mes amis, de mon Xavier. J'ai ravalé ma bile, scrutant les couloirs d'un air désespéré. Là, un incinérateur à déchets ! Je me suis postée au-dessus du plateau pour rendre les quelques précieuses bouchées que j'avais réussi à avaler au déjeuner.

J'ai régurgité quelques instants, seule, avant de sentir la chaleur d'une main sur mon épaule.

— Hé, a dit Bren. Tu veux que je t'emmène à l'infirmerie ?

J'ai craché pour me débarrasser du goût de vomi qui traînait dans ma bouche.

— Non merci, ai-je répondu en m'éloignant de l'incinérateur. Je ne suis pas malade.

J'ai commencé à fouiller mes poches en quête d'un mouchoir. Bren en a tiré un du distributeur fixé au mur. Je me suis mouchée avant de le jeter sur le plateau et de presser l'interrupteur sur le côté. Le plateau a disparu dans les profondeurs de l'incinérateur, remplacé par un autre. J'entendais le doux murmure indiquant que la machine détruisait toute preuve de ma faiblesse.

Le malaise passé, ne me restait plus qu'un insondable chagrin.

— Tu veux me dire quel est le problème ? a demandé Bren. C'est le déjeuner ? Ou bien tu souffres encore de fatigue statique ?

— Non. Enfin, si, mais ce n'est pas ça.

Une nouvelle vague de nausée m'a envahie, mais je l'ai contenue.

— Pourquoi est-ce que personne ne m'a dit à quel point c'était terrible, les Années sombres ?

— Ah bon ?

Bren paraissait confus.

— Je croyais que Reggie t'en avait parlé...

— En partie. Mais je n'avais pas dû enregistrer.

Entre les séquelles de ma stase et le choc, rien ne semblait m'atteindre à ce moment-là.

Alors que les récits de cet après-midi, de villes entières agonisant dans la douleur, de personnes se réveillant un matin parfaitement saines pour mourir quelques heures plus tard, l'effondrement des infrastructures, qui ne faisait qu'empirer la situation…

Bren était toujours perdu.

— Quel a été le déclic ?

— Le cours d'histoire, ai-je répondu. La prof est en train de parler des circonstances de la mort de mes parents. De tous mes amis. De mon copain.

Le visage de Bren s'est adouci à mesure qu'il saisissait.

— Oh, a-t-il murmuré, un peu gêné, avant d'ajouter : Tu veux en parler ?

Soupir.

— Non. Mais je…

— Quoi ?

J'ai poursuivi, malgré mon embarras.

— Je n'ai pas envie de rester seule.

Le front de Bren s'est plissé. Il m'a attrapé l'épaule, le poids tiède de sa main m'ancrant dans la terre.

— T'es pas seule, a-t-il dit d'une voix de velours. Allez, viens, on va prendre l'air.

— Tu ne devrais pas être en classe ?

— Peu importe.

Je n'allais pas le contredire. La main toujours sur mon épaule, il m'a conduite au-dehors, dans la cour, où il m'a fait asseoir sur un banc au pied d'un cerisier pleureur dont les floraisons s'épanouissaient dans l'air printanier. Le doux parfum et la brise légère ont fini de chasser ma nausée. Bren s'est assis à mon côté, ses yeux pareils à de jeunes feuilles rivés sur moi. J'avais envie de me blottir contre sa poitrine pour y pleurer un siècle durant, mais je me suis retenue.

— Qu'est-ce que je peux t'apporter ? m'a-t-il demandé. Tu veux de l'eau ou quelque chose ?

— Non.

Silence pesant.

— Je peux rien faire ?

J'ai hésité. Je savais ce qu'il pouvait faire, mais je n'étais pas certaine qu'il accepte.

— Tout ce que tu veux, m'a-t-il encouragée, sentant mon indécision.

— Parle-moi des Années sombres.

Il a froncé les sourcils.

— Tu… tu es sûre ?

— Oui. J'aime autant l'entendre d'un ami, ai-je murmuré avant de comprendre ce que je venais de dire. On est amis, n'est-ce pas ?

— Bien sûr, a-t-il rétorqué d'un ton brusque. Bien… (Il s'est gratté la tête.) Par où commencer ?

— Elle nous parlait… elle nous parlait de la peste qui a d'abord frappé New York.

Bren a acquiescé.

— Apparemment, un gourou américain de la mode avait décidé que le dernier chic en matière de fourrure, ce serait la marmotte, alors il est parti en Chine pour en rapporter autant que possible. Marcus Alexios, il s'appelait. Il est revenu en ramenant avec lui une variante septicémique de la peste. New York étant ce qu'elle est, il a sauté dans le métro pour se rendre à son défilé, où il s'est écroulé raide mort.

» Les marmottes sont, semble-t-il, porteuses de la peste. Qui l'eût cru ? D'habitude, elle se transmet uniquement par contact sanguin, mais deux petites protéines avaient muté. Ce qui voulait dire que tous ceux avec qui Alexios avait bossé en Chine, tous ceux qui avaient pris le même avion que lui au retour, tous ceux qui étaient passés par cette station de métro bondée, et toute l'élite argentée présente à son défilé avaient été exposés au virus. Quand on a pratiqué l'autopsie, certains se baladaient déjà dans la nature. Une personne a pris un avion pour LA, une autre s'est rendue dans un refuge de sans-abri de l'East Village, une femme a pris le train jusque dans le Vermont, bref, je te laisse deviner comment ça a pu se propager après ça.

Bren m'observait, et j'ai compris que mon visage avait viré au blanc.

— Je te passe les détails, a-t-il annoncé, à mon grand soulagement. Certes, on disposait de médicaments pour soigner cette peste, même si elle était résistante et les stocks réduits. Mais les moyens de transport nécessaires à leur expédition se trouvaient hors service. Avec un tiers de la population touchée par la maladie, rien ne fonctionnait. Quand les traitements atteignaient enfin une communauté, la plupart de ses membres étaient déjà morts.

Il m'a lancé un regard.

— On dit que c'était rapide, en général, a-t-il tenté de me rassurer. Terrifiant, à ce qu'il paraît, mais ils n'avaient pas le temps de souffrir.

Je me suis couvert les yeux afin de me recomposer.

— Je vois.

Il a pris une profonde inspiration. Tout cela devait constituer de l'histoire ancienne pour Bren, mais il semblait éprouver de l'inconfort à m'en parler.

— La peste a balayé le territoire en un été, et elle n'a pas arrêté de refaire surface depuis. Les épidémies suivantes étaient moins étendues, mais la maladie continuait de se transmettre par contact humain ainsi que par les mouches. Et pendant ce temps-là, la tuberculose se propageait. Tu es au courant pour la tuberculose ?

— Oui, ai-je répondu. Il y avait des cliniques de contrôle pour quand… enfin, avant.

Bren a fait la grimace.

— Ah oui, ces foyers grouillant de personnes d'horizons différents n'ont pas vraiment arrangé les choses quand il s'est agi de contenir l'épidémie. Les gens allaient s'y faire dépister, et la moitié en revenaient morts de la peste. C'était bizarre. Ça a été un vrai choc de voir que le problème ne venait pas d'une maladie nouvelle, mais de fléaux anciens contre lesquels tout le monde avait négligé de se prémunir.

Soupir.

— Et puis il y a eu le coup de grâce.

J'ai sursauté, horrifiée.

— Ce n'est pas fini ? Que pourrait-il bien y avoir de pire ?

— L'infertilité. On t'a parlé de l'Initiative Mondiale contre la Faim ?

— Oui, c'était avant ma stase. Distribution massive de céréales à haut rendement dans les pays souffrant de pénurie alimentaire. Papa y a participé.

Lorsque l'embargo centenaire sur les cultures OGM avait été levé, mes parents m'avaient emmenée à un banquet officiel en leur honneur. Un grand nombre de ces semences avaient été développées par UniCorp. Mes parents étaient ravis de se voir inclus dans l'Initiative Mondiale contre la Faim et bataillaient dur pour sa mise en œuvre.

— Ç'a été le plus gros procès auquel UniCorp a jamais dû faire face, a expliqué Bren. Ça a failli couler la société, d'après grand-père. Apparemment, une des semences – un type de maïs – était modifiée en utilisant ce qu'on appelle une technologie « terminator », si bien que les graines de deuxième génération données par les cultures étaient infertiles.

— Je sais. C'est meilleur pour les affaires. Cela oblige les agriculteurs à se réapprovisionner en semences auprès de la société. Papa a restructuré les brevets après l'abrogation de l'embargo en 2087.

— Et tout le monde aurait préféré qu'il s'abstienne.

— Était-ce trop compliqué de transporter les semences fraîches après la diminution de la population ?

— Eh bien… ça n'a pas facilité les choses, pour sûr, mais non, le vrai problème résidait dans une mutation inattendue. C'est pour cette raison qu'on avait interdit la manipulation génétique, tu sais. Au bout du compte, les risques supplantaient les bénéfices. C'était tout simplement trop dangereux. Le gène terminator passait dans le sang et affectait les humains – en particulier les hommes. Le résultat : un sperme à la durée de vie réduite, une ou deux heures en moyenne. Ce qui voulait dire qu'à moins de rapports réguliers, le sperme mourait et les hommes tiraient à blanc. Et même si ce n'était pas le cas, leurs partenaires devaient se trouver au bon moment de leur cycle, avec un ovule prêt à être fécondé attendant son tour au bord du cervix, sinon les spermatozoïdes n'avaient aucune chance de l'atteindre avant de clamser.

C'était si épouvantablement macabre que j'ai été surprise d'en rire. Je ne m'étais pas trompée : il était plus facile d'accepter ces horreurs lorsqu'elles étaient rapportées par un ami.

— Personne n'en savait rien avant l'épidémie, a repris Bren avec un haussement d'épaules. On retardait les grossesses, et personne n'était surpris de constater que les femmes entre trente-huit et quarante-cinq ans avaient du mal à concevoir pendant la courte période qu'elles s'étaient réservée. Mais après cette hécatombe, chacun ressentait le besoin d'avoir des enfants, et c'est alors qu'on s'est rendu compte que la majorité n'y parvenait pas. On avait perdu tellement de monde, et voilà qu'on ne pouvait même pas reconstruire la population. Le maïs tueur était passé dans l'alimentation courante, il s'était mélangé à tout, ce qui voulait dire qu'on en retrouvait partout. Y compris dans les granulés pour le bétail, du coup les bêtes ne se reproduisaient pas non plus. Ce qui ne faisait qu'aggraver la pénurie.

Bren a remué la tête.

— C'était un cercle infernal. Il y a eu des émeutes, des guerres économiques, des guerres technologiques. La tuberculose faisait toujours des ravages, la peste ne cessait de revenir. Les choses n'ont commencé à changer qu'il y a vingt ans.

— C'est tout ?

— Plus ou moins. Guerre, Famine, Pestilence et Mort se sont ramenées, chacune sur son cheval, pour faire une petite partie de polo avant de s'évanouir dans les airs en attendant la prochaine apocalypse. Et nous, on est toujours là, a-t-il ajouté en écartant les bras.

— Comment ? ai-je demandé. Comment l'humanité a-t-elle pu survivre à tout ça ?

— En intervenant, en se préparant, et aussi parce que toute population donnée dispose d'un pourcentage d'individus immunisés contre telle ou telle maladie. Une fois que le pire était passé, les gens ont pu se concentrer sur les réparations. Ma grand-mère a dû subir une fécondation externe pour avoir ma mère et mon oncle, et il a fallu quatre tentatives, apparemment, pour que les embryons prennent. Heureusement, sans quoi je ne serais pas là. Tout peut repartir, ce n'est qu'une question de persévérance.

— Je suppose qu'il suffit de survivre, ai-je murmuré.

Ce que n'avaient pas fait mes parents. Ni Åsa. Ni mon Xavier.

— Je ne sais pas si je vais retourner dans ce cours, ai-je ajouté. Aujourd'hui, ce n'était qu'un aperçu. Après, la prof va repasser sur chaque erreur, chaque tragédie, en profondeur, et je crois que je ne pourrai pas le supporter.

— Eh bien...

Bren a réfléchi un instant.

— Et si je te faisais transférer dans mon cours d'histoire ? On vient de finir les Années sombres. On attaque la Reconstruction. Tu ne comprendras pas tout si tu n'es pas au fait de tous les détails sordides, mais ça sera moins... déprimant. D'apprendre comment on a remis le monde sur pied, tout ça.

Je l'ai regardé. Ses yeux étaient parfaitement sérieux.

— Tu pourrais ?

— Sans problème. Je demanderai à mon grand-père. Il peut tout faire dans cette école.

— Tu ferais ça pour moi ?

— Bien sûr.

Je n'ai pas pu me retenir. J'ai lancé mes bras autour de lui et enfoui mon nez dans son cou. Il sentait le savon au santal.

— Merci !

Il m'a serrée brièvement avant de me lâcher.

— T'inquiète. C'est rien.

— Quand même.

Il a secoué la tête.

— Non, c'est évident que ça te perturbe, toutes ces histoires. C'est cool. Je m'en occupe ce soir.

J'espérais que ce soit vraiment cool. Je n'aurais pas pu supporter une nouvelle dose d'« *Apocalypse Then* ».

L'assurance de me voir bientôt transférée dans un autre cours d'histoire n'avait aucune incidence sur mes cauchemars. Au contraire, même. Cette nuit-là, je parcourais des couloirs de cadavres humains, enflés, rouges, répugnants, l'incarnation même des atrocités rapportées par mon professeur d'histoire. Et, à ma grande horreur, je savais ce que je recherchais à présent. Je cherchais quelque chose, ou quelqu'un, au cœur même des cloisons de cadavres – un corps parmi ces milliers et ces milliers de morts. Et je n'étais pas sûre, une fois le corps déniché, qu'il serait réellement mort, qu'il ne se réveillerait pas pour essayer de… je ne savais pas. Aucune importance. Ce serait forcément abominable.

Je pensais tout d'abord que chaque visage serait celui de maman, de papa, ou de Xavier, mais non. Je m'efforçais de scruter les traits des corps suintants à l'agonie. L'odeur était effroyable. Je me mettais à courir, à la recherche d'un endroit où vomir, mais partout, ce n'était que monceaux de cadavres. Je savais que Xavier se trouvait parmi eux ; je savais aussi que je ne le retrouverais jamais.

Lorsque je me suis réveillée, cette fois, je pleurais. Au pied du lit, Zavier a levé le nez, geignant, le regard inquiet.

— Ce n'est rien, Zavy, l'ai-je rassuré en lui grattant la tête. Bon chien.

J'ai pris une profonde inspiration et me suis levée, Zavier sur mes talons. Il a d'abord grogné, puis m'a suivie docilement. Inutile d'essayer de se rendormir une fois que les cauchemars avaient commencé : ils revenaient toujours. Je préférais mes rêves de stase. Eux au moins ne viraient jamais au noir.

Je me suis glissée hors de ma chambre, dans le couloir en direction de mon studio. L'aquarium projetait une lueur diffuse à travers la pièce. J'ai allumé la lampe au-dessus de la table à dessin avant de découvrir l'esquisse à la craie que j'avais entamée ce soir-là. Un croquis de Bren. J'ai plongé mes yeux dans son regard d'émeraude en souriant. Xavier aussi avait les yeux verts. Peut-être était-ce là ce qui m'attirait vraiment chez Bren. Lui et Xavier ne partageaient pas d'autre ressemblance – de la forme de leurs yeux à la texture de leurs cheveux, en passant par la nuance de leur peau, tout était différent. Mais ces yeux, chez Bren, me rappelaient mon Xavier.

J'étais occupée à dessiner à Bren une chemise assortie à ses yeux quand j'ai entendu un bruit dans mon dos. J'ai cru qu'il venait de Patty ou de Barry, même si j'étais quelque peu surprise qu'ils se donnent la peine d'entrer. C'était étrange de passer de mes parents, qui chronométraient chacun de mes mouvements, surveillaient le moindre de mes actes, m'empêchaient de commettre la moindre erreur, à Patty et Barry, qui ne m'adressaient pas la parole à moins que je les y incite.

Les pas derrière moi se faisaient lents et précis. J'allais me retourner lorsqu'une voix masculine, rauque et cassante, a déclaré :

— VOUS ÊTES ROSALINDA SAMANTHA FITZROY. PRIÈRE DE VOUS RETOURNER POUR IDENTIFICATION RÉTINIENNE.

Rien à voir avec la voix de Barry.

CHAPITRE 7

Ma main a glissé, gâtant le portrait de Bren. Je me suis retournée, interloquée, renversant au passage une demi-douzaine de craies qui ont explosé sur le parquet.

L'homme aux cheveux noirs qui se dressait devant moi, droit comme un I, semblait irréel. Sa peau brillait à la lueur de ma lampe, comme s'il était de verre. D'une main, il tenait un étrange appareil circulaire pourvu de clignotants et de l'autre, une baguette noire surmontée d'une lumière rouge et jaune.

Terrifiée, j'ai néanmoins réussi à parler.

— Que voulez-vous ?

L'homme a eu un soubresaut. Ses cheveux n'ont pas bougé d'un pouce.

— EMPREINTE VOCALE CONFIRMÉE, a-t-il dit.

Il s'exprimait avec un fort accent allemand en dépit de ses traits asiatiques. Sa voix était monocorde, comme s'il récitait un amalgame de syllabes préenregistrées.

— PRIÈRE DE RESTER IMMOBILE POUR L'IDENTIFICATION RÉTINIENNE.

Zavier s'est mis à gronder derrière moi. Impassible, l'homme luisant m'a regardée dans les yeux avant d'ajouter :

— IDENTIFICATION RÉTINIENNE CONFIRMÉE. CIBLE IDENTIFIÉE.

À ces mots, Zavier s'est élancé pour lui mordre la jambe avec un grognement effroyable. J'ai crié. Je m'attendais à ce que l'homme s'en débarrasse d'un coup de pied, mais il ignorait totalement le lévrier.

— Rosalinda Samantha Fitzroy. J'ai pour ordre de vous mettre en détention et de vous ramener au commanditaire. Si le retour s'avère impossible, j'ai pour ordre de vous éliminer. Prière de ne pas bouger.

M'éliminer ? J'ai battu en retraite. Il a essayé de m'attraper, mais Zavier lui serrait toujours la jambe avec fureur. J'étais surprise du sérieux de son entraînement ; les lévriers afghans avaient la réputation d'être plutôt doux. Sans aucun effet contre la peau de l'homme, les crocs de Zavier avaient néanmoins réduit son pantalon en lambeaux.

L'homme a finalement remarqué l'animal.

— Vous gênez mes mouvements. Cessez de résister, ou vous serez éliminé.

— Zavier ! Au pied ! ai-je hurlé.

Peine perdue. Mon pauvre chien ne reconnaissait manifestement pas encore son nouveau nom.

— Vous avez été prévenu, a annoncé l'homme, avant de le toucher de son bâton.

Zavier s'est raidi avec un gémissement avant de s'écrouler au sol, aussi immobile qu'une bête empaillée.

— Vous avez tué mon chien ! me suis-je écriée, horrifiée.

Au son de ma voix, Zavier s'est mis à geindre imperceptiblement, à mon grand soulagement, même s'il semblait incapable de tout mouvement.

Mon agresseur s'est élancé, piétinant Zavier au passage. Le mystérieux objet qu'il tenait à la main s'est déployé pour laisser apparaître deux affreuses électrodes : un collier inhibiteur. Il annihilait les fonctions de la partie basse du cerveau, assujettissant toute activité motrice à une force externe – généralement un ordinateur. S'il parvenait à m'accrocher cet instrument autour du cou, je n'aurais d'autre choix que de le suivre, sans poser de questions. Je devais l'éviter à tout prix.

Mes parents, qui craignaient les enlèvements, m'avaient inculqué des rudiments d'autodéfense. Le danger était réel, car avec une famille aussi puissante et connue de tous, je constituais une cible de premier choix. Je n'avais jamais été très douée pour cela – je n'aurais pas pu jouer les super-héros –, mais j'en avais retenu les bases. Cours, m'avaient-ils dit. Résiste. Fais autant de bruit que possible. Fais tout ce que tu peux pour échapper à l'emprise de ton agresseur. Une fois attrapée, tu seras sa chose.

Alors je me suis mise à courir. Du moins j'ai essayé. Ma hanche a heurté la table à dessin. Je suis tombée de tout mon poids sur l'extrémité du meuble, qui a basculé, envoyant ma boîte de craies valser contre le mur et renversant l'horloge. Laquelle a été projetée dans l'aquarium avec force éclaboussures. Je me suis effondrée, me cognant la tête contre mon chevalet que j'avais emporté dans ma chute.

À demi assommée par la collision, j'ai tâtonné dans un tiroir derrière moi à la recherche d'un cutter ou d'un couteau à peinture, mais je n'ai pu trouver qu'un énorme tube de peinture à l'huile. Mieux que rien.

Je l'ai écrabouillé en direction du visage de l'homme, envoyant une salve de pâte poisseuse verte dans ses yeux. Il a hésité un instant avant de se réorienter. À mon grand effroi, il paraissait insensible à la douleur, malgré ses yeux, ouverts, entièrement obstrués par la peinture. Il n'a même pas fait mine de les essuyer. Qui était ce type ? Ou plutôt qu'était-il ? Il semblait parfaitement inhumain. Quant à moi, j'étais à court d'idées.

Mais pas à court de chance. La peinture s'est mélangée à l'eau sur le sol, créant de petites flaques d'huile glissantes à la surface du liquide. Indemne mais aveugle, mon agresseur a trébuché dans une de ces flaques visqueuses alors qu'il s'apprêtait à me frapper de son bâton. Il a basculé en arrière, atterrissant sur le parquet dans un clapotement.

Ni une ni deux, je me suis élancée hors de la pièce en claquant la porte.

Une fois dehors, cependant, je ne savais plus où aller. Pourquoi Patty et Barry n'avaient-ils pas volé à mon secours ? Et s'il les avait tués ? J'ai ouvert brusquement la porte de leur chambre.

Noir total. Leur lit était vide. Pas encore rentrés du théâtre, sans doute.

J'ai traversé le couloir en courant. Je ne savais où aller ni que faire. Pourquoi cet homme me poursuivait-il ? D'où venait-il ?

Ouvrant la porte d'entrée, je me suis ruée vers l'ascenseur en luttant contre la fatigue statique. Je n'avais plus beaucoup de souffle. Une fois devant, j'ai hésité. Et si l'homme luisant n'était pas seul ?

J'ai discrètement battu en retraite vers l'escalier. Personne ne m'attendait dans les marches de ciment à l'éclairage cru. Je les ai dévalées, aussi doucement que possible, espérant que mes pieds nus ne feraient pas de bruit. Il n'y avait qu'un endroit où je serais en sécurité, je le savais.

Je suis descendue jusqu'au dernier sous-sol et j'ai traversé tant bien que mal les couloirs jonchés des vestiges de la vie des anciens occupants. Je me suis cogné l'orteil sur une caisse de bois, hurlant presque lorsqu'un portemanteau poussiéreux a surgi des ténèbres et qu'un pardessus démodé de quarante ans s'est enroulé autour de ma gorge. Fuyant ces périls, j'ai retrouvé le vieil entrepôt où je me suis tapie, tremblante, dans mon tube de stase abandonné.

J'ai brièvement songé à l'allumer, afin de laisser les douces vagues de rêve coloré m'emporter loin de mes cauchemars, des horreurs de mes années d'absence, de mes mystérieux poursuivants. Mais la crainte d'être capturée en stase m'a dissuadée d'actionner l'interrupteur. Je me suis contentée de me blottir contre les coussins satinés, enveloppée dans le manteau poussiéreux qui m'avait fait si peur.

La fraîcheur pénétrante du sous-sol s'est insinuée jusque dans ma moelle. J'ai enfoui mes joues dans la douceur des coussins et inhalé le parfum des drogues rances. Elles ont dû me calmer un peu. Passé les premiers instants de terreur convulsive, j'ai glissé dans une semi-conscience – non un état de stase à proprement parler, mais une sorte de torpeur préliminaire. Dont m'a tirée la sonnerie stridente de mon téléphone portable, que j'ai ôté de mon cou pour activer le récepteur.

C'était Patty. Son brushing impeccable est apparu dans un hologramme, accompagné d'une grimace de dégoût.

— Où es-tu ? a-t-elle demandé d'un ton impérieux. Sais-tu seulement ce que ton satané chien a fait ? Mets-le au parc quand tu sors, sinon je te garantis que je le renverrai là d'où il vient ! Je n'en voulais pas, moi, de cette bête !

— Que se passe-t-il ?

— Ce chien est un danger public ! Il a saccagé ton atelier et gobé la moitié de ta peinture verte. Encore heureux que ce n'était pas mon salon ! Reviens ici tout de suite et nettoie-moi ce bazar avant d'aller en cours si tu ne veux pas être punie. Rien à faire du contrat !

— J'arrive tout de suite, ai-je répondu avant de raccrocher.

Je me suis extirpée du manteau et dirigée vers l'ascenseur. Ma peur avait disparu. Les résidus de drogues statiques avaient au moins le mérite de conserver leur effet sur mes récepteurs sensoriels. Sans eux, je pense que j'aurais continué de me terrer, paniquée, dans le sous-sol.

Lorsque j'ai rejoint l'appartement, Patty criait sur Zavier, tapi sous ma table à dessin. Mon atelier était sens dessus dessous. Zavier était sans doute partiellement responsable du désastre. Empreintes de pattes et traînées de peinture constellaient la pièce, tandis que le tube abandonné au sol avait été mâchouillé, maculant de vert la robe blonde de Zavier. L'eau sur le sol s'était mélangée à la pâte, créant de petits archipels de verdure sur le parquet, ponctués de fragments de craie dissoute, inutilisable. Patty prenait soin de garder ses chaussures chic hors des immondices.

— Te voilà enfin ! s'est-elle exclamée. Nettoie-moi ça avant de partir. Et emmène ton satané cabot avec toi. Pourquoi diable l'as-tu laissé enfermé ici ?

— Oui, Patty, ai-je acquiescé avec obéissance.

J'ai ouvert la bouche pour lui expliquer les événements de la nuit, mais elle avait déjà disparu. Je ne savais trop comment aborder le sujet, de toute façon.

Après son départ, j'ai essayé de convaincre Zavier de quitter sa cachette. Une fois convaincu que personne d'autre n'allait entrer dans la pièce, il s'est hissé sur ses pattes avec maladresse afin de ramper vers moi en geignant. Il souffrait, de toute évidence.

J'ai sorti mon téléphone et interrogé l'assistant virtuel.

— Je suis Hally, votre aide à l'information.

L'hologramme de la belle opératrice composite m'a demandé très poliment ce qu'elle pouvait faire pour moi. Je lui ai réclamé les coordonnées des cliniques vétérinaires les plus proches.

Parmi les établissements qu'elle a énumérés, un seul portait le même nom que le salon de toilettage de Zavier. Je l'ai prié de me mettre en contact avec eux, et, au bout de quelques instants, l'image d'une réceptionniste absolument charmante s'est affichée devant moi.

— Mon chien a… mal, ai-je dit.

— Voulez-vous prendre rendez-vous ?

— Je ne sais pas, ai-je répondu, agitée. Je n'ai pas beaucoup de temps avant les cours. Je crois qu'il a un rendez-vous régulier avec vos toiletteurs ? Il s'appelle Freefoot's Desert Roads.

— Ah, oui, a répondu la réceptionniste avec un sourire tout en consultant un écran invisible. Desert Roads est inscrit comme patient VIP. Si vous voulez bien nous le déposer en chemin, nous nous occuperons du reste.

— Patient VIP ? C'est-à-dire ?

— Tous les soins de Desert Roads ont été réglés et approuvés d'avance. Il vous suffit de nous l'amener, et nous vous appellerons lorsque nous en saurons plus sur son état.

— Je vous remercie.

Je n'avais pas le temps de ranger mon atelier et de déposer Zavier chez le vétérinaire avant les cours. Après avoir repêché l'horloge murale dans l'aquarium (dont – miracle – aucun des occupants n'avait été électrocuté), j'ai fermé la porte à clef afin que Patty ne puisse pas voir que je n'avais rien rangé. Puis j'ai enfilé mon uniforme et mené Zavier à mon aqualimo. J'ai ordonné à l'embarcation de nous conduire chez le toiletteur.

Zavier a mis de la peinture verte partout dans le bateau et sur mon uniforme, mais cela m'était égal. Je lui ai passé les bras autour du cou. Malgré quelques grognements et gémissements, il m'a léchée avec tendresse.

Lorsque je l'ai laissé chez le vétérinaire, je lui ai parlé de la peinture, mais je me suis bien gardée de lui décrire l'homme luisant et son étrange bâton. On m'a assuré qu'on ferait passer à Zavier des tests sanguins de toxicité, et qu'on le toiletterait avec soin. J'ai repris la direction du lycée, un peu soulagée. J'avais enfoui le souvenir de l'homme luisant loin, très loin sous les résidus de stase, avec la ferme intention de ne pas y repenser de sitôt.

Bren m'attendait dans la cour.

— Tout est cool, m'a-t-il annoncé en me prenant mon écran des mains.

J'avais tout oublié de mon changement d'emploi du temps, après les horreurs de la nuit passée et les soucis de Zavier. Bren a tapoté mon écran à plusieurs reprises avant de me le rendre pour me montrer mon nouveau planning.

— Voilà : deuxième période, histoire avec M. Collier. Du coup, il a fallu te mettre dans un autre cours de littérature, avec au programme les Romantiques. J'espère que ça ne te dérange pas.

— Non, c'est super.

C'était faire d'une pierre deux coups, en réalité, puisque j'avais eu le plus grand mal à me retenir de faire remarquer à mon enseignante que ces supposés grands auteurs fin de siècle n'étaient alors que des anonymes. Je ne voulais pas la froisser.

Ma scolarité allait devenir un tantinet plus facile à vivre, maintenant que je n'avais plus à craindre les cours d'histoire. J'avais surtout la chance d'être dans la même classe que Bren. Un vrai régal pour les yeux que ce garçon, vivant, lançant des débats avec ses camarades, surprenant le professeur en détaillant quelque fait obscur lu ici ou là, tirant des conclusions d'indices sans rapport apparent. Il faisait tout ce que j'aurais toujours rêvé de faire en classe. Malheureusement, je n'avais jamais été assez intelligente pour y parvenir.

J'ai adoré l'observer pendant ce cours. L'agilité avec laquelle ses mains parcouraient son écran, par exemple. Certes, il l'utilisait depuis la maternelle, alors que je découvrais tout juste cette technologie, mais quand bien même, ses longs doigts bruns semblaient danser un délicieux ballet. Je me suis surprise à me demander quelle sensation créeraient ces doigts sur moi, effleurant ma peau, me serrant au plus près.

J'ai avalé ma salive. Non. Non, non, non. Il ne fallait pas. Je n'aimais pas Bren de cette façon. Je ne pouvais pas penser à lui de cette manière. J'aimais Xavier. Cet étrange sentiment que j'éprouvais n'était pas de l'amour, cela n'avait rien à voir avec ce que je ressentais pour Xavier. Mais...

Nos yeux se sont croisés. J'ai rougi et me suis concentrée sur mon écran. Impossible de soutenir son regard. Je ne pouvais songer à lui sans que d'étranges petits poissons se mettent à nager dans mon estomac. Mince alors.

Je suis sortie du cours d'histoire en transe et me suis carrément perdue en allant en chinois. Le professeur ne m'a pas grondée lorsque je me suis glissée dans la classe avec cinq minutes de retard. Je commençais à suspecter M. Guillory d'avoir donné des instructions sur ce point-là aussi.

Le cours n'avait ni queue ni tête pour moi. Au bout de vingt minutes, mon téléphone s'est mis à sonner, me donnant une excuse pour échapper à une révision de vocabulaire incompréhensible. J'ai foncé dans le couloir.

— Votre chien semble en bonne santé, mais il souffre d'épuisement, a déclaré le vétérinaire. Nous avons fait un test de toxicologie, mais la peinture paraît plutôt inoffensive. Est-ce que vous lui avez fait faire une longue promenade hier ?

— Non, ai-je répondu en remuant la tête.

— Pourtant, nos examens indiquent que toute sa musculature est en proie à la fatigue. Il souffre d'une overdose d'acide lactique. En clair, ses muscles sont excessivement raides. Il ira mieux dans un jour ou deux, mais en attendant il doit se reposer. Êtes-vous sûre que personne ne lui a fait faire trop d'exercice ?

— Pas que je sache, non.

Je ne savais pas trop comment lui expliquer que mon chien avait été en contact avec un étrange bâton tenu par un homme luisant à la voix mécanique disant vouloir m'éliminer.

J'ai regagné mon siège. Je ne voulais pas penser à cet homme, je ne comprenais strictement rien à la majorité de mes cours, et maintenant que je savais que Zavier allait se remettre, son sort ne pesait plus sur mon esprit. Ce qui me laissait entièrement libre de songer à Bren.

Je n'étais pas sûre de ce que je ressentais. Je n'avais jamais aimé quiconque en dehors de Xavier, et, même avec lui, les choses étaient venues si progressivement, sur une durée telle, et avec tant de changements, que je ne savais pas comment appréhender ce genre de coup de cœur éclair. Trop d'émotions pour mon palpitant. Et c'était d'autant plus douloureux que je ne savais pas ce qu'il éprouvait de son côté.

J'avais toujours eu conscience des sentiments de Xavier. Je le connaissais depuis son plus jeune âge et dans les moindres détails de son caractère, si bien qu'il m'était impossible de me méprendre sur ses gestes. Jamais il ne m'aurait dissimulé quoi que ce soit, de toute façon. Il était mon meilleur ami, mon frère, mon bien-aimé. Il était mort, à présent, et je pleurais sa disparition. Je me demandais si ce n'était pas précisément ce deuil qui me poussait vers Bren, ou bien s'il y avait autre chose derrière.

J'ai repensé à la façon dont il m'avait sauvée. Comment le hasard avait voulu que Bren, plutôt que n'importe qui d'autre, trouve mon tube de stase et me réveille… me réveille d'un baiser, comme la Belle au bois dormant. Sur le moment, je ne l'avais pas perçu comme un baiser. Je me demandais ce qu'il en était pour lui.

J'ai aperçu Bren en sortant de mon dernier cours – les poètes romantiques. Mon cœur s'est emballé, et je me suis surprise à courir à sa rencontre.

— Merci encore pour tout, lui ai-je dit. Le romantisme, c'est tellement mieux que la littérature fin de siècle. Cela… cela ne me branchait pas trop.

Il m'a souri.

— Oui, mon grand-père m'a dit que ça te plairait sans doute plus. Il se rappelait avoir lu tous ces auteurs à l'époque où ils avaient émergé et, apparemment, ça ne l'avait pas impressionné. Qu'est-ce que tu penses de l'histoire ? Ça te plaît, la Reconstruction ?

— C'est fascinant. Comment a-t-on réussi à maintenir les colonies sur les planètes externes ?

— On n'a pas encore atteint cette partie du programme, a répondu Bren. Mais je sais qu'on a abandonné les avant-postes sur Ganymède et sur Cérès, et qu'il a fallu annuler la colonisation prévue sur Encelade.

Il a jeté un coup d'œil par-dessus son épaule. Nabiki et Otto l'attendaient, l'air impatient.

— Euh, je ferais mieux d'y aller. Je vais manquer le glisseur.

J'ai laissé échapper un soupir. L'effet des drogues s'était complètement dissipé, me laissant craintive et nerveuse, et j'avais peur de me retrouver seule. Même si j'aurais été incapable de parler à qui que ce soit de ma mésaventure de la veille, j'étais secouée. J'avais aussi envie d'être avec Bren.

— Je peux te ramener en aqualimo, si tu veux, lui ai-je proposé en essayant de ne pas paraître aussi désespérée que je l'étais réellement. Après tout, on rentre tous les deux à Unicorn.

Il a hésité, avant d'acquiescer d'un haussement d'épaules.

— OK.

Il a fait un mouvement de tête en direction de Nabiki et d'Otto. Nabiki s'est éloignée vers le port avec un geste d'indifférence. Otto m'a fixée de ses yeux jaunes illuminés par le soleil.

Cela me mettait mal à l'aise.

— Tu crois que j'ai vexé Otto ? ai-je demandé à Bren.

Il s'est tourné pour regarder son ami extraterrestre avec un sourire. Otto a esquissé un rictus et lui a adressé un signe de la main avant de suivre Nabiki.

— T'inquiète, a répondu Bren. Il te trouve intéressante. Mais, sur le papier, tu détiens sa licence, ce qui veut dire… enfin, il est suffisamment humain pour disposer de droits, mais c'est compliqué. Il a toujours peur qu'on lance de nouvelles expérimentations. Une fois majeure, c'est à toi que reviendra la décision de relancer ou non le protocole.

J'ai reculé d'un pas.

— Jamais je ne ferais une chose pareille ! N'as-tu pas dit que la plupart d'entre eux étaient morts ?

— Dans d'atroces souffrances, oui. Mais tu n'as pas à t'en faire. Je crois qu'il aimerait surtout trouver le courage de te parler, mais tu lui fais peur.

J'ai dégluti.

— Et toi, est-ce que je te fais peur ?

Bren m'a dévisagée, les sourcils froncés. C'était comme me trouver sous le feu des projecteurs. Je prenais soudain conscience de tous mes défauts. Je n'avais pas été coiffée par un professionnel depuis la conférence de presse. Mes vêtements étaient froissés, tachés de peinture. Je m'étais rongé les ongles en cours, par nervosité ou par ennui. Sous son regard, je devenais une orpheline squelettique constellée d'acné, perdue dans le temps.

— Toi-même, tu dois bien te rendre compte que tu es bizarre, a-t-il finalement répondu, éteignant d'un coup le projecteur. La moitié de tes expressions sont vieillottes… j'ai l'impression de parler à ma grand-mère. Mais, à côté de ça, il t'arrive de faire ou de dire des choses tellement… ne le prends pas mal, mais… tellement enfantines. Sans vouloir te vexer.

— Du tout.

— Donc, oui, tu es différente. Un peu comme une étrangère, mais pas tout à fait. J'en sais rien.

Il a haussé les épaules, l'air gêné. J'ai ressenti l'envie soudaine de lui ébouriffer les cheveux.

— Ça répond à ta question ?

— Je suppose, ai-je murmuré. L'aqualimo vient me chercher ici, ai-je ajouté, nerveuse.

Il m'a suivie jusqu'au bateau pour embarquer.

— Je dois juste faire un arrêt en chemin. Tu n'as rien contre les chiens ?

— Du tout. J'en avais un jusqu'à l'année dernière - Jack. Mort de vieillesse, le pauvre bonhomme.

— Quelle race ?

— Un retriever. Excellent défenseur. Il rattrapait toutes les balles qui s'échappaient du court de tennis.

Lorsque j'ai ramené Zavier dans l'embarcation, il a hoché la tête en direction de Bren avant de lui renifler les jambes.

— Salut, mon chien, a dit Bren en frottant les oreilles de Zavier.

— Sois gentil avec lui. Il a eu une nuit mouvementée. Il a mangé de la peinture.

— C'est vrai ? Tu as mangé de la peinture ? lui a demandé Bren sur le ton de la confidence avant de me regarder. Où est-ce qu'il est allé la chercher, cette peinture ?

— Dans mon atelier, ai-je répondu.

Bren m'a regardée d'un œil neuf.

— Ton atelier ?

— Oui, je... barbouille, ai-je expliqué timidement.

— Les Pipher t'ont donné un atelier ?

— Je crois que c'est Guillory qui s'en est chargé. Cela figurait sans doute quelque part dans mon dossier, que j'aimais les beaux-arts.

Bren a reporté son attention sur Zavier.

— Pas à ce que je sais, a-t-il dit. Et c'est pas faute d'avoir cherché.

— Vraiment ?

— Je ne t'ai trouvée nulle part. En fait, je n'ai rien pu lire indiquant que tes parents avaient eu un enfant. Je suppose qu'ils tenaient à préserver leur intimité. J'ai repêché une photo de toi à l'âge de dix ans environ, avec tes parents, au fin fond des archives d'UniCorp, mais tu n'étais même pas taguée dessus. Un vrai fantôme. Sans empreinte cybernétique. J'ai même pas pu retrouver ton anniversaire.

— Comme si je n'avais jamais existé… J'ai un peu cette impression par moments. Tous ceux que je connaissais sont morts.

Bren a lâché Zavier et s'est rassis, mal à l'aise.

— Désolé.

— Je commence à m'y faire, tu sais.

— Quand même. Je suis désolé.

L'aqualimo avançait bien trop vite. Nous étions déjà arrivés, et j'avais toujours peur de me retrouver seule.

— Veux-tu voir mon atelier ? lui ai-je demandé. C'est un peu le capharnaüm. Zavier a renversé pas mal de choses, mais… Enfin, il faut que je débarrasse avant le retour de Patty et de Barry.

— Avant ça, tu es toute seule ?

— Oui. Avec Zavy.

Bren a eu un semblant d'hésitation avant de répondre.

— OK, pourquoi pas. Je veux bien venir.

En ouvrant la porte, je m'attendais à trouver mon atelier dans l'état de délabrement où je l'avais laissé le matin même. La bonne disposait d'une clef, cependant, et elle n'avait à l'évidence pas entendu les remontrances de Patty. Elle avait rangé la pièce pour moi, la rendant considérablement plus présentable que je ne l'aurais pu.

— Waouh ! s'est exclamé Bren en entrant.

Il a jeté un œil aux tableaux. Je n'étais pas mécontente finalement que le dessin à la craie que j'avais fait de lui ait été détruit. J'en apercevais les restes froissés et humides pointer hors du plateau de l'incinérateur. S'il l'avait vu la veille, cela ne m'aurait guère dérangée. Je lui aurais alors dit la vérité, à savoir que j'avais pour habitude de croquer mon entourage. J'avais même quelques esquisses de Patty et de Barry, et un crayonné de M. Guillory. Mais depuis cet après-midi et l'apparition de ces épouvantables papillons qui virevoltaient dans mon estomac, à la recherche d'un nom que je n'étais pas sûre de vouloir leur donner… disons que je n'en aurais pas mené large.

Je mourais d'envie de le peindre, pourtant. Je l'aurais installé sur un tabouret dans le coin, avec la bibliothèque pour fond. Ou alors devant la fenêtre, surtout si je pouvais le convaincre d'ouvrir sa chemise juste un petit peu. Voire plus qu'un petit peu. Peut-être même la tomber carrément, laissant le soleil luire sur sa peau et faire ressortir le contour de son torse musclé. Je marierais ses iris au feuillage en arrière-plan, et…

Il venait de me poser une question. J'ai secoué la tête afin de me défaire de mes visions de Bren, torse nu dans mon atelier.

— Plaît-il ?

— Pourquoi est-ce que tu n'es pas inscrite en dessin au lycée ?

— Je n'en sais rien. Je suppose que M. Guillory n'a pas estimé nécessaire de le faire.

J'ai balayé la pièce d'un geste.

— Ça m'est égal. J'ai tout ce qu'il me faut ici.

Bren s'est approché du mur où séchait mon plus grand format. C'était une huile aux couleurs vives représentant un de mes paysages oniriques – des collines ondoyantes et des nuages tachetés de lumière, joyeux plutôt que menaçants. Je l'avais intitulé *Dunes bleues*.

— C'est toi qui as peint tout ça ?

— Ce n'est qu'un passe-temps.

Bren m'a scrutée du regard.

— Elles sont superbes, a-t-il dit. Tu ne devrais pas te rabaisser.

Il a hoché la tête tout en examinant la toile.

— Punaise, qu'est-ce que c'est cool, a-t-il ajouté, perplexe. Il y a quelque chose de très… viscéral dans ces paysages.

Je l'ai dévisagé.

— Est-ce que je rêve, ou tu viens de prononcer le mot « viscéral » ?

C'était la première fois que j'entendais pareil terme depuis mon réveil.

Bren a haussé les épaules.

— Mes grands-parents avaient l'habitude de nous emmener aux expositions. C'est comme ça que j'ai appris à décrire les tableaux.

— Les paysages ont toujours été mon fort, lui ai-je expliqué. J'ai même remporté un prix, une fois.

— Vraiment ?

Il a scruté plus attentivement la peinture, un sourcil relevé. Avant d'acquiescer quelques instants plus tard.

— Je vois ça, a-t-il dit en se tournant vers mes autres tableaux. Ça remonte à, quoi, soixante ans ?

— Soixante-deux. Juste avant que j'entre en stase.

— Lequel ?

— *Sous-ciel.*

— Mais non, patate, le prix, s'est-il esclaffé.

— Oh. Le prix des Jeunes Maîtres. J'ai remporté un tour d'Europe d'un mois, mais...

Ainsi qu'une bourse, mais je n'aurais sans doute pas pu l'accepter.

— Tu ne l'as pas fait ?

— Disons que j'étais... indisposée au moment du voyage.

On m'avait mise en stase juste avant. De toute façon, je n'y serais jamais allée.

— Oh, je vois. Désolé.

— Ce n'est rien, ai-je répondu. Je sais que c'est bizarre.

— Un petit peu.

Il a feuilleté quelques dessins sur le plan de travail.

— C'est ma mère ? a-t-il demandé en isolant un crayonné sur papier informatique.

— Oui, ai-je répliqué en regardant par-dessus son épaule. Je l'ai fait à l'hôpital.

Mme Sabah constituait un modèle facile. Ses traits présentaient des lignes nettes et un mouvement naturel. En revanche, je n'avais pu saisir le vert extraordinaire de ses yeux.

— Je peux en faire une copie ? Ça lui ferait tellement plaisir.

— Tu n'as qu'à le lui donner.

— Sérieux ?

— Ce n'est qu'une esquisse, ai-je affirmé dans un haussement d'épaules.

Il m'a regardée, presque enthousiaste.

— Tu veux bien le signer ?

J'ai sorti un crayon d'un tiroir, perplexe.

— Pourquoi ?

Bren s'est mis à rire.

— Parce que avec ton talent, tu ne vas pas tarder à devenir célèbre, et qu'il finira sans doute par valoir le poids de maman en or.

J'ai froncé le nez.

— Je ne crois pas, non. M. Guillory a besoin de moi à UniCorp.

— Toujours la même rengaine, a dit Bren d'un air renfrogné en retournant à ma liasse de croquis. Ça me rend dingue. Tu devrais faire ce que tu veux.

— Je ne sais pas ce que je veux.

Cela ne m'a pas empêchée de signer « Rose Fitzroy » sous le portrait de sa mère, que j'ai intitulé *Annie*.

— Il y a tout le monde là-dedans… Mince alors, regarde-moi ça !

Il a sorti l'esquisse de M. Guillory.

— Tu lui as fait une tête de troll dans celui-là !

— Qui ça, moi ? ai-je répliqué avec une expression faussement innocente.

Bren a éclaté de rire.

— Et ça, qui est-ce ? Sa tête me dit quelque chose. Il est au lycée ?

J'ai fait la grimace.

— Non, ai-je marmonné en me détournant.

C'est à ce moment-là que Bren a remarqué les cinq autres portraits de Xavier déjà accrochés au mur. Il y en avait bien plus, évidemment, mais je doute qu'il aurait pu établir le lien entre les portraits de Xavier nourrisson et ceux de Xavier jeune homme. Son ton est devenu plus sérieux alors qu'il réitérait sa question :

— Qui est-ce ?

Je n'avais pas envie de lui répondre.

— Mon ancien copain, c'est tout.

J'aurais voulu que Bren me rattrape pour me dire qu'il était désolé, qu'il dépose un tendre baiser sur mon front, mes paupières, en m'assurant que tout irait mieux. Je me suis tournée vers ma table à dessin pour regarder les poissons dans l'aquarium.

— Oh, a-t-il dit simplement, avant de me satisfaire à moitié en ajoutant, je suis désolé.

Silence pesant. Sa chaleur dans mon dos m'attirait à lui.

— Bon, ben… merci pour le croquis. Maman va adorer.

— Je t'en prie.

— On se voit au lycée, je suppose.

Lorsque je me suis retournée, il s'était déjà glissé hors de la pièce.

Chapitre 8

Je n'ai pas fermé l'œil cette nuit-là, terrée dans ma chambre, les doigts serrés sur le collier de Zavier et mon téléphone à portée de main. Le moindre bruit, chaque fois que Zavier changeait de position ou que la lumière dansait sur le mur au passage d'un glisseur, suffisait à me convaincre qu'une nouvelle attaque se préparait. Lors du dîner, j'avais envisagé de parler de mon agresseur à Patty et Barry, mais sans pouvoir m'y résoudre. Ils faisaient montre d'une telle indifférence à mon égard – et puis, c'était tellement invraisemblable. Je n'étais pas stupide ; j'avais vérifié les relevés de sécurité : aucune trace d'effraction. À en croire les enregistrements officiels, il ne s'était rien passé. Cela n'avait aucun sens.

Aussitôt que la lumière du jour a commencé à poindre à ma fenêtre, j'ai saisi mon téléphone.

— Cabinet du Dr Bija, a prononcé l'hologramme de sa secrétaire.

— Je voudrais prendre rendez-vous. Ce matin, si possible.

La secrétaire s'est révélée brusque et méprisante.

— S'agit-il d'une urgence ?

J'ai évalué la situation. Mon réflexe premier lorsqu'on me posait ce genre de question consistait à dire non.

— Oui, ai-je répliqué, la mort dans l'âme.

— Êtes-vous inscrite dans cette école ?

J'ai acquiescé.

— Nom ?

— Rose Fitzroy.

— Oh !

L'attitude de la secrétaire a changé du tout au tout. Elle a parcouru son écran, évitant mon regard.

— Je n'ai pas de place pour vous avant le début des cours, mais je peux vous donner rendez-vous à 10 heures, en début de troisième période. Le Dr Bija vous remplira un mot d'excuse en ligne.

— Je vous remercie, ai-je soufflé.

— Je vous en prie, mademoiselle Fitzroy.

Elle a disparu, soulagée que notre conversation se termine.

J'ai dormi pendant mon cours de sociopsycho. Je suis restée éveillée en histoire afin d'observer Bren, mais, à la troisième période, j'étais ravie d'avoir un prétexte pour manquer le chinois.

Le Dr Bija semblait inquiète lorsque je suis entrée dans son bureau.

— Quelque chose ne va pas, Rose ? Ma secrétaire m'a dit que tu avais pris rendez-vous pour une séance supplémentaire ?

— Je sais qu'on n'est pas censé se voir avant lundi, mais je n'arrive pas à dormir.

— Tes cauchemars empirent ?

— Pas exactement, non, ai-je répondu, même si la question me taraudait depuis mon retour à la maison la veille.

Car il n'y avait aucune preuve de l'existence de l'homme luisant en dehors de l'épuisement de Zavier. Lequel aurait tout aussi bien pu être causé par une crise de folie pendant mon sommeil.

— En quelque sorte. Peut-être.

Je me suis assise sur le canapé, déboussolée et fourbue.

— Quel est le problème ? a demandé Mina.

— Je… J'ai cru être attaquée avant-hier soir. Par un homme au regard éteint qui voulait me poser un collier inhibant…

Je lui ai tout raconté, y compris ma fuite au sous-sol et ma sieste dans le tube de stase.

— Et quand je suis remontée, mon atelier était sens dessus dessous, ai-je conclu.

— Tu as parlé à Patty et à Barry de cette… expérience ?

— Non. Patty était furieuse quand elle s'est levée et a vu le bazar, puis j'ai dû aller en classe. Et quand je suis rentrée le soir, tout cela semblait trop bizarre.

Le Dr Bija a acquiescé.

— Tu es bien consciente que votre immeuble constitue une zone hautement sécurisée, n'est-ce pas ? Personne ne peut pénétrer dans la résidence sans y être autorisé, et encore moins parcourir les couloirs et se glisser dans votre appartement, le tout sans déclencher une centaine d'alarmes.

— Je sais. J'ai vérifié les registres de sécurité. Il n'y apparaissait pas. Et la plupart de mes rêves incluent une poursuite, mais celui-ci semblait tellement réel. Et puis, mon studio a bien été saccagé.

— Est-ce que ton chien aurait pu le faire ?

— Peut-être. Comment aurais-je pu rêver qu'on ravageait mon atelier, avant de me réveiller et de constater que c'était vrai ?

— C'est très fréquent, m'a expliqué Mina. Nous percevons des bruits alors que nous sommes inconscients et les incorporons dans nos rêves. Je serais plus inquiétée par la possibilité que tu fasses du somnambulisme. Cela t'est-il déjà arrivé par le passé ?

— Non. Je ne faisais même pas vraiment de cauchemars avant. Mais j'ai eu tellement peur que j'ai passé la nuit dernière éveillée.

Le Dr Bija a hoché la tête.

— Je vais te faire prescrire des somnifères. Quelque chose de léger, m'a-t-elle assuré, sans effet d'accoutumance. À ne prendre que si tu ne parviens vraiment pas à dormir, comme la nuit dernière. Est-ce que tu connais le nom de ton médecin traitant ? Il faudra passer par lui.

— Je l'ignore.

— Je contacterai M. Guillory. Il devrait pouvoir me le dire.

— Êtes-vous obligée de le tenir au courant ?

Il me mettait toujours mal à l'aise.

— Je ne lui donnerai aucun détail, a promis Mina. Mais je ne peux pas te prescrire le médicament directement.

J'ai soupiré.

— D'accord. Rose le monstre devient encore plus monstrueuse.

Mina s'est esclaffée.

— Tu te crois vraiment monstrueuse ?

— Comment appelleriez-vous une ado centenaire ?

— Je crois que tu n'as que soixante-dix-huit ans, non ? a répondu Mina.

J'en avais trop dit. Je m'étais rendu compte, quelques jours auparavant, que, lorsque Bren m'avait réveillée, il s'était en réalité écoulé un siècle depuis ma naissance. Un siècle et presque sept semaines. Détail que le Dr Bija n'avait pas besoin de connaître.

Je n'ai pas revu l'homme luisant dans mes songes, pas plus que je n'ai eu d'accès de somnambulisme, pour autant que je sache. Les comprimés prescrits par le Dr Bija ont calmé un peu mes cauchemars. Ou plutôt m'ont-ils aidée à retrouver le sommeil en dépit des mauvais rêves.

Je continuais d'aller à l'école, ce qui était toujours aussi épouvantable pour moi. Je poursuivais ma physiothérapie, qui montrait enfin des effets. Au point que j'ai pu commencer à promener longuement Zavier après la classe sans que mes muscles me lâchent, même si je ne pouvais pas encore courir. Je continuais de peindre, créant à ma grande surprise des toiles plus abouties que jamais – au moins mes soixante-deux années de stase n'avaient-elles pas été totalement inutiles. Je continuais de voir le Dr Bija une fois par semaine. Et je continuais, presque à mon corps défendant, d'observer Bren.

— Est-ce que tu m'as apporté tes œuvres aujourd'hui ? m'a demandé le Dr Bija alors que j'entrais dans son bureau.

J'ai remué la tête. Près de quatre semaines s'étaient écoulées depuis ma crise de somnambulisme, et pas une seule fois je n'avais pensé à choisir un de mes paysages avant de me rendre à nos séances.

— Je regrette.

Elle a haussé un sourcil.

— Je vois que tu as avec toi un carnet de croquis. Accepterais-tu de m'en montrer un ?

— Mais ce ne sont que des croquis, ai-je répondu, surprise.

— Et alors ? Je ne cherche pas la nouvelle *Joconde*.

Haussement d'épaules.

— D'accord.

Je lui ai passé le carnet. Les premières pages ne comportaient que des paysages.

— Dis-m'en plus, a demandé Mina.

— Ce sont des paysages, c'est tout.

— Quand les as-tu dessinés ?

— Euh… En cours, principalement, ai-je admis.

Ce dernier mois, j'avais rempli bien plus de pages dans mon carnet de croquis que je n'avais tapoté mon écran. Peu de mes esquisses étaient en couleurs, mais Mina semblait même apprécier les paysages en noir et blanc. Nombre d'entre eux présentaient des tempêtes électriques – à l'image de mes rêves statiques. Elle a tourné quelques pages.

— Et là, qui est-ce ? Bren ?

Je me suis humecté les lèvres, nerveuse.

— Non. C'est Xavier.

J'avais oublié que je transportais des dessins de lui dans ce carnet. Je m'étais donné tellement de mal pour éviter de mentionner quoi que ce soit au sujet de mon ancienne vie, et voilà que je venais moi-même de lui ouvrir en grand la porte de mes souvenirs.

— Qui est Xavier ?

— Quelqu'un que j'ai connu… avant.

Elle brûlait soudain de me bombarder de questions, je le sentais – toutes celles qu'elle avait évité de me poser à propos de mon passé. Je me suis bien gardée de lui dire quoi que ce soit, et, à sa décharge, elle a respecté mon mutisme, se contentant de regarder le dessin suivant.

— Ça, c'est Nabiki et Otto, ai-je expliqué.

— Oui, je sais.

— Vous connaissez Otto ?

— Il est un peu comme toi. Je crois que tout le monde le connaît.

Je n'ai pas pu m'empêcher de relever.

— Vous le suivez, lui aussi ?

— Je ne peux répondre à cette question, a dit Mina. Mais tu devrais le lui demander, si tu veux le savoir.

J'ai soupiré.

— Impossible. Il ne me parle pas.

— Tu serais surprise d'apprendre combien Otto peut être loquace, si tu le laissais faire.

— Oh, je le sais. Mais il refuse tout contact avec moi. Je crois que mon cerveau lui fait peur, pour une raison qui m'échappe.

— Ah, a dit Mina d'un air pensif. Est-ce qu'il t'a expliqué pourquoi ?

J'ai remué la tête.

— Nabiki ne savait pas trop comment le traduire.

— Et as-tu tenté de le lui demander en privé ?

— Je vous l'ai déjà dit : il refuse de me parler.

Mina a retroussé les lèvres.

— Et en ligne, tu as essayé ?

Je l'ai regardée comme si elle avait perdu la tête.

— Puisqu'il ne peut pas parler, il ne peut pas utiliser de portable non plus !

— Par écran, a clarifié Mina. Il écrit très bien.

L'idée ne m'avait même pas effleurée. J'ouvrais rarement mon écran, aussi ne m'était-il pas venu à l'esprit de l'utiliser pour joindre qui que ce soit.

— J'y réfléchirai, ai-je dit en tournant une nouvelle page de mon carnet de croquis. Ah, voilà Bren.

Mina a souri.

— Quel beau garçon. Regarde-moi ces yeux !

Ce que j'ai fait, littéralement.

— Je sais… ai-je dit à voix basse.

Je les avais mis en valeur dans le dessin. Ils semblaient briller dans les ténèbres. Les yeux de Bren n'avaient eu de cesse que de me hanter jusqu'à ce que je les croque.

J'avais dessiné l'intégralité de la bande de la cantine dans mon carnet, si bien que Mina a pu mettre des visages sur tous les noms que j'avais mentionnés. Avant de retomber, au détour d'une page, sur un autre portrait de Xavier.

— Tiens, c'est le même garçon que tout à l'heure, a-t-elle remarqué, mais il semble plus jeune. C'est son frère ?

— Non. C'est toujours Xavier. Je l'ai côtoyé pendant longtemps.

— Combien de temps ?

Douleur, comme un poignard.

— Toute sa vie.

Elle m'a alors posé la première question directe concernant ma situation.

— Il te manque ?

J'ai pensé esquiver, ou changer de sujet, mais je ne l'ai pas fait.

— Chaque jour, ai-je répondu. J'essaie de ne pas penser à lui.

— Et pourtant, tu le dessines.

Soupir.

— Je ne peux pas penser à lui, mais je ne peux pas l'oublier, non plus. Ce n'est pas bien, d'oublier ceux qu'on aime.

Long, très long silence.

— Tu crois ? m'a finalement demandé Mina.

Les questions allaient beaucoup trop loin.

— Enfin, bref, voilà mon carnet de croquis, ai-je dit en lui reprenant le cahier. Des gribouillis, rien de plus.

— Ils sont très réussis, a commenté Mina en regagnant son siège. Penses-tu continuer le dessin ?

— Bien sûr.

— Ce que je veux dire, c'est est-ce que tu aimerais en vivre ?

— Je dois me consacrer à UniCorp, lui ai-je rappelé.

— Ah oui, évidemment. Cruel dilemme. Crois-tu disposer des compétences nécessaires pour gérer une multiplanétaire aux ramifications aussi larges qu'UniCorp ?

Personne ne l'avait encore présenté de cette manière.

— Non, ai-je concédé, les épaules tombantes. Mais peut-être pourrais-je engager quelqu'un pour le faire à ma place. Peut-être qu'après l'université…

Elle s'est mise à rire.

— Heureusement, tu n'as pas à t'en soucier pour l'instant.

— Non, vous avez raison. Je ferais mieux d'étudier.

* * *

Je ferais mieux d'étudier. Je me répétais ces mots à la fois comme une devise et comme un reproche, car, j'avais beau le savoir, je n'y parvenais pas pour autant. Difficile de m'intéresser à quelque matière que ce soit quand je n'y comprenais goutte.

Bren, lui, m'intéressait. Et Otto encore plus.

Otto m'intriguait réellement, mais j'avais du mal à en apprendre plus sur lui. Je ne me sentais pas assez à l'aise pour lui donner mon numéro, surtout avec Nabiki dans les parages (autrement dit tout le temps). Nabiki aimait parler de lui, cependant, aussi ai-je pu en savoir plus. Il était toujours là quand je glanais quelques informations, et je trouvais vraiment étrange de ne pas les recevoir de lui directement – mais, au moins, nous ne discutions pas de lui dans son dos.

D'après ce que je sais, Otto avait décroché la bourse d'Uni Prep sans dévoiler sa véritable nature à qui que ce soit. Elle lui avait été attribuée sur la base d'un essai. Otto ne pouvait parler, mais il disposait d'un esprit brillant, qui s'exprimait pleinement dans ses écrits.

Otto avait pourtant bien failli ne pas aller à Uni Prep. Il lui avait fallu six mois et un procès avant d'obtenir le droit d'étudier dans un établissement extérieur. Jusque-là, Otto et ses frères et sœurs avaient été scolarisés dans un laboratoire d'Uni-Corp, où chaque impulsion de leur cerveau était surveillée et enregistrée.

Otto travaillait dur à Uni Prep. Ses frères et sœurs – les trois autres enfants du projet Europe au cerveau pleinement développé – se trouvaient toujours sous surveillance à UniCorp ; il leur rendait visite chaque week-end. Même s'ils n'étaient pas maltraités, tous étaient impatients d'atteindre leur majorité afin de pouvoir disposer officiellement d'eux-mêmes.

Dans ma tête, Bren n'était que pure énergie, un sentiment papillonnant comme un colibri qui ne cessait de me distraire de ma réflexion. À l'inverse, Otto constituait un poids. Un lourd fardeau tapi dans l'ombre, posté dans un coin de mon esprit en attendant que je le traîne partout avec moi. Cela me minait de penser que tous ses malheurs venaient de la compagnie dont j'étais censée être la propriétaire.

Je le surprenais souvent en train de m'observer, ce qui n'arrangeait guère les choses – d'autant que son visage était littéralement dénué de toute expression. Je ne parvenais pas à le déchiffrer. En dehors du sourire forcé qu'il arborait lorsque la situation l'exigeait, il n'y avait aucun moyen de savoir ce qu'il pensait. Éprouvait-il de la colère ou de la curiosité à mon égard ? J'étais bien incapable de le dire.

L'occasion s'est présentée à moi par hasard. Quelques jours après cette fameuse séance où j'avais montré mon carnet de croquis au Dr Bija, Nabiki et Otto sont partis en vitesse de la cantine en oubliant leurs écrans. J'ai subrepticement allumé celui d'Otto – et voilà que son numéro s'est affiché. Je l'ai noté sur mon propre écran, afin de pouvoir le contacter plus tard.

C'était ric-rac. Nabiki est revenue en courant, et je lui ai tendu les deux écrans pour couvrir mon indiscrétion.

— Vous avez oublié ça, lui ai-je dit.

Elle semblait un peu agacée.

— Merci.

Elle restait toujours polie, Nabiki, mais je sentais bien qu'elle ne m'aimait pas beaucoup.

Je me suis sentie tout chose lorsque je me suis connectée à l'écran d'Otto ce soir-là. C'était une technologie obsolète, déjà démodée quand j'étais petite. Elle avait été remplacée par les portables, qui répondaient à la commande vocale et utilisaient de petits capteurs holographiques pour vous donner l'illusion que votre interlocuteur se tenait réellement devant vous. Me servir de l'écran me semblait aussi dépassé qu'aurait pu l'être un plumier à l'ère de l'iPad.

J'ai appelé le clavier virtuel sur mon écran tactile, pris une profonde inspiration, et me suis mise à écrire.

Salut Otto. Navrée de te déranger. Ici Rose.

Et j'ai attendu.

Lorsque la réponse a surgi, j'étais presque trop nerveuse pour la lire.

No problemo. Waouh. Salut. Ravi de te parler.

Oui, coucou. Maintenant que j'avais commencé, je ne savais plus quoi dire. *Je voulais juste te dire bonjour.* J'étais soulagée qu'il ne puisse pas voir ma tête lorsque je me suis rendu compte de ma bêtise. *Désolée. C'est juste que ça fait bizarre de toujours passer par Nabiki.*

C'est vrai. Je suis content que tu aies pensé à m'écrire. C'est vraiment… C'est trop cool ! Salut ! Je ne m'y attendais vraiment pas.

Moi non plus. Otto paraissait tellement plus chaleureux, comparé à son regard froid et à la discrète indifférence de Nabiki. *Désolée.*

De quoi ?

De te déranger, comme ça.

Tu ne me déranges pas du tout. J'avais très envie de te parler aussi. C'est juste… C'était la seule solution possible, et je ne savais pas comment te le proposer. Cela aurait été trop bizarre de passer par quelqu'un d'autre. Ça, et puis il faut dire que la majorité des gens trouvent ça trop ringard.

Moi aussi, en fait.

Vraiment ? J'aurais cru que toi, au moins, tu devais y être habituée.

C'est le cas. Mais je ne m'en servais que gamine.

C'est ce que je pensais.

Longue pause. Je ne savais plus trop quoi dire.

Tu avais une raison particulière de vouloir me contacter ?

Un peu, oui, ai-je répondu. *C'est le Dr Bija qui m'a suggéré de t'écrire.*

Mina ? Elle est sympa, non ?

Je l'aime bien. Toi aussi, tu la consultes ?

Une fois par semaine.

Pareil.

Je sais.

Elle a refusé de me dire si c'était le cas pour toi.

Moi non plus, elle ne m'a rien dit. C'est toi. Je l'ai aperçu dans ton esprit.

Oh. Je ne suis pas certaine d'apprécier.

T'inquiète. Ce que je vois chez les autres reste dans ma tête. J'applique une éthique stricte. Aussi stricte que les principes de Mina. Ou de n'importe quel docteur.

Vraiment ?

Tu as ma parole. Écrite.

Sans trop savoir pourquoi, j'ai perçu une pointe d'humour dans cette dernière petite phrase.

Merci, ai-je répondu. *J'avais un truc un peu personnel à te demander, et je n'avais pas envie de passer par Nabiki.*

Hmm. Pourquoi donc ?

J'ai essayé d'élaborer une réponse qui ne soit pas vexante, puisque je n'avais aucune raison de ne pas apprécier Nabiki. À vrai dire, je la trouvais moi-même très… comment disait-on, déjà ?… très *fraîche*, étant donné les amis dont elle s'entourait.

Je crois qu'elle ne m'aime pas trop.

Ah. Il faudra que je le lui dise. Elle ne sait pas bien cacher son hostilité.

Parce qu'elle essaie ?

Désespérément.

Donc, elle ne m'aime vraiment pas ?

Il a marqué une légère pause avant de me répondre.

Elle ne t'en veut pas vraiment. Elle sait bien que tu n'y es pour rien.

Je n'y suis pour rien... à propos de quoi ?

Une autre pause, plus longue.

Elle est jalouse, a-t-il fini par écrire.

J'étais indignée.

Jalouse ? Mais enfin de quoi ?

De ce que tu représentes, j'imagine.

Eh oh ! Tu n'as qu'à lui dire qu'elle peut tout avoir, si elle veut. Ma vie et tout ce qui va avec. Cette foutue société, ces journalistes à la noix, la fatigue statique, les deux années de physiothérapie qui m'attendent – sans parler des cauchemars ! Je ne demande qu'à échanger.

À l'instant même où j'ai envoyé ce message, je m'en suis mordu les doigts.

Désolée, ai-je ajouté précipitamment.

Elle sait tout ça. Ce n'est pas le problème.

J'étais perdue à présent.

Mais alors, pourquoi est-elle jalouse ?

Parce que je te trouve intéressante, et que ça l'agace.

J'ai avalé ma salive.

Oh.

Comme tu dis. Ça n'arrive pas très souvent, tu sais. Les gens m'ennuient. La plupart ont des esprits très simples.

Mais je ne suis pas très futée.

Ça n'a pas grand-chose à voir avec l'intelligence, même si je n'ai pas perçu de bêtise dans tes pensées. Non, c'est plutôt

l'ouverture d'esprit que je trouve digne d'intérêt. Tout le monde a la possibilité de s'enrichir intellectuellement, mais peu de gens le font.

Ne sachant que répondre à cela, j'ai enchaîné sur une autre question.

Et Nabiki, elle est intéressante ?

Très. Ses pensées sont très complexes. C'est pourquoi elle peut éprouver à la fois de l'hostilité et de la sympathie envers toi.

Comment vous vous êtes rencontrés, tous les deux ? Enfin, si ce n'est pas indiscret.

Du tout. Quand je suis arrivé à Uni Prep, j'étais mal dans ma peau. Aussi seul que toi, et encore plus étrange. On m'a pas mal bizuté. Nabiki s'est toujours montrée très protectrice, et ce dès notre première rencontre. Elle me rappelle une mère lionne, quelque part. Cette idée l'a tellement flattée qu'elle est tombée amoureuse presque immédiatement.

Attends, après un seul compliment ?

Enfin, c'est un peu difficile à expliquer. Premièrement, quand je fais un compliment, en général, c'est plutôt... intense. C'est la vérité, aussi arrogant que cela puisse paraître. Je suis étrange, et il s'agit sans doute d'un de mes côtés les plus étranges. Et deuxièmement, Nabiki est comme ça. Tout ce qu'elle éprouve, elle le ressent de tout son cœur, sans retenue. C'était très bizarre d'absorber les pensées d'une personne en train de tomber amoureuse de moi. On aurait dit qu'un arc-en-ciel lumineux traversait son esprit.

Ça me plaît bien, comme description de l'amour.

Je n'avais pas prévu de démarrer une relation, mais cette idée m'apparaissait tellement belle que je me suis laissé séduire. Ça fait plus d'un an qu'on est ensemble.

Jolie histoire.

Plus jolie que celles que tu aurais à raconter, j'imagine.

J'ai haussé les épaules, même s'il ne pouvait pas le voir.

Vrai.

Ne t'en fais pas. J'ai bien plus d'histoires affreuses que de jolis contes, moi aussi.

J'en suis désolée.

Pas moi. Je n'ai pas d'autre existence à vivre que la mienne. Alors, qu'est-ce que tu voulais me demander de si personnel ?

Oh. Juste une chose. Qu'est-ce qui t'a effrayé à ce point dans mon esprit ?

Il ne vaut mieux pas que tu le saches, crois-moi.

S'il te plaît.

Si je pouvais y répondre de façon claire, tu n'aurais même pas besoin de me poser la question, à vrai dire. Je n'ai pas l'habitude de devoir chercher les mots pour décrire ce genre de choses.

Je me suis affaissée, désappointée.

Je te le demande quand même. Réponds comme tu peux.

C'est ton esprit. Qu'est-ce que j'ai pu y voir, à ton avis ?

Quand tu m'as touchée, je me suis sentie déboussolée.

Et seule. Effrayée. Perdue. Et un peu remontée.

Je n'ai rien contre toi.

Pas contre moi, non. Contre une espèce de statue dorée.

Oh. C'est comme ça que je vois Reginald Guillory.

Ça c'est drôle !

Une pensée m'a traversé l'esprit.

Est-ce que tu peux rire ?

Pas très bien, non. J'ai l'air… bizarre. J'évite de le faire en public.

Pourquoi est-ce que tu ne parles pas ?

J'en suis incapable. J'ai essayé. Les humains formés disposent d'une chambre de résonance qui leur permet de parler. La mienne a la même forme que celle d'un nourrisson. J'arrive à murmurer, parfois, en cas d'urgence, mais ça reste un son bizarre, que les gens ont du mal à déchiffrer. Je connais le langage des signes, mais ça ne m'avance pas beaucoup si les autres ne le comprennent pas. Il y a des moments où c'est vraiment frustrant.

Et tes expressions faciales ? Ta peau ?

Je pense qu'en ta qualité d'héritière d'UniCorp, tu devrais avoir accès à mon dossier médical, si ça te chante.

Non, ce n'est pas la peine, me suis-je empressée de répondre. *Désolée.*

Sans vouloir te vexer, a poursuivi Otto. **Je ne tiens pas UniCorp en grande estime.**

Je ne peux pas t'en vouloir.

Je ne t'en veux pas non plus.

Voilà qui était bon à entendre.

Ça me fait plaisir. J'aimerais quand même comprendre. J'aimerais savoir pourquoi je t'ai fait peur, afin qu'on puisse communiquer autrement que par ce biais.

Très bien. Laisse-moi réfléchir.

Longue pause avant que les mots apparaissent de nouveau.

C'est agaçant, a-t-il fini par ajouter. **Ce serait tellement plus simple à te *montrer*, mais si je pouvais te le montrer,**

je n'aurais pas besoin de le faire, car alors je serais dans ton esprit, et le problème ne se présenterait pas.

C'est assez ironique, ai-je répondu.

Plutôt, oui. OK. Il y a comme une… vacuité dans ton esprit. Non par absence d'intellect, blocage ou trous de mémoire. Ta mémoire semble solide. Davantage, par endroits, que celle de la plupart des gens. Tellement puissante que la parcourir revient un peu à faire du saut d'obstacles. Je n'ai pas vu grand-chose, alors ne m'en veux pas si jamais je te dis quelque chose qui puisse te froisser.

Je doute que quoi que ce soit de ce que tu aurais à me dire puisse me froisser, lui ai-je répondu sincèrement.

Les zones qui entourent ces obstacles de souvenir brut ont ceci de particulier qu'elles forment de vastes fossés, dans lesquels j'ai peur de me plonger. J'ai l'impression que ce qu'elles contiennent est dangereux. Comme de terribles buissons de ronces qui m'attireraient et dans lesquels je serais pris à jamais. Mais je ne sais pas pourquoi j'ai cette impression.

J'ai avalé ma salive.

Otto ? Tu as déjà été en stase ?

Non, mais j'ai l'intention de le faire un jour. Avec mes frères et sœurs, on voudrait retourner sur Europe une fois qu'on aura atteint l'âge de l'ascension et qu'on aura le droit de faire tout ce qu'on veut.

Cela m'a fait sourire.

Pourquoi cette question ?

Je me demandais simplement si c'était ce que tu avais vu.

J'en doute. Il y avait plusieurs vides.

Justement. J'ai été en stase plus d'une fois.

Vraiment ? Pourquoi ça ?

Vite, changer de sujet.

Tu crois pouvoir aller sur Europe ?

Ils ne pourront pas nous en empêcher une fois majeurs.

Heureuse de voir que tu es suffisamment humain pour ne pas être la propriété exclusive d'UniCorp.

Ils peuvent toujours en créer d'autres comme nous. Notre propre sang ne nous appartient même pas. « Si vous nous piquez, est-ce que nous ne saignons pas ? » Pas sans permission écrite, non. UniCorp possède nos droits de reproduction, aussi. Si par chance nous avions un jour des enfants, ils leur appartiendraient également.

Mais c'est horrible !

Oui. Mais ta situation actuelle est presque aussi épouvantable que la mienne. UniCorp possède tout ce qui te concerne aussi.

Jusqu'au jour où, paraît-il, UniCorp m'appartiendra.

Si ta statue dorée le veut bien.

Un affreux pressentiment s'est emparé de moi.

Tu crois qu'il s'y opposerait ?

Je sais qu'il est avide de pouvoir. Il s'est senti terriblement blessé lorsque j'ai remporté cette bourse. Il n'a pas arrêté de nous faire peur, depuis.

À ces mots, j'ai été prise d'un malaise. J'ai essayé de ne pas penser à mon prix des Jeunes Maîtres.

Bien sûr, je ne suis pas entièrement libre, a poursuivi Otto. **L'école est toujours gérée par UniCorp. C'est la seule raison pour laquelle j'ai gagné le procès. Le juge a décidé que tout établissement dirigé par mes gardiens se valait, et que si j'étais capable de pourvoir à ma scolarisation, on devait m'accorder le choix. Jargon juridique.**

Son flot régulier de caractères s'est interrompu un instant avant de reprendre.

Faut que j'y aille. Extinction des feux à 23 heures pour les internes, et Jamal, mon coloc, rouspète si je laisse l'écran allumé.

Bonne nuit, Otto.

Bonne nuit, Églantine. Au plaisir de te lire. Tu m'intrigues toujours.

Chapitre 9

Quel plaisir d'avoir discuté avec Otto ! Le simple fait de lui écrire avant de me coucher m'a aidée à tromper ma solitude. Pour la première fois depuis des semaines, j'ai pu profiter d'une nuit sans cauchemar. Et j'étais plus que disposée à réitérer toute expérience susceptible de me préserver de ces horreurs.

Aussi étais-je ravie le lendemain de voir Otto me lancer un authentique sourire lorsque Nabiki avait le dos tourné. Il a tapoté son écran à deux reprises avant de lever les deux mains. Dix heures. J'ai acquiescé.

Ce soir-là, à 22 heures pile, je me suis assise à mon bureau, Zavier à mes pieds, et j'ai allumé mon écran. À peine avais-je eu le temps d'ouvrir un dossier qu'une fenêtre surgissait.

Rebonjour.

Re. Que me vaut le plaisir ?

J'avais envie de te parler, c'est tout.

De quoi ?

De tout. De rien. Envie de te poser toutes ces petites questions banales auxquelles tu n'as jamais répondu face aux journalistes.

Qu'est-ce que tu racontes ? J'ai passé des journées entières à leur parler !

Et à leur dire exactement ce qu'ils avaient envie d'entendre. Je me trompe ?

J'ai hésité.

Euh... ai-je finalement répondu, presque sur le ton de la plaisanterie.

T'es drôle. Dis-moi la vérité. Qu'est-ce que ça t'a fait, de te réveiller au bout de soixante ans de sommeil ?

La stase, ce n'est pas exactement la même chose que le sommeil, ai-je répondu, contournant la question. *Même si on se réveille reposé. Et on... rêve, à défaut d'un meilleur terme.*

Ce ne sont pas de vrais rêves ?

Non. C'est plutôt comme voir l'intérieur de son esprit. (Froncement de sourcils.) *Je crois que ça s'apparente un peu à ce que tu as fait en m'effleurant, sauf que tout se passe dans ma tête. Et la plupart de temps sous forme d'images – des tempêtes, des océans, et beaucoup de couleurs.*

Oh ! (Longue pause.) **Ça doit être assez effrayant.**

Du tout. Les drogues de stase éliminent les centres de la peur dans ton système nerveux. On ne ressent aucune crainte en stase. Les soucis, le chagrin sont en partie éliminés aussi, étant donné qu'ils sont souvent dérivés de la peur.

C'est bizarre.

Mais nécessaire. Avant qu'on mette au point ces inhibiteurs, les gens commençaient instinctivement à paniquer quand leur organisme cessait de fonctionner. Il s'agit d'un processus étrange : tes cellules cessent de vieillir ou de se diviser, du coup tu as l'impression de... de mourir, en fait. Pas du tout en réalité, mais ton corps dispose seulement de cette comparaison. Ça ne dure qu'une fraction de seconde, pourtant, avant l'utilisation des inhibiteurs, cela rendait la sortie de stase extrêmement pénible.

Les gens restaient figés dans un état de terreur pendant… aussi longtemps qu'avait duré leur stase. Il y avait aussi les claustrophobes, qui paniquaient avant même d'entrer en stase, et… (Mes connaissances s'arrêtaient là.) *Il y avait d'autres raisons encore. Avant l'homologation de la deuxième charge de drogues, la stase était une procédure bien trop pénible.*

Tu es très renseignée dans ce domaine.

Je suis surtout très expérimentée.

À t'entendre, ça s'apparente à de la toxicomanie.

J'ai cligné des yeux en lisant cette dernière remarque. J'ai mis tellement de temps avant de répondre qu'Otto a tapé : **Rose ? Toujours là ?**

Toujours là. Tu m'as eue par surprise, c'est tout. Mais tu as raison. D'une certaine manière, je suppose que ça revient un peu à se droguer.

Je suis désolé. Je viens de me rendre compte que c'était un peu brutal de ma part. Je ne voulais pas dire que tu avais plané pendant soixante ans.

Soixante-deux, à ce qu'on m'a dit. Non, en effet, ce n'était pas un trip de soixante-deux ans. Plutôt une longue méditation sur mon art.

Ça t'a aidée pour la peinture ?

Apparemment, oui. Même si je n'aurais pas choisi ce biais pour étudier… Ça complique un peu les relations. Et la fatigue statique, ce n'est pas très rock'n'roll.

Je m'en doute. Combien de temps es-tu restée à l'hôpital ?

J'aurais dû y rester trois semaines, mais on m'a jetée dehors au bout de huit jours. Les journalistes faisaient le pied de grue. On a dû attendre quatre semaines avant de me scolariser. Je ne peux toujours pas courir.

Ça, je peux le faire. On est tous de bons coureurs. Les embryons sélectionnés étaient tous de très bonne qualité. Mais la plus rapide, c'est Tristane.

J'ai compris qu'il avait changé de sujet par égard pour moi, ce dont je lui étais reconnaissante.

Tristane ?

Tristane Twice. Ma sœur.

Plutôt inhabituel, comme nom.

32. On s'est tous trouvé des noms correspondant à nos numéros d'embryon.

Comment en es-tu arrivé à Otto, dans ce cas ?

Sur le papier et aux yeux de la loi, je m'appelle Octavius Sextus. Plutôt décadent, comme nom. Enfin, c'est toujours mieux que 86.

Aux yeux de la loi ?

Ouaip. On a dû se battre pour avoir de vrais noms.

Quand ça ?

Il a marqué une pause beaucoup plus longue que ce à quoi je me serais attendue, étant donné la banalité de ma question.

Quand on avait treize ans, a répondu Otto.

Pourquoi à ce moment-là ?

Parce que – et là, il n'a rien écrit pendant un long moment – **c'est le moment où on a commencé à mourir.**

Je suis désolée. Tu n'es pas obligé de poursuivre.

Nouvelle pause.

Non, ça va. Je pensais que ce serait difficile, mais en réalité ce moyen de communication s'avère plutôt commode. J'oublie combien cela peut être épuisant de penser sans cesse en direction des gens. Je ne peux pas en parler dans mon mode de communication habituel – car alors je me mets à

pleurer. Même avec Nabiki. Mais là, comme ça, ce n'est pas aussi perturbant. Bizarrement.

Tant mieux, je suppose.

Oui. Étrange. Enfin. Nous étions trente-quatre au départ. Six sont morts suite à des complications inattendues développées dans leur enfance, tôt le plus souvent - avant cinq ans. Mais à la puberté, on s'est mis à tomber comme des mouches. Seize d'entre nous sont morts en l'espace de huit mois, dont sept développés. Parmi lesquels ma meilleure amie. 42.

Qu'est-ce qui s'est passé ensuite ? Qu'est-ce qui vous a poussé à prendre des noms ?

C'était Una. Una Prima. 11. Elle était persuadée qu'elle allait mourir. Moi aussi, évidemment. C'étaient ceux qui avaient les mêmes dons qui partaient les premiers.

Tu veux dire les télépathes ?

C'est ça. Enfants, on était les plus nombreux. Et puis les choses se sont peu à peu gâtées de l'intérieur. Certains perdaient la tête avant de mourir. D'autres étaient victimes d'hémorragies cérébrales massives et se vidaient de leur sang. C'est ce qui est arrivé à 42. Nous étions tous terrifiés. Una en particulier. Elle est morte, elle aussi. Maintenant, il ne reste plus que Tristane et moi. Nous sommes les seuls télépathes à avoir survécu.

Il a marqué une pause.

Enfin, pour le moment. Personne ne sait trop quelle est notre espérance de vie.

Oh mon Dieu. Tu me fais peur.

Moi aussi, je me fais peur. Même si j'y suis maintenant habitué. Una Prima était terrorisée à l'idée de mourir et de n'avoir qu'un 11 sur sa tombe. Alors, ceux qui restaient ont choisi des

noms. À part moi, seuls Tristane, Penny et Quin l'ont fait. Les inachevés se contentent de leurs numéros.

Penny et Quin ?

Pen Ultima, mon autre sœur, alias 99. Et Quint Essentiel, mon frère. 50. Quin sait parler. Tu devrais faire sa connaissance. Il est drôle.

J'aimerais bien rencontrer ta famille. Vous vous considérez toujours comme une famille ?

Oui. Mais ce n'est qu'une fois que nous avons pris nos noms que nous sommes officiellement devenus frères et sœurs. Una voulait que sa famille préside à ses funérailles, c'est pourquoi nous avons eu recours à un juge afin de pouvoir nous adopter mutuellement. Maintenant, nous sommes frères et sœurs, avec des droits de succession et tout le tralala, si bien qu'à notre décès (en supposant que nous serons libres à ce moment-là), UniCorp ne pourra pas saisir nos biens. Tout ce que nous possédons ira aux autres. Cela m'a toujours contrarié que 42 soit partie avant qu'on le fasse. J'ai l'impression qu'elle est morte seule.

Mais alors, vous n'avez pas de lien biologique ?

Pas vraiment, non. Nous sommes tous de mère différente, et issus d'ADN et de microbes différents. Enfin, du même microbe, génétiquement parlant, mais de différentes unités. Je crois que l'idée c'était qu'on essaierait de se reproduire entre nous par la suite. Mais c'est trop bizarre. Parce qu'on est incapable de se voir de cette façon. On a toujours grandi ensemble. Enfin, jusqu'à ce que je parte pour le lycée.

Quelque chose dans son récit m'a profondément touchée. Le souvenir de la bourse pour les Jeunes Maîtres me poursuivait toujours. J'aurais eu du mal à l'accepter et à quitter mes parents. Je n'étais pas sûre que je l'aurais fait. Plutôt que de m'appesantir sur le sujet, j'ai préféré demandé à Otto :

Est-ce que ta famille t'en veut d'être parti pour Uni Prep ?

Non. On a essayé tous les quatre. On savait qu'un seul d'entre nous aurait la possibilité d'y aller. Quin avait entendu parler de ce programme de bourse par son tuteur. Il en avait un pour lui tout seul, comme il sait parler. Tristane et moi en partagions un autre. Il nous fallait quelqu'un avec une formation en psychologie, parce que notre mode d'expression est tellement – là, il a marqué une longue pause avant de reprendre – **différent. Le tuteur de Penny est sourd, parce qu'elle ne communique que par signes. Et par écrit, comme nous en ce moment. Sauf quand je suis avec elle, bien sûr. Je lui sers d'interprète.**

Ça doit te faire bizarre.

Tu devrais voir le spectacle quand Guillory vient contrôler notre progression ! Tristane et moi refusons de le toucher, et comme lui refuse d'apprendre la langue des signes, c'est Quin qui joue les porte-parole. Et comme je te le disais, il a un sacré sens de l'humour. Si tu voyais la tête de Guillory ! Quin a pour habitude de courir dans tous les sens en faisant « bip bip », rien que pour l'embêter.

OK, tu as réussi à me faire rire. Merci. Ça ne m'arrive pas souvent.

J'avais cru remarquer.

Contente de voir que je ne suis pas la seule avec qui tu refuses tout contact physique. Même si ça me chagrine un peu de me retrouver en compagnie de Guillory dans cette catégorie.

Il y a des milliers de personnes que je refuse de toucher. Tu es loin d'être la seule.

Est-ce que tout le monde te fait peur ?

La plupart des gens m'ennuient, ou alors ils me perturbent. La plupart des esprits ne sont pas des endroits particulièrement agréables à visiter.

Soupir.

Pas étonnant que tu ne veuilles pas me toucher, dans ce cas.

À vrai dire, ça ne me dérangerait pas. Mais j'ai peur. C'est ennuyeux. Je n'avais jamais été confronté à ce problème auparavant. On n'a plus grand-chose à craindre quand on a passé toute sa vie dans un couloir de la mort biologique.

Courte pause, puis :

Alors, je suis content que tu gardes le contact avec moi. C'est agréable.

Tout le plaisir est pour moi. (C'était vrai.) *Tu as dit au Dr Bija que tu avais envie de me parler ?*

Bien sûr. Je ne sais pas très bien mentir, et quand je me sens à l'aise, je ne cache pas très bien mes émotions, non plus.

Qu'est-ce qu'elle pense de moi ?

Nous y revoilà. Elle évite de réfléchir à toi ou à ses autres patients quand je suis à proximité, et si d'aventure elle le fait, je contourne sa pensée pour ne pas la lire. Cela suppose une grande confiance de sa part, mais c'est quelqu'un de sincère. C'est un peu comme se retrouver dans une pièce remplie de documents top secrets en ayant juré de ne pas lire le moindre papier à moins qu'on te le fourre sous le nez. Tu regardes droit devant toi, sans prêter attention au reste de la pièce.

Oh. Je n'avais pas l'intention de violer ton code de déontologie. J'espérais simplement savoir de quelle manière les autres me perçoivent.

Je peux te dire comment, moi, je te perçois.

OK, ai-je répondu, même si je craignais un peu de lire la suite.

Tu es quelqu'un de taciturne. Tu es bien plus loquace ici, avec moi, qu'au lycée.

Il avait raison. Je crois que je lui en disais même plus par écrit qu'à Bren ou au Dr Bija de vive voix.

Tu sembles triste, a-t-il poursuivi. **Tu as le regard sombre – et je ne parle pas que de tes iris café.** (Hmm. Otto avait l'œil en matière de couleurs.) **Tu dessines avec avidité ; tu es toujours en train de griffonner. Ça a l'air de te tenir à cœur. Comme une forme d'évasion. Plutôt qu'un passe-temps. Enfin j'ai l'impression.**

C'est vrai, ai-je répondu pour équilibrer un peu la donne, après toutes ces révélations. *Je m'en sers pour comprendre le monde autour de moi.*

Tu as du mal à le comprendre ?

Oui. Je me suis toujours sentie un peu en marge, même avant tout ça. Cela m'aide de dessiner.

C'est bien. Où en étais-je... ? Personnellement, je m'inquiète un peu pour toi. Tu ne te plains jamais, même si je sens que tu détestes tout ce qui se rapporte au lycée. Ce qui m'amène à penser qu'il t'est peut-être arrivé quelque chose. Évidemment, tout le monde s'accorde à dire que faire un bond de soixante ans ne peut que te perturber.

Alors comme ça, tout le monde me croit perturbée ? Génial.

Bien sûr. Même si je suis convaincu que la plupart se trompent sur le pourquoi du comment. D'après la rumeur (à laquelle je ne prête pas autant de valeur qu'aux pensées des individus), la majorité estime que c'est toi qui as voulu être mise en stase, et que tout ce que tu recherchais, c'était attirer l'attention générale et devenir la douairière d'Uni-Corp. Beaucoup sont persuadés que tu présentes un trouble du comportement alimentaire par coquetterie.

J'ai l'air d'un squelette.

C'est aussi mon avis, et je passe mon temps à te regarder essayer de manger.

C'est la fatigue statique.

Oh ! Je suis désolé.

Il y a plein de choses qui ne fonctionnent pas correctement chez moi. Tous mes organes se plaignent d'avoir dormi si longtemps. Il paraît qu'on a introduit des nanorobots dans mon organisme afin de faire marcher mes reins et de satisfaire mon cœur.

Quin en a aussi. On espère les lui retirer quand il sera assez grand. Probablement au moment de notre émancipation.

Quand ?

À l'âge de vingt et un ans.

Pourquoi a-t-il besoin de nanos ?

Nous étions mourants. Ils ont essayé de nous maintenir en vie. La moitié des inachevés requéraient également une assistance. D'autant plus qu'ils ne peuvent pas vraiment exprimer leur souffrance.

Ils n'ont pas la vie trop dure ?

On fait ce qu'on peut pour les satisfaire. Nous leur rendons visite chaque week-end, une heure environ. Ils nous aiment bien, surtout Tristane et moi, parce qu'on peut leur montrer de jolies images mentales.

Une pause.

Extinction des feux. Jamal me tape sur le système.

Je vois. Bonne nuit.

Bonne nuit, Églantine.

Sourire. Je commençais à aimer ce surnom.

Chapitre 10

En dépit de mes bonnes résolutions, le lycée continuait de m'épuiser, tant physiquement que mentalement. Je ne faisais pas de réel effort. Je passais mes journées à me fondre dans mes carnets de croquis et dans mon atelier. Mon seul moment d'éveil coïncidait avec le cours d'histoire, où je pouvais observer Bren et ses yeux verts scintillants.

Le simple fait de le croiser dans le couloir illuminait ma journée, comme un rayon de soleil perçant à travers les nuages. Je ne comprenais pas ces sentiments, cet entrelacs d'émotions conflictuelles inédites. Avec Xavier, mon affection était concrète, inébranlable – c'était mon point d'ancrage. Xavier était la seule constante dans ma vie ; sa disparition m'avait laissée déracinée. Mon monde ne s'effondrerait pas totalement en l'absence de Bren, même si j'éprouvais une forme d'addiction à l'observer. Mes sentiments pour lui se rapprochaient de ceux que j'avais eus pour Xavier, sans pour autant être identiques. C'était déroutant.

Je proposais souvent à Bren de le déposer à la maison en aqualimo. Il acceptait la plupart du temps, ce que je prenais comme un bon signe. Il me parlait de ses matches à venir ou des rouages d'UniCorp, dont il était parfaitement au fait, me rapportait les dernières rumeurs concernant ses amis – les réactions des gens quand Otto et Nabiki avaient commencé à se fréquenter, le coup de cœur d'Anastasia pour Wilhelm, lui-même raide dingue d'une fille de sa classe d'astrophysique avancée. J'aimais bien discuter avec lui.

Je dirais volontiers que Bren et ses amis me sauvaient la vie, même si à l'évidence, en dehors d'Otto – lequel ne parlait pas –, les autres ne toléraient ma présence que parce que Bren semblait m'apprécier. Non qu'ils me détestent, mais ils ne me témoignaient aucune véritable sympathie non plus. Ce qui n'était guère surprenant. Apparemment, tous les membres du groupe se connaissaient depuis le collège. Tous venaient de colonies et d'horizons différents ; pourtant la position de leurs parents au sein d'UniCorp les avait rapprochés, comme s'il s'était agi d'une noble cour dont Bren serait le prince héritier. Les seules pièces rapportées étaient arrivées trois ans auparavant, à l'entrée au lycée, lorsque Anastasia avait débarqué de Nouvelle-Russie, sur Io, et que Molly et Otto avaient remporté leurs bourses. Otto avait eu beau m'appeler « Princesse » lors de notre première rencontre, je ne semblais guère cadrer avec leur concept de la royauté UniCorpienne. Techniquement, j'aurais dû occuper un statut plus élevé que celui de Bren, mais personne n'avait jamais entendu parler de moi avant ces derniers mois. Ils avaient du mal à me cerner.

Bren, de son côté, paraissait ignorer complètement la froideur de ses amis. Il tentait sincèrement de m'intégrer aux discussions du groupe à la cantine, ce qui lui valait ma gratitude.

Et une forme d'obsession, aussi. Lorsque je n'étais pas accablée de cauchemars, je tentais de ramener Bren dans mes rêves. Le souvenir de Xavier m'était par trop douloureux, et je n'avais pas d'autre sujet suffisamment puissant pour accaparer mon attention. Je faisais son portrait sans relâche, essayant différents angles et expressions, tentant de comprendre ce qui se cachait derrière ces fameux yeux. Je craignais qu'il ne trouve mon carnet de croquis et découvre par là combien je pensais à lui.

Jusqu'à ce que je réalise à quel point la clandestinité était ridicule. Car, en vérité, je voulais qu'il sache ce que je ressentais pour lui.

Otto ?

Il a fallu moins de dix secondes à mon écran pour clignoter en réponse. Nous nous connections presque quotidiennement à présent.

Yo ! Re !

Re. Je peux te poser une question ?

C'est toujours toi qui poses les questions. À mon tour.

Et zut. Crois-moi, je ne suis vraiment pas quelqu'un d'intéressant.

Allez, quoi. Je te l'ai déjà demandé, mais tu as évité le sujet. Qu'est-ce que ça t'a fait de sortir de stase ?

C'était douloureux. Sérieusement, Otto, ça n'a pas grand intérêt. Entre le choc et les restes de stase, la première semaine était très floue. Et après, tout s'est effondré autour de moi. Je ne savais pas faire marcher la cuisinière ; je ne comprenais rien aux nouvelles technologies. Je ne pouvais même pas sortir acheter des sous-vêtements sans que la moitié de la planète suive mes moindres mouvements. Avant de venir au lycée, j'avais l'impression d'être une méduse échouée sur la plage, informe et traversée d'électricité. Comme si j'avais été privée de l'eau dans laquelle j'étais censée évoluer. La présence de Patty et Barry ne changeait rien à l'affaire. Tous ceux que je connaissais étaient morts. Ajoute à ça l'épuisement dû à la stase et toute la misère du monde, et tu verras que je suis sans doute aussi malheureuse que toi.

Je ne suis pas malheureux. Plus maintenant.

Plus depuis Nabiki ? lui ai-je demandé, en pensant à Xavier – et à Bren.

Plus depuis la bourse.

Voilà qui semblait superficiel. Je me sentais perdue sans Xavier. Toutes les bourses du monde n'auraient pu y remédier.

Alors Nabiki n'y est pour rien ?

Tous mes amis y sont pour quelque chose. C'est Jamal qui m'a fait intégrer le groupe. On était colocs dès le début. Il était ami avec Bren et Wil.

J'ai soupiré.

Ils t'ont accepté tout de suite ?

Bien sûr que non. Je ne suis pas vraiment ordinaire. Il a marqué une pause avant de continuer. **Je suis étonné que tu m'aies adopté si vite.**

C'est parce que tu es gentil.

Tu t'en es rendu compte au bout d'une seule conversation ? Au terme de laquelle je t'ai rejetée aussitôt ?

Enfin...

J'ai l'habitude qu'on évite mon regard, qu'on soit gêné en ma présence, je suis même habitué à ce qu'on me déteste ouvertement. Tu n'as rien fait de tout ça.

Cela aurait été assez hypocrite de ma part. Et puis, tu m'as quand même fait flipper au départ.

Tu peux parler !

Les deux vilains petits canards.

Pas faux. Alors, c'était quoi ta question ?

Oh. C'était au sujet de Bren.

Qu'est-ce que tu veux savoir ?

Tu le connais bien ?

Ça va bientôt faire trois ans qu'on se connaît.

Tu pourrais me dire s'il m'apprécie vraiment, ou est-ce que c'est juste de la politesse ?

Je ne dirais à personne ce que je vois dans l'esprit d'un autre.

Et jamais je ne te le demanderais, ai-je rétorqué, un peu vexée.

Oh. Je suis désolé.

Non mais rien qu'en le voyant. Ou à ses paroles. Ou d'après ce que les autres en disent. Tout ce que je te demande, en fait, c'est du potin.

Otto a mis un long moment avant de taper :

Ce n'est pas à moi qu'il faut demander.

Mais à qui, alors ? ai-je répondu, exaspérée. *En dehors de toi et de Bren, je n'ai personne à qui parler.*

Vraiment ?

Vraiment !

Je suis désolé. Mais pourquoi ?

Je ne connais personne d'autre.

Si tu parlais aux gens, ça pourrait changer.

Je ne sais pas comment approcher les gens. Je ne l'ai jamais fait auparavant. Toute ma vie, je n'ai eu qu'un seul ami. Et avec lui, c'était plutôt comme ta télépathie ; je pouvais presque lire dans ses pensées.

Comment ça se fait ?

Je le connaissais depuis l'âge de sept ans.

C'était ton copain ?

Oui.

Tu as perdu un petit ami que tu connaissais depuis toujours ?

Oui.

Il a pris le temps de digérer l'information avant que sa réponse n'apparaisse à l'écran.

Aïe.

Je n'ai pas pu m'empêcher de rire.

Comme tu dis.

Je suis vraiment navré.

Je commence à m'y faire.

C'est lui que tu dessines partout dans ton carnet de croquis ?

Comment le sais-tu ?

En regardant par-dessus ton épaule. J'ai reconnu tous les visages, sauf un. Dois-je en conclure que tu as craqué sur Bren ?

Hé, je croyais que tu ne pouvais pas lire mes pensées à moins de me toucher ?!

Bon, OK. J'ai, disons, « emprunté » ton carnet quand tu avais le dos tourné l'autre jour à la cantine. Il était rempli de dessins de Bren et de ce garçon.

Sale petit voleur tout bleu !

J'avoue. (Il ne semblait guère gêné.) **Et d'abord, comment est-ce que tu as obtenu mon numéro, hein ?**

Touché.

Désolé si c'était indiscret.

Pas vraiment, non. Certainement pas venant de toi, puisque tu connais les secrets de tout le monde. Je peux compter sur toi pour ne pas le crier sur les toits ?

Ça ne risque pas, non.

J'ai failli éclater de rire.

Mais j'aurais préféré que tu me le demandes.

Excuse-moi. J'étais curieux. Je voulais savoir de quoi tu pensais avoir besoin pour mieux comprendre le monde.

J'ai ricané.

De tout. Je suis en terre inconnue cette fois-ci.

Qu'est-ce que tu essaies de comprendre à travers ces paysages ?

J'ai réfléchi un long moment.

Moi-même, je suppose. La vie. La stase. Les paysages sont plus... je suppose qu'on pourrait dire qu'ils sont plus méditatifs que les portraits. Même si mes portraits comportent un élément méditatif, aussi, dans la mesure où j'y déchiffre une personne.

Chouette, le dessin de Nabiki et moi, au fait. Je ne pensais pas que tu aurais pu saisir un air si... doux chez elle, vu la réserve avec laquelle elle te traite.

C'est parce que c'est toi qu'elle regardait à ce moment-là.

Ah. En effet, ceci explique cela. Bon alors, tu as un faible pour Bren ou pas ?

Je ne sais pas ce que j'ai. Si ce n'est trop de temps libre et pas assez de jugeote.

Je ne sais pas si tu lui plais ou non. Mais il n'a pas de copine, si c'est ce que tu veux savoir.

Personne dans sa ligne de mire ?

Pas que je sache, non.

OK. (Bon à savoir.)

À mon tour de te poser une question.

Je t'écoute.

Qu'est-ce qui t'attire chez lui ?

Tu veux dire, à part l'évidence ?

Quelle évidence ? Je ne suis pas une jeune fille en fleur, désolé.

J'ai essayé de formuler une réponse qui ne fasse pas, à vrai dire, trop « jeune fille en fleur ».

Disons qu'il est esthétiquement plaisant.

C'est tout ?

Bon, et puis, il est agréable avec moi. Il me parle. Il est plus gentil que n'importe qui d'autre.

Même moi ?

Sans vouloir te vexer, Otto, tu ne me parles pas, toi.

Certes.

Écoute, je ne sais pas. C'est juste qu'il y a quelque chose qui m'attire chez lui. Il me fascine. J'ai toujours envie de le dessiner. Ça doit bien signifier quelque chose, non ?

Bien sûr que tu as envie de le dessiner, avec ses muscles d'athlète, sa peau acajou et ses yeux pareils à des rayons de lumière.

J'ai fixé mon écran, ébahie.

C'est ça, en gros… D'où est-ce que tu sors ça ?

De la bouche de Molly, l'année dernière. Mais ça lui a passé.

J'ai visualisé Molly dans ma tête, afin d'estimer la concurrence. Aucun souci à me faire. Comme elle était née sur Callisto, elle avait une ossature bien trop compacte pour être séduisante. À l'évidence, elle avait passé beaucoup de temps sur les appareils d'exercice gravimétrique, mais ses parents n'étant pas assez riches pour lui offrir des opérations d'exochirurgie correctrice, sa silhouette accusait toujours le coup. C'est alors que j'ai entraperçu le cure-dent qui me faisait office de poignet. De qui est-ce que je me moquais, au juste ?

T'es toujours là ?

Oui, oui. Je réfléchissais seulement à ma propre configuration esthétique. Si tant est que j'en aie une.

Moi, je te trouve très jolie.

Tu m'as dit que j'avais l'air d'un squelette.

Ce que je voulais dire, c'est que tu serais mieux si tu t'étoffais un peu. Pas que tu n'étais pas jolie.

Oh. (Un miroir, vite ! Faute de mieux, je me suis regardée dans la fenêtre. Je n'étais qu'une ombre.) *Merci.*

Bien sûr, je ne pense pas que « jolie » soit le meilleur compliment que je puisse te faire.

Tu peux t'arrêter là. Si tu vas plus loin, je crois que je risque de perdre la tête.

Je veux bien te croire.

Et puis, je n'ai pas vraiment d'autre atout de toute façon.

Oh, je pourrais ajouter douée, tolérante, charmante, ou encore modeste, mais je m'en tiendrai à jolie. Je ne voudrais pas te bouleverser.

Arrête. Tu me fais rougir.

Mince alors. Dire que je manque ça ! (Courte pause.) **Si tu veux vraiment lui mettre le grappin dessus, fonce.**

Tu crois sincèrement que j'ai mes chances ?

J'en sais rien. Tout ce que je sais, c'est que tu mérites d'être heureuse. Je peux te poser une autre question ?

Je suppose. (J'avais peur qu'il s'agisse encore de Bren. Je commençais à me sentir gênée. Mais je n'avais pas de souci à me faire.)

Je ne t'ai pas vexée, au moins, quand j'ai dit que je refusais de te toucher à nouveau ?

Du tout.

Pourquoi ?

J'ai haussé les épaules, avant de me rappeler qu'il ne pouvait pas me voir.

Je n'en sais rien. C'est juste que... je ne sais pas. Je crois que si je devais te résumer ma pensée, ce serait de l'ordre du « bien sûr ».

Tu es donc si habituée à être rejetée ?

Non, je ne crois pas... (J'ai repensé un instant à toutes ces écoles que j'avais fréquentées, toutes ces bonnes que ma famille avait employées, toutes les fois où papa m'avait dit de lui lâcher les baskets.) *En fait, si.*

Courte pause avant qu'Otto ne réponde :

Moi aussi.

Je ne savais plus quoi écrire. Au bout d'une minute, il a ajouté :

J'aimerais vraiment pouvoir te parler. Je n'essayais pas de te rejeter. Je suis tellement content que tu aies décidé de me contacter.

Je suis désolée si je t'ai fait peur.

Et moi, je suis désolé que ton esprit contienne des pensées aussi effrayantes. Tu ne vois vraiment pas de quoi il peut s'agir ?

Aucune idée. En revanche, je peux te répondre concernant les flashes de souvenirs. La stase a tendance à conserver dans ta mémoire des pensées, jusqu'à ce qu'elles se fassent plus nettes qu'elles ne devraient l'être normalement.

Mais il y en avait énormément.

J'ai avalé ma salive.

En effet. J'imagine que oui.

Mais alors à quoi correspondent les zones sombres, épineuses, tout emmêlées ? Elles sont différentes des zones claires.

Je n'en sais rien. (Je ne voyais pas bien ce qui, dans mes séances de stase, avait pu causer de tels embrouillaminis dans mon cerveau.) *Je ne crois pas avoir de trous de mémoire.*

Ce n'est pas mon impression, non plus. Ça ressemblait plutôt à de l'émotion pure.

J'ai froncé les sourcils.

Je suis peut-être simplement perturbée d'avoir perdu tout le monde ?

C'est bien possible, a-t-il répondu, mais je doute que ni lui ni moi n'y ayons vraiment cru.

Toi aussi, tu as perdu des proches, ai-je écrit. J'aurais préféré le murmurer ; c'était si terrible. *Tu t'es reconnu dans ces zones ?*

Quelque part, oui, mais il y a aussi autre chose. Je pense que dans mon cas, c'était plus brutal, plus immédiat que pour toi. Ta situation tient plutôt du cauchemar horrifique. Il y a sans doute une partie de toi qui continue de penser que tu vas finir par te réveiller et retrouver le monde exactement comme il était avant. Je me trompe ?

Comment fais-tu pour me connaître aussi bien ?

Élémentaire, mon cher Watson ! Pas besoin d'être un génie pour comprendre que le fait de se réveiller dans un univers où tous les gens que l'on connaissait ont disparu n'a pas la même tangibilité que celui de serrer son meilleur ami en pleine hémorragie cérébrale.

J'ai cligné des yeux en lisant cette description si froide.

Mon Dieu, Otto. Tu étais en contact physique avec elle ?

Il a attendu un long moment avant de répondre.

Je suis mort avec elle. Ou plutôt mon esprit est mort avec elle… Mince alors, j'arrive pas à croire que je te raconte tout ça. On a dû m'arracher de force, et j'ai assommé quatre

personnes avant qu'ils ne comprennent qu'il ne fallait pas me toucher. Les gens ne réfléchissent pas.

Et tu arrives à ne pas les haïr ?

Ils n'y sont pour rien. Ce ne sont que des employés.

Cette façon qu'il avait de désigner les personnes qui s'occupaient de ses frères et sœurs me laissait perplexe.

Ils ne vous aimaient pas ?

T'es pas bête, toi, tu sais.

Mes parents me manquent, lui ai-je répondu avec honnêteté. Apparemment, cette explication se suffisait à elle-même, car il ne m'a pas demandé de clarifier.

Personne ne m'avait jamais posé la question. Nous nous aimons les uns les autres. Nous n'avons pas de parents biologiques. Certaines de nos mères porteuses se sont regroupées après notre naissance pour s'assurer qu'on nous accorde des droits humains. Mais seule la porteuse de Penny en faisait partie. Les autres avaient porté les inachevés. Elles leur rendent parfois visite le week-end, elles aussi.

Et la mère porteuse de Penny ?

Elle s'est mariée et a eu un autre enfant. Elle continue de lui envoyer des cadeaux à Noël.

C'est tout ?

Ouaip. Peu importe. On est contents d'être considérés comme des êtres humains.

Tu m'étonnes ! Mais on ne vous a pas donné des parents adoptifs ou des tuteurs ? Qui s'est occupé de vous quand vous étiez petits ?

Des infirmières certifiées. Elles étaient douces, mais c'était leur boulot. On a eu des tuteurs, des superviseurs. La plupart d'entre eux se montraient gentils, sans plus. Tous sont

employés par UniCorp. Nous ne leur appartenons pas. Nous n'avons pas notre place parmi eux non plus.

J'ai avalé ma salive. Pendant un long moment, je me suis interrogée sur la réponse à donner ou non, avant de me jeter à l'eau. Je n'avais rien à perdre.

Tu pourrais m'appartenir, lui ai-je écrit. Il fallait faire vite si je voulais pouvoir tout dire. *Je t'aimerais, moi. Moi aussi, je suis une anomalie, au même titre que toi, et je n'ai pas ma place parmi les autres, non plus. Tu es la seule pièce qui semble coller dans mon puzzle. On pourrait former une famille.*

Au moment même où j'ai appuyé sur envoyer, j'ai regretté mon geste. Une pause s'est écoulée, au moins aussi longue que celle que j'avais laissée passer avant de taper. Je suis restée assise là, comme une idiote. Rien qu'en relisant mon message, mon désespoir me sautait aux yeux. J'en avais trop dit. Nul doute que je lui avais fait peur et qu'il prenait ses jambes à son cou.

Je te remercie. (Les mots se sont affichés sur mon écran.) **Ça me touche beaucoup.**

J'espérais qu'il était sincère.

Il y a eu une nouvelle pause avant qu'il ajoute :

Tu vas demander à Bren de sortir avec toi ?

Il avait changé de sujet.

Un sujet qui, en comparaison, se révélait relativement facile à traiter.

Je n'en sais rien.

Mina pourrait être de bon conseil. Elle m'a aidé à gérer mes histoires avec Nabiki, des tas de fois.

J'imagine que ça doit être compliqué pour toi d'entretenir une relation.

Dans un sens, c'est plus facile. Mais aussi plus dur, je suppose. C'est pour Nabiki que c'est plus compliqué. Ça lui cause beaucoup de chagrin. Et ses parents désapprouvent.

Pourquoi ça ?

Ça te plairait, toi, que ta fille sorte avec un alien tout bleu ?

S'il était aussi adorable que toi, oui, je serais ravie.

Otto a marqué une pause avant de répondre :

Tu sais que je violette au lieu de rougir ? Jamal n'arrête pas de me taquiner à ce sujet.

Il lit ce qu'on est en train d'écrire ? lui ai-je demandé, horrifiée.

Non.

Désolée de t'avoir fait rougir.

Parle pour toi. Bonne nuit, Églantine.

Bonne nuit, Avatar.

— Bon, ai-je annoncé au Dr Bija. Cette fois, j'ai un problème que vous devriez pouvoir m'aider à résoudre.

— De quoi s'agit-il ? m'a demandé Mina, l'air radieux.

— Comment est-ce qu'on sait si on aime quelqu'un ?

Elle semblait déstabilisée par la question.

— Je te demande pardon ?

— Qu'est-ce qui indique qu'on aime quelqu'un ? Je veux dire, aimer d'amour.

— Je suis pas sûre de bien comprendre ta question. En général, on le sait, c'est tout.

Froncement de sourcils. Ça me faisait une belle jambe.

— Pourquoi cette question ? Il s'agit de Bren, c'est ça ?

— C'est si évident ?

Elle a haussé les épaules.

— Simple déduction. Tu ne parles que de lui.

— Il faut dire que c'est mon seul interlocuteur.

— Vraiment ?

J'ai acquiescé.

— Ah, si, il y a Otto, aussi. Mais on ne parle pas vraiment.

— Personne d'autre ?

— Personne, non.

— Et pourquoi donc ?

Ce qu'elle pouvait être exaspérante avec sa manie de toujours poser plus de questions.

— Je suis un monstre, ai-je répondu. (N'était-ce pas évident ?) Déphasée, déconnectée, désynchronisée.

— Penses-tu avoir réussi à t'intégrer un peu ?

Soupir. Je faisais de mon mieux pour n'évoquer que les aspects les plus banals de ma vie. Nous parlions beaucoup de mes peintures. De Patty et Barry, aussi, au sujet desquels je n'avais pas grand-chose à dire. Je ne savais presque rien d'eux. Ils restaient de parfaits étrangers, à la table desquels je mangeais tous les soirs.

— Je ne sais pas.

— Qu'est-ce qui t'a poussée à me poser cette question ?

— Je crois que j'aime Bren. Mais… ce n'est pas pareil.

Je ne savais pas trop ce que j'essayais d'exprimer, contrairement à Mina.

— Pas pareil qu'avec Xavier, tu veux dire ?

J'ai hoché la tête.

— Comment est-ce que vous vous êtes connus ?

— J'avais sept ans, ai-je commencé.

Mais je ne suis pas allée au bout de l'histoire. Cela aurait nécessité de lui expliquer que je sortais tout juste d'une longue séance de stase et que je souffrais d'épuisement. Cela m'avait empêchée de faire quoi que ce soit pendant une semaine, à part rester assise dans le jardin. Pendant ma période de stase, Mme Zellwegger, notre voisine, avait eu un enfant. Il avait moins d'un an à présent ; il apprenait à ramper. Elle lui faisait prendre l'air dans le jardin. Comme je n'avais que sept ans et que la lecture me donnait vite mal aux yeux, je n'avais rien pour m'occuper. Je m'étais donc mise à jouer avec le petit Xavy. Je m'amusais avec lui pendant des heures, poussant des jouets et rampant dans l'herbe. Nous riions comme des fous. Je l'installais sur mes genoux pour lui raconter des histoires, et une fois qu'il eut grandi un peu, nous avons commencé à dessiner ensemble dans le bac à sable.

Le jardin était toujours là, mais le bac à sable avait disparu depuis belle lurette. Tout comme Xavier.

— Vous vous connaissiez donc depuis longtemps.

— Oui. Mais je n'ai pas très envie de parler de lui.

— Je comprends. Penses-tu que tu vas déclarer tes sentiments à Bren ?

— Vous croyez que je devrais ?

— Ça, il n'y a que toi qui le saches. Qu'est-ce que tu en penses, toi ?

Soupir.

— Le problème, c'est que je ne suis pas sûre de ce que je ressens.

— Écoute, je peux te dire une chose. Chaque romance, chaque relation est différente. Ça ne sera jamais la même chose, peu importe avec qui.

Nouveau soupir. C'était une perspective pour le moins décevante. Ne jamais retrouver ce point d'ancrage, flotter à jamais, déracinée – quelle horreur.

— Ce sera peut-être aussi bien, a ajouté Mina. Mais ce sera toujours un peu différent.

J'ai pris une profonde inspiration. Si c'était le cas, alors peut-être cette confusion enivrante n'était-elle que le symptôme d'un nouvel amour – un autre type d'amour. Ou au moins ses prémices. Et s'il s'agissait bien de cela, alors je tenais absolument à ce que Bren sache ce que je ressentais.

J'allais donc le lui dire.

Chapitre 11

Le lendemain, mon cœur voletait en tous sens, animé par ma décision. Je ne savais trop comment m'y prendre. Avec Xavier, tout était tellement simple ; nous nous connaissions depuis si longtemps que notre relation tenait de l'évidence. J'avais tout de même une petite idée. J'avais vu suffisamment de films.

J'ai résolu d'attendre que nous soyons seuls dans mon aqualimo. J'avais très peur de le manquer et qu'il prenne le glisseur public – je n'étais pas sûre de pouvoir supporter un jour d'anxiété supplémentaire. Je suis sortie en hâte de mon dernier cours pour rattraper Bren dehors, alors même qu'il s'apprêtait à rejoindre Otto et Nabiki.

— Onrentrensemble ? ai-je bafouillé.

Bren a semblé pris de court, jusqu'à ce qu'il déchiffre ma question compressée.

— Oh, euh…

Il a jeté un œil à ses amis. Nabiki s'est éloignée en levant les yeux au ciel. Otto s'est contenté de nous dévisager. Ou plutôt de me dévisager, suivant son habitude.

— Ouais, d'accord.

J'ai ressenti un mélange étrange de soulagement et d'horreur face à sa réponse. Le premier danger était passé. Je savais ce que je voulais lui dire ; j'avais tout retourné dans ma tête une centaine de fois depuis la veille. Mais, dès l'instant où nous nous sommes retrouvés seuls dans mon aqualimo, tous mes préparatifs ont volé en éclats, me laissant la bouche sèche et les mains moites.

Bren a essayé de me parler de son match à venir, mais c'est à peine si j'entendais un mot sur douze. Les kilomètres défilaient sous mon aéroglisseur, abandonnant derrière nous ce précieux moment en tête à tête. L'embarcation s'est garée devant la propriété. C'était fini.

Tout ce temps perdu !

— Je veux sortir avec toi, ai-je bredouillé.

Bren, confortablement installé dans son siège, était en train de me décrire l'angle du court et de m'expliquer comment s'adapter à la proximité du public. Il s'est interrompu au milieu de sa phrase pour me dévisager, le dos raide.

— Qu'est-ce que tu as dit ? a-t-il demandé.

— Tu… tu me plais, et…

J'ai dégluti.

Il a eu la pire réaction possible. Bien sûr, je ne m'attendais pas à ce qu'il me tombe dans les bras en m'appelant son idole. Mais je ne m'attendais pas non plus à ce qu'il se précipite sur la portière, pressé de fuir, le visage déformé par une expression de panique qui me déchirait le cœur. Dans la confusion, il a laissé tomber son écran, qu'il a ramassé avec maladresse.

— Désolé, Rose. Non, a-t-il dit une fois en sécurité à l'extérieur du bateau.

Je ne sais pas quel diable pervers m'a poussée à pérorer de plus belle. Mais j'étais incapable de me taire.

— Je sais, ai-je répondu. Je ne m'attendais pas à ce que tu acceptes. Enfin, ce n'est pas… ce n'est pas si grave. C'est juste…

J'avais les joues en feu, les oreilles aussi. Brûlant d'embarras, j'ai entendu ma voix terminer la phrase.

— … que je croyais que je te plaisais aussi.

— Oh punaise ! Écoute, Rose… Oh, et puis zut.

Il a levé les yeux au ciel comme pour y puiser de la force.

— Écoute, je suis vraiment désolé si c'est ce que tu as cru… Je ne voulais pas te donner de faux espoirs. Je… je suppose que c'est ma faute, et aussi un problème… disons… d'éducation. Mon grand-père m'a dit de veiller sur toi, c'est tout. Enfin, lui et Guillory sont inquiets pour la société, tu vois ? Ils m'ont dit de m'assurer que… je ne sais pas, que personne n'essaie de te manipuler, je crois que c'est ce qu'a dit Guillory. À vrai dire, je pense que grand-père se fait surtout du souci pour toi – il n'est pas aussi cupide que Reggie. Alors, voilà, je suis là pour t'aider, mais je ne voudrais pas que tu te fasses des idées, et je ne sais pas comment ça se passait il y a soixante ans, j'imagine que j'ai dû m'emmêler les pinceaux… Je suis désolé. Je suis vraiment désolé.

Il n'en avait pas l'air. Il avait surtout l'air paniqué.

— Donc… je ne te plais pas ? ai-je murmuré.

— Non… enfin, pas comme ça. Je veux dire, t'es gentille et tout, mais tu me fais flipper ! T'es presque un fantôme !

Il s'est repris après s'être rendu compte qu'il en avait trop dit.

— Désolé, a-t-il répété. Ce n'est pas ta faute. Tu es vraiment adorable, mais c'est juste… Je peux pas, OK ?

Une main puissante agrippait ma poitrine, comprimant mes poumons. Non, pas mes poumons. Mon cœur. Qui se brisait.

N'étais-je donc pas plus forte ?

— Je suis désolée, ai-je murmuré.

Bren m'a regardée, et la panique a quitté son visage. Derrière, je voyais du remords, et... oh, non. Tout sauf ça. De la pitié.

— Moi aussi.

Il a serré son écran contre lui en me fixant d'un air gêné.

— On... On se voit demain à la cantine. C'est pas...

— Bien sûr.

— OK. Bye.

Je suis restée assise dans l'aqualimo longtemps après son départ. Mes yeux épuisés et rougis par la stase se brouillaient souvent, aussi n'est-ce qu'en remarquant la tache humide qui s'était formée sur ma jupe que j'ai compris que j'étais en train de pleurer. Séchant mes larmes, je me suis dirigée vers l'ascenseur en espérant que ni Barry ni Patty n'étaient rentrés tôt de leur travail. J'avais de la chance. Ils étaient absents. Comme d'habitude.

Zavier m'a accueillie à la porte, la queue frétillante, pressé de sortir. Je n'avais pas le courage de le promener ce soir-là. Je me suis contentée de me traîner jusqu'au jardin où je me suis effondrée sur la pelouse.

Zavier courait en tous sens après des papillons. J'aurais aimé connaître la même insouciance. Mes larmes ont recommencé à couler tandis que j'observais les alentours. En soixante ans, beaucoup de plantes avaient changé, certains sentiers avaient été modifiés, mais la plupart des arbres étaient toujours là, penchant sur la cour leurs floraisons et leurs feuillages écarlates. Mais ils avaient quadruplé d'épaisseur, et lorsque je marchais dans leur ombre, je ne retrouvais plus mon Xavier.

Tout avait été si parfait avec Xavier. Notre amitié s'était si vite fondue dans l'amour que c'était à peine si nous pouvions distinguer les deux.

* * *

Papa et maman m'avaient sortie de ma stase et accueilli mon retour avec un fabuleux petit-déjeuner arrosé au champagne. L'automne était déjà avancé lorsque je m'étais endormie, mais on était à présent au début de l'été. Je venais de manquer la fin de l'année scolaire, ce dont je me réjouissais.

Après le repas, maman m'avait emmenée chez Jacquard pour faire du shopping. Nous nous en étions donné à cœur joie, renouvelant entièrement ma garde-robe conformément aux nouvelles tendances estivales. Cette année-là, tout n'était que coton indien, qui venait remplacer les soies légères populaires lors de mon dernier passage. Une fois nos emplettes terminées, l'après-midi déjà bien avancé, maman était rentrée à la maison faire sa sieste quotidienne. Papa, lui, s'occupait d'UniCorp, et je n'avais pas sommeil. J'aurais pu aller à la piscine ou au tennis, mais je ne m'en sentais pas l'énergie. Ma séance avait été suffisamment longue pour raidir mes muscles et y déposer les premiers symptômes d'épuisement statique. Plutôt que de me retirer dans ma chambre, j'avais farfouillé un peu partout jusqu'à dénicher un carnet de croquis, avec lequel j'étais sortie dessiner dans le jardin.

Je ne l'avais pas reconnu. Du moins pas tout de suite. Prenant ce grand jeune homme élancé qui parcourait les allées pour un nouveau locataire, j'ai changé de sentier afin de l'éviter. Le crissement de ses pas s'est interrompu derrière moi, puis il m'a rattrapée en courant.

— Rose ?

Je me suis figée sur place. J'aurais reconnu cette voix entre mille. Depuis qu'il avait perdu son ravissant soprano, à l'âge de treize ans, le timbre de Xavier s'était fait velouté et chaleureux. Je me suis retournée, interloquée.

— Xavier ? C'est bien toi ?

Il avait changé. Énormément. Ses cheveux blond cendré avaient foncé au cours des neuf derniers mois pour tirer à présent sur le brun doré ; quant à Xavier lui-même, il avait poussé comme un roseau et me dépassait désormais. D'une dizaine de centimètres, ce qui en soi n'était pas beaucoup, mais j'avais toujours été plus grande – toujours plus âgée, aussi. Ce nouveau Xavier n'était plus un enfant. Le duvet léger qu'il entretenait au moment de mon entrée en stase s'était transformé en un bouc soigneusement taillé. Et lorsque j'ai prononcé son nom, le sourire qu'il m'a adressé n'était plus tout à fait innocent. Mais surtout, son regard exprimait un appétit que je n'avais encore jamais vu auparavant.

J'ai agrippé le col de sa chemise ouverte sous laquelle il portait un T-shirt orné du logo d'UniCorp – une licorne en pleine charge.

— Regarde-toi, me suis-je exclamée en contemplant son visage avec un rire. Ce que tu as grandi !

— C'est ce que tu dis à chaque fois.

— Parce que c'est la vérité, à chaque fois.

Je n'en revenais pas du changement. J'ai tendu la main pour effleurer son visage, surprise par la barbe de trois jours que son rasoir avait épargnée.

— Mais qu'est-ce qui t'est arrivé ! Tu sembles… différent.

Il m'a souri, ses yeux verts illuminant son visage constellé de taches de rousseur.

— Tant mieux, a-t-il répondu en enroulant une boucle de mes cheveux autour de son doigt. Toi, par contre, tu n'as pas changé.

J'ai haussé les épaules. Je n'avais guère envie de parler de moi.

— Alors, qu'est-ce que j'ai manqué ? ai-je demandé en tâtant sa poitrine nouvellement musclée. À part l'évident, bien sûr.

Il continuait de jouer avec mes cheveux. De petits frissons parcouraient mon cuir chevelu. C'était… différent. Il avait déjà joué avec mes cheveux. La veille même… enfin, ce qui me semblait être la veille. Alors, qu'est-ce qui avait changé ? Lui, je suppose. Mais ce n'était pas tout.

— Pas grand-chose, a répondu Xavier.

Son regard s'est fait plus doux tandis qu'il plongeait ses yeux dans les miens.

— Ça fait combien de temps ?

Je n'ai pu m'empêcher de rire.

— Tu le sais mieux que moi.

Il m'a attirée à lui pour me serrer, fort.

— Ce que tu m'as manqué !

— Toi aussi.

C'était plus vrai que jamais. J'étais passée à côté de tellement de choses. Il m'a serrée plus fort encore avant de me soulever. J'en ai eu le souffle coupé. Jamais auparavant il n'avait été assez costaud pour y parvenir. J'ai éclaté de rire, pour son plus grand plaisir. Esquissant un sourire espiègle, il m'a fait tournoyer dans les airs.

— Arrête ! Repose-moi, espèce de colosse !

Ce qu'il a fait, avec douceur.

— Qu'est-ce que tu en penses ? m'a-t-il demandé. Je me suis bien étoffé, non ?

— J'ai toujours dit que tu serais une belle fripouille ! l'ai-je taquiné.

Mais ce n'était pas que de la taquinerie. Je n'en revenais pas. Je l'ai détaillé des pieds à la tête – son torse fraîchement développé, sa magnifique tignasse, ses bras puissants qui me tenaient toujours par les épaules.

— Regarde-toi, ai-je murmuré en secouant la tête.

— Alors, je te plais ?

J'ai essayé d'élaborer une réponse précise. Les mots me manquaient.

— Hmm, euh… Ah…

Je me suis contentée d'exprimer mon approbation par un sifflement éloquent.

— Hmm, a-t-il laissé échapper d'une voix pénétrante.

Le souffle court, il s'est détourné un instant, comme en lutte avec lui-même. Puis ses mains se sont resserrées sur mes épaules.

— Rose ? a-t-il demandé d'un air grave. On a toujours été amis, pas vrai ?

— Oui. Je suppose qu'on peut dire ça.

— Tu sais… ça, ça ne changera jamais. Quoi… quoi qu'il arrive.

C'était ce que je craignais. J'avais toujours su qu'un jour je sortirais de stase pour me rendre compte qu'il m'avait dépassée. Un garçon ne peut continuer à suivre sa grande sœur toute sa vie.

— Oui, je sais, ai-je soupiré. Je… j'ai pris mon carnet de croquis avec moi, tu peux… faire ce que tu veux. On se voit plus tard.

— Je n'avais pas l'intention de bouger, a-t-il murmuré.

J'étais perdue à présent.

— Mais alors, qu'est-ce que… ?

Son regard m'a fait perdre le fil. Un regard sans fond.

— Xavier…

— Ah.

Il a fermé les yeux avec un grognement.

— Tu n'as pas changé. Je comptais attendre un peu, au moins quelques jours, mais je ne sais pas si je pourrai.

— Attendre pour quoi ?

Il est resté silencieux un moment, les sourcils froncés, concentré sur les ténèbres qu'il sondait derrière ses paupières closes.

— Rose, a-t-il finalement repris. Si tu n'es pas d'accord, tu n'as qu'à me le dire. Ça ne changera pas grand-chose.

— Quoi ?

— Chut.

Il m'a scrutée du regard, un doigt posé sur mes lèvres. Un feu ambré brûlait au milieu de ses iris verts.

— Disons que j'y ai beaucoup réfléchi depuis l'automne dernier. Enfin, tous les jours depuis quatre ans, en fait. Et si je n'agis pas maintenant, quand l'occasion se présente, je crois que je vais devenir dingue.

Il a écarté son index. J'en ai profité pour ouvrir la bouche.

— Mais à quel sujet ? ai-je chuchoté, même si j'avais ma petite idée.

— Ça, a-t-il murmuré en rapprochant son visage du mien.

Le temps s'est figé, me laissant le loisir d'envisager toutes les conséquences que pourrait avoir un baiser si je le laissais faire. Neuf ans d'amitié, transformés en un instant. Seize ans, même, de son point de vue. J'avais changé ses couches quand j'avais sept ans. Et voilà qu'il me tenait dans ses bras ; voilà qu'il était plus grand que moi, un beau garçon charmant, plein d'assurance. Et quelle assurance. Ce n'était pas l'attitude d'un gamin qui n'avait jamais embrassé de fille.

Cette pensée seule a suffi à me pousser contre lui, à me faire lâcher mon carnet de croquis, qui est tombé, oublié, dans l'herbe. Alors que son souffle tiède effleurait mes lèvres, mes mains sont allées se glisser sur sa nuque, jusque dans ses cheveux. Je l'ai agrippé de toutes mes forces. Xavier était à moi ! Il avait toujours été à moi ! De quel droit une autre fille m'avait-elle volé son premier baiser ? Et voilà que je lui donnais le mien…

Dès l'instant où nos lèvres se sont rencontrées, une symphonie de couleurs s'est déchaînée, que je ressentais plutôt que je ne la voyais. Une explosion de lumière, aussi intense qu'un rêve de stase, à ceci près qu'elle était réelle, tangible, témoignant de ma connexion durable, indéfectible, avec Xavier – ma constante. Mes mains échappaient à tout contrôle, tentant de l'attirer à moi par différents endroits, ses cheveux, ses épaules, son cou, sa nuque. Ses bras se faisaient stables, fermes, solides comme la pierre tandis qu'il me serrait de toutes ses forces. Son assurance et son expérience ont ravivé ma fureur alors que ses dents effleuraient ma lèvre inférieure et que sa langue explorait ma bouche.

Les couleurs éclatantes de mon corps ont commencé à s'estomper, ainsi que tout le reste, à mesure que la jalousie me pressait tout contre lui. Une de mes jambes s'est enroulée autour de la sienne pour l'empêcher de fuir. Je pleurais tout en l'embrassant.

Xavier a fini par se détacher de moi. Je l'ai regardé, les yeux écarquillés, le souffle court. Son visage était gris. Le ciel était gris. Le monde entier était gris. L'air me manquait.

— Tout doux, a-t-il murmuré d'une voix rauque.

Il me retenait suffisamment pour m'empêcher de m'effondrer à ses pieds. Me sentant faiblir, il s'est lentement agenouillé sur l'herbe avec moi, séchant mes larmes de ses baisers sur mes joues et mes yeux avant d'incliner la tête pour me souffler à l'oreille :

— Je sais.

Savait-il ce que je ressentais ? Savait-il pourquoi je pleurais ? Moi-même, je n'en étais pas sûre. Je respirais avec difficulté. Les couleurs sont revenues à mesure que l'oxygène se frayait un chemin dans mon organisme. Nous sommes restés enlacés. Xavier embrassait mes cheveux derrière mon oreille. J'ai enfoui mon nez dans son cou, inhalant son odeur familière mélangée au parfum capiteux de sa sueur virile, qu'il ne dégageait pas encore la dernière fois que je l'avais vu.

Alors que notre respiration retrouvait un rythme normal, Xavier m'a serrée aux épaules.

— La vache, a-t-il soufflé dans mon oreille, me faisant tressaillir. Je ne m'attendais pas exactement à ça.

— Qui est-elle ?

Il s'est écarté pour me regarder.

— Qui ça ?

Comment osait-il me le demander ?

— Cette fille qui t'a volé à moi. Cette fille qui t'a arraché ton premier baiser, qui t'a appris tout cela.

Il a souri avec appréhension.

— Quelle importance ?

— Comment !

Ma réponse n'était qu'un sifflement venimeux. Je ne me savais pas si possessive.

— Elle s'appelle Claire, a-t-il répondu, et je l'ai rencontrée au lycée. Mais elle ne compte pas, Rose.

Il a effleuré mon visage avec tendresse, laissant derrière lui des traces de couleur chaude le long de ma peau.

— Ce n'était... qu'un moyen d'arriver à mes fins. Elle le savait. Je n'étais certainement pas son premier. Et elle en a eu quatre autres depuis. Il n'y avait que toi. Toujours toi.

Il a déposé un baiser sur mes cheveux.

— Si je l'ai laissée me toucher, c'était uniquement pour savoir quoi faire lorsque je te reverrais enfin.

Ses lèvres parcouraient mon front avec une douceur pénible, longeant ma chevelure, ma mâchoire.

— Si tu savais comme je t'ai attendue, a-t-il murmuré avec un soupir lourd qui ne laissait aucun doute quant à sa sincérité. Elle ne m'aimait pas, et c'était plus que réciproque.

Son nez a caressé ma joue.

— Rien à voir avec tout ceci.

Aussi distraite que je l'étais par ce que ses lèvres faisaient à ma peau, j'ai saisi le sens de ses paroles.

— Est-ce que tu es en train de dire... que tu m'aimes ?

Xavier s'est écarté, l'air choqué.

— Rose ! a-t-il murmuré, avant que ses yeux ne se radoucissent. Je t'ai toujours aimée.

Il a fait mine de m'embrasser à nouveau, hésitant cette fois, presque taquin. Du moins l'aurait-il été sans l'urgence qui pointait dans ses yeux. Ce deuxième baiser n'était ni avide ni rageur, la passion qu'il exprimait s'apparentait moins à un brasier incandescent qu'à un puissant rayonnement, chaleureux et diffus. C'était plus agréable que les premières minutes de stase, plus agréable encore que le glissement confortable induit par l'injection préliminaire de drogues. Lorsque nous nous sommes embrassés cette fois, je savais, sans aucun doute possible, que j'étais chez moi.

Le nez que je sentais à présent sur ma peau était celui de mon chien, qui avait commencé à s'inquiéter en voyant le flot ininterrompu de larmes s'écoulant de mes yeux. Il m'a léché les joues, et j'ai laissé échapper un rire vide. Mon Zavier, séchant mes pleurs. Ce n'était pas la même chose.

Je me suis relevée pour conduire Zavier à l'intérieur. Il s'attendait à me voir travailler dans mon atelier, comme je le faisais chaque après-midi, mais je n'avais pas le courage d'y pénétrer. Les visages de Xavier et de Bren m'y attendaient, prêts à réduire mon cœur en poussière de craie. À la place, je me suis recroquevillée sur ma courtepointe à motif de roses, sans même prendre la peine de me changer. Sans bouger non plus, pas même lorsque Patty est venue m'annoncer que le dîner était servi. Je n'avais toujours pas d'appétit, et la seule idée de devoir essayer d'avaler le moindre morceau dans un moment pareil me répugnait.

Pendant la nuit, je me suis traînée jusqu'à la salle de bains pour y boire un immense verre d'eau afin de recouvrer l'humidité que j'avais perdue en pleurant. Cinq minutes plus tard, j'ai couru tout vomir dans les toilettes. J'ai regagné ma chambre, cette fois avec le verre, que j'ai bu lentement en prenant soin que mon estomac absorbe chaque gorgée avant d'ingurgiter la suivante.

Vers 22 heures, mon écran a sonné, mais je ne me sentais pas le courage de ressasser les événements, pas même avec Otto. J'ai ignoré le signal, qui s'est arrêté aussitôt.

La nuit a été terrible. Les comprimés m'assommaient juste assez pour me précipiter parmi les cauchemars, mais pas assez pour me maintenir endormie. J'oscillais entre larmes et mauvais rêves. Ces derniers étaient particulièrement horribles, maintenant qu'ils mettaient en scène des clones luisants au regard vide de Bren ou de Xavier, lesquels m'attaquaient avec ce même bâton que maniait mon poursuivant durant mes épisodes de somnambulisme.

La sonnerie du réveil m'a offert une trêve bienvenue. J'ai nourri Zavier avant de grimper dans mon aqualimo, snobant le petit-déjeuner.

Arrivée à l'école, j'ai ouvert la portière. C'est à ce moment-là seulement que je me suis aperçue que je portais toujours le même uniforme froissé et trempé de larmes dans lequel j'avais passé la nuit. J'ai grimacé en entendant le brouhaha du lycée envahir mon embarcation. Les élèves s'interpellaient de part et d'autre de la cour, tandis que l'équipe de volley entonnait un hymne sportif qui ressemblait à de l'arabe. Les téléphones sonnaient ; les pas résonnaient. La migraine m'a assaillie avant même que je pose le pied au sol. Et c'est alors que je l'ai vu.

Bren était avec ses amis, au milieu de la cour. Je savais que je ne ressemblais à rien. J'avais l'impression d'avoir traversé une haie à reculons. Avais-je seulement pensé à me brosser les cheveux ce matin ? Bren, lui, était égal à lui-même. Jetant un coup d'œil dans ma direction, il a dû apercevoir mon aqualimo, car il s'est promptement retourné pour échanger un éclat de rire avec Anastasia. Mon cœur s'est comprimé dans ma poitrine.

Otto s'est mis un peu à l'écart du groupe pour m'observer. Son visage dénué d'expression a pivoté sur son cou tandis qu'il me dévisageait en silence. J'aurais tout donné, en cet instant, pour avoir des traits aussi impassibles que les siens. Les miens se sont crispés sous la menace de nouvelles larmes. Otto a esquissé un pas dans ma direction, la main tendue comme s'il avait pu m'atteindre à l'autre bout de la cour. Que savait-il exactement ? C'en était trop. Je suis remontée dans mon véhicule.

— À la maison, ai-je ordonné. À la maison, vite, vite, vite !

Le bateau a obéi, verrouillant ses portières et s'élançant sur la route.

Une fois rentrée, j'ai glissé un sac de croquettes sous mon lit, ouvert sur le côté, afin que Zavier puisse y accéder librement. Je savais qu'il pouvait s'abreuver aux toilettes. J'ai profité d'un câlin pour glaner un peu de réconfort auprès de lui, mais mon chagrin était trop grand, même pour mon magnifique chien. Essuyant mes larmes sur sa fourrure, je suis sortie de l'appartement en direction de l'ascenseur.

La descente jusqu'au dernier sous-sol semblait très longue. Le simple fait de penser à mon engourdissement imminent suffisait à me calmer.

J'ai grimpé avec avidité dans mon tube de stase, écrasant le bouton de programmation. Nous y avions rarement eu recours jusque-là. Mes parents savaient toujours quand me sortir de ma torpeur. Programmant l'appareil pour une séance de deux semaines, je me suis étendue tandis que la musique commençait à emplir mes oreilles.

Les drogues parfumées ont eu vite fait de chasser l'horreur et le chagrin de mon esprit. Je les inhalais profondément en pensant à Xavier. J'espérais à moitié qu'à mon réveil, tout cet épouvantable incident serait effacé. Quelques semaines ou quelques mois seulement se seraient écoulés depuis que mes parents avaient refermé le tube, et maman se tiendrait au-dessus de moi, une coupe de champagne à la main. Xavier serait toujours mon voisin d'en face, et je pourrais me jeter dans ses bras en lui demandant pardon pour toutes les occasions manquées.

Tout semblait possible durant ces quelques premiers instants de stase.

Chapitre 12

Sa vision réduite à 3 %, il avait regagné sa station. Sa cible avait fui l'adresse connue. Il n'était pas programmé pour penser qu'elle y retournerait. Comme il était incapable de la localiser, ses directives restèrent en suspens. Il s'assit par terre, passa en mode veille et patienta.

« La célèbre Rosalinda Fitzroy a été portée disparue ce matin, alimentant les rumeurs d'un possible enlèvement. Sa dernière adresse connue est celle de son appartement familial, dans la ville UniCorp de ComUnity. La police est en alerte. »

ALERTE NOM : CIBLE RÉFÉRENCÉE. ROSALINDA SAMANTHA FITZROY.

On l'avait de nouveau localisée. Il ne lui vint pas à l'idée que ce nouveau lieu était le même que le précédent. Les schémas comportementaux n'entraient pas dans sa programmation.

Il lança sa directive principale.

RAMENER CIBLE À CLIENT.

Il parcourut le net. Comme il était à 98,7 % de ses capacités, l'examen ne lui prit qu'une heure.

CLIENT INTROUVABLE.

Sous l'effet de ses électrons en ébullition, il consulta sa directive secondaire.

ÉLIMINER CIBLE.

EN VEILLE, SCAN COMPLÉMENTAIRE EN ATTENTE.

Sa vérification d'état lui indiqua automatiquement que sa vision n'était toujours qu'à 3 %. Il fallut environ quatre heures aux nanorobots pour retirer chaque particule de peinture à l'huile desséchée de ses yeux avant qu'il puisse quitter sa station et mettre en œuvre sa directive.

* * *

Lorsque j'ai ouvert les yeux cette fois, le visage qui se penchait sur moi n'était pas plongé dans les ténèbres. Je n'étais pas restée assez longtemps en stase pour risquer l'épuisement. Brendan me détaillait avec fureur ; ses yeux lançaient des éclairs comme si ses iris verts servaient d'aquarium à des poissons rouges.

— Tu as conscience que la tentative de suicide compte comme une forme de chantage ?

J'ai remué la tête, me languissant de mes rêves statiques. Celui que je venais de faire mettait en scène Xavier, à ceci près que Xavier et Bren se mélangeaient, et que je ne savais jamais avec certitude lequel j'avais devant moi. Je disais à Bren qu'il me manquait, alors que c'était Xavier qui me manquait. Le garçon, quelle que soit son identité, me prenait dans ses bras, et nous nagions dans la clarté qui envahissait mes rêves de stase. J'étais vaguement perturbée par le fait que le garçon que j'enlaçais ne cessait de changer de visage. Mais c'était toujours mieux que la mine fâchée de celui qui se tenait à présent devant moi, en chair et en os.

— Ce n'était pas une tentative de suicide, ai-je protesté d'une voix alanguie par les drogues.

Bren me fusillait toujours du regard.

— Ben voyons. C'est pour ça que tu as grimpé dans ton cercueil de verre ?

J'ai cligné des yeux. Jamais je n'avais vu les choses sous cet angle. J'ai jeté un regard à mon tube de stase si réconfortant. Le satin moelleux qui me bordait, la douce musique qui remplissait les derniers instants de lucidité avant la stase, les premiers effluves de drogues qui induisaient le sommeil final avant que la stase ne prenne. Un cercueil ?

Bren s'est écarté en grommelant.

— Va retrouver ta famille. Ils se font du souci.

C'était un mensonge, je le savais. Barry et Patty remarquaient à peine ma présence – combien de temps leur avait-il fallu pour prendre conscience de ma disparition ? J'ai avalé ma salive.

— Combien de temps ? ai-je demandé.

— Deux jours, a rétorqué Bren. Quand ils m'ont dit que tu avais disparu, j'étais presque sûr de te trouver ici.

— Personne d'autre n'y a pensé ?

Nouveau regard assassin.

— Personne d'autre n'avait de raison de penser que tu essayais de faire culpabiliser quelqu'un.

J'ai agrippé les rebords de mon tube ouvert pour en sortir.

— Ce n'était pas mon intention.

— Oh, vraiment ! a dit Bren, incrédule. Ça n'a jamais traversé ton petit esprit égocentrique que cela pourrait me faire du mal si tu retournais en stase.

Un comble.

— Non. À vrai dire je pensais plutôt que tu serais content.

Il a haussé un sourcil.

— Content ? Moi ? Va te faire voir ! Quoi, parce que je refuse de sortir avec toi, je suis un gros malade, c'est ça ?

J'étais perdue.

— Mais non.

— Alors qu'est-ce qui te fait croire que je suis content ? Ce n'est pas parce que je n'ai pas envie de toi que je souhaite te voir blessée, ou morte, ou... disparue dans ta stase à la noix.

J'ai remué la tête.

— Ce n'était pas ça ! C'est juste que je ne savais pas quoi faire d'autre.

— C'est ça, a répliqué Bren avec dédain. Bien sûr, entre la vie et la mort, le choix était vite fait.

Il a secoué la tête.

— Mais... c'est ce que je fais toujours.

— Comment ça, toujours ? a-t-il demandé, avant de se figer. Mince. Tu... tu l'as déjà fait avant ?

— Oui. Plein de fois.

Il m'a regardée, sceptique.

— Mais pourquoi ? a-t-il insisté en étirant le dernier mot.

J'ai haussé les épaules.

— Maman appelait ça notre soupape de sécurité. Lorsqu'on se disputait, qu'ils étaient trop fatigués, que la vie à l'école était trop dure pour moi, ou qu'ils avaient besoin de partir en voyage, ils me mettaient en stase.

Bren a semblé perdre pied. Il s'est assis brusquement sur une malle poussiéreuse.

— Tu veux dire que tes parents te mettaient en stase tout le temps ?

— Oui. Comment j'ai atterri ici, à ton avis ?

— Je… je ne savais pas. Ce n'était pas pour te protéger durant les Années sombres ?

— Elles n'avaient pas encore démarré quand on m'a endormie. Enfin, pas vraiment. La tuberculose avait commencé à se répandre, certes, mais ce n'était pas aussi catastrophique.

— Tes parents te mettaient vraiment en stase… régulièrement ? Rien que pour aller en vacances ?

J'ai haussé les épaules.

— Oui. Ils disaient que personne d'autre ne pouvait m'élever aussi bien qu'eux. C'était la meilleure solution pour moi.

Bren me regardait avec stupeur.

— Quoi ? ai-je demandé.

— Tu… Enfin, tu sais que c'est illégal ?

— Qu'est-ce qui est illégal ?

— De mettre un tiers en stase pour son propre intérêt. C'est un crime passible de prison. Au même titre que l'agression physique.

Je ne savais que répondre. La stase offrait une échappatoire apaisante au stress de la vie. Comment pouvait-on seulement la comparer à une agression ?

— Tes parents t'ont vraiment fait ça ? a-t-il interrogé à nouveau d'une voix douce. De façon régulière ? Ils t'ont volé des pans entiers de ton enfance ?

— Mais non, ai-je riposté sur la défensive. Non, ce n'est pas ça du tout. Ils le faisaient pour m'éviter de gaspiller des pans entiers de mon existence. Ma séance la plus longue a duré quatre ans, et encore, c'était parce qu'ils devaient superviser la formation de la colonie minière sur Titan.

J'ai froncé les sourcils, m'efforçant de me rappeler si c'était véridique. Je n'en étais pas sûre, en fait. Je perdais souvent la notion du temps quand j'étais en stase.

— Ils ont organisé une fête pour moi à leur retour, ai-je poursuivi en tentant de garder le fil. Pour mon septième anniversaire.

Bren m'a regardée bizarrement.

— Sept ans... Tu veux dire, de la même manière que tu as maintenant seize ans, même si en réalité tu es née il y a beaucoup plus longtemps ?

— Oh. Je suppose que oui.

— Rose... Ça t'a pris combien de temps pour arriver à tes seize ans ?

— Eh bien... je ne sais pas trop. Je me suis rendu compte il y a quelques semaines qu'en réalité, sur le papier, je serais centenaire. Ma dernière mise en stase remonte à soixante-deux ans, donc... vingt-huit ans, je crois.

Bren s'est mis debout avec lenteur avant de faire un geste qui m'a réellement surprise : il a passé les bras autour de mes épaules et m'a serrée contre lui.

— Je suis désolé, a-t-il murmuré dans mon oreille.

Voilà qui était parfaitement injuste. Il aurait tout aussi bien pu essayer de m'arracher le cœur afin de le moudre et de le réduire en poussière. Son souffle se faisait lourd à mon oreille, et le contact de son corps contre le mien aussi confortable que le sommeil. Je n'ai pas pu retenir un soupir de soulagement, en dépit de ma colère. Il n'était pas sincère. Il ne faisait que me torturer. Je me suis écartée.

— Pourquoi ? Je vais bien, ai-je répliqué, étonnée par la force qui transparaissait dans ma voix.

Il m'a regardée, son visage plus doux et ouvert que jamais, avant de remuer lentement la tête.

— Rose, crois-moi, tu ne vas pas « bien ».

— Si, je vais bien, ai-je rétorqué en le fusillant du regard. Pour qui te prends-tu ? De quel droit critiques-tu ma soupape de sécurité ? Toi, tu tapes dans tes baballes ; moi, je m'installe dans mon tube. C'est la même chose.

Bren m'a dévisagée avec scepticisme, puis il a fermé les yeux, lentement. Et secoué la tête à plusieurs reprises.

— Très bien, a-t-il dit en rouvrant les paupières. Continue de croire ça, si ça peut te consoler. Maintenant, il faut rentrer, a-t-il ajouté en m'attrapant la main.

J'ai résisté.

— Non.

Il s'est tourné pour me regarder.

— Comment ça, non ?

— Je ne suis pas encore prête à y retourner.

Bren m'a scrutée durant ce qui m'a semblé une minute entière.

— Tant pis pour toi, a-t-il finalement répondu. La moitié de la police de ComUnity est en alerte. Tes parents d'accueil sont au bord de l'hystérie. Guillory et grand-père sont tellement sur les nerfs qu'ils menacent d'en venir aux mains. Alors grandis un peu, ressaisis-toi, et monte.

J'ai fait la grimace.

— Fiche-moi la paix, ai-je grogné. Dis-leur que je vais bien. Dis-leur où je suis. Je ne peux pas monter tout de suite, c'est tout.

Je me suis dégagée de lui pour m'asseoir sur une caisse.

— Pourquoi ?

— C'est trop… tôt, ai-je balbutié. Tout est censé avoir disparu. Je devais dormir assez longtemps pour que plus rien n'ait d'importance.

Je lui ai lancé un regard furtif – maudite beauté ! Mon cœur s'est serré. Non, ça ne faisait pas assez longtemps.

— Ce n'est pas le cas.

Bren me fixait toujours. Il a avancé avec précaution, comme devant un fauve, et est venu s'accroupir à mes pieds de façon à se mettre à hauteur de mes yeux.

— Rose. Je suis vraiment désolé, je n'aurais pas dû te dire tout ça. C'était… cruel de ma part, mais j'étais pris de court. Je t'ai mal comprise. (Un soupir.) Je ne suis pas très doué pour les relations humaines ; notre petit groupe est assez…

— Exclusif, ai-je proposé.

— Oui, bien trouvé, a-t-il répondu avec un sourire contrit. Et tu es si discrète. C'est ce que je voulais dire quand je t'ai traitée de fantôme ; ça n'avait rien à voir avec toutes ces histoires de stase. C'est dur d'essayer de faire connaissance avec quelqu'un d'aussi taciturne. Je n'avais rien vu venir. Je te le jure.

Il peinait à trouver les mots justes.

— Tu es indéchiffrable. Pour moi en tout cas. Otto t'a vue quitter l'école ce matin-là. Il se faisait du souci. Je lui ai dit que tu en pinçais pour moi et que ta réaction était exagérée, mais lui pense…

Il a hésité.

— Otto pense que quelque chose ne va pas chez toi. Pas de ton fait, je veux dire, il ne pense pas qu'il s'agisse de quelque chose d'inné. Mais il y a ces vides dans ton esprit. Je ne voyais pas ce qu'il voulait dire par là, mais maintenant, je crois…

— Ce n'est pas à cause de la stase, ai-je répondu avec fermeté. Va donc te réveiller un matin dans un monde où tout ce que tu connaissais a disparu, où tous tes proches sont morts d'un coup, où tous les endroits que tu as jamais visités ont tellement changé que tu ne reconnais plus rien, pas même les expressions sur les visages des gens, et on verra dans quel état sera ton cerveau !

À la fin de ma tirade, les larmes avaient recommencé à couler de mes yeux affaiblis.

— Et zut ! ai-je chuchoté en essayant de les retenir.

Je n'étais décidément pas restée assez longtemps en stase.

— Je ne t'avais jamais entendue parler aussi longuement d'un coup, a-t-il murmuré en effleurant mon visage. Tu peux pleurer, tu sais. Moi aussi, à ta place, j'aurais envie de pleurer.

— Non, je ne peux pas. Personne ne doit me voir dans cet état. Je suis trop tendue. Il faut que j'apprenne à me contrôler.

— Il n'y a que moi ici. Personne d'autre ne peut te voir.

— Peu importe. Ce n'est pas convenable. Il me faut beaucoup de temps pour me rétablir. C'est pour ça qu'on se met en stase, d'accord ? Je suis trop émotive. Et puis, j'ai déjà passé toute la nuit à pleurer. Je ne devrais plus en ressentir le besoin.

Bren a hoché la tête, amusé.

— La nuit dernière, tu étais en stase, a-t-il fait remarquer.

— Oh.

Bren a esquissé un début de sourire avant de venir s'asseoir à mes côtés sur la caisse. Il a passé un bras autour de moi pour me caresser le dos. Le geste semblait purement platonique, et sincère, pour une fois. C'était le premier contact spontané que je sentais depuis ma sortie de stase. Sauf à compter Zavier. J'ai penché la tête jusqu'à atteindre l'épaule de Bren.

— Désolée si je t'ai mis mal à l'aise hier.

— Il y a trois jours, tu veux dire, m'a rappelé Bren.

— C'est ça.

Réordonner le temps tenait toujours de la gageure quand on sortait de stase.

— Je ne suis jamais vraiment sortie avec qui que ce soit. Je ne connais pas les codes.

Bren a laissé échapper un petit rire.

— Personne ne les connaît vraiment. Ça passe ou ça casse. Mais tu ne m'as pas dit que tu avais eu un copain ?

J'ai acquiescé.

— Xavier, oui. Mais avec lui, il n'y avait pas besoin de code. On se connaissait si bien que tout était fluide, naturel. Je l'ai connu toute sa vie.

— Tu veux m'en parler ? m'a demandé Bren avec douceur.

J'ai pris une profonde inspiration.

— C'était le fils de nos voisins de palier. J'ai fait sa connaissance quand il était bébé ; j'avais sept ans. On jouait ensemble dans le jardin. On a grandi ensemble. C'était comme mon petit frère, et puis... sans qu'on s'en rende compte, il est devenu mon meilleur ami. Mon unique ami. Lui seul me comprenait, m'écoutait. Quand on a eu quinze ans tous les deux - ou, non, il devait avoir seize ans à ce moment-là -, on...

Mes larmes ont recommencé à couler, et cette fois je ne les ai pas retenues.

Serrant mon épaule, Bren a appuyé sa joue contre le dessus de ma tête.

— Je suis désolé, Rose. Ça doit être tellement dur de ne pas pouvoir dire au revoir à quelqu'un d'aussi exceptionnel.

Mais c'était ça, le pire.

— Je lui ai dit au revoir, ai-je repris d'une voix déformée par les sanglots. Mais je n'ai jamais pu lui demander pardon.

Bren ne comprenait pas. Aucune importance. J'avais seulement besoin qu'il me laisse pleurer toutes les larmes de mon corps.

Je n'en ai pas eu l'opportunité. Une voix rauque est venue transpercer le silence pesant du dernier sous-sol, m'arrachant à mon chagrin.

— Vous êtes Rosalinda Samantha Fitzroy. Prière de rester immobile pour procéder au scan rétinien.

Chapitre 13

Je me suis écartée de Bren.

— Tu as entendu ? ai-je murmuré en espérant qu'il répondrait par la négative.

Plutôt halluciner que voir cette chose me poursuivre réellement.

— Oui. Ohé ? a-t-il lancé dans les ténèbres. Qui est là ?

Pas de réponse immédiate en dehors de la mienne.

— Et zut !

— Qu'est-ce qu'il y a ?

— Il est réel !

Bren semblait perdu.

— Qu'est-ce qui est réel ?

Je l'ai regardé, paniquée.

— Je croyais que ce n'était qu'un rêve, mais...

— IDENTIFICATION VOCALE CONFIRMÉE. PRIÈRE DE RESTER IMMOBILE POUR LE SCAN RÉTINIEN.

Les yeux fermés, je me suis élancée hors de sa portée, entraînant Bren avec moi. Je me suis recroquevillée derrière la caisse pour scruter les alentours à la recherche d'une sortie. Rien, si ce n'est une enfilade de couloirs remplis de caisses et de cartons poussiéreux. Peut-être y trouverais-je une arme...

— Mais enfin qu'est-ce qui se passe ? a demandé Bren.

— Pas le temps de t'expliquer ! Fuis ! C'est après moi qu'il en a, pas après toi !

— Fuir ? Qu'est-ce que tu...

Mais je courais déjà.

Il avait perdu la trace de sa cible. Laquelle s'était dissimulée derrière une caisse, avant de fuir en courant le long du couloir bordé d'étagères. Il activa le signal d'alerte.

— NE BOUGEZ PAS. MES ORDRES SONT DE DÉTENIR ET DE RAMENER. SI LE RETOUR S'AVÈRE IMPOSSIBLE, MES ORDRES SONT D'ÉLIMINER.

Pendant ce temps, il allait et venait dans les couloirs. Son système auditif n'ayant pas recouvré ses capacités optimales suite à sa longue veille, il ne pouvait repérer sa cible ni le civil qui l'accompagnait. Il se connecta au net à la recherche d'un plan du sous-sol.

ANALYSE STATISTIQUE, POSSIBLES CACHETTES CLASSÉES PAR TAILLE.

Il lança un programme de stratégie, prêt à fouiller chaque recoin du sous-sol de façon méthodique, tout en bloquant l'accès aux issues.

PROGRAMME STRATÉGIQUE EN COURS DE LANCEMENT.

Parcourir le dédale d'entrepôts et d'étagères du sous-sol était trop éprouvant pour mon organisme toujours épuisé. J'avais perdu Bren de vue et je ne trouvais plus le hall principal. À bout de souffle, la poitrine brûlante, je me suis accroupie dans un coin derrière une chaise cassée, tentant de me rappeler dans quelle direction se situait l'ascenseur. Une main s'est abattue sur mon épaule. J'ai étouffé un cri contre ma manche. Ce n'était que Bren.

— Qu'est-ce que tu fais encore là ? ai-je sifflé. Il va arriver d'un instant à l'autre. Ne m'attends pas.

— Qui ça ? De qui parles-tu ?

— Tes parents ne t'ont jamais appris comment échapper à un kidnappeur ?

— Non. Pourquoi ils l'auraient fait ?

Une telle négligence me laissait bouche bée.

— Rose, tu veux bien m'expliquer ce qui se passe ?

Il semblait plus exaspéré qu'inquiet.

— Ce psychopathe en plastique m'a attaquée dans mon atelier l'autre soir. Je croyais que ce n'était qu'un rêve, mais je suppose que j'ai dû me tromper. Il a bien failli me mettre un collier inhibiteur pour me ramener à je ne sais quel client.

— Oh, a fait Bren en se relevant pour scruter le couloir. Tu veux dire ce type ?

J'ai levé les yeux. Mon agresseur marchait sur nous, lentement mais avec détermination. Il était à mi-chemin du couloir, mais il finirait par m'atteindre.

— Oh mon Dieu ! Allez ! me suis-je exclamée en prenant Bren par le bras. Il va t'attraper toi aussi !

Bren a saisi un pan de ma chemise pour m'empêcher de fuir.

— Ce n'est pas un homme, a-t-il dit sur un ton plein d'arrogance. C'est une machine. Ça ne sert à rien de fuir ; il va s'interposer entre toi et l'ascenseur, et tu risques de te fatiguer bien plus vite que lui.

— Il a dit qu'il allait m'éliminer ! Qu'est-ce que tu veux que je fasse, que je lui offre du thé et des gâteaux ? La dernière fois, il a failli tuer mon chien !

— Qu'ont dit Barry et Patty la dernière fois ?

— Rien.

— Des types essaient de t'éliminer et tes parents d'accueil ne réagissent même pas ?

— Je ne leur ai rien dit.

— Pourquoi ?

J'ai ouvert la bouche, mais je n'avais pas vraiment de réponse. Certes, je m'étais depuis convaincue qu'il s'agissait d'un rêve, mais pourquoi n'avoir rien dit le matin même ?

— Je n'en sais rien.

Bren m'a dévisagée un instant avant de secouer la tête.

— Punaise, Rose. Parle, un peu !

Il s'est dressé devant l'homme, l'index tendu.

— Mission annulée ! a-t-il dit d'une voix forte. Annulation, annulation, annulation !

— Bren !

— Annuler ! Annuler ! Cible restituée ! Annuler ! Annuler !

— CODE VOCAL ERRONÉ, a répondu la voix mécanique à l'accent allemand. MISSION COMPROMISE PAR CIBLE SECONDAIRE. ÉLIMINATION CIBLE SECONDAIRE.

Bren s'est figé.

— Mince, a-t-il murmuré en m'agrippant l'épaule. Tu avais raison. On court !

Il m'a poussée dans un couloir avant de fuir dans la direction opposée.

Bien sûr, la chose s'est lancée à ma poursuite. Je courais de toutes mes forces, mais maintenant que j'étais dans sa ligne de mire, elle allait beaucoup plus vite. Mon cœur souffrait d'arythmie tandis que mes nanorobots surmenés protestaient contre la surcharge d'activité. Un mur d'étagères s'est effondré derrière moi dans un vacarme terrifiant, renversant des cartons remplis de vêtements démodés et de jouets en plastique.

Avec une détermination inexorable, l'homme luisant progressait à travers les décombres, écrasant les rayons d'aluminium sous ses pieds. Bren avait raison – cette chose n'avait absolument rien d'humain.

La créature me suivait au trot ; je la sentais se rapprocher progressivement. Puis quelque chose a heurté mon dos.

Il ne m'avait pas frappée ; tout juste m'avait-il effleurée de son bâton cylindrique. Pourtant, même à travers mon blazer, la matraque avait fait son office.

Mon corps a cessé de fonctionner. Comme si j'étais devenue à mon tour une machine, et qu'on m'avait débranchée. J'avais envie de hurler, mais j'en étais incapable. Je me suis effondrée comme une poupée de chiffon, tous les muscles de mon corps tendus et impuissants, telle une marionnette dont on aurait sectionné les fils. C'était pire qu'une électrocution. Une douleur perçante irradiait du point où j'avais été touchée. Il avait court-circuité mes nanorobots, j'en étais persuadée. Combien de temps pourrais-je survivre grâce à mes seuls organes ?

J'ai senti une brûlure tandis que mon agresseur me retournait. Je ne pouvais bouger. Un son étrange s'échappait de ma gorge – celui de la douleur brute, insupportable, à laquelle j'étais en proie.

Seuls mes yeux avaient gardé leur mobilité. Je les ai fixés sur le collier inhibiteur que mon poursuivant approchait de mon cou. Je savais qu'une fois l'appareil posé, mon corps ne m'appartiendrait plus. Je ne pouvais plus rien faire à présent. Au moins Bren avait-il pu s'échapper.

C'est alors que j'ai écarquillé les yeux en voyant ce que mon agresseur, lui, ne pouvait voir. Au-dessus de sa tête, une des hautes étagères a commencé à basculer. Tout bougeait comme au ralenti. J'ai vu un carton tomber, puis une caisse, puis deux autres cartons, jusqu'à ce que le meuble tout entier s'effondre sur le dos de mon ravisseur – et sur mes jambes.

Mon agresseur semblait plus ébranlé que réellement handicapé par l'incident. Une douleur neuve transperçait la moitié de mon corps, m'arrachant un gémissement. Bren se dressait, triomphant, derrière les étagères.

— Rose ! s'est-il écrié, horrifié, en me voyant.

Il a traversé les décombres pour m'extirper de l'emprise de mon agresseur.

— Allez, a-t-il ajouté en s'accroupissant près de moi. Il faut qu'on te sorte de là.

— J'ai vraiment mal.

J'étais incapable d'exprimer ma douleur de façon plus éloquente.

— Je sais, a répondu Bren.

Il a passé un bras autour de mes épaules pour me hisser sur mes pieds. J'ai gémi, comme Zavier.

— Il t'a frappée avec une matraque incapacitante.

Bren a fouillé les décombres pour en tirer l'instrument. L'homme luisant n'a pas opposé de résistance.

— On devrait appeler la police. Tu as ton téléphone ?

— Je crois que je l'ai laissé sur ma table de chevet, ai-je marmonné.

Je n'avais pas les idées très claires quand j'avais décidé de me mettre en stase.

— Dépêchons-nous de remonter avant que ce machin se remette en marche.

— Ce machin ? En marche ?

— Oui, ce machin, a répété Bren en me faisant traverser l'entrepôt en direction de la sortie.

Il a tiré une vieille clé biométrique de sa poche. Une vague de nostalgie m'a alors envahie. Je n'en avais pas revu depuis ma sortie de stase. Il l'a passée dans la fente à côté de la porte.

— Annulation, Sabah, a-t-il énoncé. Verrouillage.

La fente a laissé échapper un léger bip, puis la porte a cliqueté.

— Voilà, a annoncé Bren en m'attrapant de nouveau par les épaules avant d'appeler l'ascenseur.

— Qu'est-ce que tu as fait ?

— C'est un passe-partout, a-t-il expliqué. Seuls mes parents et moi pouvons ouvrir cette porte maintenant.

Il m'a attirée dans l'ascenseur. Je haletais tandis que la cabine montait lentement. Chaque parcelle de mon corps me faisait mal. À notre arrivée à destination, mes jambes ont cédé, et je me suis effondrée au sol.

— Mince. Tiens-moi ça.

Bren m'a mis la matraque dans les mains afin de me prendre dans ses bras comme un petit enfant.

— Arrête, ai-je protesté en comprenant qu'il avait l'intention de me porter jusqu'à l'appartement. Je suis trop lourde.

— Et comment je t'ai sortie du sous-sol la première fois, à ton avis ? a-t-il demandé en passant un bras autour de mes épaules et l'autre sous mes jambes. Tu es à peine plus lourde.

J'ai cligné des yeux tandis qu'il me soulevait comme une jeune mariée.

— Tu m'as transportée ?

— Je ne pouvais pas te laisser là, a-t-il précisé sur un ton brusque.

J'étais à la fois embarrassée et ravie par l'idée qu'il m'ait portée, inconsciente, hors de la cave. Un authentique prince charmant.

Je me suis laissé bercer, les yeux clos, en me disant que même ce geste ne signifiait rien de particulier. Mon corps refusait de m'écouter. J'ai glissé ma tête sur sa poitrine, inhalant son odeur mêlée au santal de son savon. La chaleur incarnée. Ses bras semblaient si forts autour de moi. Mince alors. Il a frappé du pied à la porte d'entrée. Pas de réponse. Des voix s'élevaient de l'intérieur. Barry et Patty en train de se disputer ?

— Ouvrez donc cette foutue porte ! s'est écrié Bren.

À ma grande surprise, c'est Mme Sabah qui a ouvert.

— Mon Dieu, mais fais-la entrer ! s'est-elle exclamée, les yeux écarquillés, en me voyant dans les bras de son fils.

— Elle va bien, a dit Bren, d'une voix qui laissait transparaître sa fatigue.

Il a dépassé sa mère pour pénétrer dans le salon.

M. Guillory criait sur un homme plus âgé aux cheveux blancs. Le grand-père de Bren, sans doute. Je ne l'avais pas vu depuis ma sortie de stase, alors qu'il n'était encore qu'une tache floue. La dispute se poursuivait pendant que Bren me transportait dans la pièce.

— Non, je n'ai pas confiance dans les fédéraux ; je refuse de faire appel à qui que ce soit en dehors de la police de ComUnity ! disait Guillory.

Sa voix résonnait dans l'ambiance feutrée de l'appartement.

— Et si elle sort de ComUnity ? Tu y as déjà pensé ? Elle serait impossible à retrouver ! Ah, je ne sais même pas pourquoi on discute de ça ! Si ça n'avait tenu qu'à toi, on ne l'aurait jamais retrouvée !

— J'aurais préféré que rien de tout ceci ne se produise, c'est vrai ! s'est époumoné Guillory. C'est un cauchemar logistique ! Et ça ne va pas s'arranger, vous savez. Quoi, vous croyez que vous allez pouvoir continuer tous vos petits projets secrets une fois qu'elle aura accès à la direction ?

— Hé ! a crié Bren pour attirer leur attention. Hors de mon chemin !

Les deux hommes ont sursauté, la même expression de surprise sur le visage. Avant de s'écarter vivement l'un de l'autre afin de dégager un chemin jusqu'au canapé, où Bren m'a déposée avec douceur.

— Ro-... Est-ce qu'elle va bien ? a demandé son grand-père.

— Appelez les flics, a ordonné Bren, ignorant sa question. On l'a frappée avec une matraque incapacitante.

— Mais c'est illégal, a marmonné Guillory.

Bren m'a pris la matraque des mains et l'a tendue à son grand-père.

— Allez dire ça au Plastine en planque dans le sous-sol.

— Un Plastine ?

— Eh oui. On a mis un contrat sur sa tête.

— Où était-elle ? a demandé le grand-père.

Bren a hésité avant de répondre :

— Au dernier sous-sol. Elle, euh, elle était en train de farfouiller dans des cartons. Pour voir s'il restait des affaires de ses parents dans l'entrepôt.

Je me suis brièvement demandé pourquoi il ne lui disait pas simplement la vérité, mais j'avais trop mal pour piper mot.

Le grand-père de Bren examinait la matraque, les yeux plissés. Il m'a lancé un regard avant de faire un pas en arrière en direction de la porte.

— J'appelle la police et le SAMU, a-t-il dit. Où est le Plastine ?

— En train de se réinitialiser au sous-sol, a répliqué Bren. J'ai annulé sa mission. Ça va lui prendre une minute pour en formuler une nouvelle.

Alors que son grand-père faisait volte-face pour sortir, Bren l'a interpellé :

— Emmène maman avec toi, tu vas avoir besoin de sa carte pour ouvrir la porte !

La suite des événements demeure quelque peu floue et incohérente. Beaucoup d'allées et venues. Quelqu'un a vérifié mon état général, avant d'assurer aux observateurs intéressés que la matraque n'avait pas eu d'effet indésirable sur mon organisme. Mes nanorobots avaient effectivement besoin d'être réactivés, ce que l'un des infirmiers a fait à l'aide d'une télécommande adéquate. Mon cœur allait mieux après cela. On a essayé de m'interroger, mais le même infirmier m'avait également injecté une solution censée relâcher ma tension musculaire. Malheureusement, le produit interagissait, semble-t-il, avec les drogues de stase déjà dans mon organisme, me mettant hors service. Dans ma torpeur, j'entendais Bren raconter à tous d'une voix assurée ce qui m'était arrivé.

Un moment en particulier s'est détaché, où les cris m'ont presque remise sur pied.

— Comment ça, rien du tout !

C'était le grand-père de Bren. Jamais je n'avais entendu voix si terrifiante de fureur.

— Tu n'as qu'à y aller toi-même et débusquer ce foutu robot !

Les yeux fermés, je tentais de dissiper les cris d'une grimace.

— Papa, chut ! s'est exclamée Mme Sabah. Tu vas la réveiller.

Une main douce a effleuré mes cheveux, d'un geste si tendre que mon cœur s'est serré lorsqu'elle s'est éloignée. En d'autres circonstances, j'aurais laissé échapper un soupir. Si seulement ma mère à moi était toujours là pour me caresser les cheveux et se soucier de mon bonheur !

— Je suis désolé, a dit le vieil homme.

Il est sorti de la pièce avec la cible de ses cris – téléphone ou agent de police –, et la conversation animée s'est estompée jusqu'à ne plus être qu'un murmure distant. De même que la notion du temps.

Chapitre 14

Lorsque je me suis réveillée pour de bon, mes parents d'accueil, Mme Sabah et M. Guillory discutaient à voix basse avec un officier de police.

— Je comprends, disait Patty, mais combien de temps cela va-t-il durer ? Nous avons fait beaucoup de sacrifices pour venir ici nous occuper d'elle, et maintenant vous voudriez nous l'enlever ?

— Pas la peine de prendre un air si inquiet, a rétorqué Mme Sabah avec un sarcasme évident.

Avant qu'ils aient pu protester, M. Guillory a rassuré Patty et Barry :

— Nous avons toujours besoin de vous dans cet appartement jusqu'à son retour. Et puis, il y a son chien, non ? Il ne faudrait pas qu'il meure de faim.

— Pourquoi un chien ? a grommelé Barry. Quel besoin aviez-vous de lui en offrir un ?

— Il ne vous plaît pas ? a demandé M. Guillory d'un air absent. Peu importe. Ne vous en faites pas, monsieur l'agent. Je veillerai à sa sécurité.

— Si vous pouvez m'en donner les garanties, a répondu le policier.

Cette voix inconnue m'a fait ouvrir les yeux. Le policier se tenait debout près de la cheminée, écran en main, tandis que les autres occupaient différents sièges. Bren s'était serré au bout du canapé vert, mes pieds sur ses genoux. Je les ai regardés en clignant des yeux. On m'avait retiré mes chaussures, et mes chaussettes étaient dégoûtantes. Je n'osais même pas imaginer de quoi j'avais l'air après avoir crapahuté dans le sous-sol. Bren semblait aussi frais et lisse qu'une brochure pour Uni Prep. Il y avait quelque chose d'étrangement intime dans le fait de reposer mes pieds sur ses genoux. J'ai tenté de m'asseoir. Cela ne faisait pas trop mal.

— Elle est vivante ! a plaisanté Bren avec un demi-sourire. Ça y est ? Tu as assimilé tous les médocs ?

— Malheureusement, oui, ai-je répondu d'un grognement.

— Comment te sens-tu, ma chérie ? a demandé Mme Sabah en riant.

— Quelle question ! a rétorqué Bren. À ton avis ?

Mme Sabah a répondu d'un tic nerveux, mais c'est M. Guillory qui a pris la parole.

— Est-ce que tu as une idée de qui aurait pu te faire ça ?

— Si cela ne vous dérange pas, monsieur Guillory, a interrompu le policier, il vaudrait mieux que je me charge de l'interroger.

— Je crois que Rose préférerait passer à la salle de bains d'abord, histoire de se débarbouiller, a dit Bren.

Sans attendre mon assentiment, il m'a saisi la main pour me forcer à me relever. J'étais chancelante et courbaturée, mais il avait raison. J'avais grand besoin de me rafraîchir avant tout interrogatoire.

— D'accord. Mais faites vite, a dit le policier.

Bren m'a menée dans l'entrée, où une policière parlait au téléphone. Bren l'a regardée avant de pénétrer dans la salle de bains avec moi.

La pièce, pourtant spacieuse, ne comportait pas assez de place. Il était trop près. Je sentais sa chaleur à quelques centimètres à peine de ma peau, je respirais son parfum entêtant. Entre la stase et les médicaments, je n'étais pas au top de ma forme émotionnelle. Je mourais d'envie de jeter mes bras autour de son cou. J'aurais voulu le haïr. Surtout, j'aurais préféré qu'il s'en aille, que je puisse retrouver ma normalité.

— Qu'est-ce que tu fabriques ? lui ai-je demandé tandis qu'il fermait la porte.

— Ne leur dis pas que tu t'es mise en stase.

Je ne sais pas à quoi je m'attendais, mais ce n'était certainement pas ça.

— Pourquoi ?

— Parce que, alors, on te cataloguerait comme une inadaptée de classe A et on te collerait une douzaine de psys, m'a-t-il expliqué. Ce qui ne serait peut-être pas une si mauvaise idée, si ce n'est que Guillory en profiterait à fond pour te faire déclarer inapte à gérer les biens de tes parents et tirer les ficelles pour le restant de tes jours. Tu aurais tout ce dont tu as besoin, et sur le papier la compagnie t'appartiendrait, mais tu serais sa chose.

J'ai dégluti.

— Oh. Merci. Mais comment on va expliquer ma disparition, alors ?

— Patty et Barry n'avaient même pas remarqué ton absence avant ce matin. Je m'en suis rendu compte avant eux. Et ce n'est pas parce que tu as manqué les cours deux jours d'affilée que tu es forcément partie en vadrouille. Tu n'as qu'à dire que tu te sentais nostalgique et que tu as séché pour aller farfouiller dans ces vieilles caisses.

— Et je cherchais quoi ?

— Peu importe. Tu n'as qu'à dire ça : que tu ne cherchais rien en particulier.

J'ai acquiescé avant de me regarder dans le miroir. J'étais dégoûtante des pieds à la tête. De profonds cernes cerclaient mes yeux, ma joue était striée à l'endroit où je l'avais reposée sur le coussin du canapé. Je ressemblais à ces mendiants qui me harcelaient lorsque je me promenais en ville autrefois. Et Bren m'avait vue dans un état pareil !

— J'ai vraiment besoin de me rafraîchir, maintenant.

Il a saisi le message.

— Je t'en prie. Je t'attends dans le salon, m'a-t-il annoncé avant de se glisser hors de la pièce, gêné.

Lorsque j'en suis ressortie cinq minutes plus tard, je ressemblais déjà moins à une enfant des rues. J'ai envisagé de me changer, avant de décider que dans le fond ça n'avait aucune importance. Les journalistes paraissaient avoir été tenus à l'écart. En regardant par la fenêtre, j'ai aperçu la couronne de cheveux blancs du grand-père de Bren, qui les retenait à l'entrée.

Le policier m'a tout d'abord demandé de lui rapporter tout ce qui me revenait concernant la première attaque. Patty et Barry ont exigé de savoir pourquoi je ne leur avais rien dit.

— Je ne sais pas, ai-je répondu. D'une part, je n'étais pas sûre que ça soit réel. Je faisais beaucoup de cauchemars, tous plus horribles les uns que les autres. Quand je suis rentrée à la maison, la bonne avait déjà tout nettoyé, et je ne savais plus si j'avais rêvé ou pas.

Ce qui était vrai, même si ce n'était pas tout. La stricte vérité, c'était que je ne m'étais pas senti le droit de déranger Patty et Barry avec mes problèmes.

J'ai suivi le conseil de Bren en leur racontant que j'étais juste allée fureter dans les caisses. Je n'avais pas fugué. Pas eu l'intention d'inquiéter qui que ce soit. Pas même imaginé qu'on puisse remarquer mon absence et appeler la police. Tous m'ont assurée que je n'avais rien fait de mal. Je me suis demandé ce qu'ils auraient dit si j'avais reconnu m'être mise en stase toute seule. Bren semblait croire que cela aurait été une tout autre histoire.

— Eh bien, a dit Guillory. Hors de question que tu nous refasses une petite escapade pour le moment. Surtout avec un Plastine sur les talons.

— Mais qu'est-ce qu'un Plastine, au juste ?

Trois réponses ont fusé simultanément.

Un robot. (Guillory)

Une arme. (Le policier)

Un cadavre. (Bren)

J'ai tressailli.

— Plaît-il ?

— Un Plastine, c'est un corps humain qui a été plastifié, de façon à le rendre quasi indestructible, m'a expliqué Guillory. Ils étaient en phase de test au moment où tu as été mise en stase. Ils possèdent les mêmes fonctions et capacités qu'un guerrier humain, tout en étant environ vingt fois plus puissants et complètement insensibles à la douleur. Une création tout à fait remarquable. Dénués d'émotion, bien entendu, mais capables d'intégrer des programmes via leur réseau neuronal préexistant, ce qui les rend presque aussi intelligents que les humains. Lesquels sont plus intelligents qu'on ne le croit, si on prend en compte tous les calculs de trajectoires, de variations du vent et d'un millier d'autres paramètres nécessaires pour ne serait-ce qu'attraper une balle de base-ball. Les Plastines ne sont pas aussi prompts à l'adaptation, cependant, comme nous l'a démontré Bren cet après-midi.

— C'est une arme mortelle, a enchaîné Bren. Ils obéissent à n'importe quel ordre donné, qu'il s'agisse de sortir les poubelles ou de commettre un génocide. Les robots que nous produisons sont programmés pour être incapables de nuire aux humains. Les Plastines, eux, ne s'embarrassent pas de ce genre de restriction. En fait, il est impossible d'introduire ce type de programme dans un processeur bioneuronal. C'est ce qui les rend terriblement humains. Ils ont été développés pour en faire des soldats et des assassins. Leur utilisation a été interdite par un accord international il y a trente ans, mais on y a encore recours dans certaines colonies externes. Se servir de ce genre de robots, c'est beaucoup trop risqué, si tu veux mon avis. Sans parler du fait que leur fabrication repose sur l'exploitation de cadavres. C'est morbide.

— On croirait entendre ton grand-père, a rétorqué Guillory. C'est drôle, je ne t'entends jamais critiquer les dons d'organes. Vous ne voyez pas tous les deux le potentiel que cela représenterait pour l'humanité si on levait l'embargo sur les Plastines.

— Ce que je vois, c'est les abus potentiels du système ! Pourquoi pas tuer encore plus de gens afin d'en éliminer encore plus !

Bren s'est tourné vers moi.

— Les Plastines étaient généralement créés à partir de condamnés à mort qui avaient vendu leur corps afin de pourvoir aux besoins de leurs familles. Il fallait des corps en pleine forme, tu comprends, alors on n'avait pas d'autre solution que de les tuer - on ne pouvait pas attendre une mort naturelle. Le pire, c'était en Chine ; le corps de ton Plastine vient sans doute de là. Mais c'est en Allemagne que se trouvait le plus grand laboratoire. Tu n'as qu'à demander à Willy. Son grand-père dirigeait l'endroit. Un véritable abattoir.

— Mais ils s'étaient portés volontaires… a commencé Guillory.

— Sous la contrainte ! a rétorqué Bren.

— Là n'est pas la question, a intercédé Mme Sabah dans une tentative de désamorcer une dispute à l'évidence aussi récurrente qu'inextricable. L'interdiction est toujours en place, ce qui signifie que le commanditaire de cette chose viole les lois internationales.

Le policier s'est éclairci la voix.

— Kidnapping et tentative d'assassinat. Quel que soit l'outil, il s'agit bien d'un crime à l'échelle internationale.

Je tremblais comme une feuille. Le Plastine était déjà bien assez terrifiant quand je n'avais aucune idée de sa vraie nature. Maintenant, c'était dix fois pire.

— Est-ce qu'on peut l'arrêter ?

Ma voix n'était qu'un gémissement empreint de panique.

— C'est difficile, a répondu le policier sans tenter de me rassurer. Il faudrait un tank, un lance-flammes, et une vingtaine d'hommes sans doute. De plus, il n'est probablement pas seul ; d'autres sont peut-être prêts à prendre sa place.

Mieux vaut trouver son commanditaire et l'obliger à annuler ses ordres.

— Mais qui pourrait en avoir après moi ? Le sait-on seulement ?

— Hélas, non, a répondu Guillory. Tu es une personnalité, et puis, il ne faut pas se leurrer : tout le monde n'apprécie pas les initiatives d'UniCorp. Nous avons pas mal d'ennemis. On a peut-être affaire à quelqu'un obsédé par l'idée de se venger d'actions menées par tes parents aux premières heures de la compagnie. À moins qu'il ne s'agisse d'un psychopathe effrayé ou jaloux de ta soudaine notoriété. On n'a aucun moyen de le savoir.

— Ne pourrait-on pas interroger le Plastine ? Ou trouver un moyen de lire ses ordres ?

Silence inconfortable.

— Si, ce serait possible, a dit Guillory, mais le Plastine demeure malheureusement introuvable.

Une horreur glacée s'est emparée de moi.

— Il a disparu ?

— J'en ai bien peur, a annoncé une voix nouvelle.

Le père de Bren avait fait son apparition dans l'encadrement de la porte. Je n'avais pas revu M. Sabah depuis mon séjour à l'hôpital, où il m'avait rendu visite une fois ou deux avec son fils. Sa voix profonde avait conservé un très léger accent.

— Nous avons passé le sous-sol au peigne fin une dizaine de fois, avec tous les outils soniques et olfactifs à la disposition de la police. Désolée, ma belle, a-t-il ajouté en se tournant vers moi. Il s'est volatilisé comme un fantôme.

M. Sabah ressemblait tellement à Bren que c'en était déroutant. J'aurais voulu lui sourire, mais j'étais trop inquiète.

— Comment est-ce possible ? La porte était verrouillée !

— En effet, a répondu Mme Sabah. Personne n'y comprend rien.

— Puisque nous n'avons pu appréhender le Plastine et que, selon vos dires, il vous a déjà attaquée dans cet appartement, il va falloir vous mettre en sûreté pendant quelques jours, a déclaré le policier.

— Reggie aura la solution, a dit M. Sabah en se coulant dans la causeuse à côté de sa femme. Ce ne sont pas les options qui manquent, pas vrai Reg ?

— Tout à fait, a acquiescé M. Guillory.

— Pour l'instant, que dirais-tu de venir chez nous ? Tu devras partager la chambre de Hilary, mais si ça ne te dérange pas…

— Volontiers ! ai-je répondu trop vite, avant de jeter un œil à Bren.

Si seulement je n'avais pas accepté… Mais avais-je le choix ? Par ailleurs, j'aimais bien M. et Mme Sabah, et Bren me plaisait toujours, en dépit de tout.

Cherchant sans grande conviction une raison de revenir sur ma décision, j'ai ajouté :

— Mais… que va-t-il advenir de Patty et Barry ? Si cette chose vient me chercher et tombe sur eux…

— Les Plastines n'ont pas le raisonnement aussi flexible, m'a assuré M. Guillory. Si ses ordres te concernent toi, il ne cherchera que toi et personne d'autre. Patty et Barry pourraient courir autour de lui et le frapper avec une batte de base-ball sans qu'il se donne la peine de réagir. Du moment qu'ils ne gênent pas sa progression jusqu'à toi, il les laissera tranquilles.

— D'accord. (Je n'avais pas envie de passer la nuit seule.) Je peux prendre Zavier avec moi ?

— Ce soir seulement, a répondu Guillory. Là où je t'emmène, il n'y a pas de place pour un chien.

— Ça ne vous dérange pas ? ai-je demandé aux parents de Bren.

Ils m'ont fait signe que non. Je suis montée dans ma chambre prendre quelques affaires – de quoi m'habiller pendant un long week-end – avant de me glisser dans mon atelier pour attraper un carnet de croquis vierge. J'ai contemplé mes peintures à l'huile avec envie. J'espérais qu'on retrouve vite ce robot mort-vivant, pour que je puisse revenir dans mon atelier.

Mme Sabah m'attendait dans l'entrée, Zavier au bout d'une laisse.

— Tu es prête ?

— Oui. Je vous remercie infiniment, madame Sabah.

— Je t'en prie, appelle-moi Annie.

Elle m'a pris le sac des mains malgré mes protestations.

— Tu es toujours sous le coup de la ma5266traque incapacitante. Je parie que chacun de tes muscles hurle à l'agonie. La première chose à faire une fois à la maison sera de te mettre dans un bon bain chaud, avec des bulles et des sels parfumés.

— Ce n'est pas la peine.

— Et pourquoi pas ?

— Merci de votre invitation, madame Sabah… Annie.

Elle s'est esclaffée.

— À vrai dire, c'est Bren qui a soufflé l'idée à son père. C'est lui qu'il faut remercier.

Je ne savais trop qu'en penser.

L'appartement des Sabah était identique au mien. Mais là où notre domicile était silencieux et relayait un sentiment de vacuité, la suite qu'occupait la famille de Bren bourdonnait sans cesse de bruit, de mouvement, et souvent d'agitation.

Bren était l'aîné de trois enfants. Hilary, le teint doré et les tresses serrées, venait d'avoir quatorze ans ; elle s'apprêtait à intégrer Uni Prep à l'automne suivant. Kayin, dix ans, était noire comme l'ébène, excitée comme une puce, et fascinée par les chevaux. Apparemment, je les avais rencontrées toutes les deux à l'hôpital à ma première sortie de stase, mais je n'en gardais aucun souvenir. À croire que la moitié du pays était passée par ma chambre d'hôpital à ce moment-là. Impossible de me rappeler tout le monde.

Tandis que Kayin menait Zavier dans le jardin, Mme Sabah a mis à exécution sa menace de me faire prendre un bain. Et pas n'importe lequel. Toutes les baignoires de la Résidence Unicorn étaient en fait d'immenses jacuzzi, mais Mme Sabah avait versé suffisamment de sels, d'huiles parfumées et de bain moussant pour que l'immersion dans l'eau s'apparente à l'entrée en stase. J'ai bien failli m'endormir dans la baignoire, jusqu'à ce que Hilary fasse irruption, une assiette de pâtisseries à la main, réveillant soudain mon appétit. Je n'avais rien mangé depuis ma tentative avortée de conter fleurette à Bren, et, même ce jour-là, ma nervosité extrême m'avait empêchée d'ingurgiter plus d'une bouchée. Ce qui faisait plus de vingt-quatre heures à jeun, sans compter mon temps de stase. Ce que, d'une certaine façon, il fallait prendre en compte, puisqu'une fois le contenu de l'estomac entièrement digéré, la stase ralentit les besoins de l'organisme sans pour autant les annuler. J'ai mangé avec précaution, afin d'éviter la nausée.

J'ai jeté un œil à mon reflet au sortir du bain. Je ne passais jamais beaucoup de temps à me contempler dans le miroir. Avant ma dernière stase, maman passait son temps à m'apprêter, parfois plusieurs fois par jour, si bien que je n'avais jamais à me soucier de mon apparence. Et dernièrement, abrutie par l'épuisement et le choc culturel, je ne pensais même plus à me regarder. J'apercevais mon reflet en me brossant les dents et les cheveux ; c'était tout. Seule, debout dans mon pyjama de soie, je me suis observée dans les moindres détails.

Pas étonnant que Brendan m'ait traitée de fantôme. J'étais tout émaciée. Deux mois après mon réveil, mes muscles n'avaient pas encore retrouvé leur vivacité. Mes joues se creusaient. Si shampooing et vitamines avaient presque rendu à ma tignasse blonde son lustre d'antan, ma peau n'en demeurait pas moins très pâle. Quant à mes yeux, ils faisaient peur à voir. Les iris bruns sereins de mon enfance servaient à présent de cachette à des diables ténébreux. Avalant ma salive, j'ai fouillé dans mon sac à la recherche d'un fusain afin de croquer ce visage effroyable qui me fixait dans le miroir. Je comprenais toujours mieux les choses après les avoir dessinées.

C'était mon premier autoportrait depuis que Bren m'avait ramenée à la vie. Le résultat ne me plaisait guère. Otto avait raison : derrière mes yeux, le vide.

Chapitre 15

Le dîner était calme et chaleureux. Les Sabah appliquaient une règle selon laquelle chacun devait raconter sa journée. M. Sabah s'est plaint avec bonne humeur d'avoir dû créer un nouveau verrou pour la porte du sous-sol. Hilary avait atteint un nouveau niveau dans un holojeu. Kayin avait entamé sa troisième lecture de *Misty, le poney de l'île sauvage*. Bren a annoncé avec un grand sourire qu'il avait bataillé contre un ennemi invincible et sans pitié prêt à tout pour m'éliminer. Kayin s'est esclaffée, jusqu'à ce que Hilary lui dise :

— Non, Kayin, c'est la vérité.

Puis mon tour est venu.

— Qui, moi ?

— Tu es à notre table. C'est la règle, a insisté Kayin.

Je ne savais que dire. Aujourd'hui, j'ai été frappée à coups de matraque incapacitante. Aujourd'hui, j'ai craqué et parlé à quelqu'un de Xavier. Aujourd'hui, je continue d'en pincer pour un garçon qui ne veut pas de moi.

— Aujourd'hui, j'ai fait mon autoportrait, ai-je finalement annoncé.

Bren m'a regardée, songeur, tandis que sa mère prenait la parole.

— Aujourd'hui, j'ai empêché votre grand-père de faire un anévrisme en hurlant sur des officiers de police. Qui veut du dessert ?

Après le repas, nous avons regardé un vieux film sur l'holographe. Enfin, vieux pour eux ; pour ma part, je ne l'avais jamais vu. Soixante ans d'holovues dont je ne connaissais même pas le titre. À vrai dire, c'était sans doute là la première bonne nouvelle concernant mon saut à travers le siècle.

Une fois le film terminé, Bren nous a conduits, Zavier et moi, dans la chambre de Hilary. J'étais mal à l'aise, mais mes parents m'avaient appris à me comporter en hôte distinguée.

— J'ai passé une soirée très agréable. Merci.

— Tant mieux, a dit Bren.

Il y avait une chose que je voulais mettre au clair.

— Ta mère m'a dit que c'était ton idée, de m'inviter. Tu n'étais pas obligé de le faire.

— Si, a dit Bren en carrant les épaules pour masquer sa gêne. Tu sais, si j'étais en colère après toi cet après-midi, quand je pensais que tu essayais de me faire culpabiliser, c'est parce que ça avait marché. Je me suis comporté de façon extrêmement grossière avec toi, et ce que je t'ai dit n'était même pas vrai. Enfin, si, grand-père m'avait vraiment demandé de garder un œil sur toi, mais dès que je l'ai dit, je me suis rendu compte qu'il avait raison. Je veux dire, tu ne connais personne. Je me serais sans doute efforcé de me montrer gentil de toute façon. Et puis, Otto voulait te rencontrer.

— Vraiment ? Depuis le début ?

— Bien sûr. Pourquoi il n'osait pas te regarder, à ton avis ?

— Je croyais qu'il était timide.

— Non, simplement, il sait qu'il met les gens mal à l'aise, alors il voulait s'assurer que tu sois bien assise avant de te surprendre. En réalité, il est plutôt culotté. Il adore faire peur aux autres. Il n'a pas beaucoup d'amis, mais ce n'est certainement pas par timidité.

— Oh.

Otto n'avait pas beaucoup d'amis ? Si c'était le cas, j'étais plutôt flattée qu'il daigne passer ses soirées à chatter avec moi.

— Euh… est-ce que je peux t'emprunter ton écran ? Je ferais bien de le rassurer sur mon état. Je parie qu'il doit se faire du souci.

— Tu as sans doute raison. Tu n'as qu'à te servir de l'écran mural de Hil.

— Merci, ai-je dit, sincèrement reconnaissante.

— Bonne nuit. Et si Hilary te fait des histoires, tu n'as qu'à lui dire que j'irai raconter aux parents quel genre de sites web elle fréquente, a-t-il ajouté avec un sourire diabolique.

J'ai ri.

Hilary m'a installée sur un lit de repos qui accueillait en temps normal une vaste collection de peluches usées, trop précieuses encore pour être consignées dans une malle à la cave. Elle ne s'est pas plainte lorsque Zavier est venu se rouler en boule au pied de son lit. Elle se montrait chaleureuse et serviable, m'informant sur les éléments de maquillage revenus en vogue pendant mon absence. Lors de mon premier passage au lycée, le maquillage était considéré comme démodé. J'ai essayé le nouvel analyseur de ton, qui m'a proposé une liste de produits adéquats pour ma peau. La liste faisait un demi-mètre de long.

— Tu sais quoi ? ai-je dit brusquement en reposant l'analyseur de ton sur la coiffeuse de Hilary. Je crois que je m'en fiche, de la mode, après tout.

Hilary m'a regardée, franchement confuse.

— Chaque heure de mon ancienne vie, j'ai laissé tout le monde me dicter quoi porter, penser, ou faire. Et ça changeait chaque année, voire plus souvent.

Plus souvent pour moi en tout cas, puisqu'il ne s'écoulait pas une année sans que je fasse un petit tour en stase. Après quoi il fallait toujours tout recommencer. J'ai remué la tête, écrasée par la futilité de toute l'entreprise.

— Quelle perte de temps !

Hilary regardait à présent dans le miroir son propre visage au teint doré, modifié par le maquillage. Ses yeux se sont assombris. Seul Bren avait hérité les iris verts de sa mère.

— Tu as peut-être raison, a-t-elle dit, le front plissé et l'air pensif.

Je lui ai demandé si je pouvais utiliser son écran mural, et elle m'a présenté une chaise.

— Il est à toi, a-t-elle dit.

Je me suis connectée au numéro d'Otto pour lui laisser un mot.

Salut ?

Il ne m'a pas répondu tout de suite. J'ai jeté un œil à l'horloge : 23 heures passées. Oups. Je songeais à abandonner, mais je me disais qu'Otto avait le droit d'être au courant.

On se connaît ? a-t-il finalement demandé.

Pardon, c'est Rose. Sur l'écran de la sœur de Bren. Désolée pour l'heure tardive. Tu crois que Jamal va t'en vouloir ?

Rose ! Tout va bien ?

On fait aller, je suppose.

Tu étais en stase, avoue.

Je me suis mordu les lèvres. *C'est Bren qui te l'a dit ?*

Je l'ai deviné quand tu as disparu. C'est vraiment une drogue pour toi.

Cela fait-il de moi quelqu'un de bizarre ?

Tu es bizarre quoi qu'il arrive. Comme moi.

Bon alors, cela fait-il de moi quelqu'un de perturbé... une folle ?

Otto a marqué une légère pause avant d'écrire : **Je pense que tu dois faire face à des problèmes que personne ne comprend. Aussi effrayant que puisse être ton esprit, je suis à peu près certain que tu n'es pas folle. Un peu perturbée, oui, mais le contraire serait un comble dans ta situation. Désolé pour Bren.**

**Soupir*. C'est la vie.*

Lol. Que será, será.

Écoute. J'aurai peut-être du mal à garder le contact pendant quelques jours. Je ne sais pas trop où on m'emmène.

Tu vas quelque part ?

Je n'ai pas le choix. Il semblerait qu'on veuille me tuer.

Il a hésité un peu. **J'espère que c'est une façon de parler.**

Du tout. Apparemment, j'ai un Plastine à mes trousses.

UN PLASTINE ?!

Oui. Et j'ai comme l'impression que c'est grave.

Tu m'étonnes que c'est grave ! Tu n'as jamais entendu toutes les histoires horribles que Wilhelm débite à longueur de journée ? Ça vaut peut-être mieux, remarque. Pour une fois, je suis content que tu n'aies personne à qui parler ; tu n'as vraiment pas besoin de savoir ça en ce moment précis.

Tu ne m'aides guère, là.

On vient de m'apprendre qu'une personne à laquelle je tiens est mise en joue par une machine à tuer morte-vivante !

Moi qui croyais être habitué à ce que mes amis soient condamnés… Faut croire que non. Je me sens mal, là. Vraiment.

Je te demande pardon. Punaise, je fais tout de travers.

Ça te ferait mal de te soucier de toi pour une fois ?

Je ne suis pas sûre de savoir comment m'y prendre, ai-je répondu le plus honnêtement du monde. *Je ne vaux pas grand-chose.*

Encore une idiotie comme ça et je te prouve le contraire, au diable les trous noirs. Tu vas bien au moins ? Il t'a fait du mal ? Est-ce que tu l'as vu ?

Oh ça oui, et plutôt deux fois qu'une. Il m'a frappée avec une matraque incapacitante.

J'allais en dire plus, mais Otto m'a coupée :

Est-ce que quelqu'un a pensé à réactiver tes nanorobots ?

Oui, c'est bon.

Ouf. Punaise, qu'est-ce que ça fait mal, ces matraques !

Comment tu le sais ?

T'occupe. La déontologie, encore et toujours.

Oh, je vois.

Même si je peux encore difficilement me faire passer pour un saint. Tu es en sécurité ?

Maintenant, oui. Je suis chez Bren, rappelle-toi.

Oh, ÇA c'est intéressant ! Est-ce qu'il a changé d'avis ?

Non.

Comme Otto ne répondait rien, j'ai ajouté : *Et je n'ai pas envie qu'il le fasse.*

Nouvelle hésitation. **Ben voyons.**

Je t'assure.

Bren est la seule chose pour laquelle tu aies exprimé un quelconque désir depuis que je te connais. Ça ne va pas partir comme ça.

Non, tu as raison. Mais je fais comme si.

Bien.

Qu'est-ce que tu voulais dire en prétendant que tu ne pouvais plus passer pour un saint ? Il est arrivé quelque chose ?

Non. Mais ça aurait pu. (Longue pause avant qu'il n'ajoute :) **Tu as failli détruire mon code de déontologie il y a trois jours.**

Quoi ? Comment ?

J'espérais que tu serais trop stressée pour te déclarer à Bren. Quand j'ai essayé de te contacter ce soir-là, je priais pour que tu sois toujours en train de peser le pour et le contre ou de rassembler ton courage. Et j'aurais pu t'en dissuader. Quand tu n'as pas répondu, j'ai su qu'il était trop tard. Ça a épargné ce qu'il me restait d'éthique, mais je m'en suis voulu d'avoir gardé ça pour moi. Si seulement j'avais pu t'attraper dans la cour et te prévenir.

Me prévenir ? De quoi ?

Que Bren refuserait. J'ai violé mon code à deux reprises, la première en sondant son esprit pour voir si certaines pensées latentes pourraient le conduire à accepter, la seconde en voulant te prévenir que ce n'était pas le cas. Tu as une mauvaise influence sur moi, tu sais.

Je ne t'aurais jamais demandé de faire une chose pareille.

Je le sais. Mais cela t'aurait évité d'avoir le cœur brisé.

Pas forcément. Je me serais sentie tout aussi rejetée si c'était toi qui me l'avais dit.

Sans doute. Mais j'aurais pu y mettre les formes, moi. Mince.

Pourquoi tu dis ça ?

En gros, j'ai tout vu à travers son esprit. Il s'est énervé quand j'ai laissé filtrer ma désapprobation. Je crois qu'on est peut-être fâchés.

Oh mon Dieu. Je suis en train de détruire votre amitié. Ne t'en fais pas, il n'y est pour rien. Je l'ai mérité.

Tu t'imagines sans doute mériter d'avoir un assassin à tes trousses, aussi ? C'est vraiment pas l'amour-propre qui t'étouffe.

Je ne savais que répondre. Otto était très doué pour aller à l'essentiel. *Il ne faut pas en vouloir à Bren,* ai-je répété, avant tout pour changer de sujet. *Il n'a pas compris. Et, apparemment, il culpabilise.*

C'est la moindre des choses ! Mince, faut que j'y aille. Un surveillant de nuit m'a vu avec mon écran ouvert.

J'essaierai de te contacter dès que possible.

Pas de réponse. Le surveillant avait dû couper sa connexion.

J'ai éteint l'écran mural.

— Qu'est-ce que tu écrivais ? m'a demandé Hilary.

— Oh, je discutais juste avec un copain du lycée.

— Cet écran a une fonction téléphone, tu sais.

— Il ne parle pas au téléphone.

— Ah bon ? a-t-elle laissé échapper avant de saisir. Oh, c'était Otto ?

— Oui.

Elle semblait perplexe.

— Il est gentil ? Je sais que c'est l'ami de Bren, mais il me fiche un peu les jetons.

Je l'ai regardée, le visage en feu. Ma voix, par contre, était de glace.

— Otto est la personne la plus gentille que j'aie rencontrée depuis ma sortie de stase.

— Oh. Désolée.

Je me suis ressaisie. Otto était spécial, après tout ; elle n'avait pas eu d'intention méchante. Elle ne faisait que demander.

— Ce n'est rien.

Nous avons éteint la lumière. Au bout de quelques instants, j'ai entendu la voix de Hilary dans les ténèbres.

— C'est comment, le lycée ?

J'ai froncé les sourcils dans le noir.

— Ce n'est vraiment pas à moi qu'il faut demander ça.

— Mais tu es bien au lycée ?

— Je ne suis jamais restée assez longtemps dans chaque école pour en avoir une idée précise. Je sais seulement ce que ça fait d'être la petite nouvelle de la classe. Et ce n'est pas franchement agréable.

— Oh, a dit Hilary. Je savais pas.

— Non, ça va te plaire, je pense. À condition d'avoir quelques amis.

— J'espère que ça sera le cas.

J'ai réfléchi à ses paroles.

— Est-ce que c'est le cas en ce moment ?

— Oui, mais ils ne vont pas tous à Uni Prep l'an prochain.

— Ça ne fait rien, lui ai-je répondu. Si tu peux te faire des amis maintenant, tu en seras capable par la suite aussi.

— Et toi, tu t'es fait des amis ?

— Je te l'ai dit : ce n'est pas à moi qu'il faut poser ce genre de question.

Chapitre 16

J'ai mal dormi cette nuit-là. Dans mes rêves, le Plastine nous poursuivait, Bren et moi, dans les couloirs du dernier sous-sol. Bren courait devant moi. Je n'arrivais pas à le rattraper. J'avais beau courir à toutes jambes, sa silhouette sombre continuait de s'éloigner. Lorsque, parvenu au coin, il se retournait pour me regarder, c'était Xavier. « Allez, dépêche ! » s'écriait-il, mais j'en étais incapable. Les pas robotiques du Plastine martelaient inexorablement le sol derrière moi, et quand je me suis réveillée, j'allais crier à Xavier de m'attendre.

Contemplant l'environnement inconnu dans lequel je me trouvais, j'ai paniqué un instant avant de sentir le poids réconfortant de Zavier à mes pieds et de me rappeler que j'étais dans la chambre de Hilary. Je ne me suis rendormie que ponctuellement, me réveillant à chaque début de rêve. Je n'avais pas emporté mes somnifères, mais je ne sais pas si je les aurais pris de toute façon, le Plastine représentant après tout bien plus qu'un simple cauchemar. Et puis, les réflexions d'Otto concernant mon addiction avaient touché juste.

Le réveil de Hilary m'a tirée du lit tôt le lendemain matin. Guillory ne devait pas arriver avant 10 heures, mais je me suis levée pour prendre le petit-déjeuner avec la famille. Bren m'a servi une barre de céréales d'un coup de raquette au moment même où je pointais mon nez dans la cuisine.

— Attrape ! s'est-il exclamé en l'envoyant dans ma main avec une précision redoutable.

Bien que surprise, j'ai réussi à la saisir avant qu'elle ne tombe au sol.

— Waouh ! s'est écriée Hilary en versant deux verres de jus de fruits. Je n'arrive toujours pas à rattraper ses services.

— C'est la peinture, ça développe les réflexes, ai-je répondu. Et puis, je crois que la physiothérapie commence à faire effet.

Bren a continué d'utiliser sa raquette pour envoyer des morceaux de barre de céréales dans les airs avant de les réceptionner dans sa bouche.

— Oh, arrête de frimer, a dit Kayin en entrant dans la pièce d'un pas traînant. Elle a pris un des verres servis par Hilary avant de disparaître à nouveau.

— Eh oh ! l'a interpellée Hilary.

Pas de réaction. Hilary a haussé les épaules.

— Il était pour toi, celui-là, a-t-elle ajouté en poussant le verre restant dans ma direction avant d'en sortir un autre du placard.

M. Sabah sirotait son café à la table tout en lisant les nouvelles sur sa défileuse. C'était une sorte d'écran non interactif, préprogrammé pour faciliter la recherche d'articles de presse.

— Kayin, demande avant de te servir ! a-t-il lancé en direction de la porte ouverte.

— Désolée, a répondu sans grande conviction une voix étouffée depuis la pièce adjacente.

Mon affection pour les Sabah augmentait à mesure du temps passé en leur compagnie. Contrairement à Patty et Barry, tous ici montraient un réel intérêt pour le bien-être, les passions et la réussite de chacun. Mais, contrairement à mes parents, personne ne rôdait pour donner des leçons aux autres en matière d'habillement, d'alimentation, ou de raisonnement. Avec eux, on se sentait... à l'aise.

Bren m'a effleuré l'épaule en s'en allant pour l'entraînement.

— Allez, courage. On se verra quand tout sera arrangé.

— À plus, ai-je répondu d'un air un peu triste.

— N'hésite pas à m'appeler si tu as besoin de parler, a-t-il ajouté.

L'appartement semblait très calme une fois tous les enfants partis. J'ai erré dans le salon. Mon petit sac de voyage était déjà prêt. J'ai hésité à en sortir mon carnet de croquis, mais je n'étais pas d'humeur à dessiner. Je me suis approchée de l'étagère au-dessus de l'holographe pour en tirer un livre que j'avais remarqué la veille.

Il s'agissait d'un album de photos. Je me suis calée dans le canapé, et Zavier est venu s'installer à côté de moi, la tête sur ma cheville. Un rapide coup d'œil m'a fait comprendre qu'il s'agissait d'une sélection de leurs « meilleurs clichés », triés sur le volet et rangés par ordre chronologique. Si seulement j'avais pu faire une croix sur Bren... J'ai attaqué l'album par la fin, parcourant les photos de famille les plus récentes.

J'ai souri en voyant Kayin, probablement à son dernier anniversaire, en train de déballer un énorme cheval en céramique qui faisait la moitié de sa taille. Bren l'aidait à déchirer le papier cadeau.

Puis Bren à nouveau, brandissant un trophée de tennis, les bras encore gonflés par le match, à l'étroit dans sa chemisette. Les cheveux un peu humides de sueur.

Je ne sais combien de photos j'ai contemplées avant de remarquer la présence de Mme Sabah.

— Oh, je suis désolée. Je… je regardais… juste…

Je n'avais vraiment aucune raison valable de fouiller ses affaires.

— Il y a une belle photo de lui pendant notre dernier séjour au ski, dans un jacuzzi en plein air, a-t-elle dit en s'asseyant près de moi.

Elle a tourné la page. Et, effectivement, il était là, son torse athlétique découvert, entouré de vapeur. L'image n'avait rien à envier à mes fantasmes d'atelier.

Comme c'était gênant.

— Je suis si facile que ça à percer ?

— Non. Toutes les filles qu'il ramène à la maison demandent à voir cette photo, a-t-elle répondu le plus sérieusement du monde, avant de tourner une nouvelle page d'un air absent. Il pourrait collectionner les groupies, s'il le voulait. Mais il n'a pas l'air de s'intéresser tellement aux filles. Il n'y en a que pour le tennis. Il voudrait passer pro, mais son père n'est pas d'accord.

Elle a effleuré une photo de son mari, bâtons de ski à la main.

— Lui, ce qu'il veut, c'est le faire intégrer UniCorp après ses études.

— Vous croyez qu'il le fera ?

Elle a haussé les épaules.

— Je n'en sais rien.

Elle a tourné une autre page, révélant un portrait de famille : M. et Mme Sabah, Bren, Hilary et Kayin au premier plan ; juste derrière, les parents de Mme Sabah – un homme aux cheveux blancs et une femme asiatique âgée, d'allure sympathique,

que je ne pouvais décrire autrement que comme étant « mignonne ». À côté de cette dernière se tenaient un homme, sans doute le frère de Mme Sabah, avec les mêmes yeux verts, et deux enfants – les cousins de Bren, j'imagine. Leur mère semblait absente de la photo.

— Mon frère et moi sommes des rejetons d'UniCorp. Nous avons obtenu de bons postes de départ au sein de l'entreprise grâce à papa, même si cela lui était plutôt égal. Nous nous sommes contentés de prendre le chemin le plus facile. Ce qui, dans cette ville, mène presque toujours à UniCorp.

Elle a indiqué l'homme aux yeux verts sur la photo.

— Ted l'a toujours regretté. Après le départ de sa femme, il a emmené les enfants visiter la colonie d'Europa. Ils ne reviendront pas avant quatre ans... s'ils reviennent un jour, a-t-elle ajouté avec un soupir. Je me suis toujours demandé si c'était une bonne chose, de voir nos vies dictées par une présence aussi écrasante. J'ai peur que cela étouffe Bren.

— Votre mari pense que ce serait bénéfique pour lui ?

— Oui. Mais lui, il a dû se battre pour entrer dans les petits papiers d'UniCorp. Il est dévoué et travaille dur pour le bien de tous, qu'il s'agisse de notre bien-être ou de celui de la compagnie. Ça n'en reste pas moins un combat perdu d'avance. Il n'a jamais fait partie de ce que papa appelle avec ironie « les familles royales ».

— Les familles royales ?

— La sienne, celle de Guillory, et les Nikios. Et toi, bien sûr.

— Les Nikios ?

— Ce sont eux qui gèrent la majorité des comptes off-planète – tu ne les as pas encore rencontrés. Mais ces trois familles sont là depuis le début ou presque. Leurs parents travaillaient pour les tiens. Une fois qu'UniCorp met le grappin sur toi, tu ne peux plus en réchapper. Elle te tient par ta descendance.

Elle a caressé le visage de son frère.

J'ai contemplé l'homme en question. Il semblait un peu perdu, en dépit de son air avenant. J'avais envie de le dessiner. J'avais l'impression de le connaître. Puis je me suis rendu compte que c'était le cas pour tous les membres de la famille. En y regardant de plus près, j'apercevais Bren dans chacun des visages présents sur la photographie. Je me suis détournée vivement, comme mordue par le papier, concentrant mon attention sur Mme Sabah.

— Vous n'êtes pas obligée d'attendre avec moi.

— Je vais te tenir compagnie jusqu'à l'arrivée de Reggie, a-t-elle dit alors que retentissait la sonnette. Quand on parle du loup…

Elle s'est levée du canapé, me laissant à ma contemplation. Une envie aiguë s'est soudain emparée de moi. J'aurais tellement voulu avoir sa famille ! La tête me tournait. J'ai refermé l'album avant de ramasser mon sac en séchant mes larmes.

Chapitre 17

J'ai déposé Zavier à l'appartement, espérant de tout mon cœur que Patty et Barry étaient sincères lorsqu'ils promettaient de s'en occuper. Les connaissant, ils allaient engager un dog-sitter, mais cela m'était égal. Du moment qu'il allait bien pendant mon absence. Je m'en suis voulu d'avoir souhaité me mettre en stase deux semaines en le laissant tout seul. D'une certaine manière, la stase ne me semblait pas aussi tangible qu'un départ.

M. Guillory m'a conduite à sa propre aqualimo, qui aurait fait passer la mienne pour un canoë. C'était un énorme aéroyacht aux sièges en daim indigo. Je voyais déjà une raison pour laquelle Guillory ne voulait pas que j'amène Zavier : il aurait mâchouillé les coussins.

Une fois installés sur la large banquette, Guillory a ouvert le minibar encastré dans la cloison pour m'offrir un cocktail que j'ai accepté, ne sachant comment lui expliquer que mon estomac était encore fragile. Cela ne serait sans doute pas si terrible si je buvais à petites gorgées.

— Veux-tu écouter un peu de musique, ou regarder l'holographe ? On en a pour un bout de temps.

— De la musique, je veux bien, ai-je répondu.

Je me suis rendu compte que Guillory était tout aussi mal à l'aise que moi. Il a énuméré quelques noms, mais le seul qui me disait quelque chose était celui d'un groupe dont j'avais entendu parler au lycée. Arrivé au bout de son interminable liste, il a ajouté :

— J'ai aussi quelques suites de Bach, sinon.

— C'est parfait, ai-je dit en me raccrochant à ce que je connaissais.

Je me suis recroquevillée dans mon siège tandis que la musique envahissait la cabine de ses arpèges enivrants, regrettant de ne pouvoir gratter la tête de Zavier. Ou enlacer Xavier tout mon saoul. J'ai regardé ComUnity s'éloigner par la fenêtre, puis nous sommes entrés dans la grisaille urbaine.

Je m'attendais à une horreur – comme toujours quand je pénétrais dans la ville même. Mais il ne m'a pas fallu longtemps pour comprendre que la ville, telle que je la connaissais, était morte.

Disparue, la foule empressée et brutale. Dissipés, les vapeurs toxiques et les échos de guérilla urbaine. Envolés, les orphelins affamés qui se pressaient aux portières des véhicules à l'arrêt, tapotant les vitres de petits cailloux pour se faire entendre. Invisibles, les vigiles privés en uniforme, avec leurs pistolets électriques et leurs boucliers antipersonnel meurtriers, qui empoignaient les mendiants pour les attirer dans des allées sombres.

Je n'en croyais pas mes yeux.

— On passe par le périphérique ? ai-je demandé à Guillory, convaincue que nous devions être en train de contourner les quartiers les plus misérables.

Il a jeté un œil au-dehors.

— Non, m'a-t-il répliqué. On est en plein centre.

Je soupçonnais quelque stratagème de ghettoïsation, voire de camp de concentration.

— Où est-ce qu'ils parquent les pauvres ?

Guillory a scruté les rues pour moi.

— En voilà une, je crois.

Il a désigné une jeune mère flanquée de son enfant dans une poussette de seconde main. Elle chantait pour les passants en s'accompagnant de sa guitare déglinguée.

Je l'ai regardée, dubitative, à travers les vitres fumées du yacht. Elle n'avait pas l'air de mourir de faim. Certes, ses vêtements étaient usés, mais pas en lambeaux ni particulièrement crasseux. Quelles qu'aient été les circonstances, elle avait eu assez de loisir, lorsqu'elle ne quémandait pas sa pitance, pour apprendre un passe-temps aussi luxueux que la musique. Son enfant tenait un gobelet de jus de fruits et semblait rire en cadence avec la chanson.

— Vous vous fichez de moi, ai-je déclaré.

— Que nenni, m'a-t-il répondu avec un sourire. Ça a changé, n'est-ce pas ? Après les Années sombres, la population a singulièrement diminué.

— Mais où sont les vigiles ?

— En l'absence de désespoir, plus besoin de révolte. La plupart des entreprises de sécurité ont périclité vers la fin de la Reconstruction. UniCorp a perdu un sacré capital au passage, a-t-il glissé, le sourcil froncé. Heureusement que nous avions diversifié nos activités.

Je l'ai foudroyé du regard. Comment pouvait-il se soucier encore des profits et pertes d'UniCorp alors que les firmes de sécurité avaient perdu leur utilité ? Il était plus jeune que moi, si on se basait sur nos dates de naissance. J'étais déjà en stase lorsqu'il était né. Pourtant, il n'était pas jeune ; il devait avoir la cinquantaine bien tassée, autrement dit il avait dû naître au plus fort des Années sombres. Enfant, il avait été le témoin de la même misère et des mêmes inégalités que moi. La Reconstruction avait colmaté cette terrible fracture sociale que j'avais toujours considérée comme acquise. On me l'avait expliqué en cours d'histoire, mais les mots n'avaient pas encore pris sens dans mon esprit. Si cette transformation n'avait été le produit d'un effondrement total, j'aurais crié au miracle.

Guillory portait un costume bleu profond aujourd'hui, ce qui atténuait son allure de statue dorée, mais il me rendait toujours aussi nerveuse. Je n'avais aucune envie de discuter avec lui. J'ai donc sorti mon carnet de croquis pour me lancer dans un nouveau portrait de mon Xavier.

J'avais du mal à croire que je n'avais pas oublié son visage – mais c'était probablement dû à la stase. Le souvenir des derniers jours semblait toujours plus concret que le reste. La stase les gardait au frais dans le cerveau bien après qu'ils auraient dû rejoindre le flot du subconscient, jusqu'à les imprimer de façon indélébile. Je me rappelais encore l'expression de Xavier quand je lui avais dit au revoir… à mon grand dam. J'essayais de repenser à toutes les fois où il m'avait prise dans ses bras. Quel plaisir de sortir de stase pour le retrouver à mon chevet avec Åsa.

L'année que j'ai passée avec Xavier – celle de mes quinze ans – était la plus belle de mon existence, en dépit des problèmes occasionnels. Pour la première fois, je redoutais les séances de stase.

C'était une chose de me réveiller et de constater que mon meilleur ami avait grandi d'un an en mon absence. C'en était une autre de me séparer de mon petit ami pour quatre, six, ou neuf mois. Jamais le temps ne m'avait paru si précieux.

La chance avait tourné, pourtant. D'ordinaire, à chaque nouveau réveil je me retrouvais nez à nez avec une nouvelle bonne. Cette fois-là ne fit pas exception. Deux semaines après que Xavier et moi avions échangé notre premier baiser, ma mère avait engagé Åsa.

Åsa venait de Suède. Sa chevelure de miel était parsemée d'argent. Plus qu'une bonne, on aurait dit un sergent-major : elle m'obligeait à faire le ménage dans ma chambre (chose qu'aucune servante n'avait osé tenter), m'apprenait à faire la lessive, à cuisiner des plats simples, à remplir les dossiers d'inscription à l'université. Je trouvais que c'était un peu prématuré, mais elle insistait. Je pensais que mes parents choisiraient un établissement pour moi… le moment venu. Mais elle était d'avis que je devais connaître ces choses-là, « au cas où ». « Au cas où » : un vrai refrain chez Åsa.

Je n'ai jamais dit à mes parents combien elle se montrait stricte avec moi, craignant qu'ils la renvoient s'ils l'apprenaient. Je l'aimais bien. Je la trouvais authentique.

Une semaine environ après son arrivée, maman m'a prise au dépourvu avant de passer à table.

— J'ai quelque chose pour toi, m'a-t-elle annoncé.

— Ah bon ?

J'ai esquissé un entrechat avant de me ressaisir. Maman m'a embrassée avec un rire, puis elle a tendu les deux poings devant elle.

— Choisis.

Le front plissé, j'ai opté pour la gauche. Un caramel. Que j'ai pris, un peu déçue.

— Merci.

Maman s'est esclaffée et a ouvert l'autre main.

— Oh, waouh !

J'ai pris avec délicatesse la minicam qu'elle me tendait. De la taille de mon doigt, elle pouvait être portée autour du cou et se réglait de façon automatique pour faire les photos numériques les plus nettes sur le marché.

— Cela te permettra de prendre des photos de référence. Pour tes tableaux.

— Oh, merci maman !

Je l'ai serrée fort dans mes bras. Elle m'a caressé les cheveux.

— Va donc chercher une chaîne dans ta boîte à bijoux. Je pense que celle en argent à maillons carrés irait le mieux. Et tu pourras en profiter pour te changer. Bleu royal ce soir. Tu dois avoir deux robes de cette couleur cette saison ; choisis celle que tu veux.

— Merci.

— Au fait, il faut que je te dise, a-t-elle ajouté alors que je me dirigeais vers ma chambre. Nous avons un séminaire à la fin du mois.

Je me suis figée sur place.

— Oh, ai-je laissé échapper en me retournant, la minicam serrée dans ma main. Vous êtes obligés d'y aller ?

— Oui, ma chérie. Est-ce que tu préfères entrer dans ton tube dès ce soir, ou attendre le jour du départ ?

— J'aime mieux attendre, maman.

Elle a froncé les sourcils.

— Tu es sûre ? Nous allons être très occupés ces prochains jours, avec les valises à faire.

— Vous partez pour combien de temps ?

— Un mois ou deux tout au plus. Tu n'as pas à t'inquiéter.

J'ai avalé ma salive.

— Je vois.

C'est à peine si j'ai pu manger au dîner.

J'ai retrouvé Xavier dans le jardin après le repas. Je me suis jetée à son cou, et il m'a enveloppée de ses bras sans rien dire. Au bout de quelques instants, il s'est mis à m'embrasser le front.

— Qu'est-ce qui se passe, Rose ?

— Maman et papa repartent pour un séminaire. Déjà.

Xavier s'est écarté, horrifié.

— Mais ça ne fait que quelques semaines !

— Je sais.

C'était injuste.

— Tu m'attendras ?

Les yeux de Xavier débordaient de tristesse.

— Comme toujours… Mais…

— Je sais, ai-je répété d'une voix tout aussi peinée.

— Combien de temps ?

— Un mois ou deux, d'après eux.

— C'est ce qu'ils ont dit la dernière fois. Au final, tu es restée plus de sept mois.

J'ai reniflé.

— Je reviendrai. Sans faute. Je te le promets.

— Je sais. Je sais.

Il m'a couvert le visage de baisers jusqu'à ce que je fonde dans ses bras, les jambes en coton.

— Tu vas me manquer, a-t-il susurré. Nom d'un chien !

Il m'a agrippée suffisamment fort pour me laisser des marques.

— Ce n'est pas juste !

— C'est pour mon bien, ai-je répondu, plus pour moi que pour lui.

— C'est ce que tu dis à chaque fois, a-t-il rétorqué en parcourant ma chevelure de ses doigts. Tu ne vois donc pas que les choses ont changé ?

— Bien sûr que si !

Je me suis dégagée de son étreinte.

— Tu crois que ça me fait plaisir de te laisser tout seul ?

— Personne ne t'y oblige, a-t-il fait remarquer. Tu ne peux pas leur dire de te laisser tranquille ? Tu vas avoir seize ans ; tu ne penses pas que tu as le droit à un peu de liberté ?

— Non, ai-je répondu. Je ne suis pas assez grande pour rester seule. Ils le savent.

Xavier a baissé les épaules.

— Je pourrais demander à mes parents de t'héberger.

— Ils n'accepteraient jamais. Ce serait aller contre l'avis de papa.

C'était la vérité. Ils travaillaient pour UniCorp, comme tous les habitants de ComUnity. Papa était le roi ici.

Xavier a rejeté la tête en arrière, comme pour en faire sortir une solution.

— Tu pourrais peut-être les prier de t'emmener avec eux ? On pourrait discuter via Internet. Ça serait toujours mieux que… que…

— Je sais. Mais on n'y peut rien. Il nous reste quelques jours avant leur départ. On ferait mieux d'en profiter, tu ne crois pas ?

Xavier a serré le poing.

— Demande-leur. Essaie au moins, je t'en supplie !

Je n'en avais nulle envie. Remettre en cause leurs décisions ne faisait pas partie de mes prérogatives. Mais pour Xavier…

— J'essaierai.

— Bien sûr que non, tu ne peux pas venir avec nous, chérie, m'a dit maman lorsque j'ai tenté le coup le lendemain soir. Nous passerons nos journées à travailler. Tu serais de trop.

— Je sais. Mais cela me permettrait d'en apprendre plus sur la compagnie, pour plus tard. Et…

Papa s'est mis à rire.

— Tu n'as pas à t'inquiéter à ce sujet, jeune fille. Contente-toi de faire joujou avec tes palettes.

— Mais je…

Peine perdue, je le savais. Mais pour Xavier, j'aurais tenté n'importe quoi.

— Je pense que je pourrais grandir assez pour devenir autonome. Avec un peu d'aide, je pourrais rester ici. Vous pourriez engager un tuteur ou…

Maman a sursauté, comme si on l'avait fouettée.

— Tu veux rester ici toute seule ? Tu as perdu la raison ? Tu n'es qu'une enfant ! Mark, mets-lui donc un peu de plomb dans la tête, c'est aussi ta fille.

— Écoute ta mère, a dit papa sans même me regarder.

— Mais papa…

Il m'a fusillée du regard.

— Serais-tu en train de me répondre ?

— Non, père, ai-je soufflé en baissant les yeux.

Trop tard. Il était en colère.

— Ne t'avise pas de me contredire sous mon toit, tu m'entends ? C'est déjà pénible toute la journée au bureau. Chez moi, j'entends qu'on m'obéisse.

— Oui, père.

Un silence pesant s'est installé tandis qu'il me regardait baisser la tête.

— Voilà qui est mieux, a-t-il déclaré en me caressant les cheveux. Demande pardon à ta mère, maintenant.

Je me suis tournée vers elle.

— Je regrette, maman.

— Ce n'est rien, chérie, a-t-elle répondu en m'embrassant chaleureusement. Tu es un peu surexcitée, c'est tout. Va donc dans ta chambre préparer tes affaires. Nous ferions bien de te mettre en stase dès ce soir.

— Ce soir ?

J'ai essayé de contenir le choc qui pointait dans ma voix.

— Tu ne trouves pas que tu es surexcitée ? m'a-t-elle demandé en me sondant de ses iris bleus pleins d'inquiétude.

J'y ai réfléchi un instant. Je me sentais agitée, malheureuse. Elle avait probablement raison.

— Si, maman.

— Tu es gentille, m'a-t-elle dit en m'embrassant la joue. Je savais que tu prendrais la bonne décision. Je vais nous commander un bon petit dîner avant que tu ailles dormir. Homard ou caille ?

— Je veux bien de la caille, ai-je répondu avec un sourire forcé.

— Bien entendu, ma chérie. Tout ce que tu désires.

Tout ce que je désirais, c'était rester avec Xavier, mais je n'ai pas eu le courage de retenter ma chance.

Je suis allée dans ma chambre faire mon lit, en veillant à ce que tout le linge soit bien trié pour qu'Åsa puisse s'en occuper pendant ma stase. Puis j'ai mis de l'ordre dans mes peintures afin de les avoir prêtes pour mon retour. J'ai jeté un œil circonspect à l'huile que je venais d'entreprendre – un paysage de montagnes tortueux luisant sous un ciel nocturne. Il semblait presque cosmique, mis à part la végétation que j'avais commencé à peindre partout, et qui semblait plus aquatique que terrestre. J'en étais très fière pour l'instant, mais je savais que j'aurais sans doute oublié ma vision première à mon retour. Mes tableaux évoluaient toujours quelque peu durant mes séances prolongées.

Quant à Xavier, il finirait sans doute par tourner la page. Peut-être irait-il retrouver cette Claire, à moins qu'il ne rencontre quelqu'un d'autre. Des larmes, que je me suis efforcée de retenir, ont néanmoins dévalé mes joues. Papa et maman ne devaient pas voir que j'avais pleuré. Ils avaient raison ; j'étais trop tendue. La moindre petite chose me bouleversait.

Åsa a ouvert la porte de ma chambre, un panier de linge frais sous le bras.

— Oh, je suis désolée, miss, a-t-elle dit en inclinant la tête. Je pensais que vous étiez sortie avec votre jeune ami.

Xavier ! Il ne savait pas que j'entrais en stase le soir même ! Je me suis jetée sur le carnet le plus proche pour y griffonner en hâte une lettre.

— Åsa, j'ai besoin d'un service !

— Quoi donc ?

— J'aimerais que tu donnes ce message à Xavier demain. Peux-tu le faire ?

— Bien entendu, miss. Mais ne pouvez-vous le faire vous-même ?

— Non, j'entre en stase ce soir.

— En stase ? Mais pour quoi faire ?

— Papa et maman partent pour affaires, lui ai-je précisé. S'il te plaît, tu veux bien donner simplement ceci à Xavier ?

Åsa m'a regardée en clignant des yeux, avant d'acquiescer enfin. J'ai signé la lettre (*Affectueusement, Rose*). Arrachant la feuille du carnet, je l'ai fourrée, pliée, dans la main d'Åsa.

— Pourquoi la stase ? a-t-elle demandé.

Elle n'était pas encore habituée à la routine familiale.

J'ai soupiré, découragée.

— C'est difficile à expliquer.

Le visage d'Åsa s'est soudain fait plus dur.

— *Ja, flicka,* a-t-elle rétorqué. Vos désirs sont des ordres.

Après notre dîner d'adieu, papa m'a prise dans ses bras avant que maman me mène à mon vaste dressing, qui abritait le tube de stase. Elle m'a aidée à m'installer avant de m'embrasser.

— Je suis très fière de toi. Tu le sais, n'est-ce pas chérie ? Tu prends toujours les bonnes décisions au final.

— Merci, maman. Je t'aime.

— Je t'aime aussi. On se retrouve dans quelques mois.

— Bon voyage.

— Bonne nuit.

— Bonne nuit.

La musique a commencé, et j'ai senti le doux parfum des drogues de stase se répandre, tandis que le couvercle se refermait sur moi. Maman avait raison. C'était la bonne décision.

J'ai essayé de ne pas penser à Xavier.

* * *

J'ai gardé les yeux clos, au début, m'accrochant à mon rêve dans lequel je voguais à la surface d'un océan de lave brillante. Au lieu d'être bouillante, elle était aussi agréable qu'un bon bain. On me tenait la main en silence, ce qui m'a étonnée, car maman avait coutume de me secouer jusqu'à ce que j'abandonne stase et rêve. Cette présence sereine m'a réveillée plus efficacement que n'auraient pu le faire les secousses habituelles. À ma grande surprise, lorsque j'ai ouvert les paupières, c'était un autre visage que le sien qui me contemplait.

— Xavier ?

Il m'a souri de toutes ses dents.

— Comment es-tu entré ?

D'un signe de tête, il a désigné Åsa, debout derrière lui, près de la porte.

— Bonjour, miss.

— Qu'est-ce qui se passe ? ai-je demandé.

La réponse m'a rendue aussi joyeuse que coupable.

Åsa avait délivré mon message à Xavier en lui demandant pourquoi on me mettait en stase. Xavier lui avait dit la vérité : que c'était une habitude. Lorsqu'il avait admis me connaître depuis mes sept ans, Åsa n'avait rien dit. Mais le lendemain du départ de mes parents, elle avait pris son courage à deux mains et frappé à la porte de Xavier, désirant savoir s'il connaissait le fonctionnement des tubes de stase. Xavier étant un hacker plutôt accompli, il ne lui avait fallu que quelques heures pour trouver un moyen de trafiquer l'affichage du chronomètre sur mon tube.

Åsa avait décidé qu'elle prendrait soin de moi en l'absence de mes parents. Je pourrais continuer d'aller à l'école, de mener ma vie, et de fréquenter Xavier. Après tout, mes parents ne contrôlaient jamais mon bulletin scolaire, et les écoles ne se plaignaient pas des présences – seulement des absences. Papa et maman n'en sauraient rien. Je n'aurais qu'à regagner mon tube à la veille de leur retour ; comme Xavier avait trafiqué l'affichage, personne ne s'en rendrait compte. Lorsque j'ai demandé à Åsa pourquoi elle faisait une chose pareille, elle m'a simplement répondu que, certes, elle n'avait pas à tenir tête à mes parents, mais qu'on lui avait confié la bonne gestion du foyer en leur absence.

Je m'en voulais de tromper ainsi mes parents. Sans Xavier, j'aurais souhaité qu'on me remette en stase et attendu sagement leur retour. Mais il y avait Xavier. Je ne pouvais laisser passer pareille chance.

C'est ainsi qu'avait commencé la plus belle année de ma vie. Mes parents étaient finalement revenus deux mois plus tard. J'étais retournée en stase, toute guillerette, et dix-huit heures plus tard, on m'avait réveillée pour un petit-déjeuner au champagne.

Un mois et demi plus tard, alors que mes parents partaient de nouveau, j'étais retournée en stase sans faire d'histoire. Et à leur retour, deux semaines plus tard, ils ne se doutaient absolument pas que j'avais passé tout ce temps à faire ma vie. Le schéma s'est reproduit encore et encore, tout au long de l'année. J'aurais manqué mon seizième anniversaire sans l'intervention d'Åsa et de Xavier. Ils m'ont organisé une petite fête privée, et Åsa m'a fredonné une chanson d'anniversaire en suédois. Pour la première fois de ma vie, j'ai suivi le changement des saisons, de l'été à l'automne et de l'automne à l'hiver, puis le retour du printemps.

Le premier soir clair et chaud de ce printemps-là, Xavier et moi sommes allés nous asseoir dans le jardin, emmitouflés dans une couverture, pour voir la lune se lever au-dessus de la cour.

— J'adore, ai-je murmuré.

— Et moi, c'est toi que j'adore, a susurré Xavier à mon oreille, envoyant des frissons le long de mon échine. Je suis tellement heureux de ne plus avoir à te perdre.

Il m'a embrassé la tempe.

— Encore et encore.

Nouveaux baisers, ailleurs.

— C'est comme si tu mourais à chaque fois.

J'ai contemplé son visage, pâle sous le clair de lune.

— C'est vraiment l'effet que ça te fait ?

— C'est comme un deuil, m'a-t-il répondu. J'ai toujours peur de ne plus jamais te revoir.

J'ai frissonné – l'hiver n'avait pas encore totalement disparu autour de nous. Mais les bras de Xavier me tenaient chaud.

— Aucun risque.

— Comment peux-tu en être sûre ? Tu aurais manqué sept des dix derniers mois sans l'intervention d'Åsa. Tu n'aurais toujours que quinze ans !

— Et tu m'aurais encore abandonnée... ai-je chuchoté.

— C'est toi qui m'abandonnes à chaque fois.

— Et jusqu'à maintenant, je... je t'ai attendu. Mais voilà que tu m'as dépassée. Je commence à traîner des pieds.

Xavier m'a effleuré les cheveux, son regard plongé dans le mien.

— Crois-tu qu'on devrait en parler à quelqu'un ?

— Parler de quoi ?

— De la fréquence à laquelle tu es mise en stase. Ça ne peut pas être bon pour ton organisme.

— Je suis trop tendue. J'ai besoin de me décontracter par moments, c'est tout.

Xavier a laissé échapper un grognement.

— Je pense que tes parents mettraient n'importe lequel de leurs enfants en stase, qu'il soit hypertendu ou non. Je ne t'ai jamais vue autrement que douce et obéissante.

Il m'a embrassée le long du front.

— Un tel ange, c'est à peine si tu es encore humaine.

— C'est parce que je sais que j'ai une échappatoire en cas de besoin.

— Je considère cela comme un heureux défaut de ta personnalité, a dit Xavier avant de soupirer. Enfin, pas si heureux que ça. Peut-être que si tu n'étais pas si docile, tu ne les laisserais pas t'enfermer dans ton enfance.

Je me suis dégagée de son étreinte.

— Ne dis pas ça ! Si je n'avais pas été en stase, nous n'aurions jamais fini ensemble, toi et moi.

Il a parcouru mes sourcils du doigt avec un rire.

— Sept ans, c'est une différence d'âge tout à fait gérable, tu sais.

Je n'ai rien répondu, me contentant de calculer dans ma tête. Si j'en croyais mon acte de naissance, j'aurais dû avoir trente-huit ans. J'avais dû perdre plus d'années que je ne le pensais dans ma petite enfance. Papa et maman ne me semblaient pas si vieux, mais c'était sans doute dû à leurs voyages interplanétaires fréquents. Eux aussi passaient beaucoup de temps en stase.

J'ai contemplé Xavier. Si je n'avais jamais été mise en stase, j'aurais eu vingt-deux ans à sa naissance. J'aurais pu être sa mère.

Cette pensée m'avait mise mal à l'aise. Je me suis blottie tout contre lui.

— Je t'aime, ai-je murmuré.

— Je t'aime, moi aussi, Rose. Pour toujours.

Pour toujours. Je me demandais si son esprit veillait sur moi, de là où les esprits vont. M'aimait-il encore maintenant ?

J'ai mis la touche finale à ma dernière esquisse de Xavier. C'était sans doute là un passe-temps morbide, pour ne pas dire obsessionnel, mais j'en oubliais Bren, Guillory, et jusqu'à mon assassin. Xavier demeurait mon point d'ancrage, ne serait-ce que par la pensée.

Je ne l'ai jamais questionné sur notre destination, mais dans l'après-midi, l'aéroyacht de Guillory filait plein sud sur l'océan. Il y avait de tout à bord. Comme un magicien, Guillory avait fait apparaître un déjeuner au caviar peu après midi. Il m'avait même proposé d'utiliser l'élégante (bien que minuscule) salle de bains pour prendre une douche, offre que j'avais déclinée, préférant me concentrer sur mes portraits de Xavier. J'avais décidé de remplir mon carnet en dessinant son évolution, de ses premiers mois jusqu'à l'âge adulte. Je venais de terminer un portrait de lui à douze ans lorsque Guillory a jeté un œil par la fenêtre, ragaillardi.

Il avait passé la majorité du voyage pendu à son téléphone ou scotché à son écran. Maintenant, alors que le soleil couchant avait commencé à faire virer le ciel à l'or, il disait au revoir à sa secrétaire, éteignait son téléphone et désignait les alentours par la fenêtre.

— Nous y voilà, a-t-il dit.

Je m'attendais presque à ce qu'il m'emmène sur une île privée. Une telle extravagance m'aurait à peine étonnée de sa part. Mais le rivage dont nous nous approchions était habité.

— Où allons-nous ?

— J'ai une suite à titre incognito dans cet hôtel là-bas. C'est utile quand j'ai besoin de m'évader quelques jours. La plupart des gens ici me connaissent sous le nom de M. Jance, aussi je te saurais gré de m'appeler Reggie et non Guillory.

L'aéroyacht s'est garé dans une baie sur la côte, et non dans un parking. Le long de la plage, une large bande magnétique industrielle bordait l'île dans son intégralité. Glisseurs interdits. Voilà qui semblait étrange. Et surtout coûteux. Les bandes magnétiques n'étaient pas données.

— Où sommes-nous ?

— Au Nirvana, a répondu Guillory.

— Je vous demande pardon ?

— Oh, désolé, c'est vrai que tu n'es pas au courant.

Il a lancé ce rire faussement complice qui m'agaçait tant.

— UniCorp a créé une série d'îles artificielles, juste au nord de… oh, je ne sais plus. Peu importe, de toute façon. C'est magnifique comme endroit. On est allé chercher du sable au fond de l'océan pour former ce petit archipel. Vu du ciel, les îlots constituent le logo d'UniCorp. Celle-ci, c'est le Nirvana ; elle dessine la tête et la défense de la licorne. Une grande plage borde sa gorge. Seuls les plus riches peuvent se payer une suite ici.

J'étais quelque peu perdue.

— Des îles artificielles ?

Le concept ne m'était pas inconnu, mais toutes les tentatives précédentes, qui remontaient à l'aube du deuxième millénaire, avaient échoué de façon lamentable, créant des points morts stagnants dans l'océan et laissant derrière elles des fosses sablonneuses arides et toxiques en lieu et place de villas de luxe.

— Pourquoi, les îles naturelles posent problème ?

— Ici, on est sûr d'être en sécurité. Nous sommes dans la zone la plus à l'abri de l'océan – avec pour ainsi dire zéro risque d'ouragan ou de séisme. Et comme il n'y a pas d'indigènes, on ne vole la terre de personne.

Il disait cela comme si c'était un bien, et peut-être avait-il raison. Mais si je l'avais bien compris, la population mondiale était déjà lourdement réduite de toute façon. Dilapider les deniers planétaires afin de bâtir des stations balnéaires dans un bac à sable géant au milieu de l'océan (plutôt que de relancer l'économie d'un îlot tropical ou, mieux encore, de se passer purement et simplement de station) me semblait une façon bien égoïste de voir le monde. Le cours d'histoire que je suivais avec Bren consacrait un chapitre complet à l'économie de la Reconstruction, que cet archipel tout entier avait l'air d'ignorer allègrement. Sans parler de l'impact sur les fonds marins. Savait-on seulement combien d'espèces végétales et animales avaient été détruites sans autre forme de procès, rien que pour déplacer le sable ? Simplement parce que UniCorp disposait de capitaux considérables, cela signifiait-il que l'écologie marine cessait d'être essentielle ?

Mais qu'est-ce que j'en savais ?

Une fois de plus, j'étais frappée par la puissance d'UniCorp. Elle possédait hommes et colonies, et même la terre devait se conformer à ses désirs. UniCorp modelait-elle encore autre chose ? J'ai soudain pensé à Otto avec un frisson.

Des portiers ont surgi de nulle part pour saisir mon sac. J'ai respiré un grand coup avant de les suivre.

M. Guillory nous a enregistrés et nous avons dû nous soumettre au scan rétinien afin même d'ouvrir les portes. Guillory apparaissait comme M. Jance à chaque contrôle ; quand à moi, le nom qui s'affichait était celui de Rose Sayer. J'espérais que cela suffirait à empêcher l'assassin de deviner où je me trouvais.

La recherche incessante sur le net avait porté ses fruits. Cette fois, ce n'était pas le nom qui avait retenu son attention ; c'était carrément un scan rétinien, lequel brillait de mille feux à travers ses processeurs plastifiés. Le nom qui s'y rattachait était inexact, mais son programme était suffisamment flexible pour croire à l'erreur humaine.

CIBLE IDENTIFIÉE : CORRESPONDANCE RÉTINIENNE CONFIRMÉE, ROSALINDA SAMANTHA FITZROY.

LIEU CONNU : NIRVANA.

INSTRUCTION : RAMENER CIBLE À CLIENT.

Il consulta l'emplacement des îles Unicorn et évalua les moyens de s'y rendre. Ce ne serait pas facile. Il décida finalement qu'il lui faudrait réquisitionner un de ces nouveaux véhicules aérodynamiques dont les spécifications inondaient Internet. Tandis qu'une partie de ses processeurs effectuait ce calcul, une autre se chargeait de sacrifier à la routine en sondant le Net à la recherche du client.

RECHERCHE... RECHERCHE... RECHERCHE... RECHERCHE...

CLIENT INTROUVABLE.

INSTRUCTION SECONDAIRE : ÉLIMINER CIBLE.

LANCEMENT.

Ses processeurs prédisaient qu'il lui faudrait approximativement dix heures pour atteindre les îles Unicorn, à la condition qu'il parvienne à se procurer un aéroglisseur dans les plus brefs délais. Il avait de la chance. Un de ces véhicules le percuta alors qu'il sortait dans la rue.

Le poids supérieur du glisseur l'avait renversé, mais sous les coups de frein du conducteur, l'embarcation avait ralenti et bifurqué, bondissant de part et d'autre de la route telle une balle de tennis. Il calcula l'inertie de la machine et se redressa, saisissant le glisseur à pleines mains pour le stabiliser. L'embarcation se mit à tournoyer sur elle-même avant de s'arrêter. Une vingtaine d'autres véhicules continuaient de tournoyer derrière.

Il arracha la portière de l'aéroglisseur et la laissa tomber par terre avec fracas. Le conducteur recula à l'intérieur de l'embarcation.

— MES INSTRUCTIONS EXIGENT UN MOYEN DE TRANSPORT, annonça-t-il. JE RÉQUISITIONNE CE VÉHICULE.

Il grimpa sans plus de cérémonie, sans même prêter attention à l'occupant terrifié qui se faufila au-dehors. Il n'avait aucune raison d'éliminer un passant qui ne tentait pas de nuire à sa mission.

Chapitre 18

Le téléphone de M. Guillory s'est mis à sonner au moment même où nous entrions dans l'hôtel.

— Reggie, a-t-il répondu en décrochant.

— Monsieur Guillory, ceci devrait vous intéresser, a dit une voix que j'ai identifiée comme étant celle de sa secrétaire (il avait passé l'après-midi à lui parler). Le Plastine a été localisé. Je suis en train de vous envoyer le rapport.

— Merveilleux, a répondu Guillory en ouvrant son écran.

Je me suis glissée derrière lui pour jeter un œil. Un enregistrement holographique, bizarrement déformé par l'écran mis à plat, montrait mon agresseur synthétique sautant au milieu de la route. Le Plastine arrachait la porte d'un véhicule accidenté avant de s'enfuir à son bord tandis que les aéroglisseurs rebondissaient contre les trottoirs magnétiques derrière lui comme des palets sur une table de air hockey. Un enregistrement pris sous un autre angle révélait l'occupant du glisseur qui tombait sur la chaussée, roulait sur le côté et s'aplatissait au sol alors qu'une demi-douzaine d'embarcations lui passaient au-dessus de la tête.

Changement de décor. Une journaliste inaudible interviewait l'homme qui avait le menton écorché suite à sa chute.

La secrétaire de M. Guillory a poursuivi :

— Selon la police, le Plastine est difficile à repérer, et il semble avoir désactivé la localisation satellite de l'aéroglisseur, mais ils pensent l'appréhender dans l'heure.

— Merci, Stella. Tenez-moi au courant.

Il s'est tourné vers moi.

— Alors, tu vois ? Je t'avais dit que tout se passerait bien.

J'ai pris une profonde inspiration. Plus de doute possible : cette chose existait vraiment. Guillory a tapoté son écran pour vérifier l'heure.

— Il y a un grand restaurant à ciel ouvert sur la défense de la licorne, a-t-il annoncé. Ça te dit de te joindre à moi ?

— Je n'ai pas faim, ai-je répondu en remuant la tête.

— Comme tu voudras. La suite est à toi. Ta chambre est au bout de ce couloir ; la mienne juste ici. Tu peux mettre la musique ou monter le son de l'holographe autant que tu veux : toutes les pièces sont insonorisées. N'hésite pas à appeler le room service si tu as besoin de quoi que ce soit. Tu as mon numéro ?

J'ai acquiescé, et Guillory m'a laissée vaquer à mes occupations.

Je n'étais pas à l'aise dans cette pièce. J'avais déjà visité des lieux semblables, généralement lorsque j'accompagnais ma mère à des bals de charité. Je m'y sentais toujours sur la sellette, plus accessoire qu'être animé. L'endroit me faisait l'effet d'une boîte à bijoux – le parfait écrin pour abriter une statue dorée telle que Guillory. Avec un soupir, je me suis dirigée vers la salle de bains.

Comme le bain de la veille m'avait fait le plus grand bien, j'ai ouvert le robinet et me suis plongée dans la luxueuse baignoire remplie d'eau purifiée d'importation. Sa provenance n'aurait pas dû revêtir de signification particulière, bien sûr, mais elle contribuait à rendre l'endroit factice, comme si on avait peint à l'ordinateur plutôt qu'à l'huile. J'ai enfilé un uniforme propre, laissant le reste de mes affaires dans la salle de bains.

J'ai regagné le salon principal de la suite, où j'ai cherché par réflexe mon écran. Il était encore loin d'être 22 heures, mais je me disais qu'Otto se faisait peut-être du souci. Puis je me suis rappelé que je n'avais pas pris mon écran avec moi. J'aurais sans doute pu emprunter celui de Guillory, mais il restait introuvable, et de toute façon je n'allais pas tripoter l'écran d'un autre sans sa permission. Tant pis pour Otto. En tout cas pour ce soir. Je me suis demandé si la secrétaire de Guillory l'avait déjà appelé pour confirmer la capture du Plastine. Peut-être pourrais-je rentrer dès le lendemain ? Je mourais d'envie de discuter avec Otto. Il trouverait l'endroit grotesque. UniCorp qui joue à Dieu, créant des îles et des personnes synthétiques. Je me suis demandé si Guillory, ou quelqu'un d'autre, avait songé à prévenir le Dr Bija, aussi. Je craignais de devoir manquer notre prochain rendez-vous. Otto, le Dr Bija, Zavier, mon atelier… je ne m'en étais pas aperçue jusque-là, mais j'avais fini par me créer un semblant de vie. D'où mon inquiétude – cette agression allait-elle me faire perdre cette nouvelle vie également ?

Je m'apprêtais à allumer l'holographe que j'avais aperçu dans le coin, avant de me raviser et de consulter l'horloge. J'ai ouvert la fenêtre qui donnait sur le balcon, laissant le murmure de l'océan m'engloutir. En dépit de son aspect cossu et tape-à-l'œil, la chambre était plutôt confortable. Je me suis blottie dans une chaise longue avec mon carnet de croquis, mais bien vite j'ai commencé à piquer du nez. Soulagée, j'ai cédé au sommeil, bercée par le ressac.

Le répit n'a pas duré longtemps. M. Guillory a fait irruption dans la chambre avec fracas.

— Rosalinda ! Heureusement que tu es debout !

J'ai cligné de mes yeux bouffis. Il faisait nuit noire, et l'air portait ce parfum léger si particulier qu'on retrouve parfois après minuit.

Guillory avait troqué son complet bleu pour un costume marron-jaune - sans doute sa conception de la tenue décontractée. Il a jeté un œil sur le patio avant de refermer la porte vitrée, étouffant le son des vagues artificielles.

— J'avais peur que tu ne sois déjà couchée.

— Je me suis endormie ici, ai-je marmonné en essayant de lui faire comprendre que j'allais me coucher.

— Bien, bien, a répondu Guillory qui, à l'évidence, ne m'écoutait pas.

Il s'est retourné et a rapproché une des chaises clinquantes avant de s'y asseoir avec lourdeur. Perché sur son siège doré, un verre d'alcool ambré à la main, il avait tout de la statue d'un pharaon égyptien, demi-dieu toisant son royaume. Les glaçons étincelaient comme des diamants.

— Bien… Rosalinda. J'ai beaucoup réfléchi, tu sais. J'étais tellement étonné quand tu as rejoint notre petite famille UniCorpienne. Je pensais vraiment te connaître au début. Je croyais t'avoir cernée. Mais je faisais fausse route, je m'en rends compte maintenant. Tu es très différente de tes parents, n'est-ce pas…

Je me suis redressée en serrant mon carnet contre moi.

— Je ne sais pas.

— Moi, je sais, a dit Guillory avec un sourire. Après tout, c'est moi qui gère leur compagnie. Sacré héritage, crois-moi.

Jackie était très branchée bienfaisance, avec ses bals et tout le tralala.

— Oui, je sais, ai-je répondu, déstabilisée par la familiarité avec laquelle il parlait de ma mère. On faisait du shopping ensemble pour acheter des robes assorties, et elle m'emmenait à ses galas de charité, ses bals, ses dîners, et même ses tournois de poker.

— Tu as dû sacrément t'amuser. Deux belles femmes bras dessus bras dessous, quelle sensation ! Ta mère, c'était un sacré canon dans le temps. J'ai vu des photos. Tu lui ressembles beaucoup, tu sais.

J'ai avalé ma salive. Je commençais à me sentir mal à l'aise.

— Merci, ai-je murmuré.

— Pas étonnant qu'elle ait mis le grappin sur ton père, hein ? L'homme le plus puissant au monde.

— Je ne suis pas sûre…

— Si, je t'assure, a insisté Guillory en se penchant sur sa chaise comme pour me confier un secret. Oublie tous les on-dit. Oublie les élus, les chefs d'État, les icônes religieuses. Tout ça, c'est bien joli, mais le pouvoir – le vrai pouvoir –, ce sont des gens comme toi et moi qui le détiennent.

Je n'étais pas certaine d'apprécier qu'il m'inclue dans son raisonnement.

— Ton père savait ce qu'il faisait, a poursuivi Guillory en s'enfonçant dans sa chaise avant de boire une gorgée. Réfléchis un peu. Il a subdivisé la compagnie de façon à ce que, si la moindre section s'effondre, les autres puissent compenser. Bien sûr, tout a commencé avec la NéoFusion, mais après ça ils ont touché à tout, littéralement. Sélectionné des dirigeants absolument remarquables. C'est eux, la vraie royauté dans ce monde, c'est moi qui te le dis. Et quel héritage ils nous ont laissé, aussi ! La compagnie, les colonies, ComUnity, ton lycée…

Cette pensée a semblé le déstabiliser. Il a pris une nouvelle gorgée de sa boisson.

— Alors, raconte. Ce lycée. Quand je t'ai inscrite à Uni Prep, j'espérais que tu te serais entourée des meilleurs. Comment ça se passe ?

Les meilleurs ?

— Euh… pas trop mal, je suppose.

— J'ai regardé ton bulletin, a-t-il déclaré.

J'ai écarquillé les yeux. On lui envoyait mon bulletin, à lui ? Alors que je ne l'avais même pas vu moi-même ! À moins qu'il n'ait accès aux serveurs de l'école… Cela signifiait-il qu'il avait accès aux dossiers du Dr Bija, aussi ? Les notes n'étaient-elles pas censées être confidentielles, communiquées uniquement aux élèves et à leurs tuteurs légaux ? Autrement dit Barry et Patty ?

Mais je n'ai guère eu le temps de me poser trop de questions, car il poursuivait déjà :

— Pas très impressionnant. Je me demande si on ne devrait pas te mettre dans une meilleure école. Tu as déjà pensé à l'internat ? a-t-il demandé, les sourcils froncés.

— Je… je croyais qu'Uni Prep faisait internat ? ai-je répondu, paniquée.

Je n'étais jamais allée en internat, mais les quelques fois où j'avais questionné mes parents à ce sujet, ils ne m'en avaient dit que des horreurs : ce n'était qu'élèves fouettés et affamés par les enseignants, victimes d'abus sexuels de la part de leurs camarades, sans parler des enfants de bonne famille qui finissaient souvent kidnappés et séquestrés. Aucun internat n'aurait pu m'apporter les mêmes soins qu'eux. Et à présent qu'ils n'étaient plus là, Guillory voulait m'envoyer en pension ?

— Moui, peut-être bien.

Il a regardé son verre, qui ne contenait plus que de la glace, avant d'aller se resservir au bar.

— C'est encore trop tôt pour te transférer, de toute façon. Tu es en vie depuis, quoi, deux mois ?

Il ne pouvait m'envoyer en pension. J'améliorerais mes résultats. Il me suffirait d'étudier plus sérieusement. J'ai avalé ma salive pendant qu'il se rasseyait.

— Tu sais, Rosalinda, je me rappelle quand j'étais môme, mes parents passaient leur temps à me demander quels étaient mes rêves, mes aspirations.

J'ai froncé les sourcils. Où voulait-il en venir ?

— Tu en as, toi, des rêves et des aspirations ?

— Euh...

Qu'étais-je censée répondre ? En ce moment, mon rêve le plus cher était de passer une nuit complète sans cauchemar. Mon souhait le plus précieux, de ne pas être pourchassée par un mort-vivant armé jusqu'aux dents, décidé à m'éliminer coûte que coûte. Enfin, j'aspirais à me sortir de cette conversation, mais je ne voyais pas comment m'y prendre.

— J'en avais, oui, ai-je répondu. Mais le monde a beaucoup changé depuis.

— Ça oui ! s'est exclamé Guillory en brandissant son verre comme pour porter un toast. Je n'en doute pas.

Contemplant son verre levé, il s'est rembruni, prenant soudain conscience que ce n'était peut-être pas le meilleur sujet à aborder.

— Je suis vraiment désolé pour tes parents, ma chérie, a-t-il dit en abaissant son verre.

J'allais le remercier quand il a ajouté :

— Mais, dans le fond, avoue... Tu t'éclates beaucoup plus maintenant, non ?

Je l'ai dévisagé, horrifiée. Le monde dans lequel je vivais avant avait disparu, et lui pensait que je m'amusais ?

— Enfin, quand j'avais ton âge, j'aurais donné n'importe quoi pour ne plus être supervisé en permanence. Pour avoir la possibilité de faire ce que je voulais. Mais, non, il fallait que je me coltine mes parents vingt-quatre heures sur vingt-quatre. Je n'avais même pas de frère ou de sœur pour relâcher un peu la pression. Tu avais des frères et sœurs ?

— Non, ai-je murmuré.

— Comme moi. J'étais enfant unique, comme mon fils. Je n'ai que lui. Hank. J'ai toujours rêvé d'avoir une fille.

Essayait-il de dire qu'il n'avait pas désiré son fils ? Il a pris une nouvelle gorgée de sa boisson et hoché la tête dans ma direction.

— Hank est à la fac en ce moment. J'aimerais tellement que tu le rencontres. Il sera à la maison pour les vacances. On organisera une soirée, que vous puissiez faire connaissance.

Il a ricané d'un air lascif.

— On ne sait jamais ce qui pourrait en sortir.

Je n'ai pu retenir un tressaillement.

Il s'est à nouveau levé en direction du bar. Je n'avais pas remarqué qu'il avait déjà vidé son verre. À combien en était-il à présent ? Trois, au moins, et j'étais à peu près sûre qu'il n'était pas sobre lorsqu'il m'avait réveillée. Il a versé de la glace dans un deuxième verre, qu'il a rempli.

— Ça te tente ? m'a-t-il demandé en me le tendant.

— Non merci.

Avec un haussement d'épaules, il a transvasé mon demi-verre dans le sien.

— Tu sais, puisqu'on en est à discuter de tes parents...

Parle pour toi.

— ... ton père était sacrément perturbé sur la fin, figure-toi. Il ne tenait plus le coup. C'est sans doute aussi bien qu'il soit mort. S'il avait continué, il aurait laissé la compagnie dans un état lamentable. Et puis, au moins, il n'est pas parti seul ! Ils sont morts ensemble ; et ils ont laissé la compagnie entre de bonnes mains.

Il agitait son verre, debout devant moi. Prise au piège, j'essayais de trouver une excuse pour me retirer lorsqu'il a ajouté :

— Les Années sombres, tout ça. Ce qui s'est passé, c'était probablement mieux pour tout le monde, dans le fond.

Mon corps semblait fondre sous le choc. J'ai pâli, incapable de faire autre chose que le dévisager. Comment pouvait-il dire une chose pareille ? Comment pouvait-il affirmer que la mort de plus de la moitié de la population mondiale était un bienfait pour l'humanité ?

— C'est ce que j'ai toujours pensé, a-t-il poursuivi comme pour défendre son point de vue.

Il a bu à longs traits avant de regagner sa chaise, manquant de se prendre les pieds dans le tapis.

— C'était quand même incroyable, ce que ton père a essayé d'accomplir. De structurer la compagnie comme il l'a fait. Surtout avec des effectifs aussi réduits. Il y a eu tellement de morts au sein d'UniCorp pendant les Années sombres qu'on n'a même pas eu besoin d'en licencier beaucoup. Pas comme ailleurs. Même si on a connu nos propres petites années sombres, tu sais. La compagnie a eu ses hauts et ses bas, comme je te le disais. On a perdu beaucoup d'argent, çà et là. Il y a dix ans, quand la Bourse a chuté, il a fallu renvoyer plein de gens. On a perdu beaucoup de bons éléments. Je faisais tellement d'heures sup que j'ai bien failli perdre ma femme, aussi.

Je n'avais aucune envie d'entendre tout ça. Vraiment.

— Je me suis trouvé une petite amie au bureau qui m'a aidé à passer le cap, a-t-il continué avec obstination. Elle travaille dur, tu vois ce que je veux dire ? Avec elle, je me sens jeune de nouveau.

J'ai rougi. C'était un détail dont je n'avais pas besoin et que je préférais oublier – tout de suite. Qu'étais-je censée faire avec pareille information ? Cela ne me regardait pas !

— Presque aussi jeune que toi, a-t-il ajouté, me faisant rougir de plus belle. Il va falloir qu'on te mette à la colle avec quelqu'un. Où tu en es avec le jeune Sabah ? Comment il s'appelle déjà ?

Je n'avais nulle envie d'ouvrir la bouche, mais je craignais que mon mutisme ne fasse empirer la conversation.

— Bren, ai-je lâché dans un souffle.

— C'est ça ! Bren ! Un brave gars, ce Bren. Je l'ai battu au tennis deux ou trois fois.

Il mentait bien sûr, à moins d'avoir joué contre Bren enfant.

— Ses parents sont de bons employés. J'aime bien Sabah, il a de la classe. Mais les opposés s'attirent, comme on dit. C'est pour ça qu'il a épousé Annie, je le sais.

Qu'est-ce qu'il y avait de si contradictoire entre Annie et son mari ?

— Les opposés s'attirent, quoi qu'il arrive. On n'est jamais trop prudent quand il s'agit des fréquentations. Je n'étais pas d'accord pour que Bren traîne avec ce gosse d'Europa.

Non. Non, pitié, laissez Otto en dehors de tout ça !

— Enfin, je ne comprends pas, a-t-il marmonné. Tout le monde répète qu'il est terriblement intelligent, on me parle de ses bourses, de ses tests, que sais-je encore, mais personnellement je ne vois rien. Tout ça, c'est juste une affaire de quotas. Ça fait bien sur les statistiques, mais dans le fond, c'est qu'un zombie tout bleu. Qui sait même pas parler !

Pas étonnant qu'Otto n'ait jamais, au grand jamais, effleuré Guillory, même s'il en avait eu l'occasion. Toucher pareil esprit devait lui donner envie de prendre une douche immédiatement. Je me demandais si c'était pour cette raison qu'Otto consultait le Dr Bija – non pour ses problèmes, mais pour ceux des autres.

— Il faut se rendre à l'évidence. Ce gosse est taré, et on n'y peut plus rien.

Il a secoué la tête avant de vider son verre.

— On ferait mieux de laisser tomber cette expérience.

Disait-il vraiment ce que je pensais ? J'ai pâli de nouveau. Laisser tomber ? C'est-à-dire ? Le tuer ? J'ai serré le poing, d'horreur ou de rage, je ne savais pas trop. Si seulement j'avais accepté le verre qu'il m'avait proposé – j'aurais pu le lui jeter à la figure. Je sentais ma peau se hérisser, sans doute dans une tentative de s'éloigner autant que possible de cette horrible créature clinquante qui se tenait devant moi.

Il m'a dévisagée, le regard vague.

— T'es vraiment mignonne, tu sais. Vraiment mignonne.

Oh, mon Dieu, il n'allait pas… se jeter sur moi, tout de même ? J'ai essayé de me rappeler où j'avais laissé mon téléphone. Zut, il était toujours dans la salle de bains ! Guillory remuait la tête.

— Quel dommage que ça finisse comme ça.

J'ai hoché la tête.

— Que… ai-je murmuré avec horreur. Qu'est-ce que vous voulez dire ?

J'ai vite saisi.

La porte est sortie de ses gonds, sans que Guillory sursaute d'un pouce.

— VOUS ÊTES ROSALINDA SAMANTHA FITZROY. PRIÈRE DE RESTER IMMOBILE POUR IDENTIFICATION RÉTINIENNE.

— Vous ! ai-je hurlé à Guillory.

Il a incliné la tête pour me contempler, mais son regard enivré demeurait impénétrable. C'était d'une logique implacable. De toutes les personnes au monde qui pouvaient désirer ma mort, Guillory tenait le sommet de la liste. Comment le Plastine aurait-il pu savoir où je me trouvais, autrement ?

J'ai reculé, serrant mon carnet comme une bouée de sauvetage. Je ne pouvais courir. Mon organisme ne s'était pas encore remis de l'attaque de la veille. Et crier ne servirait à rien. Ce n'est pas Guillory qui allait m'aider, et la chambre était insonorisée de toute façon. J'ai énuméré dans ma tête les conseils de mes parents. Courir, hurler, résister. J'en étais rendue à la troisième option.

Le Plastine ne tenait plus sa matraque incapacitante, mais il avait toujours son collier inhibiteur dans la main gauche. De la droite, il a tenté de m'attraper. J'ai saisi son poignet pour le tordre. Me penchant en arrière pour esquiver son bras, je lui ai donné un coup de coude dans les côtes afin de l'immobiliser et de me ménager une issue. Du moins était-ce le plan. Au lieu de quoi, j'ai manqué de me briser le coude. La douleur a irradié jusque dans mon épaule avant que mon bras tout entier se trouve paralysé. J'ai hurlé, craignant de m'être infligé quelque dommage irrémédiable.

Pendant ce temps, mon cerveau tournait à plein. Ce satané robot semblait en acier. Mais je me suis rappelé l'incident dans mon atelier. J'ai abandonné la défense pour l'évasion, même si je savais que je ne pourrais tenir bien longtemps.

Je me suis glissée derrière le Plastine, esquivant ses coups dans une tentative de me rendre aussi insaisissable qu'une anguille. J'étais déjà à bout de souffle, tellement concentrée sur le Plastine que j'avais oublié Guillory derrière moi. Il m'a bousculée avec maladresse, manquant de m'envoyer au sol. Mais à ma grande surprise, il ne s'est pas écrié, « Venez la chercher ! ». Il s'est contenté de me fixer d'un air hébété. Peut-être n'avait-il pas eu l'intention d'être présent au moment de ma mort. Fichue poule mouillée.

Le Plastine s'est élancé pour me frapper d'un revers censé m'assommer. Suivant l'impact au lieu de résister, je suis allée me cogner la tête contre celle de Guillory, dont la main s'est refermée sur mon bras. Il a essayé de m'attirer à lui, mais je n'allais pas me laisser faire. J'ai écrasé son pied en sandale de tout mon poids. Il m'a lâchée avec un grognement, et d'une bourrade je lui ai enfoncé mon talon dans l'entrejambe. Il s'est écroulé comme un cerf en se tordant de douleur.

J'avais mis autant de temps à neutraliser Guillory qu'il en avait fallu au Plastine pour compenser son revers. Il se dressait de nouveau devant moi, collier inhibiteur brandi. Je me suis tortillée pour passer derrière lui avant de le frapper au postérieur. Ce qui revenait à frapper une statue – mais, à l'instar d'une statue, il pouvait se renverser. Le Plastine a vacillé avant de s'abattre, s'étalant de tout son long sur Guillory.

C'était le moment ou jamais. J'ai foncé en direction de la porte.

Un des ascenseurs s'ouvrait tout juste. J'ai bondi dedans, martelant le bouton du rez-de-chaussée.

— En bas, allez ! ai-je dit à voix haute, au cas où l'appareil aurait disposé de commandes vocales.

J'étais à présent sûre que le Plastine faisait cavalier seul, mais je n'en étais pas moins soulagée lorsque l'ascenseur a atteint le rez-de-chaussée et que ses portes se sont ouvertes pour révéler un hall d'entrée vide à l'exception des portiers et du concierge – à moins que Guillory ne les ait arrosés pour acheter leur coopération ? Mais personne n'a tenté de m'arrêter tandis que je traversais le hall en courant pour sortir dans la nuit tropicale. *Mince. Et maintenant ?* Je ne savais où aller. Je n'avais pas d'argent et ma carte de crédit était dissimulée dans mon téléphone, ce qui ne m'arrangeait guère, puisque ce dernier se trouvait toujours dans la salle de bains, à proximité de l'assassin et de son commanditaire présumé. Qu'avais-je en ma possession ? Rien ! Dieu merci, j'étais en uniforme et non en pyjama, mais c'était tout. J'avais, pour seuls atouts, mon corps inadapté et mes vêtements. C'est alors que j'ai baissé les yeux pour regarder mes mains. Avant d'esquisser un sourire.

Je serrais toujours mon carnet de croquis.

Chapitre 19

— Bren ?

Je venais d'insérer ma toute dernière pièce dans l'holophone. La cabine était dégoûtante, ses parois maculées de substances répugnantes. Si seulement j'avais gardé mon portable.

Il a fallu quelques sonneries avant que Bren attrape son téléphone sur sa table de nuit. Son visage, à moitié réveillé, est apparu à l'horizontale, toujours sur l'oreiller. Il avait l'air endormi et vulnérable, comme un petit garçon.

— Rose ? a-t-il murmuré, encore assoupi. Rose, il est minuit passé, j'ai cours demain. Qu'est-ce qui se passe ?

— Je suis désolée. Ça ne prendra que cinq minutes, après quoi je te laisse dormir.

Bren a cligné des yeux avant de se redresser. Le téléphone a recentré son holoprojection.

— Qu'est-ce qu'il y a ?

— J'aurais besoin que tu envoies mon aqualimo me chercher. Tu veux bien ? Après, tu peux te recoucher.

— Quoi ?

— Il faut que tu m'envoies mon aqualimo. Elle est au garage. Je sais que tu as la clé. Je n'ai pas verrouillé les codes – tu n'as qu'à lui dire où aller et elle viendra directement.

— Où est-ce que tu veux que je l'envoie ?

— Je suis à la gare aéroroutière. J'ai besoin qu'on vienne me récupérer.

— Qu'est-ce que tu fabriques là-bas ?

Essayer d'expliquer ma situation à un garçon à demi réveillé se révélait plus difficile que je ne l'avais imaginé.

— Je me suis acheté un billet pour rentrer, ai-je dit sur un ton triomphant.

Même si cela m'avait pris près de vingt-quatre heures et des trésors d'astuce, j'étais parvenue à revenir par mes propres moyens.

La chanteuse des rues que j'avais aperçue sur la route du Nirvana m'avait donné une idée. Inventant une histoire d'oncle pervers que je cherchais à éviter, j'avais réussi à obtenir mon passage sur un ferry menant du Nirvana à l'une des îles Unicorn les plus commerciales, celle de Shangri-La. Le lieu regorgeait de touristes et de voyageurs, même après minuit. Je m'étais installée à l'entrée de la gare aéroroutière, une pancarte griffonnée à mes pieds, et m'étais mise à dessiner en public. Au bout d'une heure de réclame, j'avais ma première cliente, qui m'a commandé un portrait de son petit ami. Les gens sont prêts à payer un bon prix pour un croquis souvenir bien réalisé, surtout dans un paradis touristique tel que les îles Unicorn. Trois autres portraits m'ont fourni la somme nécessaire à l'achat d'un ticket de bus pour rentrer à ComUnity ainsi qu'un repas gras que j'ai réussi à ingurgiter.

J'étais exceptionnellement fière de moi. Papa et maman m'avaient toujours asséné que j'étais incapable de me prendre en charge, et que, abandonnée à mon propre sort, je serais complètement perdue. Peut-être était-ce la vérité à l'époque, mais je ne me sentais plus perdue à présent. Même sans aucune ressource, j'étais capable de me frayer un chemin dans le monde.

J'ai finalement réussi à faire comprendre à Bren ce que j'essayais de lui expliquer ; il m'a répondu que mon aqualimo arriverait dans une demi-heure. Après l'avoir remercié, j'ai entrepris de tuer le temps en allant et venant dans les ténèbres.

Je ne savais trop que penser des ombres. Certes, elles me dissimulaient des regards, mais si le tueur m'attaquait, personne ne le verrait non plus. Même si je doutais que le cadavre plastifié s'en préoccupe – il ne paraissait guère programmé pour la discrétion. J'étais étonnée qu'il ait pu échapper à la police. Bien sûr, je savais à présent qui l'avait aidé.

Le Plastine n'était pas mon seul sujet d'inquiétude. Si gagner de quoi prendre le bus était exaltant, à mi-chemin mon enthousiasme était retombé. Aucun des officiels d'UniCorp n'entrait dans ComUnity par l'aérobus. Les seules personnes à avoir usé ces mêmes sièges étaient issues de la classe ouvrière – des domestiques, des serveurs, le genre de personnes qui travaillent à satisfaire les moindres désirs des gens comme moi. Non que j'éprouve quelque animosité envers ces individus – à vrai dire, ils me semblaient considérablement plus authentiques que n'importe quel membre des couches plus élevées de la société, à l'instar d'Åsa. Mais, alors que je prenais place dans le bus, vêtue de mon uniforme d'Uni Prep, j'ai compris l'image que je devais leur renvoyer : celle d'une sangsue, aussi détestable qu'avait pu l'être Guillory à mes yeux, même avant les incidents de cette nuit.

J'ai fini par distinguer la silhouette noire luisante de mon aqualimo qui glissait le long du trottoir. J'ai franchi la bande d'avertissement pour ouvrir la portière, avec l'intention d'ordonner simplement au véhicule de faire le tour de ComUnity jusqu'à ce que j'aie pu me décider sur la marche à suivre. Mon plan est tombé à l'eau.

— Tu vas te décider à me dire ce qui se passe ? m'a demandé Bren alors que je montais dans l'embarcation.

— Qu'est-ce que tu fais là ?

— Tu t'imaginais quand même pas que j'allais te laisser voyager toute seule au milieu de la nuit ? Ma mère me tuerait !

Il m'a pris le carnet des mains pour le poser sur la banquette à côté de lui.

— Parce qu'elle ne va pas te tuer pour être sorti en douce, peut-être ? ai-je rétorqué.

— Si, sans doute. T'as intérêt à ce que ça en vaille la peine. Qu'est-ce qu'il se passe ? Quid de la protection de témoins estampillée Guillory ?

J'ai respiré un bon coup.

— Guillory m'a emmenée au Xanadu. Non… au Nirvana, je crois. Enfin bref, peu importe le nom. Est-ce qu'UniCorp a réellement dépensé autant d'argent pour ce délire ?

Bren a acquiescé avec mépris.

— Et pendant qu'on était là-bas, le Plastine est venu.

— Quoi ? s'est exclamé Bren en me dévisageant. Encore ? Mais tu étais incognito !

Soupir.

— Je crois que quelqu'un lui a dit où me trouver.

— Comment tu t'es échappée ?

— Je l'ai distrait. J'ai essayé de résister. Failli me casser le coude. Avant de fuir. Puis j'ai gagné de quoi revenir ici grâce à mes dessins, en faisant attention de ne pas me faire remarquer des gens d'UniCorp.

Bren avait l'air horrifié.

— C'est le pompon.

Il a tiré son téléphone de sa chemise.

— Qu'est-ce que tu fabriques ?

— J'appelle Guillory, puis les flics.

— Mais pourquoi ?

— Parce que je suppose que tu ne l'as pas fait. J'ai pas raison ?

En effet.

— Tu laisses toutes ces horreurs te tomber dessus sans jamais rien dire à personne. Tu ne t'es pas plainte à la rentrée quand tu as suivi cet épouvantable cours d'histoire, tu n'as pas parlé à Barry et Patty de la première tentative d'assassinat, et tu n'as rien dit à leur sujet, non plus.

— De quoi est-ce que tu parles ?

— Je parle du fait que ces deux parents à la manque sont les pires mercenaires que la terre ait jamais portés, et que pas une seule fois tu ne t'en es plainte à moi ou à qui que ce soit.

— Ça va, ai-je répondu d'un air penaud.

— Ça va dans la mesure où ils te fichent la paix, je suppose. J'appelle Guillory.

— Non !

Bren m'a dévisagée d'un air dur.

— Donne-moi une seule bonne raison de ne pas le faire.

— Ne lui dis pas où je suis ! Ne le dis à personne !

Bren a froncé les sourcils.

— Rose, tu ne peux pas t'en sortir toute seule.

— Si ! Je t'en supplie ! S'il te plaît, n'appelle pas Guillory !

— Mais enfin pourquoi ? a rétorqué Bren. Explique-moi. Qu'est-ce que tu me caches ? Dis-le-moi !

J'ai cligné des yeux. Pourquoi tous ces mystères ? Pourquoi tenais-je à protéger Guillory ? Je n'en savais rien. C'était comme un réflexe. Cela me semblait la chose à faire, comme si j'avais déjà tenu ce genre de secret.

J'étais en train d'analyser tout cela quand Bren a soulevé son téléphone en marmonnant :

— Et puis zut. Guill—

J'ai mis la main sur son téléphone.

— Je pense que c'est Guillory qui a lancé ce truc à ma poursuite.

Bren a hésité avant d'abaisser lentement son portable.

— Pourquoi ?

J'ai dégluti, peu encline à formuler mes doutes. Et puis, je ne savais pas s'il me demandait pourquoi je pensais une chose pareille ou pourquoi Guillory l'aurait fait.

— Ça ne me paraît pas improbable de sa part, a hasardé Bren, mais ce n'est pas exactement dans son style.

— Qu'est-ce que tu entends par là ?

— Disons que son style, à lui, c'est plutôt de te maintenir au secret, comme il l'a fait à l'hôpital. D'engager Barry et Patty, qui travaillaient pour lui en Floride, pour te servir de tuteurs ; ça, c'est son style. Il est... plus retors, moins agressif. Du genre à mentir, à manipuler, à faire un travail de sape, peut-être même à voler pour obtenir ce qu'il veut, mais... un assassinat ? Je ne sais pas. Je ne pensais pas qu'il franchirait cette ligne.

Bren a grogné avec dégoût.

— Quel salaud de première.

Puis il m'a regardée, comme sous le coup d'une révélation.

— Est-ce qu'il était ivre ?

J'ai acquiescé.

Bren a soupiré.

— Ah oui, Guillory devient le pire des hommes quand il boit. Autrement dit, presque tous les soirs. J'aurais dû te prévenir, c'est vrai.

— Bren, il n'y a pas que ça. Il savait que le Plastine allait venir, et il n'a même pas essayé de l'arrêter, ni d'appeler la sécurité. Il s'est contenté de regarder la scène. Puis il a voulu me maintenir au sol pour permettre au Plastine de m'attraper. Pour lui, je suis comme Otto : une erreur qui n'aurait jamais dû se produire. Si je n'étais pas là, il n'aurait pas à s'inquiéter de sa position à la tête de la compagnie.

— C'est un mobile de taille, a reconnu Bren en tapotant son genou de son doigt. S'il a programmé un Plastine, on en retrouvera la trace sur ses ordinateurs.

— Vraiment ? Il utilisait un pseudonyme au Nirvana.

— Les pseudonymes doivent obligatoirement être enregistrés, sinon il pourrait être accusé d'évasion fiscale, m'a expliqué Bren. Construire, envoyer et programmer un Plastine, ça coûte cher. Il aurait été forcé d'avoir recours aux fonds de la compagnie pour le faire dans le temps écoulé depuis ta sortie de stase. Tout pseudonyme utilisé aurait été filtré par le système d'UniCorp. Mon grand-père serait au courant, a-t-il ajouté avec un froncement de sourcils.

— Tu crois ?

— Oui. Après tout, il est juste un cran en dessous de Guillory. Il aurait même pu avoir son poste, d'ailleurs, mais il n'en voulait pas. Il connaît tous les secrets de l'entreprise.

J'ai dégluti.

— Mais, si Guillory essaie de me faire tuer… (Je n'avais pas envie de poursuivre.) … Tu ne crois pas que lui et ton grand-père pourraient avoir… des intérêts communs ?

Bren a levé la tête pour me dévisager.

— Si c'était le cas, maman et moi, on l'arrêterait nous-mêmes. Non, grand-père a des principes. Et puis, je doute qu'il s'intéresse suffisamment à toi pour te haïr. Il est du genre à laisser couler.

Ce n'était pas vraiment mon impression, du peu que j'avais vu de ce vieillard colérique et grognon, mais Bren le connaissait sans doute mieux que moi.

— Si tu le dis. Bon alors, qu'est-ce qu'on fait ?

Bren a vérifié l'heure. Une heure du matin.

— Grand-père est sans doute au bureau. Je vais l'appeler, a-t-il annoncé.

— Ne mentionne pas mon nom, ai-je imploré. Si le Plastine est opéré par UniCorp, les connexions de la compagnie seront peut-être sur écoute. Mon nom doit figurer parmi les mots-clés.

— T'as pas tort, a dit Bren. Pas bête !

— Bof. Papa avait l'habitude de faire ça quand j'étais petite, ai-je expliqué. Il gardait une oreille sur les dernières rumeurs, avec une dizaine de mots-clés sous le coude.

Bren a sorti son téléphone.

— Grand-père, a-t-il ordonné.

Le téléphone a vibré un moment, puis l'image grincheuse d'un homme aux cheveux blancs est apparue sur les genoux de Bren.

— Que se passe-t-il, Bren ? Il est tard.

Le visage dans l'hologramme ne semblait guère fatigué, pourtant. On apercevait le col de son costume autour de son cou. Bren avait raison ; il était toujours debout. Un vrai drogué du travail, tout comme papa.

— J'ai un sérieux problème, grand-père. On peut passer te voir ?

— On ?

— Oui, je suis avec une vieille amie, a-t-il expliqué en insistant suffisamment sur « amie » pour indiquer qu'il ne s'agissait sans doute pas d'Anastasia ou de Nabiki. Elle a des soucis.

L'hologramme s'est figé suffisamment longtemps pour faire croire à une coupure de connexion.

— Je serai dans mon bureau, a finalement répondu le grand-père, et l'hologramme a disparu.

Bren a hoché la tête.

— Allons-y. Demi-tour.

Il s'est penché pour tapoter le tableau de bord de l'aqualimo et activer la commande de lieu.

— Siège d'UniCorp, s'il vous plaît.

L'embarcation a ralenti pour décrire un vaste arc de cercle avant de reprendre la direction du centre de ComUnity.

— On devrait y être dans vingt minutes, m'a annoncé Bren.

Je m'étais laissé distraire lorsqu'il s'était penché pour tapoter l'écran. Il portait un polo de tennis moelleux – il avait dû dormir dedans, car le tissu semblait un peu froissé. Les muscles de ses bras ondulaient comme l'eau sous ses manches courtes. Punaise, comme il disait. Comment faisait-il pour être aussi sublime au saut du lit ? Il s'est rassis, et le silence s'est abattu sur nous. Un silence de plus en plus pesant, jusqu'à ce que le simple fait de respirer en devienne gênant.

Mince. J'avais tout gâché. Avec mon fichu coup de cœur, j'avais détruit la confortable camaraderie que nous partagions depuis que j'avais repris les cours. C'était toujours lui qui parlait – du tennis, de ses amis, du lycée –, mais mon béguin pour lui avait étouffé une partie de son enthousiasme. La partie même qu'il partageait avec moi.

— Tu dois me détester, ai-je dit.

Bren m'a regardée, plus médusé qu'autre chose.

— Pourquoi tu dis ça ?

— Parce que je ne fais que te causer des ennuis. À peine rencontrée que je m'évanouis devant toi. J'attire tous ces journalistes jusque dans ta maison. À l'école, je m'accroche à toi comme à une bouée de sauvetage, et puis je m'avise de tomber amoureuse de toi. Pour faire bonne mesure.

Bren s'est esclaffé.

— Moi aussi, je t'aime bien, Rose.

J'ai pris conscience de ce que je venais de dire.

— Je suis désolée. Je ne cherchais pas les compliments. J'essayais juste de te demander pardon.

— Je sais, a répondu Bren. Tu ne recherches jamais les compliments. Ni l'attention. Ni la sympathie. Je te soupçonne même de ne jamais demander de verre d'eau.

Il a soupiré.

— Quand grand-père m'a dit de veiller sur toi, j'étais terrifié. Je me suis dit que tu devais être une sorte de princesse habituée à ce qu'on lui obéisse au doigt et à l'œil. Je pensais effectivement que j'allais être ta bouée de sauvetage. Je m'attendais à ce que tu te montres arrogante et… snob. Mais ce n'était pas le cas. Ça ne l'est toujours pas. J'ai été surpris de me rendre compte que tu me plaisais bien.

J'étais perdue.

— Vraiment ?

— Mais oui. Tu es certainement bien plus gentille que n'importe qui d'autre ne le serait dans ce genre de situation. Enfin, il n'y a qu'à voir comment tu traites Otto. Je n'ai jamais vu personne s'attacher à lui aussi vite. Tu es gentille, généreuse, compréhensive, belle et… d'agréable compagnie.

Une excitation agaçante m'a traversée alors qu'il me disait que j'étais belle. D'où cela sortait-il ?

— Bon, c'est vrai que tu n'es pas très drôle, mais ce n'est pas indispensable. Tu ne fais pas d'histoires. Tu es… quelqu'un de très apaisant, de facile à vivre. Ça m'a surpris, a-t-il ajouté dans un haussement d'épaules.

J'aurais dû lâcher l'affaire. J'aurais dû me retenir, mais j'en étais incapable. Le démon de mon béguin ne pouvait s'empêcher de remuer le couteau dans la plaie.

— Mais alors, pourquoi… ?

J'ai pris une profonde inspiration.

— Je ne cherche pas à te faire changer d'avis ou quoi que ce soit, mais si tout cela est vrai, alors… pourquoi dire non ?

Lamentable. Je savais que j'étais écarlate, mais j'avais besoin de connaître la réponse.

— Pourquoi ne pas sortir avec toi, tu veux dire ? a demandé Bren.

J'ai acquiescé, incapable de parler.

— Eh bien, déjà, tu m'as pris de court. Depuis, j'y ai réfléchi. C'est difficile à expliquer, a-t-il soupiré.

— Tu n'as pas eu le déclic, ou…

— Ce n'est pas ça, a-t-il répondu en remuant la tête. Crois-moi, il ne vaut mieux pas que tu saches.

— Je crois que si, ai-je murmuré.

Il a hésité, avant de reprendre :

— Bon, d'accord. D'accord. Le truc... Le truc, c'est que je sais que j'ai la capacité de m'offrir entièrement à la personne que je viendrais à aimer. Et ta compagnie est des plus agréables. Mais c'est un peu le problème, justement.

Il m'a regardée, et j'ai avalé ma salive tandis qu'il scrutait mon visage.

— Quand je te regarde... je saisis un peu ce qu'Otto voit quand il t'effleure. Des vides. Ou pire. Cet abysse insondable qui hante ton esprit.

Aussi douloureux que soient ces mots, jamais je n'aurais cru que Bren avait l'âme d'un poète.

— Enfin, c'est comme ça qu'il le formule.

Oh. C'était donc Otto, le poète. OK, je m'y retrouvais déjà mieux.

— Et je sais que j'en serais capable. Que je pourrais t'aimer, m'autoriser à te chérir. Mais si je le faisais, je sais que je ne ferais que me précipiter dans cet abysse, sans pouvoir le combler. Rose, je ne pourrais pas t'offrir ce dont tu as besoin. Tu souffres tellement que je ne pourrais jamais t'apaiser. Pourtant ce n'est pas l'envie qui me manquerait. Même si je me sacrifiais complètement, ça ne suffirait pas à t'apaiser. Ce serait terrible pour toi comme pour moi, au final.

Soupir. Il avait raison. Ce que je ressentais pour lui, ce n'était pas vraiment de l'amour, mais, plus que du désir, c'était un besoin. Pas même un besoin de lui – juste un besoin tout court. De n'importe quoi. De tout.

De tout ce que j'avais perdu.

— Je suis désolée de t'avoir mis dans cette position, ai-je dit.

— Arrête de t'excuser pour tout, a répondu Bren. À croire que tu ne t'accordes pas le droit de vivre. Tu as le droit d'en pincer pour qui tu veux. Tu n'as rien fait de mal depuis que je te connais. Rien de tout ceci n'est de ta faute, Rose.

Et pourtant si. J'étais fautive par ma simple existence.

Nous sommes arrivés sur les terres d'UniCorp peu après.

Le siège de la compagnie avait des allures de monolithe inspiré du Chrysler Building, ce gratte-ciel Art déco dont la construction remontait à la fin du millénaire précédent. Presque tous les habitants de ComUnity avaient un membre de leur famille dans cet immeuble, ne serait-ce qu'en service commandé. Le bâtiment s'élevait tout seul au centre d'un tapis de verdure et dominait tellement le reste de la zone que je lui avais toujours trouvé l'air un peu ridicule. L'espace constituait cependant un tel luxe avant les Années sombres qu'il était alors plus facile d'obtenir un permis pour un gratte-ciel que pour un vaste mégacomplexe décentralisé, l'autre option imaginée pour abriter les affaires florissantes d'UniCorp. Et puis, c'était une question de prestige.

Bren a frappé à la porte en NéoVerre résistante aux explosifs. À l'autre bout du hall marmoréen, un vigile désœuvré a levé les yeux de son alcôve mal éclairée et remplie d'écrans de surveillance. Il a souri en apercevant Bren.

— Tu viens voir ton grand-père ? a-t-il demandé en ouvrant la porte.

— Oui, il nous attend.

— Pointe au scan rétinien en montant.

Comme si on avait pu y couper. Le scanner rétinien enregistrait de façon automatique l'identité de chaque visiteur.

* * *

CIBLE LOCALISÉE : IDENTIFICATION RÉTINIENNE CONFIRMÉE, ROSALINDA SAMANTHA FITZROY.

Il se redressa. Il craignait d'avoir perdu sa cible à jamais.

ADRESSE ACTUELLE : SIÈGE UNICORP.

Il accomplit sa petite routine informatique, sondant Internet à la recherche de son commanditaire et mettant en place sa directive secondaire lorsqu'il échoua à le trouver. L'aéroglisseur qu'il avait réquisitionné pour rejoindre l'île avait dû être saisi par la police, mais son esprit plastifié se faisait plus souple à force d'utilisation. Il savait à présent qu'il avait accès à un nouvel aéroyacht. Avant de se mettre en route, il lança un nettoyage complet de son organisme par ses nanorobots. Les taches de sang avaient tendance à effrayer les humains alentour, entravant ainsi sa quête.

Chapitre 20

Quelle sensation étrange de retrouver les couloirs d'Uni-Corp. Alors même que tout autour de moi avait changé, Uni-Corp demeurait, immuable. Le bâtiment n'avait subi aucune altération notable. J'ai pris l'ascenseur avec Bren, qui a appuyé sur le bouton du dernier étage. J'ai effleuré le marbre des parois de la cabine. À l'exception de quelques défauts dans la pierre, des entailles et des marques laissées par des décennies de réaménagements successifs, il n'y avait aucun moyen de différencier le passé du présent. Je me serais presque attendue à voir les portes s'ouvrir pour laisser apparaître mon père prêt à m'accueillir avec son sourire bourru, flanqué d'une secrétaire chargée de m'avoir à l'œil.

Au lieu de quoi, nous allions être reçus par le grand-père bougon de Bren.

— Je n'aime pas ça, ai-je dit. Déranger un homme âgé au milieu de la nuit.

— On ne le dérange pas. Je te l'ai dit – il est au bureau de toute façon. Il vit pratiquement ici. En fait, il occupe une suite juste en face. Il habitait dans notre immeuble avant, mais il n'y était quasiment jamais. Alors, quand Guillory lui a demandé l'appartement, il l'a laissé faire.

Mes oreilles se sont dressées.

— « Quand Guillory le lui a demandé » ?

— Oui, pour que tu puisses retrouver ton ancien logement.

J'ai dégluti.

— Tu veux dire que je lui ai volé son chez-lui ?

— Pas vraiment. Tu l'as plutôt débarrassé d'un poids, puisqu'il n'y mettait jamais les pieds. La mort de grand-mère n'a rien arrangé. Il n'avait plus vraiment de raison de rentrer après ça. C'est un vrai accro du boulot, sauf quand il s'accorde des vacances.

— C'est différent quand il ne travaille pas ?

— Oui, il se montre beaucoup plus attentionné avec la famille.

— Bien. Parce qu'il me fait un peu peur, sinon.

— Moi aussi, je le trouvais effrayant, a avoué Bren. Jusqu'à ce qu'il me sauve d'une mauvaise chute au ski quand j'avais dix ans. Il s'est cassé la jambe pour m'éviter de tomber d'une falaise. Je n'avais pas vu le vide. Les pancartes étaient couvertes de neige. Je n'ai jamais vu personne réagir aussi vite. Il est…

Bren a haussé les épaules, à la recherche des termes adéquats.

— … rustre, renfrogné et taciturne, mais toujours là en cas de besoin.

— Je l'espère. Parce que j'ai vraiment besoin d'aide, là.

L'ascenseur est arrivé à destination, et les portes se sont ouvertes sur l'atrium que je connaissais bien. Ma mère l'avait conçu dans le style d'un jardin romain traditionnel, colonnes et mosaïques incluses. Une brillante fontaine en forme de chute d'eau clapotait au centre, entourée d'une végétation tropicale d'importation. Les plantes avaient changé – à bien y regarder, la plupart étaient artificielles, une déchéance que ma mère n'aurait jamais tolérée de son vivant.

Le bureau de papa se situant en haut de l'atrium, je m'attendais à ce que Bren me fasse monter l'escalier en colimaçon, au lieu de quoi il s'est dirigé derrière la fontaine vers ce qui était, autrefois, le repaire des assistants et autres secrétaires personnels.

Voilà qui était terriblement différent. Ces pièces avaient été ouvertes pour créer un second atrium, égayé de plantes diverses. Tout au bout, une salle d'attente vitrée donnait sur de la verdure, avec un comptoir de réception accueillant, inoccupé à cette heure. Derrière, une porte ornée d'une plaque en cuivre menait à ce qui devait être le bureau du grand-père de Bren. Sans autre préambule, Bren a ouvert l'imposante porte et m'a poussée à l'intérieur.

La pièce était peinte dans des tons ocre, les murs couverts de paysages. J'y reconnaissais la main qui avait décoré mon appartement. Le bureau était en bois massif, mais avec un seul écran. Il contrastait fortement avec celui de mon père, lequel avait des allures de console de contrôle avec sa demi-douzaine d'écrans reliés via Internet pour le tenir au courant de ses milliers de projets et de comptes. Ce nouveau meuble reflétait un esprit limpide, celui d'un homme qui n'avait pas besoin de tout garder sous la main car il connaissait la place de chaque chose.

Un fauteuil en cuir s'est détourné de l'écran pour révéler le grand-père de Bren qui nous attendait. Je me rendais compte à présent que je ne l'avais encore jamais observé de près en dehors de mes périodes d'aveuglement statique, de stupeur médicamenteuse ou de choc post-matraquage. À chaque fois, ses monologues colériques et sa moue renfrognée m'avaient fait peur. Maintenant que je le regardais bien, son masque semblait moins hargneux que triste. On aurait dit un homme qui avait vu toutes les horreurs du monde, lesquelles pesaient trop lourd sur son cœur. Ma crainte a diminué quelque peu.

Il nous a contemplés, engoncé dans son fauteuil.

Bren ne semblait pas du tout embarrassé de déranger son grand-père au beau milieu de la nuit.

— Grand-père. Tu connais déjà Rose.

— En effet, a-t-il répondu avec un signe de tête. Enchanté de te revoir, jeune fille.

— Ravie de faire votre connaissance, monsieur Sabah.

— Ce n'est pas un Sabah. C'est le père de maman, a rectifié Bren.

— Aucune importance, a coupé son grand-père. Appelle-moi Ron, tout simplement. Je t'en prie, assieds-toi.

Il m'a désigné un canapé vert mousse près du mur avant de se tourner vers son petit-fils.

— Alors, quel est le problème ?

— Le tueur l'a poursuivie jusqu'au Nirvana, et Rose pense que c'est Guillory qui l'a mis à ses trousses, a annoncé Bren de but en blanc.

Un éclair de fureur a obscurci le visage de Ron. Ses yeux lançaient des étincelles tandis qu'il m'observait.

— Je te demande pardon ? m'a-t-il interpellée.

J'ai eu un mouvement de recul.

— Je ne sais pas, ai-je bredouillé. Je… je n'ai pas vraiment de preuve, bien sûr…

Il m'a fixée encore un moment. Avant de prendre la parole, tellement bas que c'est à peine si je l'entendais.

— Je le tuerai, a-t-il menacé avec une grimace terrifiante avant de se tourner vers Bren. Dis-moi tout.

Bren a remué la tête.

— Je ne peux pas. Elle ne m'a encore rien raconté. Juste qu'il avait bu et s'était comporté comme un imbécile, pour changer.

Ron a redirigé ses yeux sur moi.

— Qu'est-ce qui te fait croire que Reggie est derrière tout ça ?

Les mots me manquaient. Quelque chose dans son regard me mettait mal à l'aise. J'étais incapable de faire autre chose que le dévisager. Ron a semblé en prendre conscience et s'est détourné. Il a ôté ses lunettes pour se pincer l'arête du nez.

— Bren, demande-lui, a-t-il dit avant de rechausser ses lunettes.

Bren s'est assis à côté de moi sur le canapé.

— Ce n'est rien. Raconte-lui juste ce qui s'est passé. Qu'est-ce qui t'a fait penser que c'était Reggie ?

— Quand le Plastine est arrivé, il n'a pas appelé la sécurité… Et après, il m'a plaquée au sol pour m'empêcher de fuir. Il avait l'air de savoir le moment exact où le Plastine ferait irruption.

— Vraiment ?

— Oui. Il m'a dit que j'étais mignonne et que c'était vraiment dommage que ça finisse aussi mal.

Ron a étouffé un juron.

— Je vois, a-t-il ajouté avant de se tourner vers son écran. Je vais lancer une recherche tout de suite pour voir s'il a transféré des fonds.

Ses doigts volaient sur le clavier. Il a froncé les sourcils.

— Voilà, a-t-il dit en me faisant face. Cela va prendre un moment ; il y a beaucoup de fichiers à examiner. Pendant ce temps, tu peux en profiter pour me dire tout ce que tu sais. Autre chose qui te porte à croire qu'il soit responsable de tout ceci ?

Le souvenir des horreurs débitées par Guillory me donnait envie de pleurer. La conversation en question avait été tellement épouvantable que la venue de l'assassin faisait l'effet d'une délivrance !

— C'était horrible, ai-je murmuré. Il a parlé d'Otto, disant qu'ils feraient mieux de « laisser tomber » le programme. Et il a essayé de… de flirter avec moi. Il s'est montré tellement insensible ! Il disait que les Années sombres étaient ce qui était arrivé de mieux pour tout le monde.

Bren a plissé le front.

— Tu es sûre ?

— Je n'invente rien !

— Je n'ai pas dit ça, mais tu es sûre de l'avoir bien entendu ? Parce que, bon, Reggie est un crétin, d'accord, mais je ne pense pas qu'il s'abaisserait à dire une chose pareille. Ça serait comme dire que les holocaustes sont une bonne idée.

— Enfin, ai-je modulé, il n'a pas cité les Années sombres de façon précise. Il a dit que le jour où mes parents sont… morts… était un grand jour pour l'humanité. Et que… que c'était la seule raison pour laquelle on m'avait laissée tranquille si longtemps. S'ils n'étaient pas morts…

Ron m'a interrompue avec un grognement.

— Ahh.

Il s'est enfoncé dans son fauteuil, qui a basculé doucement en arrière pour s'adapter à sa nouvelle posture.

Bren semblait perplexe.

— Mais les Fitzroy sont morts…

— Bren, a coupé son grand-père d'un ton menaçant.

Un long silence s'est installé tandis que Ron observait ses mains. Il s'est tapoté le poignet d'un air pensif.

— Je doute que Reggie ait songé à t'en parler. Il est plutôt du genre égocentrique. Et ce n'est pas non plus le rôle de la police, a-t-il ajouté avec un soupir. Ce qui ne laisse que moi, a-t-il murmuré en se tournant vers moi. Que te rappelles-tu de ton ancienne vie, jeune fille ?

— Tout, ai-je répondu, surprise. Quel rapport avec tout ça ?

— Écoute-moi. Bren m'a confié un secret. Tu lui as expliqué que tes parents et toi, vous aviez souvent recours à la stase comme... soupape de sécurité ?

Je ne savais pas trop si je devais m'en inquiéter ou non. Avant que Bren ne m'informe de mon étiquette d'« inadaptée », cela ne m'aurait pas dérangée le moins du monde. S'il y avait bien une chose que je ne connaissais pas, c'était la honte. J'ai lancé à Bren un regard interrogateur.

— Grand-père ne le répéterait à personne, a-t-il dit. C'est juste... que je n'arrivais pas à comprendre.

Je suis passée de l'interrogation à l'exaspération. Je suppose qu'il serait difficile d'expliquer la calme sérénité de la stase à une personne qui n'y avait pas recours de façon régulière. Je me suis de nouveau tournée vers Ron.

— En effet, ai-je répondu, Bren vous a dit la vérité.

Ron a acquiescé.

— Il t'a également expliqué qu'un tel traitement, en particulier à l'endroit d'un mineur, constituait un délit ?

— Oui, mais je ne comprends pas. Il ne s'agit pas d'une agression. Et si la stase est illégale, pourquoi installer des chambres de stase dans les hôpitaux ? J'en ai vu.

— Les hôpitaux bénéficient d'une dispense spéciale. Les victimes de certaines maladies et les patients en attente de transplantations qui ne peuvent attendre bénéficient parfois d'une période de stase. On s'en sert encore pour les voyages interplanétaires, en établissant un roulement entre passagers éveillés et passagers en stase, mais c'est uniquement à cause de la durée nécessaire pour rallier les colonies externes. Le voyage interplanétaire serait ingérable s'il fallait maintenir tous les passagers éveillés en permanence. On ne pourrait pas construire des vaisseaux disposant d'assez d'espace pour accueillir les quartiers d'habitation, les vivres, ni même l'oxygène nécessaires et les envoyer à l'autre bout du système solaire. Mais en dépit de son efficacité et de sa fiabilité, la stase reste strictement réglementée, voire interdite dans de nombreux cas.

Je ne comprenais toujours pas. Pourquoi ne pouvait-on tout simplement prendre une pause dans la marche du monde ?

— Pourquoi ? ai-je demandé.

— C'est un peu difficile à expliquer, a dit Ron. Surtout au vu de ton passé. Quand j'étais jeune, la loi restait muette concernant la stase. Je me rappelle différentes affaires qui ont rendu impérative l'élaboration de lois pour l'encadrer.

J'ai levé les yeux au ciel. Le jargon juridique me rendait dingue.

— Comme, par exemple ?

— Laisse-moi t'expliquer, a dit Ron en joignant ses index pour former une arche. Imagine que tu sois malade, tu souffres d'une appendicite par exemple, ou de quelque chose qui puisse se soigner facilement par la chirurgie. Et imagine que ton médecin n'ait pas encore déjeuné. Plutôt que de procéder à l'opération, il te met en stase le temps d'aller manger. Ça ne semble pas si grave, a-t-il ajouté avec un haussement d'épaules.

» À présent, imagine que ce même docteur, au lieu de manquer le déjeuner, a rendez-vous avec son épouse le soir même et qu'il n'ait pas envie d'être fatigué. Donc, plutôt que de procéder à l'opération, il te met en stase jusqu'au lendemain. Vingt-quatre heures. Cela ne devrait pas modifier ta perception de façon notable.

» Mais maintenant, imagine que ce même docteur ait prévu de partir en vacances ; du coup, il s'arrange pour te mettre en stase deux ou trois semaines pendant qu'il s'envole vers Acapulco avec sa famille. Il est beaucoup plus pratique pour lui de mettre son patient en stase que de l'opérer. Aussi, pour résumer, dans son intérêt personnel, ce médecin t'aura volé trois semaines de ta vie, alors que tout ce dont tu avais besoin, c'était d'une heure de son temps. Il aurait pu décaler ses vacances ou transmettre ton cas à un confrère, mais parce qu'il voulait t'opérer lui-même – simplement le moment était mal choisi – il t'a agressée. Il t'a pris quelque chose d'aussi précieux qu'irremplaçable. Il a volé de ton temps.

Je me sentais mal. Je n'aimais pas sa façon de formuler les choses.

— Je... je n'avais jamais vu les choses sous cet angle.

Ron m'a adressé un sourire triste.

— Je le sais, a-t-il dit d'un ton bien plus compatissant que je ne m'y serais attendue. Aujourd'hui, pour qu'un parent puisse mettre un mineur en stase, il faut soumettre une demande au gouvernement, obtenir une déclaration sous serment d'un médecin expliquant les raisons pour lesquelles cette stase est absolument nécessaire, et il faut le plus souvent s'acquitter de frais de dossier, afin de dissuader certains parents de prendre les choses trop à la légère. Les enfants atteints de maladies débilitantes chroniques sont parfois mis en stase avec l'espoir de les maintenir en vie jusqu'à ce qu'un traitement puisse être découvert. Dans ces cas seulement, ainsi que dans ceux d'enfants en attente de transplantation, on peut autoriser la mise en stase terrestre d'un mineur.

Quelque chose avait commencé à s'agiter dans ma poitrine, comme un moineau effrayé. Mes mains se sont mises à trembler.

— Je ne saisis toujours pas, ai-je dit.

La voix de Ron a poursuivi, implacable.

— Imagine qu'un parent se sente surmené. Le bébé a passé la journée à hurler. Tout ce que demande l'adulte, c'est une demi-heure de sieste. Tout parent a déjà ressenti ce besoin. Il ou elle met l'enfant en stase jusqu'à se sentir de nouveau d'attaque. Au lieu d'engager une baby-sitter, de réorganiser son emploi du temps, d'admettre qu'il ou elle a besoin d'aide. Dans son intérêt personnel. Rien qu'une fois. Cela vaut mieux que de maltraiter l'enfant, je te l'accorde. Après tout, cela ne semble pas si terrible.

» Mais imagine maintenant que l'enfant ait deux ou trois ans. Ses parents ont envie d'organiser une soirée pour les fêtes, mais avec le petit dans les pattes, c'est une vraie corvée. On met l'enfant en stase le temps de s'amuser. Ce n'est pas trop long. Cela les arrange.

» Maintenant, imagine qu'ils aient envie de prendre des vacances.

J'allais bondir pour l'interrompre, mais je craignais que mes jambes ne tiennent pas le coup.

— Une petite escapade en amoureux, a dit Ron. Un enfant de cinq ans gâcherait tout. Retour en stase. Leur fille a maintenant treize ans. Elle a envie de partir une semaine en voyage scolaire, se dispute avec sa mère. Ce n'est pas tolérable. On la met en stase jusqu'à ce que le voyage soit passé. Problème résolu.

Il a posé ses mains sur le bureau avec soin et s'est penché en avant, imperceptiblement. J'avais beau fuir ses yeux, sa voix ne s'arrêtait pas.

— On la met en stase quand on est fatigué. Quand on est occupé. On la met en stase dès qu'elle fait des histoires, ou qu'on s'ennuie. Si elle ne fait pas exactement ce qu'on attend d'elle. Avant même qu'on s'en rende compte, les parents ont vieilli de dix, douze, vingt ans… et l'enfant, elle, reste une enfant.

Je n'y tenais plus. C'était mon histoire qu'il était en train de me raconter. J'avais envie de le frapper. De lui faire du mal. De faire disparaître cette sensation en moi. Je n'arrivais plus à respirer. Comme au bord d'un précipice. Je ne cessais de trembler.

— Rosalinda.

La voix douce et sombre de Ron flanchait avec l'âge, mais elle était pleine de gentillesse.

— L'accident d'hélicoptère qui a tué Mark et Jacqueline Fitzroy a eu lieu il y a trente-deux ans, soit plus de neuf ans après la fin officielle des Années sombres.

À ces mots, j'ai levé les yeux, incapable de comprendre ce qu'il essayait de me dire.

— Ils ne sont pas morts pour te sauver. Ils ne sont jamais venus te chercher, a-t-il ajouté dans un murmure. Ils ne t'ont jamais laissée partir. Ils ne t'ont jamais laissée grandir.

Un moment de calme, de noir total. J'aurais pu jurer que j'étais morte.

« Non, non, non ! a hurlé une voix dans mon oreille. Personne ne savait que j'étais là ! Tout le monde était mort ! »

Mais qu'elle se taise ! J'essayais de comprendre où j'avais disparu dans les ténèbres. Ouvrant les yeux, j'ai aperçu une jeune femme inconnue en contrebas, debout sur le parquet, les poings dressés d'un air défiant. Le vieil homme était assis derrière son bureau, le regard grave rivé sur elle, tandis que Bren se tenait contre le mur, paralysé par la peur, le visage tellement pâle que sa peau acajou avait viré café au lait. C'est alors, seulement, que j'ai compris que cette voix était la mienne.

— Ils m'aimaient ! a hurlé la jeune fille. Ils voulaient me protéger ! Je ne vous crois pas !

Le grand-père de Bren s'est levé et a quitté la pièce d'un pas vif. Flottant près du plafond, je l'ai regardé partir avec une curiosité détachée. La jeune fille l'effrayait-elle autant qu'elle m'effrayait moi ? Cette petite fille qui avait tout d'un fantôme - une morte-vivante, plus encore que le Plastine. Des taches rouges coloraient ses joues, ses oreilles étaient devenues aussi écarlates que des fraises. Elle était si maigre que je voyais chacun de ses muscles se tendre de fureur, tandis qu'elle agitait un poing impuissant en direction du bureau inoccupé. Ses yeux marron étaient vides, morts. Creux. Comment disait Otto, déjà ? *Cet abysse insondable qui hante ton esprit.* Qui l'épouvantait.

Et qui m'épouvantait, moi aussi.

Ce n'était pas tout, même si je pensais être la seule à le percevoir. Je voyais la fille brûler d'une rage aveuglante et spectrale, assez féroce pour englober la pièce tout entière. Assez féroce pour la réduire en cendres. Je flottais près du plafond... N'étais-je rien d'autre qu'une partie de ce brasier - un esprit se consumant de rage et d'incrédulité ?

Cette pensée a suffi à me ramener à moi. Plus de feu, plus de double fantomatique, rien que mon poing serré devant mes yeux, et Bren collé au mur. Il semblait paralysé.

— Je n'y crois pas, ai-je murmuré à son adresse.

Il a ouvert la bouche avant de la refermer, comme trop effrayé pour dire quoi que ce soit.

Et son grand-père est revenu, une photo encadrée à la main. Je l'ai prise de ma main ouverte.

Il avait dû aller la chercher dans le bureau de Guillory. J'ai reconnu le décor – une salle de bal au rez-de-chaussée d'UniCorp – avant d'identifier les personnes. Le cliché montrait des gens riches qui se mêlaient aux invités dans des tenues luxueuses. Une silhouette sombre se détachait dans un coin reculé – sans doute le grand-père de Bren, dans la force de l'âge. Il devait s'agir de la soirée annuelle de l'entreprise ; la traditionnelle statue de licorne sculptée dans la glace fondait à l'arrière-plan. Papa et maman avaient vieilli, beaucoup même, mais je les reconnaissais.

Maman arborait toujours sa magnifique chevelure blonde – qu'elle teignait sans doute, car papa, lui, avait les cheveux tout blancs. Maman paraissait différente, rajeunie. J'y ai reconnu l'œuvre de la chirurgie esthétique. J'avais vu suffisamment d'amies de la famille y succomber. Papa était toujours bien habillé, son regard toujours distrait. Son sourire aussi brut et sincère. Il semblait penser à autre chose. Ils étaient vieux, tous les deux – des décennies s'étaient vraisemblablement écoulées depuis ma mise en stase. Mais le détail le plus choquant concernait l'identité de la personne qui se tenait entre eux, une coupe de champagne à la main et un sourire jusqu'aux oreilles. Un homme jeune, dans la vingtaine, fraîchement sorti de son école de commerce, un peu admiratif des deux personnalités qui l'encadraient pour la photo.

Reggie Guillory.

Reggie Guillory, qui n'était même pas encore né quand on m'avait mise en stase. Pas étonnant qu'il ait parlé de mes parents comme s'il les avait connus. Il ne devait pas avoir plus de vingt-cinq ans sur cette photo, avec ses cheveux toujours naturellement dorés et son bronzage luxueux un peu plus sombre qui lui donnait plus que jamais l'allure d'une statue dorée. Il exsudait cette perfection artificielle que les sculpteurs tentent d'obtenir sans relâche.

Je tenais la preuve entre mes mains, et pourtant je refusais toujours d'y croire. J'ai soulevé la photo et l'ai jetée avec une force surhumaine contre le mur opposé. Le verre s'est brisé, le cadre s'est fendu en deux.

Mais détruire cette preuve ne suffisait pas. Il me fallait tout dévaster. Si mon tube de stase avait été là, je me serais passé les nerfs dessus. Impossible. Au lieu de cela, j'ai arraché l'un des paysages qui ornaient le mur pour le lancer comme un frisbee à travers la pièce. Bren a esquivé. J'ai jeté des bibelots. Balancé de lourds presse-papiers qui laissaient des marques satisfaisantes sur les murs. Mes mains se sont refermées sur les verres du bar, que j'ai précipités contre les vitres, où ils se sont pulvérisés pour mon plus grand bonheur, laissant derrière eux de ravissants éclats.

Au bout d'un moment, j'ai fini par comprendre que personne n'allait tenter de me retenir. En fait, le grand-père de Bren avait réussi à me rejoindre et me tendait patiemment des objets à jeter. Bren se tenait dans l'encadrement de la porte, à bonne distance des dégâts, avec sur son visage ce que je ne pourrais décrire autrement que comme un sourire grave.

J'ai laissé tomber le dernier article – une timbale métallique prise sur le bar. Elle a atterri au sol avec fracas. Je l'ai imitée. Je me sentais mieux.

Une main est venue me caresser les cheveux avec tendresse.

— Je suis vraiment désolé, Rose.

Puis il s'est relevé, et je l'ai vu aller effleurer l'épaule de Bren.

Quoi qu'il ait pu lui dire, Bren s'est approché et m'a frotté le dos.

— Tout va bien maintenant, a-t-il murmuré, plus pour se rassurer lui-même, je pense. Personne ne va laisser une chose pareille se reproduire. Je te le promets. Ma mère, mon grand-père et moi, on va veiller sur toi.

Je l'ai regardé, vidée.

— Je suis fatiguée.

Bren a esquissé un sourire.

— Tu m'étonnes. Tu devrais te mettre au tennis - tu as un sacré coup droit !

Il m'a aidée à me relever, glissant mon poids sur son épaule tandis qu'il me guidait vers le canapé.

— Là, a-t-il dit.

Je me suis recroquevillée sur le canapé en prenant une profonde inspiration. Ron avait disparu de nouveau ; il est revenu avec une couverture dont il m'a recouverte avec délicatesse.

— Personne ne viendra te faire de mal ici. Je te le promets, a-t-il murmuré. Repose-toi maintenant.

Il avait une voix des plus apaisantes.

Je crois que j'ai vaguement souri, mais je me suis endormie si vite que l'on aurait presque dit un retour en stase. C'était tout aussi agréable. La peur m'avait quittée. J'avais déjà tout perdu. Qu'avais-je encore à craindre ?

Chapitre 21

Je ne pouvais avoir dormi bien longtemps – une heure tout au plus. Lorsque je me suis réveillée, il faisait toujours nuit, et Bren était en train de débarrasser les débris laissés par ma crise, qu'il jetait dans une grande benne à ordures. Je me suis étirée en respirant un grand coup. Je me sentais bien, presque satisfaite, comme si je m'étais prélassée dans un bain chaud après une dure journée. La couverture qui m'enveloppait était tiède et sentait l'eau de Cologne, sans doute celle de Ron.

J'étais seule dans la pièce avec Bren.

— Où est ton grand-père ?

— Toujours à examiner les comptes de Guillory. Il ne voulait pas te réveiller, alors il est sorti pour passer quelques coups de fil. Même si Guillory n'a pas envoyé le Plastine à tes trousses, grand-père a déterré des trucs pas reluisants. Il dit qu'il n'a pas été assez vigilant ces derniers mois. Plus il éclaircit tout ça et plus ça le met en colère.

— Je suis étonnée qu'il ne soit pas en colère contre moi.

J'ai rabattu la couverture et suis allée rejoindre Bren pour l'aider à ramasser les détritus par terre.

— Regarde dans quel état j'ai mis son bureau.

Bren a souri de toutes ses dents.

— Il t'a donné un coup de main ! J'ai bien failli éclater de rire.

— Je ne me rappelle pas la dernière fois où j'ai été aussi en colère. Si je l'ai jamais été.

— Probablement pas, a répondu Bren.

J'y ai réfléchi un instant. Il avait raison. Je ne me fâchais jamais. Je ne me plaignais pas non plus. Je n'attirais pas l'attention. Parce que alors...

J'ai essayé de penser à autre chose. Bizarrement, j'avais le sentiment que c'était ce que je faisais depuis des années... ou plutôt, plus d'un siècle.

— Je sais que moi, en tout cas, je n'ai jamais bazardé une pièce entière comme ça, a poursuivi Bren.

J'ai ramassé un morceau de verre avec précaution.

— Il doit bien y avoir du personnel pour nettoyer tout ça.

— Je n'ai pas envie de laisser le bureau de grand-père dans cet état, a dit Bren. Il est plutôt tatillon.

— Oui, mais eux, ils auraient des balais, ai-je fait remarquer. C'est du verre brisé, quand même.

Bren a froncé les sourcils avant de ramasser les éclats avec un haussement d'épaules.

— Je fais attention.

Nous avons continué notre ménage en silence pendant un moment.

— Je te demande pardon de ne t'avoir rien dit, a finalement dit Bren d'un air gêné. Ça ne m'était même pas venu à l'idée que tu puisses ne pas savoir. Tout le monde est au courant. C'est une des raisons pour lesquelles tu intéressais tellement Otto. Il se sent aussi abandonné que toi.

J'ai fermé les yeux.

— Tu crois vraiment qu'ils avaient l'intention… de me laisser ici ?

Bren a hésité.

— Je ne les ai pas connus. Les Années sombres étaient si horribles que je n'aurais pas été surpris de voir des gens tenter de mettre leur enfant à l'abri. Même si c'était dangereux.

Vingt années de stase auraient été tout aussi dangereuses. Mais pas aussi lourdes de conséquences que mes soixante-deux années, évidemment. Si on m'avait délivrée après vingt ans, j'aurais sans doute pu recommencer à m'alimenter normalement au bout de deux mois. Contrairement à maintenant.

— Mais… il a dit neuf ans…

— C'est vrai, a dit Bren d'une voix douce. Grand-père dit qu'ils ont pris soin de couvrir le fait que tu restais jeune alors qu'ils t'élevaient. C'est pour ça que je n'ai pas pu retrouver ton certificat de naissance. Ils ont fait tout ce qui était en leur pouvoir. Ils t'ont changée d'école. Ils ont effacé ton image des archives publiques et t'ont gardée recluse, en dehors d'événements bien spécifiques.

Il a baissé les yeux.

— Ils t'ont maintenue dans la peur. Peut-être avaient-ils l'intention de venir te chercher au bout du compte, mais…

— Neuf ans après.

Je n'en revenais pas.

— J'étais vraiment si épouvantable que ça ? ai-je murmuré.

Bren a laissé tombé un morceau de verre dans la poubelle.

— Personne ne peut être épouvantable à ce point.

— Je n'aurais pas dû crier sur maman.

Bren a contourné les bris de verre pour venir s'asseoir un peu en retrait de moi.

— Je crie tout le temps sur la mienne, a-t-il dit. Elle m'envoie dans ma chambre. Te mettre en stase, ça me semble quelque peu disproportionné, comme punition.

— Ce n'était pas une punition ! ai-je rétorqué en me tournant vers lui.

Son visage demeurait impassible.

— Vraiment ?

Il m'a pris la main et m'a aidée à me relever, avant de me conduire jusqu'au canapé où nous nous sommes assis tous les deux. Son bras s'est enroulé autour de mes épaules pour me maintenir en place. Des araignées ont pénétré ma chair à son contact - de tièdes et délicates araignées aux innombrables pattes frissonnantes.

— Non, ai-je protesté en tentant de m'écarter.

— Je ne peux pas être ton ami ? a demandé Bren.

— Tu l'es déjà, c'est juste… Écoute, je n'ai pas encore tourné la page, d'accord ? C'est déroutant.

— Oh. Désolé.

Il a desserré son étreinte. Je me suis pris la tête dans les mains.

— Oh, mon Dieu, c'est d'un embarrassant !

— Quoi donc ?

— Tu sais tellement de choses à mon sujet. C'est injuste. Parle-moi de toi.

— Pour dire quoi ?

— N'importe. Quelque chose de personnel. Je te connais à peine.

Bren a laissé échapper un petit rire.

— C'est… qu'il n'y a pas grand-chose à raconter, a-t-il dit. L'aspect le plus important dans ma vie, c'est le tennis… et j'ai la ferme intention d'arrêter après le lycée. En tout cas les tournois. Je n'ai jamais été amoureux, parce que le concept en lui-même m'effraie un peu. Je n'ai jamais passé plus de deux semaines en dehors de ComUnity, où j'atterrirai sans doute de toute façon après la fac, parce que je n'ai pas de moteur assez puissant pour me retenir loin d'ici.

Il a soupiré.

— C'est plutôt déprimant, quand on y réfléchit. J'ai tendance à choisir la voie de la facilité. Tous les événements les plus spectaculaires de ma vie se sont produits dans ce sous-sol.

Cette dernière remarque m'a fait plisser le front.

— Tu veux dire que c'est moi, l'événement le plus spectaculaire de ta vie ?

— Ouaip. Mais ce n'est pas vraiment une surprise : Rose, tu es ce qui est arrivé de plus passionnant à l'humanité depuis qu'on a découvert de la vie sur Europa.

À nouveau, l'écho d'Otto. Nous étions comme liés par le destin.

— Même si tu n'étais pas la fille de Mark Fitzroy, le simple fait de te sortir de stase après tout ce temps aurait fait la une partout dans le monde. Alors, quand on ajoute ton identité…

Soupir.

— Je savais que j'étais une bête curieuse.

— J'aurais dû m'en douter, a dit le grand-père de Bren en entrant dans la pièce d'un pas vif.

J'ai cru tout d'abord qu'il m'avait entendue, mais il a poursuivi :

— Reggie a retiré des sommes considérables d'un des comptes de la compagnie dernièrement. Cela n'aurait pas suffi à payer un Plastine, mais rien ne prouve qu'il n'a pas combiné ces fonds à d'autres. Je cherche encore.

Bren s'est levé pour se remettre au ménage.

— Tu crois pouvoir tout retrouver, si c'était le cas ?

— Je l'espère.

Ron m'a regardée droit dans les yeux.

— Ne t'en fais pas. Tout va bien se passer.

Pour une raison qui m'échappe, je l'ai cru.

J'étais partagée entre la fatigue et l'excitation. J'ai jeté un œil à Bren avec l'idée de l'aider à nettoyer, mais quelque chose dans son comportement me disait qu'il avait besoin de réfléchir, et que je ne ferais que le gêner.

J'ai repris mon carnet de croquis. J'avais terminé ma séquence temporelle de Xavier. Il me fallait un nouveau sujet. Je n'avais pas la tête à me lancer dans un de mes paysages – trop d'agitation. Je n'avais pas envie de dessiner Bren non plus – trop de complications. J'ai donc décidé de croquer son grand-père.

Ron était assis derrière son bureau, plongé dans une conversation téléphonique. Il avait éteint l'holographe de son portable et branché une oreillette pour plus de discrétion.

— Non, je comprends, disait-il. Mais c'est urgent, je le crains. Oui, très... Enfin, je ne voudrais pas avoir à le dire devant le comité... je ne le ferais que si j'y étais obligé...

Il avait l'intimidation sourde. J'étais contente de l'avoir de mon côté, et non face à moi. Jamais je n'aurais souhaité contrarier cet homme.

Il était très facile à dessiner. Mon fusain voletait le long de son nez, remontant ses pommettes, dévalant la ligne de sa mâchoire. Sa gorge m'a causé plus de souci. Je n'avais pas eu beaucoup d'occasions de dessiner des hommes âgés, et n'étais donc pas habituée aux plis de la peau dans cette zone. Une fois que j'ai eu croqué sa ligne générale, je me suis concentrée sur son front, pour m'assurer d'avoir bien saisi ses yeux derrière ses lunettes. Il était décidément très facile à dessiner.

Trop facile, même.

Je connaissais ces traits. J'ai levé les yeux pour contempler le vieillard qui s'enfonçait dans sa chaise avec l'aisance de celui qui occupe un même fauteuil depuis des décennies. Impossible. Ce n'était que mon obsession qui me donnait la berlue.

Je suis retournée à mon carnet. À nouveau, j'ai tracé les contours de son visage – pommettes, menton, mâchoire, nez –, ignorant cette fois les plis de la peau, les lunettes, la coupe de cheveux. Et terminant par ses yeux.

Ce n'était pas possible. Je m'imaginais des choses. J'ai fermé les yeux un instant, avant de les rouvrir.

Je connaissais bien ce visage. Je le connaissais même par cœur.

Mon sang s'est figé, glacé. Un arrière-goût acide et malsain s'est installé dans ma bouche, mais, pour une fois, je ne me sentais pas nauséeuse. Je suis simplement restée assise là, à dévisager ce vieillard en silence.

Le grand-père de Bren a éteint son téléphone avant de se lever en direction de la porte. J'ai bondi du canapé, courant à grand-peine pour l'atteindre avant lui. Mes mouvements ont surpris Bren, qui a bruyamment renversé la poubelle.

Son grand-père a haussé un sourcil tandis que je me dressais devant lui.

— Oui ?

Les mots sont sortis platement de ma bouche.

— Quelle est ton excuse ?

Un éclair de nervosité a obscurci son visage.

— À quel sujet ? a-t-il demandé.

Je lui ai tendu le carnet. Il a froncé les sourcils en regardant le dessin que je venais de terminer, puis l'esquisse larvée qui l'accompagnait. J'ai tourné la page précédente afin qu'il puisse voir.

C'était la dernière image de ma séquence de Xavier : Xavier à dix-sept ans, son sourire tendre, ses yeux verts pétillants, son petit bouc, son air de modestie hésitante, qui avait toujours empêché son arrogance de prendre le dessus.

Le vieil homme a contemplé le dessin d'un air hébété, ses yeux déjà tristes rendus plus tristes encore. Il a tourné une autre page, et s'est vu à quinze ans, le nez pas encore abouti, une trace de duvet soyeux sur le menton, sa modestie plus prononcée. Puis à douze, une pointe de malice au fond des yeux. Il a sauté quelques pages, refermant le carnet sur son portrait à trois ans, en chérubin poupin au nez maculé de chocolat.

— Je suis étonné que tu t'en souviennes, m'a-t-il dit.

J'ai fixé Xavier, mon Xavier, qui avait à présent atteint les soixante-dix ans, avec sa peau flasque, ses cheveux blonds devenus blancs, ses yeux noisette voilés par l'âge, un tremblement à peine dissimulé agitant sa main droite. Mon Xavier. Je ne savais s'il fallait en rire ou en pleurer. Une vacuité sourde s'est à nouveau emparée de moi.

— Ce n'était pas si loin, ai-je expliqué.

Xavier a souri avec tristesse.

— Oh, que si.

Il avait raison. C'était il y a si longtemps – une autre vie, alors que j'étais une autre jeune fille. La princesse choisie d'Uni-Corp, sacrée reine du champagne à chaque réveil, chic, posée. Une jeune fille que ses parents dévoués n'auraient jamais abandonnée à une mort lente par épuisement statique, une jeune fille avec un meilleur ami aimant et toujours là pour elle. J'avais essayé de me raccrocher à cette vie, de me convaincre que j'étais toujours cette jeune fille, alors que c'était faux. J'étais une autre à présent, perdue, esseulée, une enfant hors du temps, un fardeau pour Guillory, Bren, et toute autre personne ayant à souffrir de ma réapparition. Un fardeau pour lui.

— C'est toi qui as fait préparer mon atelier, ai-je dit alors que tous les mystères s'évaporaient. Et qui m'as offert Desert Roads. Et Bren…

Ma voix a buté sur son nom. J'ai contemplé mon prince charmant. Bren s'était relevé, dérouté par notre échange, le sourcil froncé, ses yeux verts plissés par la confusion.

Cela me sautait aux yeux, maintenant que j'acceptais de les ouvrir. J'avais laissé la peau mate, les cheveux crépus et les yeux bridés masquer la ligne de sa mâchoire, la forme de son nez, la couleur de ses iris. Pas étonnant que je sois tombée éperdument amoureuse de lui.

Je me suis tournée vers Xavier.

— « Appelle-moi Ron » ?

J'ai fermé les yeux. Ron. Ronald était son deuxième prénom ; il avait pris l'habitude de se faire appeler Ronny à l'école, parce que les autres enfants le taquinaient à cause de son initiale. Il n'était guère surprenant qu'il s'en serve pour les affaires. Mes larmes coulaient à présent, sans qu'aucun sanglot vienne soulever ma poitrine. L'eau dévalait simplement mes joues, libre.

— Comment as-tu pu me faire ça ?

Xavier a fermé les yeux un moment, avant de secouer la tête, le visage figé par la tristesse.

— Je ne savais pas, a-t-il murmuré.

Son excuse minable a fait bouillir le torrent de larmes qui courait en moi. J'ai brandi une main pour le gifler, de toutes mes forces. Il a tourné la tête sous l'impact, s'écartant de moi afin de ne pas prendre le coup de plein fouet.

L'horreur de mon geste s'est abattue sur moi. C'était quelque chose que j'aurais pu faire à mon Xavier ; mais ce vieillard méritait plus de respect. Je ne savais que dire, que ressentir, ni vers qui me tourner. J'ai fait la seule chose que je savais faire. Avant que Xavier ait eu le temps de me faire face à nouveau, j'avais pris la fuite.

Même devant le Plastine, je n'avais pas couru si vite. Mes pas résonnaient comme le tonnerre à travers l'atrium. Je ne me suis pas arrêtée en dépit de la voix qui m'appelait. J'ai martelé le bouton d'appel de l'ascenseur, qui était toujours au dernier étage, prêt à m'emporter. J'ai bondi à l'intérieur et tambouriné sur le bouton de fermeture des portes. À travers mes larmes, je voyais une forme sombre traverser l'atrium en courant. Xavier n'aurait pas pu courir si vite – ce devait être Bren. Je ne l'ai pas attendu.

Les portes se sont fermées et j'ai redescendu les quatre-vingts étages qui me séparaient de la rue. Ma fuite précipitée a effrayé le vigile, qui a bondi hors de sa loge, arme au poing.

— Qu'est-ce qui se passe ? a-t-il demandé, à moitié rassuré de voir que ce n'était que moi.

— La porte, s'il vous plaît.

J'étais étonnée de pouvoir prononcer le moindre mot.

Le vigile m'a ouvert, et je me suis ruée dans la lumière turquoise qui dissipe les ténèbres au petit matin. Mon aqualimo avait bougé durant la nuit, et je ne savais pas comment l'appeler. D'ordinaire, c'était elle qui me détectait à la sortie de l'école. Paniquée, je me suis mise à courir sans but. Aucune importance. N'importe quel endroit ferait l'affaire.

— Rose !

Je me suis affalée dans l'herbe, trébuchant au son de sa voix.

J'avais atterri dans le jardin décoratif, juste à gauche du bâtiment.

— Rose !

Bren m'a rattrapée, hors d'haleine. Je haletais comme un poisson hors de l'eau, les muscles en feu, les poumons au bord de la rupture. L'endurance de Bren était de loin supérieure à celle de mon corps convalescent.

Il m'a saisie par les épaules pour m'obliger à lui faire face. Je ne voulais pas croiser son regard. Je ne voulais pas voir mon Xavier au fond de ces yeux en amande. Le souffle court, je me suis mise à pleurer, tentant de me retrouver au milieu de tous ces tourments. Mais aucun de mes fragments glanés ici et là ne semblait fonctionner. Je ne pouvais me relever, je ne pouvais me dégager. J'avais stagné trop longtemps.

— Rose, qu'est-ce qui se passe ? Tu vas me le dire ?

Il semblait si inquiet. Ses mains brunes et chaleureuses ont essuyé les larmes de mes joues.

— Parle-moi ! On dirait que tu as vu un fantôme ! Qu'est-ce qui s'est passé ?

Je me suis redressée, en colère contre moi-même. Bren m'a entourée de ses bras pour m'attirer à lui, perplexe. J'aurais voulu avoir la force de me détourner. Peine perdue. Je voulais toujours de lui – ou de quelqu'un, n'importe qui –, et je n'en pouvais plus. Je l'ai laissé me serrer tandis que je retenais mes larmes, avant de m'écarter dès mon calme retrouvé. Mes poumons ne semblaient plus vouloir fonctionner. J'ai toussé à plusieurs reprises pour essayer de les dégager.

— Je suis désolée, ai-je dit, une fois ma voix revenue. Désolée pour tout ça. Désolée de m'être jetée sur toi. Je... n'avais pas compris... pourquoi.

— Qu'est-ce que tu veux dire ? m'a demandé Bren.

Xavier ne lui avait donc rien expliqué ? Non, il n'en avait sans doute pas eu le temps. J'ai dévisagé Bren. Pourquoi ne m'avait-il rien dit ? Comment n'avait-il pas deviné ? Il avait dû voir des photos de son grand-père jeune ; pourquoi n'avait-il pas fait le lien avec mes portraits de Xavier ?

Comme pointé par ma réflexion, j'ai remarqué mon carnet de croquis posé au sol près de son genou. Il avait dû le prendre avec lui. Quelle délicate attention. Sans doute avait-il remarqué que je ne m'en séparais jamais. Je l'ai ouvert à la page la plus éloquente, mettant en parallèle vieillard et jeune homme.

— Comment as-tu fait pour ne pas deviner ?

Bren a observé les dessins un long moment, puis, comme son grand-père, il a feuilleté ma chronologie de Xavier. Sa bouche s'est ouverte sous le choc. Il est retourné au portrait de Xavier à dix-sept ans, un sourire tendre sur les lèvres.

— Je ne m'en étais même pas douté, parce que ce garçon-là est souriant, a expliqué Bren. Grand-père ne sourit jamais.

— Mais son nom...

— J'ai toujours pensé qu'il s'appelait Ronny. Enfin, je sais, Xavier devait être inscrit quelque part dans un registre, mais il n'utilise jamais ce nom-là. J'ai peut-être dû le voir deux fois dans ma vie.

Il a regardé à nouveau le portrait, laissant échapper un souffle - presque un sifflement - à travers ses lèvres plissées, comme pour essayer de trouver les mots.

— J'ai dû… le voir en toi, ai-je dit doucement. Ça m'a un peu tourné la tête, je suppose.

— Ça n'a rien d'étonnant, a dit Bren. Je ne crois pas que les humains soient équipés génétiquement pour faire face à ce type de situation. Parfois, je me demande si la technologie ne nous a pas foutus en l'air. Et tout cas, elle t'a bien déglinguée.

Il a tendu une main pour saisir la mienne.

— Je suis désolé.

J'ai retiré ma main. C'était navrant. J'avais passé mon temps à essayer d'ignorer l'effet qu'avait Bren sur mes tripes et sur mon cœur ; et voilà qu'à présent je me sentais étrangement protectrice envers lui, comme avec Xavier lorsqu'il était petit. Ce qui ne l'empêchait guère d'être toujours aussi magnifique. Les deux sentiments se mêlaient, pour ma plus grande confusion. C'était trop. Je me suis demandé si le fait de m'amouracher du petit-fils de mon petit ami m'assurait officiellement la victoire sur Otto au chapitre de l'étrangeté.

— C'est lui qui t'a envoyé me chercher ?

— Non, a répondu Bren. J'ai attrapé ton carnet, et je lui ai demandé en sortant : « Tu crois que… ? » Et il a fait un signe de tête. Je ne pense pas que ça compte, techniquement.

— En effet.

J'en concevais un léger soulagement.

Il a remué la tête.

— C'est trop bizarre. Tu aurais pu être ma grand-mère !

— Cela a toujours été vrai, depuis le début, lui ai-je fait remarquer.

Mais il avait raison. J'aurais pu être sa grand-mère. Ou du moins celle d'un garçon qui lui aurait énormément ressemblé. Mais ce n'était pas le cas. J'aurais dû, pourtant. Oui, j'aurais dû. On m'avait volé ma vie. Je ne me sentais pas tout à fait entière depuis mon réveil, mais jamais ce manque ne s'était manifesté de façon aussi évidente.

J'apercevais les lumières de mon aqualimo qui remontait la route. Elle devait être équipée d'un moniteur de proximité. J'ai plissé le front, mais la voix de Bren m'a tirée de ma réflexion.

— Oh punaise, s'est-il exclamé.

Il venait d'avoir une révélation.

— Qu'y a-t-il ?

— Ma mère. Elle s'appelle Roseanna, a dit Bren. Rose. Comme toi.

Mon cœur s'est serré à ces mots. Je me suis relevée.

— S'il tenait tellement à moi, pourquoi diable m'a-t-il laissée moisir dans mon cercueil de verre ! me suis-je écriée.

J'ai foncé en direction de mon aqualimo, claquant la portière avant que Bren ait pu reprendre ses esprits. Sa main a heurté la vitre, mais j'avais déjà donné le signal du départ. Je l'ai abandonné là, dans la lumière diffuse. Le Plastine pouvait bien m'attraper à présent. Aucune importance. Je ne savais pas où j'allais. Car je n'avais nulle part où aller.

Chapitre 22

L'aqualimo a fait sept fois le tour de ComUnity dans l'aube teintée de rose. Incapable de réfléchir, j'ai essayé de dormir, mais je me suis trouvée assaillie par les rêves : Bren se transformait en Xavier, lequel se changeait à son tour en Guillory. Je voulais aller chercher mon chien, mais j'avais peur de rentrer. Ce n'était pas le Plastine qui me faisait peur – la mort m'apparaissait plutôt comme un tour de manège –, mais tout ce qui, dans mon environnement, me venait de Xavier. Je le voyais clairement à présent. C'était son goût qui s'étalait sur les murs. Les tableaux, les paysages qui ressemblaient un peu aux miens. Ma chambre reconstituée. Mon atelier. Le prisme. J'ai fermé les yeux.

Pourquoi avoir racheté l'appartement de mes parents ? Cherchait-il réellement à se raccrocher à moi ? Ne pouvait-il aller voir au sous-sol ? Pourquoi n'avait-il pas passé chaque instant de sa vie à parcourir le monde en quête de mon tube ? Et tant qu'à faire, pourquoi ne pas m'oublier, tout simplement ?

J'avais perdu mes parents, j'avais perdu mon époque, et j'avais maintenant perdu jusqu'au rêve de mon amant défunt. Tout le chagrin de sa mort a reflué en moi, mal digéré. C'était pire encore que d'avoir à l'avaler.

Je ne voulais pas que le soleil se lève. Je ne voulais pas que le monde continue de tourner. Je voulais que la planète tout entière se mette en stase, le temps que je puisse tout rattraper.

Un bip familier a retenti près du tableau de bord. *Ding, ding… ding, ding… ding, ding…*

Tirée de ma réflexion, j'ai rampé jusqu'au coin sombre d'où provenait le son. Mon écran. Comment avait-il atterri là ? Je me suis soudain rappelé que c'était moi qui l'y avais abandonné, le jour où j'avais fui l'école après avoir fait ma déclaration à Bren.

Ding, ding… ding, ding… J'ai déplié l'écran.

Une fenêtre s'était déjà ouverte. Je l'ai sélectionnée.

Rose. Rose, punaise, réponds ! Rose, si tu es retournée en stase, je parcourrai le monde pour venir te réveiller ! Réponds-moi !

J'ai tapé sur le clavier alors même qu'Otto poursuivait sur sa lancée :

Allez ! Où es-tu ? Je t'en supplie, dis-moi que ce n'est pas encore l'autre qui te court après !

Je suis là, ai-je répondu par-dessus son texte. *Toujours là, hélas.*

Tous les dieux soient loués ! Où es-tu ?

Nulle part, ai-je répondu sincèrement. Je ne savais pas où je me trouvais. Aucune importance.

Sérieusement. Tu es où ?

Je n'en sais rien, honnêtement. Je tourne autour de ComUnity.

Je me faisais du souci. Tu n'as pas répondu hier soir.

J'ai oublié.

J'ai vu Bren dans la cour à l'instant, je lui ai demandé s'il savait où tu étais passée. Il s'inquiète pour toi. Je peux lui dire où tu es ?

Non. Mais tu peux lui dire que je vais bien, s'il le faut.

Parfait. Il est rentré jeter un œil à ton tube après que tu t'es enfuie. Quand il a vu que tu n'y étais pas, il a paniqué. Ses parents l'ont forcé à venir en classe, mais il n'arrive pas à se concentrer.

Je regrette, mais ça m'est égal.

Quitte pas – M. Prokiov me fait la leçon parce que je chatte pendant le cours. Je reviens tout de suite.

L'écran est resté inactif un long moment. Je me suis pelotonnée sur la banquette de l'aqualimo, essayant de m'éclaircir l'esprit. Peine perdue.

Nouveau bip. **Ça y est, je suis dans la cour. Bren m'a raconté ce qui s'est passé ce matin.**

Il n'y avait qu'une réponse possible à pareille information. *Punaise.* Puis : *Il t'en a dit beaucoup ?*

Par télépathie, tout va plus vite, a-t-il répondu.

Punaise, ai-je répété. *Est-ce que je peux te demander d'appliquer ton code de déontologie et de ne pas colporter cette histoire ? Pas même à Nabiki, ni à ta famille ?* Après tout, leur avis m'importait, et tout ceci était probablement trop bizarre, même pour eux.

Je te le jure sur la tombe de 42.

Touchant. *Merci.*

On a rompu, avec Nabiki.

Je ne savais pas trop pourquoi il me l'annonçait. *Quoi ? Pourquoi ?*

Tu te rappelles ce que je t'avais dit, au sujet de son besoin féroce de me protéger ?

Oui.

Eh bien, figure-toi que quand tu m'as dit qu'on essayait de t'assassiner, j'ai ressenti un peu la même chose. J'ai passé

ces derniers jours à craquer le réseau pour essayer de trouver un truc, n'importe quoi qui puisse t'aider. Ça n'a pas plu à Nabiki, qui disait que je ne dormais pas assez. Elle m'a dit qu'avec tous ces gens qui veillaient déjà sur toi, tu n'avais pas besoin de moi. J'ai failli… enfin, ça m'a juste traversé l'esprit, mais nous étions en contact à ce moment-là… J'ai eu envie de la frapper. Je suis plutôt du genre pacifiste, et j'ai rarement des pensées violentes, même face aux types qui me cassent la figure (oui, ça m'est déjà arrivé). Nabiki m'a dit que si j'avais de pareilles idées, peut-être que je n'avais plus besoin d'elle. Elle a raison.

Si les compliments d'Otto étaient aussi intenses qu'il le prétendait, je n'osais même pas imaginer ce qu'il en était de sa colère.

Non. Retourne la voir. Dis-lui que tu regrettes. Je ne veux surtout pas endommager les relations des autres.

Tu n'y es pour rien. Ce qu'il y a de bien avec mon mode de communication, c'est que je peux transmettre et assimiler rapidement tout ce qu'une personne ressent. Ce qu'aimait Nabiki, c'était le besoin que j'éprouvais de l'avoir à mes côtés. Maintenant c'est moi qui… Écoute, je viens te chercher.

Cela me touchait. Même s'il ne pourrait pas faire grand-chose face à un Plastine.

Ce qu'il te faut, c'est une famille. Où es-tu ?

Je n'en sais vraiment rien.

Dis à ton véhicule de t'amener au lycée. On pourra discuter au dortoir.

On discute, là.

Tu sais bien que non.

Il m'a fallu un temps pour saisir ce qu'il voulait dire.

Oh, non, ce n'est vraiment pas le moment de plonger dans ma tête, crois-moi.

Peut-être.

Otto, même moi je n'ai aucune envie d'être dans ma tête en ce moment.

Peut-être. Mais tu ne peux pas rester toute seule. Tu as un tueur à tes trousses, Rose !

Soupir. *OK. Mais je ne sais pas combien de temps ça va me prendre.*

J'attendrai.

La connexion s'est rompue, et j'ai ordonné à mon aqualimo de prendre la direction d'Uni Prep. Elle a fait demi-tour, ronronnant avec satisfaction – comme toujours lorsqu'elle avait une destination précise.

Il m'a fallu une heure environ pour rejoindre le lycée. Les cercles toujours plus larges que j'avais décrits autour de ComUnity m'avaient pas mal éloignée du centre. L'aqualimo s'est arrêtée devant la cour, avant de contourner l'école, à ma demande, pour rejoindre le dortoir. Comment allais-je retrouver Otto ? Mais il m'attendait déjà sur un banc, au pied d'un arbre, juste à l'entrée du côté des garçons. À peine avait-il aperçu mon embarcation que mon écran s'est mis à sonner. **Juste là,** a-t-il dit. **Je t'avais dit que je t'attendrais.**

J'ai ouvert la portière pour descendre. Je suis parvenue à me fabriquer un sourire cordial, tout aussi forcé que celui qu'arborait d'ordinaire Otto. Mais cette façade n'a pas tenu longtemps.

Otto a bondi en avant et mis sa main au creux de mon dos pour me guider vers l'école sans toucher ma peau. C'était tout autre chose de l'avoir à mes côtés, en chair et en os. J'en étais venue à considérer l'Otto que je voyais à l'école et l'Otto avec lequel je chattais comme deux personnes distinctes. Je connaissais à peine cet Otto-ci. Je ne savais que lui dire. Nous marchions en silence.

Otto m'observait de ses yeux jaunes. Il s'est efforcé de sourire en ouvrant la porte du dortoir. J'ai pris une profonde inspiration avant d'entrer. Le système de sécurité a enregistré notre présence avec un bref bourdonnement.

* * *

CIBLE LOCALISÉE : IDENTIFICATION RÉTINIENNE CONFIRMÉE. ROSALINDA SAMANTHA FITZROY. ADRESSE ACTUELLE.

La cible ne se trouvait plus à ses dernières coordonnées, dans le bâtiment d'UniCorp, aussi s'était-il résigné à regagner sa station d'accueil. Il n'y était pas encore arrivé lorsque l'information lui parvint via Internet. Il entra les nouvelles coordonnées dans les commandes de l'aéroyacht. Lentement, celui-ci fit demi-tour en direction du lycée d'UniCorp.

Otto m'a menée dans une sorte de salon de réception. Clair et impersonnel, il me rappelait la déco choisie par mes parents. J'étais toujours dans mes petits souliers.

— Je ne sais vraiment pas quoi dire.

Otto a secoué la tête. *Ne t'en fais pas.* Il a tendu une main vers la mienne.

— Non, ai-je répondu en me rétractant, une main au front pour masquer mes yeux. Otto, ce n'est vraiment pas une bonne idée.

Un long silence s'est écoulé, puis mon écran a sonné. J'ai levé les yeux. Otto était allé s'asseoir, le dos tourné, à l'autre bout de la pièce. J'ai avalé ma salive avant de jeter un regard à mon écran.

Comment te sens-tu ?

Je me suis assise, soulagée. *Ça peut aller,* ai-je répondu.

Ça n'a pas l'air.

Je n'ai pas dormi de la nuit. J'ai fui un tueur indestructible pour la troisième fois ; je suis rentrée des îles Unicorn avec pour seul trésor un carnet de croquis ; j'ai découvert que mes parents m'avaient sciemment abandonnée en stase pendant plus de vingt-neuf ans... avant de me rendre compte que j'étais tombée amoureuse du petit-fils de mon ex-petit ami.

J'ai posé mon écran pour le regarder à nouveau.

— Mon ex...trêmement vieux petit ami, devrais-je dire.

Je me suis enfoui la tête dans les mains avec un soupir.

J'ai entendu Otto bouger, puis mon écran a sonné de nouveau. J'ai ôté mes mains de mes yeux. Otto s'était tourné pour me faire face, mais il gardait le regard rivé sur son écran.

C'est lui, en fait, le vrai problème, pas vrai ? Ce Xavier.

— Plus ou moins, ai-je admis.

C'est à cause de lui que tu t'es enfuie.

— Mon Dieu, Bren t'a vraiment tout raconté en détail, hein.

Il a reconnu que mon inquiétude était justifiée.

J'ai remué la tête, soulagée pour une fois qu'il puisse le voir.

— Pourquoi ? lui ai-je demandé. Qu'est-ce que tu vois en moi ?

Il a levé les yeux de son écran, scrutant un moment les miens.

Je pourrais essayer de te montrer, si tu veux, a-t-il écrit, de nouveau sur son écran. **Je n'ai pas l'habitude de devoir formuler ce genre de choses. C'est trop complexe pour être**

résumé en une simple phrase. (Il a marqué une pause avant de poursuivre.) **Ni même une phrase sincère et réfléchie.**

Je ne savais que répondre à tout cela. Il avait raison. Certains sentiments ne sont pas aisés à traduire en mots. Je pensais pouvoir peindre un tableau qui ait le même impact, mais ce tableau non plus n'aurait pas exactement un sens similaire. Il a continué d'écrire tandis que je le regardais.

Pourquoi me parles-tu encore ? Peut-être que la réponse est là.

J'ai secoué la tête.

— Je ne sais pas. Tu es intéressant, différent. Tout le monde serait intrigué.

Si ce n'était que de la curiosité, tu aurais accepté mon offre et consulté les dossiers médicaux. (Il tapait bien plus vite que je n'en avais jamais été capable, mais je suppose qu'il avait plus d'entraînement.) **C'est ce que font la plupart des gens. Une grande partie de ma vie relève du domaine public, étalée dans une douzaine de magazines scientifiques consultables sur le net. Sans parler des dossiers d'UniCorp, auxquels tu as accès, je le sais. Pourtant, c'est moi que tu as consulté, pas eux.**

— C'est vrai, ai-je murmuré. Je me sens… J'étais sincère quand je t'ai dit que je serais ta famille. J'ai l'impression que c'est déjà le cas.

Tu n'as pas d'autre famille.

— J'en avais une, autrefois. Une famille aimante.

Otto a levé le nez de son écran sans un mot. La réponse se lisait dans ses yeux, cependant. Ses yeux jaunes. Inhumains. Son ADN trafiqué, rafistolé pour créer un monstre extraterrestre, privé de foyer, de famille, de congénères. *Ils t'aimaient ?*

me demandaient ces yeux. *Vraiment ? Ou bien t'aimaient-ils de la même façon qu'UniCorp m'aime, moi ?*

— Pourquoi est-ce que tu as essayé de décrocher cette bourse ? lui ai-je demandé, ignorant sa question silencieuse.

Ses yeux se sont plissés, perplexes. J'imagine que la question devait sembler incongrue. Il est retourné à son écran. **Pour gagner ma liberté.** Il a hésité avant d'ajouter : **Pourquoi ?**

— Moi aussi, j'ai remporté une bourse, une fois.

Confession douloureuse.

— Pour l'Académie des Arts Hiroko, il y a soixante-deux ans.

Pourquoi n'y es-tu pas allée ?

— On m'a mise en stase à la place.

C'était ce que tu voulais ?

La question que j'avais soigneusement évitée depuis mon réveil. La réponse me rendait malade.

— Oui, ai-je murmuré.

Pourquoi ?

Je me suis levée, renversant mon écran.

— Pourquoi me demandes-tu la raison de tout ?

Otto m'a fusillée du regard, et ses mains ont tracé un schéma complexe que je ne parvenais pas à lire.

— Quoi ?

Il a émis un cri de dauphin agacé avant de reprendre son écran pour me le fourrer dans les mains.

Parce que ça m'intéresse !

J'ai baissé la tête.

— Pourquoi ?

Il s'est remis à agiter les mains. Un langage magnifique, même si je ne le comprenais pas. Il a reproduit la même séquence de gestes, tendant la paume vers moi avant de pointer ses deux index ensemble, puis de tapoter le dos de sa main gauche, et enfin de poser la main sur son cœur. Et j'ai compris, sans un mot. *Ta douleur rejoint la mienne.*

Mais nos douleurs étaient si différentes. La sienne était subie. Alors que j'avais choisi d'assumer la mienne.

— J'ai fait du mal à Xavier, ai-je murmuré. Je lui ai brisé le cœur. J'ai utilisé tout ce que je savais à son sujet, transformé son amour pour moi en arme, afin de le repousser. C'est pour cela que je voulais entrer en stase. C'est pour cela qu'on m'a oubliée. C'est pour cela que je ne méritais pas d'être réveillée, jamais !

Otto a posé une main sur son cœur en me tendant l'autre. Le sens se lisait dans son regard. *S'il te plaît.*

J'ai hésité, avant de murmurer :

— Je suis désolée.

Son visage s'est assombri – pas si inexpressif que ça, maintenant que nous étions si proches. Mais il s'était mépris sur le sens de mes paroles. Je lui demandais pardon pour ce que mon esprit s'apprêtait à lui faire subir. Le buisson de ronces de ma propre culpabilité.

J'ai pris sa main dans la mienne.

Chapitre 23

Soixante-deux ans, huit mois et douze jours s'étaient écoulés depuis le jour où ma vie avait pris le chemin menant à cette horreur. Cela avait commencé avec une bonne nouvelle. Je sortais de mon cours de dessin quand M. Sommers m'a interpellée.

— Puis-je vous parler un instant, Rose ? m'a-t-il demandé.

J'ai dégluti, craignant d'avoir encore fait quelque chose de mal. On pourrait penser que le dessin était la seule matière qui ne m'aurait pas posé de problème. Si seulement. Dans les matières académiques, les enseignants me considéraient comme un désastre silencieux. Dans les cours artistiques, je tombais souvent sur des professeurs qui me regardaient soit avec envie, soit avec une hostilité déclarée. Cette dernière résultait souvent de mon omniprésence dans leur classe – de la première heure à la dernière sonnerie, parfois même aussi pendant la pause déjeuner – et du fait que j'utilisais dix fois plus de fournitures que n'importe quel autre élève. J'étais à peu près sûre que j'allais avoir droit à un autre sermon sur le gaspillage des ressources de l'école.

— Rose, j'aimerais vous parler de quelque chose, a commencé M. Sommers.

— Je suis désolée, ai-je répondu par automatisme.

Il a haussé un sourcil.

— Pourquoi ?

— Pour ce que j'ai pu faire. Je suis désolée.

Il m'a souri.

— Il n'y a aucun mal.

Je l'ai regardé avec surprise.

— Vous vous souvenez de ces tableaux supplémentaires que je vous ai demandé d'amener ?

— Oui.

L'école disposait de sa propre galerie d'art, où l'on exposait les œuvres des étudiants aux côtés de celles d'artistes professionnels locaux. Trois mois auparavant, M. Sommers avait proposé d'accorder des crédits supplémentaires à tous ceux qui voulaient apporter une œuvre réalisée en dehors des cours, avec la possibilité de l'exposer dans la galerie. J'étais venue avec une demi-douzaine de peintures à l'huile. Aucune n'avait été exposée, mais cela m'était égal. J'avais reçu les crédits quand même.

— J'ai été très impressionné par votre talent, m'a dit M. Sommers. Tellement que j'ai rassemblé quelques-unes de vos œuvres réalisées en classe, en plus de ces tableaux, et que j'ai envoyé le tout à un ami qui siège au comité du programme des Jeunes Maîtres pour l'Excellence artistique. Vous en avez déjà entendu parler ?

Oh, que oui. En dix ans, ce programme était devenu le premier tremplin mondial pour les étudiants en arts. J'en avais entendu parler depuis mon entrée au collège… autrement dit, depuis pas mal d'années.

— Et elles lui ont plu ? ai-je demandé, plus curieuse qu'optimiste.

Si son ami pensait que j'avais assez de potentiel pour intégrer le programme d'ici un an ou deux, j'en aurais été ravie.

— Suffisamment pour qu'il m'envoie un message aujourd'hui, m'informant qu'un de vos tableaux avait été sélectionné pour un prix dans la catégorie peinture.

J'ai sursauté.

— Pardon ?

C'était impossible ! Seuls les apprentis de grands maîtres intégraient le programme. Des étudiants en école d'art. Des artistes de moins de vingt et un ans déjà reconnus. Qu'une lycéenne y remporte un prix - voilà qui était inédit.

— La-laquelle ?

— Celle que tu as intitulée *Sous-ciel.*

Je sanglotais presque de bonheur. C'était le tableau que j'avais cru ne jamais pouvoir terminer, avec ses montagnes et sa végétation sous le ciel.

— La remise des prix a lieu chaque année à New York. Vous avez d'ores et déjà gagné un voyage aller-retour pour vous et un membre de votre famille. Remporter un prix est un grand honneur.

Inutile de le préciser. Il a poursuivi.

— Cela fait de vous un des dix individus éligibles pour le prix des Jeunes Maîtres. Le portfolio que j'ai compilé pour vous sera comparé aux gagnants des quatre autres catégories, et nous saurons lors de la cérémonie si vous avez remporté le titre de Jeune Maître de l'année. Si c'est le cas, vous vous verrez offrir une place au sein du tour d'Europe des Jeunes Maîtres, ainsi qu'une bourse pour l'Académie des Arts Hiroko après vos études générales.

Je n'avais encore jamais pensé à mes éventuels besoins financiers. Mes parents étaient épouvantablement riches. Mais en l'écoutant, je m'étais rendu compte que l'argent de mes parents leur appartenait exclusivement. Si je devais aller à l'université, ce serait dans une fac sélectionnée par leurs soins. Si je devais faire le tour de l'Europe, ce serait à leur initiative. Puisqu'ils ne m'avaient jamais autorisée à quitter ComUnity sans eux autrement que pour aller à l'école, j'étais persuadée qu'ils ne m'enverraient jamais en voyage.

Si je remportais le prix des Jeunes Maîtres, je serais...

Délivrée de leur influence ?

Quel sentiment étrange. C'est pourtant ce qui m'a traversé l'esprit à ce moment-là. Un sentiment de liberté.

Toutes ces belles pensées se sont évanouies dès la seconde suivante.

— Comme vous êtes mineure, je vais avoir besoin de l'accord de vos parents pour que vous assistiez à la remise des prix. Vous voulez bien vous en occuper ?

J'ai vacillé un instant.

— Je... je ne saurais pas quoi leur dire.

M. Sommers a acquiescé.

— Je comprends. Je les appellerai ce soir pour discuter de cette opportunité avec eux, a-t-il dit avec un sourire. Vous pouvez être fière de vous, jeune fille. C'est un honneur rare.

— Je ne sais pas comment vous remercier, monsieur.

Je n'avais jamais remarqué que M. Sommers s'était particulièrement intéressé à moi. Mais maintenant que j'y réfléchissais, c'était la première fois que je gardais le même professeur plus de six mois. J'avais si souvent changé d'école et manqué des mois entiers de cours qu'il m'était impossible d'établir un quelconque rapport avec un seul de mes professeurs.

— Continuez à bien travailler, Rose. On se voit demain, pour discuter de l'organisation du voyage.

Je suis rentrée à la maison avec un exemplaire de la lettre de l'Académie serré dans ma main. À peine la porte franchie, j'ai couru annoncer la nouvelle à Åsa.

— Ah, *flicka*. Je savais que ça marcherait pour toi.

Elle n'était guère loquace ni affectueuse, mais elle est allée préparer des cookies. Dans une maison où le moindre aliment était livré depuis les cuisines centrales par des serviteurs d'Unicorn, c'était un geste lourd de sens.

Lorsque j'ai prévenu Xavier, il m'a soulevée dans ses bras avec un cri de joie. Il a lu la lettre aux arbres et aux fleurs, avant de mettre en scène la remise de mon prix. Il jouait les maîtres de cérémonie, et lorsque j'ai accepté la récompense, il m'a présenté une rose précoce du jardin.

— Une rose pour ma Rose, a-t-il dit en m'embrassant tendrement. Je suis si heureux pour toi.

De retour à l'appartement, j'ai eu la surprise de voir que mes parents étaient déjà rentrés. Maman m'a servi une coupe de champagne.

— M. Sommers m'a tout dit, a annoncé maman au moment même où je franchissais la porte. Bien joué, Rosalinda !

— Bravo, a dit papa en levant à peine le nez de ses dossiers.

J'y étais habituée.

— Vous êtes contents ? ai-je demandé avec étonnement.

Je ne savais pas pourquoi je m'étais attendue à ce qu'ils soient contrariés. Après tout, ils avaient toujours approuvé que je passe mon temps à manipuler « mon petit kit de peinture », comme disait papa. Ils m'aimaient, ne voulaient que mon bien. Évidemment qu'ils étaient contents ! J'ai souri de toutes mes dents.

— C'est une merveilleuse réussite, m'a dit maman. Je suis très fière de toi. Tu n'as aucun souci à te faire. J'ai déjà tout réglé avec ton professeur. Je lui ai dit que tu ne pouvais accepter.

Mon sourire s'est évanoui.

— Quoi ?

— Je me suis occupée de tout. Ne t'inquiète pas.

— Mais… qu'est-ce que tu racontes ? Pourquoi est-ce que je pourrais pas accepter ?

— Voyons, chérie, ton professeur m'a dit qu'il fallait que tu sois là en personne pour accepter ton prix. Or tu sais bien que nous serons en Australie à ce moment-là.

J'étais médusée.

— Mais… mais je ne peux pas décliner. C'est le programme pour les Jeunes Maîtres !

Le regard vide et distrait de ma mère me taraudait. Elle ne m'entendait pas. Ma voix s'est faite plus forte, excessivement stridente.

— Ils prennent des étudiants des quatre coins de la planète ! J'étais en compétition avec des élèves d'écoles d'art ! Maman !

— Ne parle pas comme ça à ta mère, a dit mon père en se détournant de ses dossiers.

Terrain glissant. Oser distraire papa de son travail…

Mais pour une fois, je me fichais de la désapprobation de mon père.

— Vous ne comprenez pas ! C'est le prix le plus prestigieux pour les jeunes artistes ! C'est la reconnaissance mondiale ! Je pourrais commencer à vendre dès cette année !

— Tu n'as même pas seize ans, Rose, a objecté maman.

Inexact. Mais elle l'ignorait.

— Je ne pense pas que ce genre de publicité soit bon pour toi à ce moment précis de ta vie.

— J'aurais plus de quinze ans si vous arrêtiez de me boucler en stase ! ai-je hurlé.

Je n'en revenais pas moi-même.

Maman s'est levée de sa chaise. Ce qu'elle ne faisait jamais quand elle m'adressait la parole.

— Ne t'avise pas de hausser le ton devant moi, jeune fille, a-t-elle grommelé d'une voix basse et menaçante.

— S'il vous plaît ! ai-je imploré, désespérée. Je vous en supplie, ne m'enlevez pas ça !

Maman a regardé papa d'un air pincé.

— Tu ne la trouves pas surmenée ? a-t-elle demandé.

Non. Elle ne pensait pas…

Mais si. Je le voyais sur son visage. J'ai fermé les yeux un instant, m'inclinant devant l'inévitable.

La voix de M. Sommers a résonné dans ma tête. *Une bourse tout compris pour l'Académie des Arts Hiroko.*

— Non, ai-je dit, séchant mes larmes dans une tentative de garder mon calme.

J'ai redressé les épaules pour paraître adulte.

— Je ne suis pas surmenée. C'est juste que tout ceci compte énormément pour moi.

Papa a froncé les sourcils.

— Au point de te montrer grossière avec ta mère et de défier ton père ? Nous t'aimons. Nous ne voulons que ton bien. Tu le sais, n'est-ce pas, Rose ?

Je ne comprenais pas d'où me venait cette hésitation. Je connaissais la réponse. Par cœur.

— Je le sais, père, ai-je répondu après avoir finalement repêché les mots adéquats au milieu de mon torrent de pensées.

— Que sais-tu donc ? a-t-il insisté.

— Je sais que vous ne voulez que mon bien, père, ai-je murmuré.

— Parfait, a répondu papa avec un soupir. Cela étant, tu me sembles surmenée, en effet. Jackie, pourquoi ne la mets-tu pas au lit, histoire de la calmer un peu ? Cela nous permettra de discuter tous les deux.

— Bonne idée. Suis-moi, Rose.

Soupir. Je détestais quand ils faisaient cela. J'allais perdre de précieuses heures avec Xavier alors qu'ils n'étaient même pas encore partis. Pas de dîner gastronomique pour moi ce soir.

— Combien de temps ? ai-je demandé tandis que maman me bordait dans mon tube de stase.

— Rien qu'un jour ou deux, chérie. Le temps que ton père et moi discutions de tout ceci. Tu as besoin de te calmer.

— D'accord.

Je me suis allongée sans rien dire, laissant la stase dissiper ma déception. J'étais presque sûre de leur décision.

Je n'ai pas été surprise, en ouvrant les yeux, de voir Åsa penchée sur moi. Papa et maman étaient partis sans me dire au revoir. Je suppose que c'était plus facile que de faire face à une nouvelle dispute mesquine. Et ils ne sauraient pas qu'Åsa me laissait sortir.

— Merci. Je suis restée combien de temps ?

— Deux semaines, a répondu Åsa en faisant la moue. Ils sont partis hier soir pour l'Australie.

J'ai acquiescé. Rien d'étonnant à cela. Ce n'était pas la première fois qu'ils me laissaient en stase en attendant que les choses se tassent. Une fête d'anniversaire à laquelle ils ne voulaient pas que j'assiste, un voyage scolaire auquel ils ne jugeaient pas convenable que je participe. J'étais sûre qu'ils avaient prévu de me laisser en stase jusqu'à ce que la remise des prix soit passée. D'ordinaire, je me faisais une raison.

Mais pas cette fois.

— Où est Xavier ?

— À l'école, a répondu Åsa. J'ai attendu quelques heures après leur départ, au cas où ils auraient oublié quelque chose. Heureusement que j'ai pris cette habitude ; autrement ils nous auraient déjà attrapés la main dans le sac plus d'une fois.

J'ai souri, mais sans joie.

— Aucune importance. Je ferais mieux de manger quelque chose avant de lui parler, de toute façon.

Åsa a compris qu'il y avait autre chose derrière le simple désir de voir mon petit ami.

— Qu'attends-tu de Xavier ?

J'ai mis la main sur le couvercle en NéoVerre bordé de métal lisse de mon tube de stase.

— J'attends les services du garçon capable de pirater ma chambre de stase, ai-je répondu. J'attends les services du garçon capable de falsifier l'accord de mes parents pour le programme des Jeunes Maîtres.

* * *

J'aurais voulu que Xavier m'accompagne à New York, mais c'était impossible. En envoyant par Internet divers documents falsifiés à M. Sommers, Xavier est parvenu à le convaincre que c'était lui – mon professeur – que mes parents souhaitaient voir m'accompagner à la remise des prix. M. Sommers était ravi, puisqu'il avait prévu de s'y rendre de toute façon, et qu'un tel voyage risquait de peser lourd sur un salaire d'enseignant.

Ce fut la cerise sur le gâteau d'une année parfaite. Je partageais une suite d'hôtel avec trois autres gagnantes : une étudiante de l'Oriana School of Arts, designer informatique, qui avait grandi sur Luna, et Céline, dont la présence me laissait pantoise. Céline était l'apprentie d'André Lefèvre, un sculpteur dont j'admirais le travail depuis l'âge de six ans. Nous avons parlé art jusqu'aux premières lueurs du jour avant de visiter tous ensemble le Metropolitan Museum le lendemain. J'aurais pu y passer une année entière, mais lorsque est venue l'heure de la fermeture, nous sommes rentrés à l'hôtel d'où une limousine nous a emmenés au banquet de remise des prix. Après le dîner, les dix gagnants sont montés sur scène, et nous avons chacun reçu une plaque dorée portant notre nom, ainsi que la catégorie et le titre de l'œuvre récompensée. La mienne disait :

ROSALINDA FITZROY
SOUS-CIEL, HUILE SUR CANEVAS.

Puis on nous a fait asseoir tandis que le maître de cérémonie félicitait différents employés et bénévoles. Nous attendions tous de voir qui allait remporter le Grand Prix.

J'espérais que ce soit Céline. Même si nous nous exprimions dans des langues et à travers des médiums très différents, nous partagions les mêmes goûts et la même relation complexe à notre travail. Et puis, c'était l'apprentie d'un authentique génie.

Aussi ai-je été déçue lorsque le nom du gagnant a enfin été annoncé. Je me suis tournée vers Céline pour lui dire combien j'étais désolée, avant de me rendre compte que ce nom, qui n'était pas celui de Céline, était en fait… le mien.

Paralysée, j'ai tourné la tête vers la scène pour fixer le maître de cérémonie. Il a fallu toute l'énergie de mes camarades de chambre pour me faire décoller de ma chaise.

On m'a tendu la statuette, un énorme prisme arrondi renfermant le symbole de ma spécialité - un pinceau - monté sur socle. Les spots se sont reflétés dans le prisme, envoyant des arcs-en-ciel lumineux dans mes yeux.

J'aurais dû préparer un discours. Céline l'avait fait. Rachel aussi. Moi, je n'avais rien à dire.

— J'ai attendu cela… toute ma vie, ai-je murmuré dans le micro.

J'ai serré le trophée contre mon cœur, les joues inondées de larmes. Le public applaudissait à tout rompre ; tout le monde avait compris que je n'aurais pas été capable de réciter un discours, quand bien même aurais-je préparé quelque chose. Un diaporama de mon portfolio s'est lancé sur l'écran qui surplombait la scène, sur fond de violoncelle. Alors que je regagnais mon siège en titubant, Céline a déclaré dans son anglais chaloupé que « les discours élégants et sophistiqués » qu'elle et les autres avaient écrits « semblaient bien ternes face à la pureté éloquente » de mes larmes - même si je la soupçonne d'avoir voulu me consoler devant mon manque de préparation.

À notre retour, Xavier m'attendait dans la voiture électrique de ses parents. M. Sommers est rentré chez lui, et je suis montée en voiture avec Xavier.

— Tu ne peux pas savoir à quel point je suis heureux pour toi, a-t-il dit tout en me ramenant à ComUnity.

— Je n'arrive toujours pas à y croire. Je n'ai que seize ans. C'est du jamais vu. C'est sans précédent pour ce prix.

— Il faut dire que tu as une plus longue expérience que n'importe lequel des autres concurrents, a fait remarquer Xavier avec un rire. C'est de la concurrence déloyale.

— Arrête. Je n'ai que seize ans.

— Et beaucoup de talent.

— C'est faux. Je triche. Je remporte un prix grâce à des visions oniriques. Tout ça, ce sont mes rêves statiques. Ce sont eux qui me donnent cette palette de couleurs.

Xavier m'a dévisagée tellement longuement que j'ai eu peur qu'il ne quitte la route.

— Tu utilises ton expérience personnelle, a-t-il finalement déclaré en regardant de nouveau devant lui. Je suis sûr que c'est vrai pour les autres aussi.

C'était le cas. Les œuvres d'art numérique de Rachel étaient parcourues de motifs complexes générés par des collisions d'astéroïdes, alors que les artistes de cirque et les danseurs qui posaient pour André influençaient également Céline. Il avait raison, je le savais.

— J'ai quand même l'impression de tricher.

— Tes rêves de stase restent des rêves, a dit Xavier. Ils viennent de ton subconscient, pas de ton tube.

J'ai baissé les yeux sur mon trophée.

— Je n'arrive toujours pas à y croire.

Alors que nous pénétrions dans l'ascenseur, j'ai tendu mon prix à Xavier.

— Tu veux bien me le garder ?

Il a regardé la statuette, avant de poser les yeux sur moi.

— Je ne peux pas, a-t-il répondu. C'est toi qui l'as remporté.

— Et si mes parents le voient, qu'est-ce qui va se passer à ton avis ? Tu me le rendras à la fac, quand je profiterai de ma bourse.

Xavier a souri.

— Ça marche.

Il m'a embrassée si longuement et avec une telle fougue que j'ai commencé à me demander si l'ascenseur plongeait dans les profondeurs. (En réalité, il était arrivé à destination et les portes s'étaient ouvertes, attendant patiemment que nous en finissions avec notre petite affaire et sortions de la cabine.)

— Je t'aime, ai-je dit.

— Je t'aime, m'a répondu Xavier. Je suis si fier de toi, a-t-il ajouté en embrassant la pointe de mon nez. On se voit demain.

Nous sommes partis chacun de notre côté, et j'ai ouvert la porte de l'appartement pour me précipiter à l'intérieur.

— Youhou, Åsa ! Je suis rentrée !

Comme Åsa ne me répondait pas de son habituel *Ja !* suédois, j'ai pris le couloir et passé la tête dans le séjour.

— Åsa ?

Un frisson a parcouru mon échine, déposant un goût métallique dans ma bouche.

— Åsa n'est pas là, a dit maman en me fusillant du regard.

Je me suis humecté les lèvres. Papa et maman m'attendaient, assis côte à côte sur le canapé du salon.

— Je… je peux vous expliquer, ai-je dit.

— Cela vaudrait mieux pour toi, a rétorqué maman. Nous sommes rentrés plus tôt, justement pour t'accompagner à cette… chose à laquelle tu tenais tellement. Et qu'avons-nous découvert ? Que tu avais disparu. Que ton tube était vide. Nous avons failli appeler la police. Sais-tu seulement l'impact que cela aurait pu avoir sur le statut de ton père dans cette communauté ? Notre fille, kidnappée... ou pire encore - une fugueuse ingrate.

— Je suis désolée, maman, c'est juste...

— Encore heureux, a coupé papa. Une fois que nous avons compris que tu ne nous avais pas attendus, nous avons eu une petite conversation avec Åsa. Elle a avoué t'avoir sortie de stase. Je n'y ai pas cru. Notre fille ne ferait jamais une chose pareille. Elle n'aurait pas le culot de me mentir en me regardant droit dans les yeux.

Il s'est levé, me dominant de toute sa hauteur.

— Du moins c'est ce que je pensais.

J'ai frissonné, une boule dans l'estomac.

— Pardon, papa, ai-je murmuré.

Maman s'est levée pour le rejoindre.

— Elle nous a dit que tu avais un petit ami. Tu es trop jeune pour cela.

— Maman, j'ai seize ans.

Papa a explosé. De mon souvenir, je ne l'avais jamais vraiment vu en colère. C'était la crainte de cette fureur pointant sous la surface qui m'avait, jusque-là, empêchée de lui tenir tête.

— Sale petite garce pernicieuse ! Tu as bien de la chance de nous avoir, tu le sais ? Sais-tu seulement ce qui se serait passé si tu avais eu d'autres parents ? On t'aurait diagnostiquée comme folle ! On t'aurait mise à la rue ! Tu ne vaux pas le temps qu'on te consacre ! Et certainement pas le nôtre ! Tu ne vaux rien ! Misérable vermine, faible d'esprit, retorse, déloyale, qui ne mérite même pas de nous baiser les pieds !

— Je m'en occupe, Mark, a dit maman, les yeux clos.

— Discipline-moi cette enfant si tu tiens à la revoir ! a éructé papa.

— Ne t'inquiète pas, chéri. On va discuter de tout ça, Rose et moi. Elle sait ce qui est mieux.

J'ai dégluti. D'un seul coup, le calme de ma mère me semblait plus redoutable encore que la fureur de mon père.

Deux heures plus tard, j'allais me coucher, tremblante, épuisée, le visage brûlant d'avoir pleuré. Mais maman avait raison, comme elle me l'avait répété, encore et encore. Je savais ce qui était mieux.

J'ai attendu dans le jardin toute la journée. J'aurais pu aller frapper à la porte de Xavier, dire à ses parents que je voulais le voir. Ils savaient bien que nous sortions ensemble, et cela ne les avait jamais dérangés.

Mais je ne voulais pas l'arracher à son bonheur. Il me semblait que plus je l'attendais, plus son monde garderait sa cohésion. Je me prenais pour Ophélie. *Monseigneur, j'ai des souvenirs de vous qu'il m'a longtemps tardé de vous rendre...* Papa et maman étaient hors de vue ; je savais qu'ils n'écoutaient pas. Pourtant, je savais aussi ce que j'avais à faire. Je me demandais si, ma mission accomplie, j'irais me noyer, couverte de fleurs, dans l'étang du jardin. Quelle importance ?

Il m'a aperçue dès son arrivée dans le jardin. Mon cœur s'est brisé en voyant son sourire s'élargir de bonheur. J'allais tout détruire pour lui. Mais je savais ce qui était mieux.

Il m'a enveloppée de ses bras. Je mourais d'envie de lui rendre son étreinte. Je n'en ai rien fait. Je suis restée plantée là, comme un pilier de bois.

Xavier s'est écarté pour me regarder et déposer un baiser sur mon front.

— Toujours pas remise du choc d'hier ?

J'ai pris une profonde inspiration.

— Je… j'ai fait connaissance avec les autres artistes pendant mon séjour là-bas.

Je savais que c'était le seul angle possible. C'était le seul aspect de ma vie dont il n'avait pas encore eu connaissance.

— On a partagé une suite.

— C'est ce que tu m'as dit, oui, a répondu Xavier, radieux. Tu as appris de nouvelles techniques ?

— Non. Enfin, si, mais… j'ai surtout appris des choses sur la vie. Ils sont tous beaucoup plus âgés que moi.

Il m'a ébouriffé les cheveux.

— Ils ont dû te chouchouter.

Je me suis détachée de lui.

— Arrête.

Il a finalement saisi que quelque chose n'allait pas.

— Rose ? Qu'y a-t-il ? Qu'est-ce qui se passe ?

— Ça, ai-je répondu.

Je ne pouvais laisser traîner plus longtemps. Il fallait en finir au plus vite. Comme pour me trancher les veines - si j'y allais trop lentement, je ne le ferais jamais pour de bon.

— Cela ne fonctionne plus.

Il a plissé le front.

— De quoi tu parles ?

— De ça, ai-je répondu en indiquant l'espace qui nous séparait. Je veux dire, nous… on a changé.

Xavier a haussé un sourcil.

— Encore heureux. Ce serait terriblement bizarre de t'embrasser autrement.

— Je suis sérieuse, ai-je rétorqué.

Xavier m'a prise au mot.

— Mais enfin, qu'est-ce qui ne va pas ?

— Rien. Je ne peux plus continuer, c'est tout.

— Continuer quoi ?

— D'être avec toi, ai-je déclaré.

Xavier s'est figé un instant.

— Mais pourquoi ? a-t-il finalement demandé.

— C'est juste... que je ne peux pas.

— Non, a répondu Xavier, à présent fâché. Pas de ça avec moi. Crache le morceau.

Le moment que j'avais redouté dès l'instant où j'avais franchi la porte. Je savais que prétendre ne plus l'aimer n'aurait aucun effet. La seule idée que je puisse en aimer un autre devait lui sembler grotesque. Je ne pouvais cependant pas lui dire que mes parents étaient contre, car alors il aurait trouvé le moyen de me voir à leur insu. Ou il se serait attendu à ce que je leur désobéisse - peine perdue. Et je ne pouvais supporter la douleur dans son regard quand il voyait, encore et toujours, que je les faisais passer avant lui. Alors j'ai fait la seule chose possible : je lui ai dit la vérité, de la façon la plus dure, la plus malhonnête qui soit.

— C'est trop bizarre, Xavier. Enfin... j'ai grandi avec toi. J'ai même changé tes couches, nom d'un chien ! On est comme... comme frère et sœur, ou même... même...

J'ai laissé tomber, incapable de poursuivre plus avant.

— Tu ne trouvais pas ça si étrange hier soir. Qu'est-ce qui s'est passé depuis ?

— Rien ! ai-je répondu, sans doute trop vite. Hier soir, j'étais tellement… heureuse et épuisée ; je n'avais pas la volonté de changer quoi que ce soit. Mais je savais quand même que…

Craignant qu'il ne décèle le mensonge dans ma voix, je suis repartie à la charge.

— J'ai toujours été beaucoup plus âgée que toi, je veillais sur toi. Tu t'es même confié à moi pour ton premier amour !

— Non, c'est faux. Mon deuxième, mon troisième, oui. Mais mon premier amour, c'était toi.

— Tu vois ? ai-je répliqué, sautant sur l'occasion. Ça ne peut pas être réel. C'est comme une sorte de rêve adolescent. Ce n'est pas sain, ni pour toi, ni pour moi.

— Rose, qu'est-ce que tu es en train de me dire ?

Je ne pouvais le regarder dans les yeux. Je ne voulais pas voir l'air abattu qui s'y dessinait à n'en pas douter. J'entendais la tension dans sa voix, sa panique à peine contenue. Je priais pour que mon discours ne soit pas aussi limpide.

— Ce que je suis en train de te dire, c'est qu'on ne peut plus être ensemble. Que ce n'est pas bon.

— Pas… bon ?

Je savais ce qu'il pensait. C'était ce qu'il y avait de meilleur au monde. Quand nous étions ensemble, tous les deux, le monde entier paraissait aller mieux.

— Non.

J'espérais qu'il n'entendrait pas ma voix se briser sur ce mot. J'ai pris une profonde inspiration. Il fallait que je me sorte de là. Je ne pouvais pas tenir une seconde de plus.

— Au revoir, Xavier, ai-je glissé d'une voix faible.

J'ai fait un pas sur la pelouse. Jamais la porte ne m'avait semblé si éloignée. Un pas. Puis deux. Trois. Quatre. J'en étais à six quand Xavier m'a attrapée par-derrière pour me forcer à lui faire face.

— Non ! s'est-il exclamé en me secouant par les épaules. Non ! Je ne peux pas accepter ça ! Je me fous de ce que peut penser le monde ! On n'est pas des monstres ! Toi et moi, on ne fait de mal à personne ! Comment peux-tu laisser qui que ce soit nous juger ? On n'est pas frère et sœur – et on a le même âge ! Ce n'est pas de ta faute s'il t'a fallu tout ce temps pour grandir !

— Si, ai-je murmuré.

— Tais-toi ! a hurlé Xavier. Arrête de t'infliger ça. Arrête de culpabiliser ! Je hais ces vampires qui partagent ta vie. Je les hais ! Ils ont sucé jusqu'à la dernière once de respect et de normalité que tu avais en toi ! Personne ne te comprend comme moi ! Personne, tu m'entends ? PERSONNE !

Maintenant qu'il avait perdu son sang-froid, je pouvais retourner la situation contre lui. Je m'en voulais terriblement. Je lui ai tout recraché à la figure.

— Et qui est en train de me dire que je ne vaux rien ? ai-je rétorqué. Je peux faire ce que je veux, séduire qui je veux. Alors que toi, tu restes coincé dans tes amourettes de gamin. Grandis un peu ! Tourne la page ! J'en vaux dix comme toi !

Je l'ai repoussé. Il m'a laissée partir.

J'ai foncé sur la porte comme poursuivie par les chiens de l'enfer. Je les sentais qui étaient déjà en moi, rongeant mon cœur, déchiquetant ma poitrine.

J'ai dû me battre avec la poignée, tenant à peine sur mes jambes. Et dans le bref instant de silence qui a précédé l'ouverture, j'ai perçu la présence de Xavier derrière moi.

— Attends, a-t-il dit.

— Non.

Je savais déjà que je ne pourrais pas tenir.

Il m'a retournée lentement pour que je le regarde. Je ne voulais pas voir ce visage. La douleur qui s'y étalait me torturait.

— Je t'en supplie, Rose, a-t-il murmuré.

Il a baissé la tête, et nous nous sommes fondus dans un dernier baiser.

Je percevais sa peine, le chagrin désespéré qui le déchirait. Je ne pouvais plus me contenir. J'étais vidée. Tout ce qui avait du sens m'a quittée, prenant la fuite comme devant un incendie, pour aller se réfugier à l'abri de cette étreinte. D'un seul baiser sombre et tourmenté, Xavier m'a volé mon âme pour la mettre en sûreté. Une courte éternité s'est installée entre nous tandis qu'il la laissait échapper. Son nez a effleuré le mien. Je sentais encore son souffle sur mes lèvres, comme s'il ne pouvait supporter de se détacher réellement de moi. Lorsqu'il m'a lâchée, j'étais incapable d'ouvrir les yeux. Je ne voulais pas revoir ce visage.

— Sache que je t'aimerai toujours.

C'est tout ce qu'il a dit.

J'aurais voulu lui répondre, mais la porte s'est ouverte derrière moi, laissant les ténèbres m'engloutir. À travers une brume aveuglante de larmes, j'ai retrouvé mon chemin jusqu'à l'appartement. Papa et maman étaient déjà partis pour la journée, et Åsa ne reviendrait plus. J'ai cherché mon lit à tâtons et m'y suis allongée, aussi immobile que si j'avais été en stase.

— Maman, mets-moi en stase, s'il te plaît, ai-je gémi lorsqu'elle est rentrée.

— Non, ma chérie, a-t-elle répliqué en essuyant les larmes de mon visage.

J'ai tellement pleuré que je ne sentais même plus le sel. Elle m'a serrée fort.

— Tu as fait ce qu'il fallait, trésor. Je suis fière de toi.

Je ne savais quoi dire. Lorsque Xavier avait dit la même chose de mon travail, je l'avais remercié. Mais dans la bouche de maman, et dans pareilles circonstances, ces mots me donnaient envie de mourir.

— Je t'en supplie. Je ne veux plus ressentir cette douleur.

Maman m'a regardée, perplexe, avant de répondre :

— Pour une journée, si tu veux. Mais tu as fait ce qu'il fallait, et je ne vais pas te laisser fuir tes responsabilités.

Je me suis sentie mieux à mesure que les drogues lavaient l'horreur ressentie devant l'expression d'angoisse de Xavier et le tourment de mon âme perdue. Mais lorsque maman m'a forcée à me lever et à retourner en classe le lendemain, tout m'est revenu d'un coup, avec la même force - pire même, avec le souvenir accru que m'avait laissé la stase.

Le mois suivant n'était que vague après vague de tourment. Je le voyais, parfois, dans les couloirs de la résidence ; je me détournais alors, pour le dissuader de m'aborder. Mais l'après-midi, moment de notre habituelle promenade dans les jardins, je me postais à la fenêtre pour l'observer pendant qu'il errait par les sentiers, seul. Il semblait tellement perdu. Mon cœur allait à lui, comme ce jour, quand il avait cinq ans, où il avait perdu son lapin en peluche. Ou celui où, à sept ans, il était tombé de son vélo. Celui encore où, à treize ans, il m'avait avoué avoir eu le cœur brisé par la jeune fille que je croyais être son premier amour. Quand le désir de me précipiter au-dehors pour lui demander pardon se faisait trop pressant, je courais voir maman, l'implorant de me mettre en stase ne fût-ce que pour quelques jours.

Et elle s'exécutait.

— Jusqu'au jour où elle ne m'a plus réveillée, ai-je murmuré.

Chapitre 24

Toute mon histoire s'était déversée dans l'esprit d'Otto. Cela n'avait pas pris plus de cinq minutes. Quelque part au milieu de ce torrent de culpabilité, Otto avait lâché ma main pour envelopper ses bras autour de mes épaules, sa joue pressée contre la mienne. Il était tiède, calme, et son souffle se faisait lourd dans mon oreille.

J'étais surprise de ne pas recevoir la moindre pensée de lui. Je sentais presque sa présence dans un recoin de mon esprit – comme une pensée inachevée, qui prenait garde de ne rien toucher. Je me suis écartée légèrement, mais la main d'Otto serrait toujours mon poignet.

— Pourquoi ne m'envoies-tu pas toutes les platitudes habituelles : ce n'était pas de ta faute, tu ne pouvais pas savoir, tes parents t'y ont forcée, personne ne mérite de rester en stase jusqu'à ce que mort s'ensuive quel que soit son tort, tout ça ?

Il a plissé les yeux, et j'ai compris que c'était là son véritable sourire – et non celui, forcé, qu'il avait cultivé pour la société. *Tu viens de le faire toi-même,* ai-je songé dans la voix d'un autre.

— Je n'y crois pas.

Mais si, m'a répondu Otto. Ses pensées étaient plus riches que les mots seuls. *Tu y as toujours cru. Mais tu t'es trop détestée pour l'admettre.*

Otto ne mentait décidément pas. Je ressentais, physiquement, sa sincérité. Il avait perçu à quel point je m'étais enfouie sous un océan d'autodépréciation. J'aurais fini par m'en rendre compte un jour, mais avec l'aide d'Otto, tout était remonté à la surface bien plus vite.

Mes parents avaient toujours eu tort. Et ils m'avaient pétrie de façon à me faire croire le contraire. Ce n'était pas Xavier qu'ils désapprouvaient, mais toute personne consciente de ce qu'ils m'avaient fait. Voilà pourquoi j'avais essayé de protéger Guillory en taisant mes soupçons. La force de l'habitude. J'avais protégé mes parents de tous, gardant pour moi toutes les méchancetés qu'ils m'avaient adressées, toutes les pensées dégradantes qu'ils m'avaient fourrées dans le crâne, toutes les séances de stase qu'ils m'avaient fait subir afin de ne pas avoir à m'affronter.

Lorsque j'avais remporté le grand prix des Jeunes Maîtres, ils avaient paniqué. J'allais être libre, exactement comme Otto lorsqu'il avait décroché sa bourse. Pour eux, plus de fille parfaite, décérébrée. Il leur fallait donc trouver le moyen de m'en priver tout en faisant croire que c'était moi qui l'avais refusé. Ils m'avaient obligée à abandonner Xavier afin de pouvoir m'enfermer sans qu'il en parle à personne.

Je me demandais s'ils avaient jamais prévu de me réveiller un jour. Peut-être. Un an et demi seulement s'est écoulé avant que ne débutent les Années sombres ; peut-être m'avaient-ils laissée en stase pour ma sécurité. Peut-être m'avaient-ils simplement oubliée durant ces neuf années qui avaient suivi – à moins que me laisser dans mon tube ne soit devenu une habitude. Mais je savais, sans le moindre doute, que ce n'était pas pour mon bien qu'ils m'avaient mise en stase.

Ils m'avaient maintenue en enfance aussi longtemps que possible, et ce dans leur propre intérêt. Pour que maman puisse habiller et jouer avec sa poupée vivante. Pour que papa ait son petit laquais, toujours prêt à dire : « Oui, père. Je sais ce qui est mieux, père. » Ils m'avaient ballottée d'une école à l'autre pour me faire croire que j'étais bête. M'avaient mise en stase à intervalles réguliers pour m'empêcher de grandir, en me faisant croire que c'était ce que je voulais. M'avaient laissée faire joujou avec mes peintures parce que c'était un passe-temps distrayant, inoffensif… jusqu'à ce que je décroche des récompenses. Là, c'en était trop.

M'avaient-ils menti ? m'interrogeais-je. Étaient-ils vraiment rentrés pour m'emmener à la remise de prix ? Sans la présence d'Otto dans mon esprit, je me serais peut-être laissée aller à le croire. Mais, débarrassée de toute mon insécurité, je voyais ma méfiance, aussi claire que le jour. Ils me terrifiaient. Depuis toujours. Je les aimais de tous mes atomes, mais ils me terrifiaient, et je ne leur faisais pas confiance.

Tu crois qu'ils m'aimaient ? ai-je demandé à mon visiteur mutique.

Ils le pensaient sans doute, a soufflé l'autre voix dans ma tête. *Mais je ne crois pas qu'ils aient su comment t'aimer.*

J'ai essayé de me détacher de lui avec un soupir. Otto ne lâchait pas mon poignet. *Moi, je t'aimerais,* a-t-il pensé. *On pourrait former une famille.* Il a déposé un baiser plein de tendresse sur ma tempe, et je me suis surprise à sourire.

Il m'a alors lâché le poignet, et la présence silencieuse dans ma tête s'est envolée.

— Merci, ai-je murmuré. Je te fais toujours peur ?

Otto a acquiescé, les yeux plissés. Il a effleuré ma joue, et l'image d'une églantine sauvage entourée d'un magnifique château m'a traversé l'esprit. Le château de la Belle au bois dormant. Mais il ne me voyait pas comme la belle, passive et ensorcelée, attendant d'être éveillée par son prince charmant. J'étais un magnifique buisson de roses, sauvage, impénétrable, suffisamment fort pour résister à un siècle d'assauts à l'épée, de la part de chevaliers tentant d'atteindre les vulnérables innocents que je protégeais. Un buisson qui savait qui laisser entrer.

J'ai froncé les sourcils.

— Qui est-ce que je protège ?

Ses yeux ont souri alors qu'il plaçait une main sur mon cœur. *Toi.* Avant de toucher le sien. *Moi.* Il a croisé les mains et déployé les bras dans un geste désignant le monde dans son ensemble. Il a effleuré mon nez avec espièglerie, m'envoyant une pensée furtive. *J'ai confiance en toi.* Ce n'était pas exactement un « je ». Nabiki avait raison : ses pensées ne se traduisaient pas toujours en mots. Son pronom englobait aussi un « nous », qui comprenait sa famille. Même s'il était le seul à me connaître.

Un bip a retenti. Otto a tiré un téléphone de sa chemise.

— À quoi peut bien te servir un portable ? lui ai-je demandé.

Il m'a regardée en remuant la tête. Je me suis rendu compte que, même s'il n'était doué de parole, les autres en revanche pouvaient lui parler. D'un claquement de langue, il a activé l'appel entrant. Le visage de Bren s'est matérialisé au creux de sa main.

— Otto, tu as retrouvé Rose ?

Otto a acquiescé avant de me tendre l'appareil.

J'étais mal à l'aise.

— Euh, salut, ai-je dit.

— Rose, Dieu soit loué ! Tu vas bien ?

— Oui, pourquoi ?

— Grand-père m'a appelé. Le Plastine a fait irruption à UniCorp il y a une vingtaine de minutes.

J'ai cligné des yeux.

— Il a quoi ? !

— Arraché un pan de mur et ébranlé le PC sécurité. Ils ont essayé de l'arrêter, mais on ne maîtrise pas un truc pareil. Il a causé énormément de dégâts, et certains des hommes qui ont tenté de l'attraper sont à l'hôpital. Comme il ne te trouvait nulle part, il est reparti. La police essaie de suivre sa trace, mais il a activé une espèce de mode furtif raccordé aux points d'accès d'UniCorp. Même les caméras de sécurité de l'entreprise n'enregistrent pas sa présence. Les ordinateurs l'effacent automatiquement via un patch. C'est comme ça qu'il a pu se balader dans ComUnity sans se faire repérer. Il n'y a plus de doute possible : il obéit aux ordres d'un membre d'UniCorp.

— Comment va Xavier ? ai-je demandé, incapable de dissimuler ma panique.

— Grand-père va bien. Il va venir te chercher. Je suis en route moi aussi. Je devrais arriver d'ici cinq minutes. Tu es avec Otto ?

— Dans les dortoirs, oui. Écoute, je ne sais pas si je suis prête…

— On pourra s'occuper de tout ce qui ne concerne pas ta destruction immédiate plus tard ! Oublie tout ça pour l'instant ! a rétorqué Bren.

Il avait raison, je le savais.

— D'accord. Et Guillory, on l'a retrouvé ?

Bren s'est rembruni.

— Oui. On ne pense pas que c'était lui qui avait mis ce truc à tes trousses.

— Pourquoi ?

— Il a été retrouvé dans votre chambre d'hôtel, battu à mort, a expliqué Bren. On vient seulement de l'apprendre, parce qu'il était enregistré sous un faux nom.

Je n'y croyais pas.

— Mais alors que voulait-il dire quand il a dit que c'était dommage que les choses doivent finir ainsi ?

— Sans doute sa rengaine habituelle. Que tu vas vieillir et perdre ta beauté. Il a dit la même chose à Hilary. Il était ivre.

Un frisson m'a parcouru l'échine. Guillory restait un sale type, et je ne l'aimais toujours pas, même après sa mort. Mais si ce n'était pas lui qui avait tenté de me tuer, jamais je n'aurais souhaité sa mort, aussi détestable qu'il ait pu se montrer, quoi qu'il ait pu dire ou penser sous l'influence de l'alcool.

— Mais alors, qui est-ce qui essaie de me tuer ? ai-je demandé d'une voix tremblante.

— On ne sait toujours pas. Où est Otto ?

Otto a repris son téléphone.

— Otto, garde-la avec toi jusqu'à ce que j'arrive. Je suis là dans une minute.

C'était une minute de trop. Une ombre remplissait l'embrasure de la porte. Une voix synthétique au dur accent germanique a fendu le silence.

— VOUS ÊTES ROSALINDA SAMANTHA FITZROY. PRIÈRE DE RESTER IMMOBILE POUR IDENTIFICATION RÉTINIENNE.

Chapitre 25

Pas le temps de réagir. Otto s'est jeté sur moi en me protégeant d'abord physiquement avant de me transmettre par la pensée une vague de panique défensive. Il m'a fait basculer derrière le sofa avec des grognements incompréhensibles.

Je percevais des bribes de pensées tandis qu'il parcourait les informations connues au sujet de notre assaillant. Il savait le Plastine méthodique, facile à distraire, insensible à la douleur. J'ai saisi un très clair « *Et merde, pas de peinture !* » quand il a sondé la pièce des yeux à la recherche d'une arme potentielle. Il m'a fait baisser la tête. « *Pas un bruit ! Il peut se servir de ton empreinte vocale pour confirmer l'identification initiale. Il laissera peut-être tomber si on le fait douter de ton identité. Je vais faire diversion. Fonce vers la porte.* »

Avant que j'aie eu le temps de lui rappeler le sort de Guillory, il avait disparu, se repliant dans un coin de la pièce, hors du champ de vision directe du Plastine. Alors que je rampais à plat ventre à la recherche d'un abri, Otto a mis une table de chevet entre le Plastine et moi. Ce dernier l'a pulvérisée d'un coup de pied, avant de me saisir par les chevilles.

Je me suis glissée derrière une chaise en criant. D'un coup violent, le Plastine a démoli le meuble au-dessus de ma tête, envoyant voler coussin et rembourrage à travers la pièce. Je me suis écartée d'une roulade, en dépit des protestations de mon cœur toujours épuisé par la stase. Bien qu'incapable de reprendre mon souffle, je me suis remise debout. Le Plastine se dressait entre la porte et moi, immobile. J'étais prise au piège.

Otto a croisé mon regard alors que je plongeais sous un nouveau meuble. Il avait ramassé quelque chose – le coussin de la chaise détruite, qu'il a déchiré pour en extraire le cœur en mousse. À l'affût, comme un chat, il s'est jeté sur le dos du Plastine. La housse du coussin s'est abattue sur son buste rigide, restreignant ses mouvements. Otto m'a regardée droit dans les yeux avant de désigner la porte d'un coup de tête.

Il ne fallait pas me le dire deux fois. Le cœur au bord des lèvres, j'ai foncé devant mon agresseur aveuglé. Au passage, j'ai vu son bras plastifié saisir celui d'Otto.

J'avais presque atteint la porte quand j'ai entendu le craquement. Mon cœur s'est figé. Je me suis retournée au moment même où les hurlements commençaient à poindre. Un son que je ne voulais jamais entendre à nouveau. Par trop humain, bien qu'entièrement dépourvu de langage. Un jour, lors d'un banquet champêtre de charité auquel j'assistais avec ma mère, j'avais entendu un lapin hurler sous la mâchoire meurtrière d'un chien ; cela m'avait glacé le sang. Mais le cri de douleur d'Otto était cent fois pire. Le tissu s'est déchiré tandis que le Plastine arrachait la housse de sa tête, envoyant valser Otto contre le mur, le bras tordu dans un angle effroyable. Otto a glissé au sol, presque inerte. Et s'interposant toujours entre le Plastine et moi.

Je ne pouvais l'abandonner ainsi. Le sort subi par Guillory prouvait combien le Plastine était redoutable. Alors qu'il saisissait Otto par la chemise, je me suis précipitée en avant pour m'intercaler entre eux.

Les yeux luisants du Plastine ont scanné mon visage. Il a lâché Otto, qui est tombé au sol avec un bruit horrible. Le Plastine m'a saisie par le poignet.

— VOUS ÊTES ROSALINDA SAMANTHA FITZROY. PRIÈRE DE RESTER IMMOBILE POUR IDENTIFICATION RÉTINIENNE.

Parfaitement immobile, je l'ai laissé sonder mes yeux de ses pupilles mortes.

— IDENTIFICATION CONFIRMÉE.

Il a levé le collier inhibiteur pour me le passer autour du cou. Je n'ai pas résisté.

Otto a bondi avec un cri, essayant de son bras indemne de m'arracher le collier avant son verrouillage. Le Plastine a levé une main pour l'assommer d'un coup sans doute fatal, mais j'ai été plus rapide.

J'ai attrapé le bras d'Otto dans un geste intentionnellement cruel. Puisant dans le coin le plus noir et le plus épineux de ma conscience, j'en ai tiré le plus profond des chagrins, que j'ai envoyé, associé au souvenir de la douleur et de l'épuisement ressentis au sortir de stase, à Otto. D'instinct, il s'est rétracté. Juste assez longtemps pour permettre au Plastine de fixer le collier autour de mon cou avec un clic.

Les premières secondes d'asservissement m'ont mise en état de choc. Mon esprit hurlait, paniqué. C'était comme entrer en stase sans l'effet apaisant des drogues. Mon corps refusait de fonctionner. Mon organisme tout entier dépendait à présent d'électrodes venues se nicher dans mon cerveau. L'espace d'un court instant, tout, absolument tout, s'est arrêté – je suis morte. Puis les choses ont recommencé à bouger, mais de façon étrange, artificielle. Mon cœur est revenu à la vie en vrombissant, mes poumons se sont étirés à la recherche d'un souffle, et mes muscles se sont contractés puis détendus tandis que le Plastine acclimatait ses processeurs à mon organisme.

Maintenant qu'il avait complété la première étape de son programme, il allait lancer la phase deux.

Mes jambes l'ont suivi à mesure que son système déversait des signaux dans mon cerveau. Je n'ai pas pu vérifier si Otto allait bien. C'était à peine si mes pensées m'appartenaient. Je ne pouvais que suivre le mouvement, sans me préoccuper de la douleur omniprésente. Le Plastine faisait bouger mes jambes pour moi, obligeant mes poumons à respirer, mon cœur à battre. Le tout sans connaître la meilleure façon de mouvoir mes muscles, me donnant des crampes partout. Mon cœur tâtonnait à contretemps. Chaque respiration m'était douloureuse tant elle était violente et mal mesurée.

Il m'a traînée à travers le campus. Comme il ne prenait pas en compte mes conduits lacrymaux ni ma production saline, mes yeux secs me piquaient, et je ne pouvais même pas fermer les paupières. Ce qui ne m'empêchait pas de voir. Le Plastine prenait la direction d'un aéroglisseur. Et pas n'importe lequel : c'était le yacht luxueux de Guillory.

Le yacht s'est ouvert, et le Plastine a embarqué. Mon corps l'a suivi sous la contrainte. Alors que j'atteignais la porte, une masse m'a heurtée violemment. Bren. Comme je ne pouvais regarder que droit devant moi sous les ordres du Plastine, je ne l'avais pas vu traverser le campus.

Ses doigts ont tenté d'arracher le collier. Le Plastine s'est retourné. *Non !* ai-je pensé. *Non, Bren, cours ! Cours ! Fuis, vite !* Alors que mon corps montait dans le yacht et que le Plastine abaissait ma tête, les électrodes ont perdu le contact de mon cerveau l'espace d'une milliseconde. J'ai pu hurler – une seule syllabe, mais c'était suffisant.

— Cours !

Bren m'a entendue – et, à ma grande surprise, prise au mot, roulant sous le yacht avant que le Plastine ait eu le temps de le marquer comme cible.

Pendant un court instant qui a semblé durer une éternité, le Plastine s'est accroupi dans l'embrasure de la porte du yacht, parcourant les options que lui offraient ses processeurs. Puis, l'obstacle disparu, il s'est engouffré dans la cabine et nous sommes repartis. Je mourais d'envie de faire demi-tour pour m'assurer que Bren allait bien, mais mon corps appartenait désormais au Plastine.

Et quel corps compliqué ! Une centaine de fonctions autonomes, un millier de nerfs contenant toutes mes commandes motrices. Mon programme naturel comptait tellement de systèmes différents que les processeurs limités du Plastine frôlaient la surcharge. Ce qui le ralentissait – suffisamment pour me laisser le loisir de m'adapter. J'ai essayé de trouver quelle proportion de mon esprit m'appartenait toujours. Une part suffisamment importante pour que je ressente de la douleur ; autrement dit suffisamment importante pour me permettre de penser. La manipulation par Otto de mes propres impulsions électriques était subtile, délicate, facile à rompre. J'aurais sans doute pu chasser sa présence hors de mon esprit sans grand mal. Les impulsions du collier inhibiteur s'emparaient de mon contrôle avec violence et brutalité, me volant mes fonctions autonomes et toute commande motrice.

Cependant, je dominais toujours mes fonctions cérébrales supérieures.

De plus, je n'étais pas tout à fait seule. Comme avec Otto, je percevais la présence du Plastine dans un coin de mon esprit. S'il était connecté à mes systèmes, l'inverse était également vrai, même si lui n'en avait pas entièrement conscience. Mes mouvements avaient beau lui être assujettis, je pouvais diriger mon attention où je le voulais.

Une fois raccordée aux processeurs du Plastine, sa présence dans mon esprit s'est faite presque insupportable. C'était un flot assourdissant d'informations, bien trop abondant pour être traité par mes processeurs organiques. Si j'avais pu fermer les yeux et me détourner, je l'aurais fait. Mais je ne pouvais fuir mon cortex. J'ai senti monter la panique, à m'en faire perdre la tête. C'est alors que le flot d'informations a brusquement cessé.

FLOT DE DONNÉES 197 SCANNÉ, a exprimé la pensée dans ma tête. CLIENT INTROUVABLE.

Quoi ? Que voulait-il dire ?

SCAN FLOT DE DONNÉES 198 : INITIALISATION.

Un nouveau courant d'informations incompréhensibles a afflué dans ma conscience. Mais il me semblait en reconnaître une partie. J'ai alors eu une révélation : le Plastine menait une recherche sur Internet. Ayant compris que le flot d'informations venait du réseau et non du Plastine lui-même, j'ai pu m'en détacher pour me focaliser plutôt sur la programmation de mon ravisseur.

Au début, je ne percevais que SCAN... SCAN... SCAN...

FLOT DE DONNÉES 198 SCANNÉ. CLIENT INTROUVABLE.

Je me suis concentrée sur ce qu'il entendait par « client ». C'était là, quelque part dans son programme, dans un sous-dossier connecté au mot en question. CLIENT : PROGRAMMATEUR OPÉRATION PRIMAIRE. Ce devait être celui qui l'avait mis en marche. Celui qui l'avait envoyé à mes trousses. J'ai exploré l'arborescence. Le premier dossier auquel était rattaché le programme d'opération primaire renfermait un scan rétinien – ce qui me faisait une belle jambe. Le deuxième comportait un logiciel de reconnaissance vocale, qui ne présentait rien d'autre que des schémas ondulatoires. Le troisième portait un nom.

MARK ANDREW FITZROY.

Papa.

Toutes les fonctions commandant à mes variations de teint, mes sanglots ou ma nausée étant contrôlées par le Plastine, je ne pouvais que ressentir l'information se graver en lettres de feu dans ma tête. Mais à y bien réfléchir, c'était parfaitement logique.

Mes parents étaient des personnalités prestigieuses. Ils n'avaient eu de cesse de me rappeler le risque que j'encourais d'être kidnappée et séquestrée par ceux qui leur voulaient du mal. Je les avais pris au mot, craignant de sortir des sentiers battus par leurs soins. De l'école à la maison, de la maison à l'école, sans jamais quitter la Résidence Unicorn, encore moins ComUnity. Autrement, j'étais toujours avec papa et maman.

Si j'avais été kidnappée, cette horreur plastifiée avait été programmée pour me secourir. Guillory mort, Otto, Bren et Zavier avaient été pris pour cibles parce que le Plastine avait pour mission de neutraliser ou d'éliminer mes ravisseurs.

Terrifiant, oui. Triste… mais calculé. Car imaginons que je n'aie pas été kidnappée. Imaginons que j'aie fait une fugue.

Imaginons, rien qu'un instant, que leur fille – leur délicieuse et parfaite petite fille – ait décidé qu'elle ne voulait plus vivre avec eux. Que faire ? Laisser une enfant indisciplinée détruire leur réputation mondiale ? Laisser apparaître à la face du monde que je n'étais pas la poupée immaculée qu'ils avaient tenté de fabriquer ? Me laisser même dévoiler leurs secrets, déversant le récit de leurs défauts sur Internet et boutant les cadavres hors du proverbial placard pour les faire parader sur les boulevards ? Hors de question.

Mieux valait alors faire croire à un enlèvement. Même si je m'étais enfuie de mon propre chef, le Plastine n'aurait que faire de mes protestations – car il n'était pas programmé pour m'obéir. Il était programmé pour penser que toute personne susceptible d'entraver sa mission était complice. Toute personne essayant de l'empêcher de m'emmener – qu'elle soit ami, camarade de classe ou officiel – était marquée comme cible hostile et éliminée. Sans laisser de trace. Ni empreinte digitale. Nul moyen de faire remonter les décès jusqu'à mes parents.

FLOT DE DONNÉES 199 SCANNÉ. CLIENT INTROUVABLE.

Évidemment que le client était introuvable : papa était mort depuis belle lurette. Mais je pouvais difficilement l'expliquer au Plastine.

J'ai tenté de regarder sa programmation dans son ensemble. Tout en haut de l'arborescence se trouvait le dossier DIRECTIVE PRINCIPALE. Je me suis concentrée dessus. J'y ai trouvé ce que j'espérais. DIRECTIVE PRINCIPALE : RAMENER CIBLE À CLIENT. J'étais la cible, qui devait être ramenée à papa.

Venait ensuite cette autre instruction, cachée sous la première. DIRECTIVE SECONDAIRE, CLIENT INTROUVABLE : ÉLIMINER CIBLE.

Une fois convaincu de ne pouvoir me ramener à mes parents, il était programmé pour m'éliminer. C'est alors que l'horreur du plan ourdi par mes parents m'a heurtée de plein fouet. Je savais que le Plastine était un tueur. Mais que mes propres parents préfèrent me voir morte plutôt qu'échapper à leur contrôle ? Ce n'était pas de l'amour. C'était de l'esclavage.

Me doutant déjà de ce que j'allais y trouver, j'ai dirigé mon attention sur la date d'activation de la mission. Mon macabre poursuivant n'avait été commandité qu'après que j'eus reçu le prix des Jeunes Maîtres. Papa, et probablement aussi maman, ne s'était résolu à le lancer à mes trousses qu'une fois que je m'étais clairement émancipée de leur emprise. Mon amour pour eux s'est mué en haine tandis que je lisais les préceptes de la mission implantée dans le Plastine.

Mais un dossier intitulé CIBLE a accroché mon attention. À mon grand étonnement, il comptait plusieurs sous-dossiers.

Le premier ne recelait aucune surprise : scan rétinien et empreinte vocale au nom de ROSALINDA SAMANTHA FITZROY.

Les deux autres comportaient également des scans et des empreintes. Accompagnés de deux noms.

STEPHANO LUCIUS FITZROY.

SERAPHINA ALEXANDRA FITZROY.

Ces deux sous-dossiers étaient encore actifs. Ce qui voulait dire que les deux personnes concernées n'avaient pas encore été éliminées.

Seraphina… un nom qui me semblait familier. Sarah. Mon amie d'enfance, quand j'étais toute petite. Et si ce n'était pas la fille de la gouvernante ? Seraphina Alexandra Fitzroy. Sarah était ma sœur ! Ma grande sœur ! Je n'étais pas seule ; j'avais une famille. Un frère et une sœur, quelque part, probablement en stase, tout comme je l'avais été. Il fallait que je les retrouve. Ma haine aveugle s'est transformée en un sentiment féroce et protecteur. Soudain, je ne me souciais même plus de savoir ce qui était possible ou non.

J'ai redirigé mon attention sur la recherche Internet menée par le Plastine. Il vérifiait de façon systématique tous les filtres possibles. Même si le Net paraissait sans limites, d'une fluidité constante, il était, en réalité, bien délimité. Le Plastine finirait bien par retrouver son chemin parmi tous ces flots de données, et lorsqu'il aurait échoué à retrouver scan rétinien, empreinte vocale, ou entrée du nom de MARK FITZROY, il nous éliminerait. Alors, où diable m'emmenait-il ?

Le simple fait de poser la question me donnait la réponse ; elle était incluse dans son programme. RAMENER À BASE. Génial. Où se situait cette base ? J'ai ouvert le dossier et trouvé des coordonnées précises, à la cinquième décimale près, mais cela ne me disait rien. En cherchant plus avant, j'ai pu dénicher un descriptif tactique de sa base. C'était une sorte de chaise, sans doute une station d'accueil. J'ai fait marche arrière, tentant de mettre la main sur un journal de ses déplacements au cours des derniers jours.

Il n'avait pas chômé. J'ai remonté les entrées. Il avait attaqué Uni Prep et complété la première étape de son programme. Enregistré. Avant cela, il était sur le point de regagner sa station d'accueil dans le yacht de Guillory quand il avait capté mon scan rétinien à Uni Prep.

C'était donc le scan ! Chaque fois que je présentais ma rétine à l'appareil, il recevait une alerte via Internet. J'avais jusque-là été épargnée par le vieux scanner digital de la maison et par le fait que je n'allais nulle part en dehors de l'école et du cabinet de mon physiothérapeute. Si Otto avait opté pour la cour plutôt que les dortoirs, nous serions toujours sains et saufs. Otto n'aurait pas de fracture ouverte, et je ne serais pas en route pour mon annihilation.

Avant cela, le Plastine s'était rendu à UniCorp pour s'assurer que je n'étais pas sur les lieux. Beaucoup de gardes de sécurité neutralisés, de verre brisé. J'ai même aperçu Xavier qui criait en direction de quelqu'un. Mon cœur a fait un bond.

J'ai remonté les entrées du journal jusqu'au Nirvana, grimaçant mentalement en revoyant à rebours la mort de Guillory. Personne ne méritait pareil sort. Pire encore, j'avais passé mon temps à le haïr, alors qu'il avait essayé d'arrêter mon agresseur. Il avait dû m'attraper le bras dans une tentative pour me sortir de son champ d'action, mais, trop ivre, il avait échoué. J'ai sauté le voyage dans l'aéroglisseur défoncé pour visionner, en marche arrière, et sous un angle différent, les informations que j'avais vues au Nirvana, et dans lesquelles le Plastine réquisitionnait l'embarcation.

Ah, voilà. J'ai enfin pu regarder l'enregistrement du Plastine traversant… quoi ? On aurait dit un jardin. Une entrée secrète ? Je n'avais aucune idée de l'endroit où il se trouvait jusqu'à ce que j'aperçoive un fragment du portail de la résidence Unicorn.

Cette fichue machine avait passé tout ce temps sous mes pieds ! Les images défilaient à l'envers, et j'ai vu le Plastine traverser le dernier sous-sol, passant juste à côté de mon tube de stase ! Il avait dû me frôler quand je m'y suis réfugiée au soir de sa première attaque.

Une porte secrète… sans doute pas si secrète que ça. Simplement oubliée. Un battant métallique s'est ouvert et le

Plastine a regagné, à reculons, sa station d'accueil dans un coin de la pièce.

La pièce en question me semblait terriblement familière. J'en reconnaissais la disposition. Le bureau de papa à UniCorp suivait exactement le même schéma, avec tous ses écrans connectés à Internet et son lourd fauteuil en cuir. Les écrans étaient à présent noirs et poussiéreux, un ou deux seulement renvoyant encore des éclairs irréguliers comme le courant passait par intermittence dans les câbles. Le fauteuil était tout craquelé, son siège désormais le nid d'un rongeur. C'était néanmoins le deuxième bureau de papa : celui d'où il organisait, depuis son domicile, toutes les affaires pas très légales nécessaires au développement d'UniCorp, pour en faire la plus grande compagnie commerciale de l'histoire de l'humanité.

J'ai détourné mon attention de la vidéo. Je savais maintenant où nous allions. Et je savais, ou du moins le pensais-je, comment j'allais mettre fin à tout cela. Tout dépendait d'un seul moment, crucial : celui où le Plastine me remettrait debout pour me débarquer du yacht. Le seul instant où j'avais pu regagner le contrôle de mon corps était quand il m'avait tordu le cou pour me faire monter à bord. Si je pouvais exploiter cette milliseconde durant laquelle les implants du collier seraient partiellement déconnectés, je pourrais peut-être me sortir de là.

Le Plastine a garé l'aéroyacht dans la cour de la résidence avant de mettre pied à terre. Mes jambes ont suivi le mouvement, mes bras se sont levés à la recherche du bon équilibre, puis ma tête s'est baissée pour que la précieuse cible que j'étais sorte indemne de l'embarcation.

Avant même qu'il me manipule, j'avais lancé à mon bras l'ordre de se lever. Lève-toi, punaise, attrape mon cou. Alors que ma tête se baissait, la connexion s'est rompue, et mon bras a réagi à l'impulsion régulière que je lui envoyais. Il a giclé aussi vite que sous l'effet d'une brûlure. Ma main droite a saisi le collier…

Et le moment était passé. J'avais bougé la main, mais pas assez vite. Au lieu d'arracher le collier inhibiteur de mon cou, tout ce que j'avais réussi à faire, c'était de me coincer les doigts en dessous. Tout était perdu. Je me serais affaissée au sol sous le coup de ma défaite, si j'avais été libre de mes mouvements. Mais je marchais à présent, traversant le garage en direction du sous-sol, en direction de ma fin imminente. Mon bras pendait bizarrement, les doigts coincés sous le collier.

Quelque chose se produisait pourtant. Je pouvais contrôler mes gestes. Pas longtemps. Je pouvais remuer la jambe, juste un peu, puis elle se remettait à suivre les impulsions du Plastine. J'ai brièvement gémi de douleur avant que mes réactions se trouvent inhibées de nouveau. Que se passait-il ?

J'ai trouvé la réponse lorsque les circuits surchauffés du Plastine m'ont à nouveau affligée d'arythmie. Le cœur battant, mes doigts ont trouvé meilleure prise sur le collier. Mon pouls. L'afflux de sang dans mes doigts décollait légèrement le collier. De peu – moins d'un millimètre, une milliseconde à peine. Mais cela suffirait peut-être.

Si seulement j'avais pu battre des paupières, ma vue s'en serait trouvée améliorée. Mon environnement se faisait brumeux à travers mes yeux asséchés. Mais alors que nous tournions dans le couloir, je l'ai vu, clairement. Juste là. Mon tube de stase, dont l'étiquette NéoFusion™ brillait même dans le flou.

J'ai employé chaque impulsion sous mon contrôle à pencher mon corps vers la gauche. Alors que j'avais suivi le Plastine de près jusque-là, je me suis mise à dériver lentement mais sûrement de ma trajectoire pour entrer en collision avec mon tube. L'interrupteur se trouvait sur la gauche, à hauteur de genou. Rendu ultra-sensible par les piratages successifs de Xavier. Si je parvenais à viser juste, je pourrais l'activer.

C'était un plan désespéré. En cas d'échec, c'en était fini de moi – tout comme mes parents l'avaient voulu.

Le Plastine poursuivait son chemin, ignorant ma légère déviation. Il a dépassé mon tube. Pas moi.

Explosant sous une nouvelle vague de douleur, mon genou gauche est entré en contact avec le tube de stase, et un doux murmure musical s'est élevé du coussin moelleux. Activation réussie. L'élan accumulé dans la collision a fait basculer mon corps et la poupée de chiffon que j'étais devenue s'est étalée de tout son long sur l'appareil. Le programme préinstallé du système de stase a pris le relais. Les drogues se sont infiltrées dans mes poumons, me plongeant dans un sommeil sans crainte. Le couvercle transparent s'est refermé automatiquement, repoussant mes jambes, mais surtout mon bras – celui dont la main était coincée sous le collier inhibiteur et dont le coude est passé au-dessus de mon oreille, manquant de me déboîter l'épaule. Le collier s'est défait.

J'ai presque cru entendre le bruit de succion des électrodes au moment où elles se retiraient de mon crâne. Les drogues de stase avaient déjà fait leur office, et mes yeux se sont refermés, les paupières lourdes. J'avais toujours joué à m'accrocher à mes rêves de stase. Cette fois, je les combattais, repoussant les tempêtes d'éclairs pacifiques de mon imagination et forçant mes yeux à voir les ténèbres bleu-gris du sous-sol plutôt que les couleurs vibrantes de mes songes. Me focalisant sur la douleur dans mon genou, la crampe à mon épaule, la brûlure dans mes yeux, je me suis glissée hors de mon tube. Lequel a bipé, identifiant une erreur système. Lentement, le couvercle s'est rabattu en sens inverse.

Le corps irrigué de drogues, je ne ressentais plus aucune peur face au Plastine – lequel avait enfin enregistré l'interruption de sa procédure. Il s'est arrêté tandis que ses systèmes se réinitialisaient suite à l'échec de son plan d'origine. Il ne tarderait pas à s'élancer à ma poursuite, dès son programme réajusté. J'aurais pu fuir, mais je ne serais pas allée bien loin. J'avais trop mal, mes nanorobots étaient hors service, et il m'aurait barré la route à mi-chemin de l'ascenseur. Mais une autre solution s'offrait à moi.

L'absence de peur amène toujours avec elle une sorte de clarté sereine. C'est sans doute pour cette raison que j'aimais tant m'accrocher à mes rêves, même quand je n'en ressentais pas le besoin. Cette lucidité nouvelle me permettait à présent de voir le seul moyen possible de vaincre un ennemi invincible fondu dans le plastique.

La chaleur.

Du bout du collier inhibiteur, j'ai poignardé les coussins de satin rose qui bordaient mon tube. Les électrodes pointues se sont prises dans le tissu tandis que l'arête du collier déchirait le rembourrage. Je savais quoi chercher et où le trouver.

Les mains couvertes de débris de satin, j'ai dégagé les fils de la batterie NéoFusion qui alimentait mon tube de stase. Je les ai suivis, arrachant le panneau de sécurité secondaire, pour mettre au jour la batterie. Un large cylindre aussi long que mon avant-bras et aussi gros que ma tête. L'adrénaline m'a donné la force de la tirer de son boîtier, en dépit de son poids.

Mon tube a rendu l'âme avec un soupir plein de fureur au milieu des clignotements lumineux et des cliquetis d'ampoules de drogue. Le Plastine, qui s'était remis à bouger, se trouvait à moins de cinq mètres. J'ai secoué la batterie estampillée UniCorp afin d'en exciter les neutrons et de lui rendre sa polarité initiale, maudissant mentalement mon père pour m'avoir fait croire que j'étais trop bête pour comprendre. J'aurais pu diriger UniCorp sans le moindre souci. N'avais-je pas accumulé suffisamment de connaissances sur le produit phare de la compagnie ? Impossible d'installer des batteries NéoFusion dans les aéroglisseurs ou tout autre appareil susceptible de collision. Trop volatil.

Tout comme moi.

J'ai jeté la batterie à la tête du Plastine dans l'espoir qu'elle explose à l'impact. Il l'a rattrapée avec adresse. Démoralisée, je me suis laissée tomber dans mon tube détruit, espérant y trouver quelque résidu chimique à même de vider mes derniers instants de toute peur résiduelle. J'étais morte. Adieu Xavier. Adieu Bren, Otto, Mina, soleil, lune, étoiles, amour, peine, regrets, bonheur, art, beauté.

Mais c'était compter sans la force du Plastine, et sans sa programmation : arrêter tout ce qui pourrait essayer d'entraver sa mission. D'un mouvement rapide des mains, il a écrasé la jaquette de la batterie, laissant échapper un flot d'énergie pure.

J'ai saisi le couvercle de mon tube pour le refermer de force au-dessus de ma tête. Pas assez rapide. La première vague de chaleur m'a heurtée de plein fouet. Mon corps tout entier a viré au rouge comme sous l'effet d'un coup de soleil. Mes phalanges, encore hors du tube, se sont couvertes d'ampoules. Mais le tube en lui-même était conçu pour résister aux incendies, à la pression spatiale et aux catastrophes nucléaires. Il était plus que capable de me protéger d'une simple petite explosion de NéoFusion.

J'ai fermé les yeux de toutes mes forces pour essuyer le gros du souffle. Lorsque je les ai rouverts, une lumière vacillante clignotait. Rassemblant mon courage, j'ai regardé à travers la vitre en NéoVerre. Le souffle de chaleur était passé – il n'avait duré que quelques secondes une fois l'enveloppe endommagée – mais ces quelques secondes de chaleur intense avaient suffi à consumer le Plastine.

La créature fondait à présent, son corps plastifié émettant des flammèches, ce qui ne l'empêchait pas de poursuivre son avancée vers mon tube. Ses circuits ne reconnaissaient pas la douleur. Il continuait de brûler tandis que le brasier léchait le plafond du sous-sol. Une alarme incendie s'est déclenchée, mais l'explosion avait endommagé le système hydraulique. Les étagères remplies de détritus préhistoriques se consumaient tout autour de nous. Une de ses jambes s'est dérobée sous lui, réduite à l'état liquide. Son bras gouttait comme une bougie allumée.

J'ai ouvert mon tube pour contempler mon ennemi – le bras armé de mon père – se dissoudre en une flaque bouillante. La tête en feu, le visage à moitié fondu, il a émis un dernier message, brouillé par le plastique en fusion :

— MISSION ANNULÉE. BILAN DES DÉGÂTS... ONZE... POUR CENT... D'EFFICACITÉ... DIX... POUR CENT... SIX... POUR...

Sa voix s'est coulée avec le reste.

J'aurais aimé me sentir victorieuse. Je n'éprouvais qu'une immense fatigue.

Avec un peu de retard, le système anti-incendie secondaire s'est déclenché, m'éclaboussant d'une pluie soudaine. Cela m'a fait rire. L'humidité fraîche apaisait la douleur de mes brûlures. J'ai tendu les bras, le visage levé. Contre toute attente, j'étais toujours en vie. Les derniers vestiges de la tyrannie de mes parents avaient fondu à mes pieds, entremêlés d'un réseau épineux auquel ils ne pouvaient échapper. J'étais la rose. J'étais le roncier d'églantine.

Chapitre 26

L'eau n'a guère arrangé le feu de plastique, dont je ne doute pas que ses vapeurs aient été toxiques. Je devais avoir tout d'une sorcière lorsque Bren, Otto et Xavier ont accouru à ma rescousse : debout au milieu des ruines de mon tube de stase massacré, les bras en croix, riant comme hystérique au milieu de la pluie artificielle, les restes du Plastine toujours en train de se consumer devant moi. J'ai baissé les bras avec un sourire gêné. Leur sauvetage tardif avait été avorté. Je m'en voulais presque.

Xavier a parlé le premier. Maladroitement, comme s'il craignait que je lui saute au visage, il m'a demandé :

— Rose ? Tout va bien ?

J'ai gloussé avant de tousser avec un frisson. L'eau froide et les vapeurs de plastique brûlé achevaient de déboussoler mon organisme épuisé.

— Oui, ai-je répondu. Que faites-vous là, tous les trois ? Pourquoi n'avez-vous pas appelé la police ? Otto, ton bras !

Otto avait le bras suspendu dans une écharpe de fortune. J'ai reconnu le tissu du coussin qu'il avait déchiqueté dans le dortoir.

Xavier semblait totalement perdu, trempé, frêle, antique. C'est Otto qui s'est approché, posant sa main indemne sur mon épaule pour me mener doucement (très doucement, même, une fois que son pouce eut effleuré mon cou et que je lui eus dit à quel point exactement j'avais mal) vers l'ascenseur.

— *Ne t'en fais pas pour moi,* m'a-t-il dit. *J'ai déjà vu pire. On a bien appelé les flics, mais le grand-père de Bren savait qu'on y serait avant eux. Il avait une bonne idée de la destination, et puis le Plastine était toujours en mode furtif. Dur à filer pour la police.*

— Je suis désolée pour ton bras.

Otto m'a envoyé un éclair de pensées exprimant les sentiments qu'il éprouverait s'il s'était contenté de rester passif. J'ai grimacé. Il avait raison. Cela aurait été encore pire.

— Je suis désolée pour ce que je t'ai dit.

— *Je sais pourquoi tu l'as fait.*

L'image du roncier d'églantine protecteur s'est une fois de plus esquissée dans mon esprit.

— *Tu avais raison,* lui ai-je dit mentalement. *Et je sais qui je dois protéger à présent.*

L'expression d'horreur apparue dans ses yeux quand j'ai pensé à Seraphina et à Stephano reflétait mon sentiment.

— *Je ferais n'importe quoi,* a-t-il proposé.

Bren nous avait précédés et attendait devant l'ascenseur. Il a coupé l'eau.

— Je m'occupe du feu, a-t-il dit en sortant un extincteur d'un placard rouge fixé au mur.

— Dis à Xavier que je l'attends en haut, lui ai-je lancé.

Bren m'a répondu d'un demi-rire, puis j'ai laissé Otto m'entraîner dans l'ascenseur et jusqu'à mon appartement.

— Tu es sûr que tu vas bien ? lui ai-je demandé une fois arrivés. Ton bras...

— J'irai voir mon médecin, Penny. Elle voudra tout savoir de cette histoire, de toute façon. Elle adore les récits d'aventures.

— Ton médecin fait partie du labo ?

— Bien sûr. Qui d'autre pourrait savoir comment je fonctionne ? Je ne cicatrise pas de la même façon que vous. Et puis, c'est toi qui as besoin de voir un docteur, plutôt. Tu es rouge comme une rose.

— Mais une rose en vie !

Otto a plissé les yeux.

— Où sont tes parents ?

Ce n'était pas exactement le terme qu'il avait en tête, mais plutôt une traduction approximative.

— Connaissant Barry et Patty, ils sont probablement au golf, ai-je répondu. Non, je suis méchante. Au bureau, sans doute.

— Je te demande ça parce que la police allait les appeler. Tu avais peut-être envie de savoir quand à peu près ils allaient arriver.

J'ai acquiescé.

— Merci.

Je me suis glissée dans ma chambre pour changer d'uniforme. Mes mains meurtries rendaient mon habillage plus difficile que je ne l'aurais imaginé. J'avais toujours les doigts en feu.

— Ouille ! ai-je marmonné, tirant le coton doux par-dessus ma peau brûlée.

Mon épaule malmenée me faisait souffrir aussi, mon genou me lançait, mes yeux piquaient toujours un peu, tous mes muscles agonisaient… et Bren m'avait infligé de sérieux hématomes en essayant de m'ôter le collier inhibiteur. Pour couronner le tout, j'avais le coude toujours enflé suite au coup porté au Plastine au Nirvana. M'habiller relevait de la gageure. Je me suis contentée d'enfiler un corsage et une jupe, renonçant au reste de la tenue.

Lorsque j'ai rejoint le salon clopin-clopant, j'ai constaté qu'Otto avait sorti le nécessaire de première urgence de sa cachette au-dessus du réfrigérateur. Avec adresse, de son bras indemne, il est parvenu à poser des strips givrés sur mes doigts. Les pansements, en plus d'être froids, avaient l'avantage de calmer la brûlure dans mes phalanges. Il m'a fait avaler un antidouleur et était en train de vaporiser un baume apaisant sur mon visage légèrement rougi quand Barry et Patty sont rentrés à la maison.

— Qu'est-ce que vous faites là ? a demandé Barry.

— Dans quel pétrin t'es-tu encore fourrée ? s'est exclamée Patty.

— Pourquoi la police nous a-t-elle appelés ?

— Qui ou qu'est-ce qui t'a fait ça ? a ajouté Patty en désignant Otto qui s'est contenté de lever les yeux au ciel.

J'ai ignoré leurs questions.

— Vous êtes virés.

— Quoi ?

Ils m'ont regardée, en état de choc. Otto a émis un son étrange, étouffé. Un rire. J'y ai puisé mon courage.

— J'ai dit, vous êtes virés. Sortez de chez moi.

L'expression de Patty tournait à l'incrédulité.

— Je ne sais pas ce que tu t'imagines, jeune fille, mais nous sommes tes tuteurs lég…

— Non, c'est faux, ai-je répondu sans animosité. Guillory vous avait engagés pour m'avoir à l'œil. Vous n'avez jamais été désignés comme tuteurs. Tout passait par lui. Or, il est mort. Ce qui signifie qu'en attendant la réorganisation de la compagnie, votre employeur, c'est moi. Et vous êtes virés. De ce job en tout cas ; vous pouvez retourner en Floride reprendre ce que vous faisiez avant que Reggie vienne vous chercher.

Ils ont protesté jusqu'à l'arrivée de Xavier, trempé mais élégant, dans le vestibule.

— Écoutez donc votre patron, leur a-t-il intimé à voix basse. Si ce n'est elle, ce sera moi. Enfin, si elle ne veut plus de vos services.

Incapable de décider à quel saint se vouer, Barry a demandé :

— Tu es sérieuse quand tu dis qu'on peut reprendre nos postes à Uni Floride ?

— Bien sûr.

— Je m'en porte garant, a ajouté Xavier.

Barry a approuvé.

— Dans ce cas, d'accord, a-t-il dit avant de s'adresser à sa femme. Viens, on fait nos valises.

Et ils ont disparu tous les deux dans la suite principale, sous les yeux médusés de Xavier.

— Je te trouverai quelqu'un de mieux, m'a-t-il dit.

Je l'ai regardé. Il s'est tourné en direction de la porte.

— Il faut appeler la police pour leur dire que le pire est passé.

— C'est fait, a répondu Bren en surgissant derrière lui. Et j'ai coupé le système anti-incendie.

— Il va nous falloir une ambulance.

— Ça aussi, c'est fait. Et j'ai appelé maman. Ils sont en route.

Xavier a acquiescé.

— Très bien. Je vais attendre l'ambulance.

— Non, lui ai-je dit. Reste ici.

Xavier m'a regardée.

— Ils auront besoin de quelqu'un pour les mener sur les lieux.

— Bren peut s'en occuper, ou même Annie, ai-je suggéré. Nous avons à parler, tous les deux.

Il a baissé la tête.

— Je ne suis pas sûr que ce soit le moment, a-t-il dit.

— C'est peut-être ma seule chance de me retrouver dans la même pièce que toi, ai-je répondu. Tu m'évites depuis que je suis sortie de mon tube.

Xavier a dégluti.

— C'est vrai, tu as raison.

J'ai jeté un œil à Otto. Otto qui connaissait toute l'histoire. Il m'a pris la main.

— *Je vais emmener Bren attendre la police dans le jardin.*

— Je te remercie.

Je les ai regardés s'éloigner avant de me tourner vers Xavier.

Trempé, échevelé, il n'avait à l'évidence pas fermé l'œil depuis plusieurs jours. Il n'avait vraiment pas l'air de vouloir se plier à cette conversation. Je suis allée lui chercher une serviette dans la salle de bains, afin qu'il puisse au moins se sécher les cheveux.

Zavier y était enfermé avec une gamelle de croquettes et un jouet à mâcher. Il a bondi quand j'ai ouvert la porte, manquant de me faire crier tandis qu'il s'appliquait à poser ses pattes et son museau sur toutes les zones les plus endolories de mon corps.

— Aïe ! Assis ! Du calme, Zavier !

Il s'est assis, langue pendante, clairement ravi de me revoir. J'ai attrapé une serviette propre avant de regagner le salon, mon chien sur les talons.

— Tiens, ai-je dit en lançant la serviette à Xavier.

Pour un vieil homme, il l'a attrapée avec adresse, avant de se sécher le visage et les épaules avec une efficacité toute militaire.

— Alors, il te plaît, Dizzy ? m'a-t-il demandé d'un air distrait.

Je me suis tournée vers Zavier.

— Alors, comme ça, tu t'appelles Dizzy ? l'ai-je questionné.

Il m'a regardée un instant d'un air incertain, avant de remuer la queue. Je lui ai tapoté la tête.

— Je l'appelle Zavier. Avec un Z.

— Oh, a fait Xavier, raide.

Il s'est couvert le visage de sa serviette ; quelque chose me disait que cela n'avait plus grand-chose à voir avec l'humidité.

Je l'ai dévisagé, me forçant à retrouver en lui le garçon que j'avais connu. Ce n'était guère difficile. J'avais du mal à croire que je ne l'avais pas remarqué tout de suite. Il faut dire que nous avions passé à peine plus de cinq minutes dans la même pièce jusqu'à la nuit précédente. Et sans doute m'étais-je voilé la face. J'ai gratté la tête de mon chien.

— J'ai une question à te poser.

— Je sais, a répondu Xavier d'une voix éteinte.

J'ai pris une grande inspiration.

— Comment as-tu pu me laisser comme ça ? Pendant si longtemps ?

C'était dit sans malice.

Il s'est assis sur une chaise avec un profond soupir.

— Tu n'as pas idée de la torture que c'était, m'a-t-il répondu sans me regarder. Je me pose la même question en permanence depuis que Bren t'a retrouvée. J'en ai perdu le sommeil. Je…

Il a soupiré de plus belle, avant de se forcer à soutenir mon regard.

— Je ne savais pas, je t'assure.

— Comment est-ce possible ?

Sa tête a eu le même mouvement que lorsque, petit, il pensait que je ne comprenais pas quelque chose.

— Rose.

Une pause.

— Tu avais rompu avec moi.

J'ai acquiescé, tentant de comprendre. Je me suis recroquevillée sur le canapé.

— Alors comme ça, tu pensais… que ce n'était plus de ton ressort ?

— Ce n'est pas ça, a-t-il murmuré.

— Je t'en prie, aide-moi à comprendre, Xavier. Soit tu t'es absous de toute responsabilité à mon égard, soit tu considérais que je méritais de perdre la vie. Et ça, je refuse d'y croire. Même si…

La douleur rendait ma phrase impossible à finir.

— Même si tu restais à l'écart quand je suis revenue.

— Non, punaise…

Il a hésité, luttant pour trouver les mots justes.

— L'absolution n'a rien à voir là-dedans ! Sais-tu seulement combien de temps a passé ? Je suis retourné cinquante, soixante ans en arrière, examinant chaque instant de ma vie pour essayer de voir comment j'avais pu laisser une chose pareille se produire. Rien ne pourra jamais m'absoudre d'une telle… négligence. Comment pouvais-je te l'expliquer maintenant ? Comment pouvais-je te… torturer en me dévoilant à toi ? Mieux valait te laisser croire que j'étais mort, comme tout le monde.

Je l'ai contemplé. Ce n'était pas mon Xavier. Mon Xavier avait des yeux rieurs. Mon regard s'est arrêté sur le carnet de croquis posé sur la table, celui que j'avais abandonné au profit d'un autre, neuf, pour mon voyage avec Reggie. Je l'ai ouvert sur une page vierge.

— As-tu jamais essayé de me retrouver ? ai-je demandé à Xavier en sortant le fusain de la reliure en spirale du carnet.

— Oui, a-t-il répondu, à ma grande surprise. Apparemment, je ne me suis pas donné assez de mal.

— Raconte.

Je me suis enfoncée dans mon siège pour l'observer, laissant mes mains se lancer dans un nouveau croquis.

— Au début, je n'avais pas saisi ce qui s'était passé. Quand tu m'as dit au revoir. Je te voyais dans les couloirs, mais tu m'évitais. Tu disparaissais de temps en temps, alors j'ai commencé à m'inquiéter. Mais tu revenais à chaque fois, et tu continuais de m'éviter. J'ai tout d'abord cru que tu ne voulais vraiment plus être avec moi. Et puis, quand tu as finalement disparu pour de bon, j'ai été content. Je ne voulais plus te voir à ce moment-là. Je… Le moindre incident prend des proportions grotesques à cet âge-là. Cela me faisait souffrir, de te voir sans pouvoir être avec toi.

J'ai souri avec tristesse. J'avais toujours cet âge-là.

— Mais ensuite… un an a passé. Åsa était partie, et j'ai commencé à me demander si, peut-être… Peut-être étaient-ce Mark et Jacqueline qui t'avaient obligée à rompre avec moi. Et peut-être, comme tu n'étais pas l'enfant parfaite qu'ils avaient créée, t'avaient-ils mise en stase, pour se débarrasser de toi. Ce n'était qu'un soupçon au début. Mais il s'est mis à me ronger, sans relâche, jusqu'à ce que j'entre à la fac.

J'ai griffonné une étude des mains ridées de Xavier tandis qu'il les bougeait pour souligner son discours.

— J'allais partir. Plus personne ne saurait que tu avais existé. Alors j'ai attendu que tes parents partent pour un de leurs galas de charité, et je me suis introduit chez vous.

Je l'imaginais parfaitement, pénétrant dans l'ordinateur central d'Unicorn afin de pirater les codes clé pour entrer dans notre appartement.

— Je ne savais pas si tu serais heureuse de me voir ou non. Mais j'avais dix-huit ans, et je disposais déjà de mon propre logement à Princeton. Peu importe ce que tu aurais pensé de moi, une année en stase, sans raison valable, c'était au-delà du ridicule. Pour moi, cela s'apparentait déjà à un abus.

Il a soupiré.

— Je pensais te donner le choix… non pas d'être avec moi, mais simplement de… te sortir de là. Plus de stase, plus de séance de déguisement où maman habillait sa petite poupée vivante, plus de « Oui, papa, bien sûr, papa ». Rien que toi. Rien que Rose.

Toujours en proie aux brûlures dues aux assauts du Plastine, je pouvais tout juste imaginer le résultat s'il était parvenu à ses fins. Le Plastine nous aurait rattrapés à Princeton, neuf, dispos, alors qu'il n'avait pas encore passé soixante-deux ans dans l'oubli. Et qu'il était programmé pour tuer quiconque essayait de l'arrêter.

Cette pensée m'a fait réfléchir. Si on m'avait donné le choix, avant même de me mettre en stase, d'abandonner mon amour pour Xavier ou de le laisser mourir, je savais ce que j'aurais choisi. J'aurais volontiers sacrifié soixante-deux ans de ma vie pour la sienne. Le destin s'était toujours interposé entre nous, aussi fort qu'ait pu être mon amour pour lui.

Xavier a pris une profonde inspiration.

— Et, oui, si tu l'avais souhaité, rien que toi et moi. Comme toujours. Tu me manquais.

J'ai fermé les yeux à ces mots, sentant dans ma poitrine un mouvement que je n'avais plus connu depuis mon réveil. Ni battements nerveux ni espoirs incertains, mais plutôt une authentique et minuscule lueur de joie.

— Je me suis glissé jusqu'à ton dressing, mais le tube n'y était plus, a poursuivi Xavier. Ta chambre n'avait pas bougé, de même que toutes tes affaires, mais tu t'étais envolée. Je suis resté là, sans savoir quoi faire. Et puis, apparemment, mes talents de hacker se sont révélés insuffisants. J'avais déclenché une alarme. La police a fait irruption pour m'arrêter. On m'a mis en cellule pour la nuit en attendant de pouvoir contacter Mark et Jacqueline afin de me poursuivre pour effraction.

Il a respiré un grand coup.

— La plainte n'est pas allée loin. Avant l'aube, presque tout le personnel du commissariat était mort.

J'ai levé les yeux de mon carnet, horrifiée.

— Non, ai-je murmuré.

Il a acquiescé.

— J'aurais pu mieux choisir mon moment. D'un autre côté, si je t'avais fait sortir à ce moment-là, tu serais sans doute tombée malade, toi aussi. La peste a frappé ComUnity ce jour-là précisément.

Il a marqué une pause.

— J'étais là, tout seul dans ma cellule. On n'avait même pas encore enregistré les charges. Et alors que j'attendais, j'ai vu d'un seul coup les gens, de l'autre côté des barreaux, qui transpiraient, toussaient, se tenaient la poitrine en hurlant sans relâche…

Il a secoué la tête.

— Je me suis tapi dans un coin, le plus loin possible de la mort. J'avais peur. J'étais si heureux de ne pas t'avoir trouvée. J'entendais les hurlements dans les rues, les sirènes des ambulances. Et quand tout a cessé, je me suis rendu compte que le silence était plus effrayant encore.

Il tremblait de tout son être à présent.

— Je n'ai rien mangé ni bu pendant deux jours. Et puis je suis tombé malade.

— Non !

Il a fait une moue, comme pour m'indiquer que ce n'était pas grave.

— Comme j'avais été mis à l'écart de la population et de tout contact physique, la maladie ne m'a rattrapé qu'une fois passée dans l'air. J'ai commencé à tousser, juste à la fin, alors que les corps commençaient à se décomposer. Je n'avais plus peur à ce moment-là. J'étais presque soulagé. Je ne voulais plus vivre ici. Et alors même que je m'étais préparé à mourir, des agents de sécurité d'UniCorp en combinaison anti-nucléaire ont poussé les portes bloquées par les piles de cadavres pour venir m'injecter des antibiotiques.

Il a haussé les épaules.

— Mes parents étaient morts. Princeton réduite à l'état de ville fantôme. Mark et Jacqueline avaient disparu ; en route, je l'ai su plus tard, pour l'une de leurs colonies intersidérales. Par le plus grand des miracles, ils n'avaient pas emporté le fléau avec eux. J'ai été enrôlé dans le service civil, où j'ai passé les cinq années suivantes à soigner des victimes de la peste, à neutraliser des émeutes et à distribuer des vivres.

Il m'a regardée.

— Je te mentirais si je te disais que tu n'occupais pas mes pensées. Il ne pouvait en être autrement. Tu faisais partie de ma vie depuis si longtemps que tu avais laissé ton empreinte dans mon subconscient. Mais j'étais encerclé par la mort. Je savais qu'il n'y avait que deux endroits où tu pouvais être : en sécurité dans ton tube de stase, ou déjà à la morgue. Dans un cas comme dans l'autre, il n'y avait plus grand-chose à faire.

J'ai assombri ses yeux sur le papier. Oui, je pouvais y lire l'horreur. Les lignes sévères que toutes ces tragédies avaient tracées sur son visage.

— Lorsque j'ai fini mon service civil, je me suis porté candidat pour un stage à UniCorp. J'avais fait l'impasse sur l'éducation académique, mais la mention sur mon CV du service civil suffisait à lui donner du poids. J'ai été surpris qu'on m'accepte, même si je n'étais pas le premier venu. Mes parents avaient travaillé pour UniCorp, et les tiens se souvenaient encore de moi. Apparemment, au milieu de tout le chaos, l'information de mon effraction n'était jamais remontée jusqu'à leurs oreilles.

Il a soupiré d'un air las.

— Si j'ai rejoint UniCorp, c'était dans un seul but : me rapprocher d'eux. Et les interroger à ton sujet.

Cela m'a surprise. J'ai levé le nez de mon esquisse.

— Vraiment ?

Il m'a regardée droit dans les yeux.

— Tu étais toujours présente dans un coin de mon esprit, Rose. J'étais incapable de t'oublier, même si j'aurais souvent aimé le faire. Tu apparaissais dans mes rêves, surgie de nulle part, sans crier gare. Sans même que je pense sciemment à toi. Et à chaque fois, je passais l'intégralité du rêve à essayer de te dire combien tu me manquais. Au réveil, je passais la matinée à me frapper la tête, en marmonnant : « Saloperie de subconscient ! » Comme si j'avais été bâti autour de ton moule. Tu étais mon mètre étalon. Chaque personne que j'abordais, chaque ami que je rencontrais, chaque femme qui regardait dans ma direction devait se mesurer à mon souvenir de toi.

J'étais partagée entre sourire et larmes. Une vraie tragédie. Je me suis attelée à finir mon esquisse.

— Quand j'ai enfin pu les approcher, je leur ai demandé où tu étais passée. Ils sont entrés dans une colère noire ; ton père a failli me frapper. « Laisse tomber le passé, m'a-t-il dit. Ne déterrons pas les morts. » Et je l'ai cru.

La voix de Xavier s'est réduite à un murmure.

— Comme un imbécile.

Il a secoué la tête.

— J'avais vingt-quatre ans. J'aurais dû me donner plus de mal.

Sa haine de lui-même était palpable.

Vingt-quatre ans. Il n'avait alors que huit ans de plus que moi. Cette révélation m'a fait grimacer.

Il s'est redressé un peu sur son siège.

— Je sais qu'ils ont envisagé de me renvoyer après ça, mais les personnes pas trop bêtes et en bonne santé ne couraient pas les rues après les Années sombres. Ils ne pouvaient se payer le luxe de me perdre. Alors je suis resté. À travailler pour le diable. J'ai failli partir, mais c'est à cette époque environ qu'a éclaté le scandale de l'Initiative Mondiale contre la Faim. Moi aussi, j'avais été empoisonné, comme des millions d'autres. Stérile. À jamais. Ou du moins le pensais-je. On n'avait pas encore développé d'antidote fiable en ce temps-là. Et je les haïssais tellement ! Je savais qu'UniCorp avait énormément de pouvoir. Je me suis dit que si je restais, je pourrais peut-être contrer leurs pires manigances.

» J'ai commencé par essayer de saborder la compagnie, avant de me rendre compte que je pouvais agir de biais et me servir de l'entreprise pour faire le bien. C'était un processus lent, en grande partie secret. Je n'avais aucun désir de pouvoir ; je voulais simplement l'ôter des mains des Mark et des Reggie de ce monde. C'était ma seule raison de vivre.

— Tu te rends compte que tu es président, maintenant, ai-je fait remarquer.

— Hélas, oui. Ce n'est pas faute de l'avoir évité. À vrai dire, je contrôle mieux les choses quand je ne suis pas sous le feu des projecteurs.

— Tu n'as qu'à promouvoir le père de Bren, ai-je suggéré. Délègue-lui tes responsabilités. C'est un homme bien, qui aime son travail. Toi, tu es… (je cherchais un autre mot que « vieux ») … proche de la retraite. Le comité comprendrait.

Xavier a plissé le front.

— Ce n'est pas une mauvaise idée. Tu as raison ; il en a la capacité. Annie a bon goût.

— J'aime bien Annie.

— Elle te le rend bien, a dit Xavier. Elle me l'a dit.

Une question me brûlait les lèvres.

— Pourquoi l'as-tu appelée Roseanna ?

Xavier a baissé les yeux.

— La sœur de ma femme faisait partie des victimes. Elle s'appelait Hannah. On a combiné les deux noms.

— Ta femme savait pour moi ?

— Bien sûr. Nous nous aimions.

J'aurais voulu éprouver de la jalousie, mais je ne ressentais que de la curiosité.

— Comment était-elle ?

Il a souri.

— Comme toi. Compatissante. Docile. Douée pour les arts. Je t'ai dit que tu étais mon mètre étalon. Elle était un peu plus rude que toi, mais c'est normal chez les survivants des Années sombres. Elle travaillait comme designer au département graphique. Elle s'était créé un petit jeu qui consistait à me faire sourire dès qu'elle me voyait. J'étais étonné qu'elle puisse encore voir en moi la moindre parcelle d'humanité. Et elle supportait mon aigreur. Ainsi que toutes les procédures qu'il a fallu subir pour avoir Ted et Annie.

— J'en suis heureuse, ai-je murmuré. Tellement heureuse.

Nul besoin d'élaborer.

— Elle te manque ?

— Pas tant que ça, à vrai dire. Non que je ne regrette son absence, bien sûr. Mais j'ai le sentiment qu'une part d'elle subsiste.

Il a désigné l'appartement.

— Son âme, peut-être. Qui m'attend.

Il a haussé les épaules.

— Enfin, qu'est-ce que j'en sais. Après tout, je pensais la même chose de toi.

— Et c'était vrai, lui ai-je répondu. Je t'avais confié mon âme, comme mon trophée des Jeunes Maîtres.

— Que j'ai toujours, a murmuré Xavier.

— Tu as toujours mon âme, aussi. Je te l'ai donnée dans ce dernier baiser.

— Je n'ai jamais voulu te prendre ton âme.

— C'est moi qui tenais à te la donner. Garde-la, ai-je dit en riant. Il m'en est poussé une autre.

J'ai jeté un œil à l'horloge contre le mur. Les infirmiers ne tarderaient plus à arriver. Otto. C'était sans doute lui qui les avait maintenus à distance. Heureusement. Xavier semblait détendu, mais je n'en avais pas encore fini avec les questions douloureuses.

— Pourquoi ne pas m'avoir dit qui tu étais ?

Il a secoué la tête.

— Comment ? J'avais passé soixante ans à te croire morte, et voilà que mon petit-fils m'appelle de but en blanc pour m'annoncer qu'il a découvert une Rosalinda Fitzroy au dernier sous-sol. L'univers tout entier s'en trouvait bouleversé.

Il s'est frotté la tempe comme sous le coup de la migraine.

— Tout le temps passé m'est revenu en un souffle. J'étais déchiré. Comme si j'avais échoué à prendre possession de la vie qui était censée être la mienne, et qu'un autre était venu me voler toutes ces années. Il y avait le moi que je connaissais : le père, le grand-père, l'homme d'affaires. Et puis, il y avait cet adolescent à vif, surgi de nulle part, qui me haïssait à un point que tu n'imagines pas. Qui me criait dessus. Toute la nuit, par moments. *Tout ce temps, elle était juste là, littéralement sous tes pieds ! Comment as-tu pu ne pas aller la chercher ?!*

Il a soupiré.

— Il me tenait pour responsable de tout.

Il a reniflé, les yeux clos.

— Tu étais si pitoyable, la peau sur les os. Et si terriblement jeune.

J'y ai réfléchi un instant. Il s'était marié, avait élevé deux enfants ; son petit-fils avait le même âge que moi. Sans doute n'étais-je qu'une gamine à ses yeux. Un comble. Moi qui lui avais appris à marcher.

— J'ai songé à te le dire, au tout début, quand tu étais encore à l'hôpital. Mais comme tu ne me reconnaissais même pas, je me suis dit… que peut-être était-ce pour le mieux. Tu m'en aurais obligatoirement voulu de t'avoir abandonnée là. Alors que j'étais le seul à être au courant de la situation.

J'avais terminé mon esquisse. Voilà. Un vieil homme soucieux, tourmenté, dont les yeux reflétaient la fêlure intérieure. Je comprenais toujours mieux les choses après les avoir dessinées. Le sourire de Xavier était mort durant les Années sombres. Il était de mon devoir de le ramener à la vie, de le tirer de sa stase pour le remettre à sa place. Je me suis levée.

Xavier m'a regardée, ses yeux verts voilés pleins de curiosité. J'ai souri.

— Regarde comme tu as grandi ! lui ai-je dit.

Il semblait perdu.

— Pardon ?

— C'est ce que je dis à chaque fois, ai-je expliqué. C'est la tradition.

Xavier a pris une profonde inspiration, les yeux fixés sur ses genoux.

— Je ne suis pas sûr que ce soit vrai, cette fois. On se tasse avec l'âge.

— Comme avec la culpabilité, ai-je répondu en mettant la main sur son épaule. Arrête de t'en vouloir. Ce n'était pas de ta faute. Ni de la mienne, d'ailleurs. C'est arrivé, c'est tout.

Il a levé la main pour la placer sur la mienne un instant, avant de la laisser tomber.

— Tu m'as manqué, a-t-il murmuré.

Les larmes ont pointé dans mes yeux.

— Toi aussi. Tout m'a manqué.

Nous sommes restés silencieux un moment. J'ai glissé sur mes genoux, appuyant ma tête contre le bras de son fauteuil.

— Au moins tu peux récupérer ton appartement maintenant.

Il a secoué la tête.

— Non. Il est à toi.

J'ai opiné du chef en retour.

— Qui a dit que je partais ?

— Que veux-tu dire ?

Je l'ai regardé droit dans les yeux, les épaules carrées.

— Ce que je veux dire, c'est que j'ai enfin appris à prendre mes propres décisions. Fini la passivité, fini le temps où je laissais les autres me dire quoi faire. Je sais ce que je veux, et ce que je veux, c'est toi. Je veux que tu deviennes mon tuteur.

Xavier a remué sa tête chenue avec fermeté.

— C'est impossible, Rose. Ce ne serait pas convenable.

— Selon qui ? Xavier, depuis quand est-ce mal pour nous d'être ensemble ? Je ne suis pas stupide, ai-je ajouté en lui coupant l'herbe sous le pied. Je sais ce qui est possible et ce qui ne l'est pas. Nous avons perdu quelque chose. Cet enfer brûlant et omnipotent du premier amour. C'est injuste.

J'avais le plus grand mal à retenir mes larmes, mais j'y suis parvenue. Il fallait qu'il comprenne.

— Et cela le restera à jamais. Et j'en concevrai toujours de la tristesse, tout comme toi. Mes parents t'ont volé à moi, aussi sûrement qu'ils m'ont volé ma vie. Mais nous ne partagions pas que ça. C'était même la plus petite composante de notre relation. Nous partagions quelque chose de plus tangible, quelque chose que le temps et la différence d'âge seuls ne pourront jamais détruire. Je te connais, Xavier ! Nous avons toujours été ensemble – pas toujours de façon romantique. Tu as d'abord été mon petit frère, puis mon meilleur ami. Pourquoi ne pourrions-nous pas continuer ? Devenir autre chose encore ? Je suis seule au monde. J'ai besoin de toi désormais. J'ai besoin de ma famille.

Et zut, voilà que je pleurais à présent.

Et voilà qu'il m'entourait de ses bras frêles.

— Shh, shh. Chut. Là.

Il m'a embrassé le front avec la même tendresse que je mettais à embrasser le sien, à l'époque où il n'était encore qu'un nourrisson.

Je me suis écartée pour le regarder.

— Xavier, depuis le début, tu as fait tout ce qui était en ton pouvoir pour me montrer que tu m'aimais. L'atelier, l'emploi du temps, Desert Roads…

Un sourire.

— Le prisme. C'est ta main que j'ai sentie sur mes cheveux, dans cette pièce même, après mon agression.

Il a baissé les yeux, et j'ai su que j'avais raison.

— Je sais que tu veux être avec moi. Tu veux être ma famille. La seule raison qui te retient, c'est que tu penses que les gens verraient cela d'un mauvais œil. Qu'ils aillent au diable ! Ils n'ont pas la moindre idée de ce qui nous lie. Je sais que tu es horrifié par l'idée de ce que nous avons pu être par le passé, aussi horrifié que je l'aurais été si tu étais retourné à tes trois ans quand j'en avais seize. Mais c'est fini. Cette fille-là est morte. Remplacée par celle que tu as devant toi.

J'ai fixé le sol un moment, puisant mon courage au cœur de mes ronciers d'églantine imaginaires.

— Vas-tu vraiment me refuser le seul amour que j'aie jamais connu ?

Xavier m'a dévisagée un long moment avant de froncer les sourcils.

— Toi et Bren, vous… ? m'a-t-il demandé.

Mon rire bienvenu a effacé les larmes que j'avais retenues. Sans mes brûlures, nul doute que j'aurais viré pivoine.

— Pourquoi cette question ?

Xavier a détourné le regard, et j'ai compris qu'il craignait que je ne lui demande l'impossible, que je ne sois pas prête à tourner la page sur cette partie de ma vie sans lui.

— Je n'en sais rien, lui ai-je dit sur le ton le plus rassurant que j'ai pu trouver. Un jour, peut-être. Pour le moment, je lui fais peur.

— C'est à moi que tu fais peur, oui ! a dit Xavier. Je ne t'avais jamais vue autrement que passive.

J'ai haussé les épaules.

— Pour le bien que ça m'a fait… Alors, ai-je repris, est-ce que je peux t'avoir comme famille, ou est-ce qu'il faut que j'ordonne à mon conseil d'administration de te virer ?

Il a éclaté de rire.

— Je suis sérieuse. Maintenant que je t'ai retrouvé, je ne te lâche plus.

Il m'a regardée, hébété.

— Je croyais que c'était à moi de dire ça.

— Est-ce que ça veut dire que je peux te garder ? ai-je insisté en esquissant un sourire.

— Pourquoi pas ? a-t-il soupiré. Tu m'as déjà mis le grappin dessus, de toute façon.

Je me suis jetée à son cou. Il sentait le vieux, et l'eau de Cologne que j'avais remarquée dans son bureau. Il ne sentait plus comme mon Xavier quand je le serrais dans mes bras. Et je l'aimais plus que jamais. Frère. Meilleur ami. Grand-père. Quelle importance ? C'était mon Xavier.

Épilogue

M'accrocher à mes rêves : un jeu dans lequel j'essaierai de façonner mon avenir aussi longtemps que possible. J'ai passé l'âge de marquer le temps d'une pierre blanche, suspendue à des fantasmes et occupée à renier ce qui habite mon âme ou attire mon regard. Je m'efforce de rester active, de garder mon cœur ouvert, de refuser de plonger dans le désespoir lorsque je me surprends à pleurer sans raison au milieu de la nuit.

Je vais souvent dîner chez Bren. Il essaie de bonne grâce – mais sans grand succès – de m'apprendre à jouer au tennis. Je ne sais plus ce que je ressens pour lui. C'est un ami, beau garçon et sexy, qui aurait pu être mon petit-fils. Un sacré embrouillamini de confusion et de gêne, mais ce n'est pas désagréable. On s'aime bien tous les deux – on est presque de la famille, et en même temps presque pas. Cela me va, pour l'instant.

Je chatte tous les soirs avec Otto. Ensemble, nous tentons sans cesse de trouver de nouvelles raisons de rire. Lui non plus, je ne sais pas ce que je ressens à son égard. Je sais ce que lui ressent pour moi, même si je pense qu'il croit garder ses sentiments secrets. Il a toute ma sympathie et mon affection… mais quel genre d'affection, je n'ose même pas encore y penser trop en détail. Le courant passe, et c'est tout ce que je demande. Pour l'instant.

Quant à Xavier, il se montre très formel avec moi, et je ne lui en veux pas. Je l'ai mis dans une situation quelque peu déroutante. Il me prend dans ses bras quand il le juge nécessaire – lorsque je pleure, par exemple. Autrement, il évite tout contact physique. Je respecte cette distance. Il m'apprend à cuisiner, prend encore le temps de m'aider dans mes révisions. Cet aspect-là de notre relation n'a pas changé en soixante ans. Mes notes s'améliorent. Je ne suis pas aussi bête que je le pensais autrefois.

Je ne sais pas où sont mon frère et ma sœur. Xavier m'a aidée à retrouver leur trace – mes parents n'ont pas été capables d'effacer toute mention de leur naissance, et les archives locales contiennent encore des registres papier. Si Sarah est en vie, elle serait en stase depuis près de quatre-vingts ans. Stephano, quant à lui, y aurait passé près d'un siècle. Cette pensée seule suffit à me remplir la gorge de bile.

Je rêve qu'un jour je les retrouverai. Je rêve qu'un jour je croirai enfin vraiment à ma place dans ce monde. Je rêve que je suis forte. Et j'ai les trois meilleurs amis au monde pour partager ce rêve avec moi.

Je m'appelle Rosalinda Samantha Fitzroy. J'ai cent ans. Je suis libre. Et hantée. Mais surtout, je suis parfaitement éveillée.

« Pour l'éditeur, le principe est d'utiliser des papiers composés de fibres naturelles, renouvelables, recyclables et fabriquées à partir de bois issus de forêts qui adoptent un système d'aménagement durable. En outre, l'éditeur attend de ses fournisseurs de papier qu'ils s'inscrivent dans une démarche de certification environnementale reconnue. »

Composition Nord Compo

Imprimé en Espagne par RODESA
Dépôt légal : février 2012

20.19.2373.7/01 – ISBN 978-2-01-202373-4

Loi n° 49-956 du 16 juillet 1949
sur les publications destinées à la jeunesse.